Oscar Wilde
Das Bild des Dorian Gray

Roman

Neu übersetzt von Hans Wolf

Illustrationen von Friederike Bußejahn

Büchergilde Gutenberg

Vorwort

Der Künstler ist der Schöpfer schöner Dinge.

Die Kunst zu offenbaren und den Künstler zu verhehlen, das ist das Ziel der Kunst.

Kritiker ist, wer seinen Eindruck von schönen Dingen in einen anderen Stil oder einen neuen Stoff zu übertragen vermag.

Kritik, in ihrer höchsten wie niedersten Form, ist eine Art Selbstdarstellung.

Wer im Schönen einen häßlichen Sinn entdeckt, ist verdorben, ohne dabei amüsant zu sein. Das ist ein Makel.

Wer im Schönen einen schönen Sinn entdeckt, hat Kultur. Für ihn besteht Hoffnung.

Ein Erwählter ist, wer im Schönen einzig und allein Schönheit sieht.

Es gibt weder moralische noch unmoralische Bücher. Bücher sind gut oder schlecht geschrieben. Das ist alles.

Die Abneigung des neunzehnten Jahrhunderts gegen den Realismus ist die Wut Calibans, der in einen Spiegel blickt und sich darin wiedererkennt.

Die Abneigung des neunzehnten Jahrhunderts gegen die Romantik ist die Wut Calibans, der in einen Spiegel blickt und sich darin nicht wiedererkennt.

Die Moral des Menschen bildet einen Teil der künstlerischen Stoffwahl; die Moral der Kunst hingegen besteht in der vollkommenen Anwendung unvollkommener Mittel. Ein Künstler will nichts beweisen. Sogar Wahres läßt sich beweisen.

Ein Künstler sympathisiert nicht mit der Moral. Sympathisiert ein Künstler mit der Moral, so ist das ein unverzeihlicher Manierismus des Stils.

Ein Künstler ist niemals morbid. Ein Künstler vermag alles auszudrükken.

Denken und Sprache sind dem Künstler Werkzeuge für seine Kunst.

Laster und Tugend sind dem Künstler Stoffe für seine Kunst.

Von der Form her ist das Urbild aller Künste die Tonkunst. Von der Empfindungskraft her ist es die Schauspielkunst.

Alle Kunst ist zugleich Oberfläche und Symbol. Wer unter die Oberfläche dringt, tut dies auf eigene Gefahr. Wer das Symbol deutet, tut dies auf eigene Gefahr.

In Wahrheit spiegelt die Kunst nicht das Leben, sondern den Betrachter wider.

Der Meinungsstreit um ein Kunstwerk beweist, daß das Werk neu, vielschichtig und lebendig ist.

Wenn die Kritiker uneins sind, steht der Künstler im Einklang mit sich selbst.

Es ist verzeihlich, daß jemand etwas Nützliches schafft – solange er es nicht bewundert. Was die Schaffung des Nutzlosen allein rechtfertigt, ist die leidenschaftliche Bewunderung, die man dafür hegt.

Alle Kunst ist ganz und gar nutzlos.

Das Bild des Dorian Gray

1 Üppiger Rosenduft erfüllte das Atelier, und wenn im Garten der linde Sommerwind durch die Bäume strich, wehte das reiche Arom des Flieders oder der zartere Hauch des rosablütigen Hagedorns durch die offene Tür herein.

Von der Ecke aus, wo er auf dem mit persischen Satteldecken drapierten Diwan lag und wie üblich unzählige Zigaretten rauchte, konnte Lord Henry Wotton noch den Schimmer des honigsüßen und honiggelben Goldregens erkennen, dessen zitternde Zweige kaum imstande schienen, die Last dieser flammengleichen Schönheit zu tragen; dann und wann huschten die geisterhaften Schatten vorüberfliegender Vögel über die langen tussahseidenen Vorhänge, die vor dem riesigen Fenster prangten, und zauberten einen Moment lang eine Stimmung herbei, die ihn an Japan denken ließ, an die bleichen, jadegesichtigen Maler Tokios, die durch ihre notgedrungen unbewegliche Kunst den Eindruck von Flüchtigkeit und Bewegung zu vermitteln suchen. Das gereizte Summen der Bienen, die durchs hohe, ungemähte Gras schwärmten oder mit monotoner Beharrlichkeit die bestäubten, goldfarbenen Blütenköpfe der wuchernden Heckenlilie umkreisten, machte die Stille fast noch bedrükkender. Das schwache Brausen Londons klang wie die Baßtöne einer fernen Orgel.

Mitten im Atelier stand eine Staffelei mit dem lebensgroßen Porträt eines jungen Mannes von außergewöhnlicher Schönheit, und davor, ein bißchen davon entfernt, saß der Künstler selbst, Basil Hallward, dessen plötzliches Verschwinden ein paar Jahre zuvor für so großes Aufsehen gesorgt und Anlaß zu so vielen befremdlichen Spekulationen gegeben hatte.

Als der Maler die anmutige, reizende Gestalt betrachtete, die er auf seinem Bild so kunstvoll widergespiegelt hatte, glitt ihm ein freudiges Lächeln übers Gesicht und schien dort verweilen zu wollen. Doch mit einemmal fuhr er hoch, schloß die Augen und drückte die Finger auf die Lider, als versuche er einen Traum, aus dem er zu erwachen fürchtete, in seinem Kopf festzubannen.

»Es ist Ihr bestes Werk, Basil, das Beste, was Sie jemals geschaffen haben«, sagte Lord Henry matt. »Sie müssen es nächstes Jahr unbedingt in der Grosvenor Gallery ausstellen. Die Royal Academy ist zu groß und zu vulgär. Schrecklich, immer wenn ich hingehe, sind entweder so viele

Leute da, daß ich die Bilder nicht sehen kann, oder so viele Bilder, daß es mir nicht gelingt, die Leute zu sehen, und das ist noch schlimmer. Bleibt wirklich nur die Grosvenor Gallery.«

»Ich glaube nicht, daß ich das Bild irgendwo ausstelle«, antwortete der Maler und warf den Kopf zurück – eine kuriose Gebärde, die seine Freunde in Oxford oft zum Lachen gebracht hatte. »Nein: Ich will es auf keinen Fall irgendwo ausstellen.«

Lord Henry zog die Brauen hoch und warf ihm hinter den dünnen, blauen Rauchkringeln, die in bizarren Wirbeln seiner starken, opiumhaltigen Zigarette entstiegen, einen verwunderten Blick zu. »Auf keinen Fall? Weshalb denn, mein Lieber? Haben Sie einen besonderen Grund dafür? Ihr Maler seid mir vielleicht ein komisches Völkchen! Ihr tut alles mögliche, um euch einen Namen zu machen. Kaum habt ihr ihn, wollt ihr ihn offenbar gleich wieder loswerden. Wie dumm von euch – es gibt ja nur eins, was schlimmer ist, als im Gerede zu sein, nämlich *nicht* im Gerede zu sein. Ein Porträt wie dieses hier würde Sie weit über die Jungen in England hinausheben und die Alten ganz neidisch machen – sofern alte Leute überhaupt einer Empfindung fähig sind.«

»Sie werden mich bestimmt auslachen«, erwiderte der Maler, »aber ich kann das Bild wirklich nicht ausstellen. Ich habe zuviel von mir selber hineingelegt.«

Lord Henry streckte sich auf dem Diwan aus und lachte.

»Sehen Sie, ich hab's gewußt; aber es ändert trotzdem nichts an der Tatsache.«

»Zuviel von Ihnen selber hineingelegt! Ehrlich gesagt, Basil, ich hatte keine Ahnung, daß Sie so eitel sind; also ich kann partout keine Ähnlichkeit erkennen zwischen Ihnen mit Ihrem strengen, markanten Gesicht und dem kohlschwarzen Haar und diesem jungen Adonis, der wie ein Geschöpf aus Rosenblättern und Elfenbein aussieht. Nein, mein lieber Basil, er ist Narziß, und Sie – nun ja, natürlich haben Sie einen intellektuellen Gesichtsausdruck und so. Aber Schönheit, echte Schönheit, endet dort, wo der intellektuelle Gesichtsausdruck beginnt. Intellekt ist eigentlich eine Art Überspanntheit und zerstört bei jedem Gesicht das Ebenmaß. Sobald man sich hinsetzt und denkt, besteht man nur noch aus Nase, Stirn oder sonst etwas Scheußlichem. Betrachten Sie sich doch mal die erfolgreichen Herren aus dem Gelehrtenstand. Wie ganz und gar häßlich sie sind! Es sei denn, sie gehören der Kirche an. Aber in der Kirche wird ja auch nicht gedacht. Ein Bischof sagt mit Achtzig noch das, was er als Achtzehnjähriger gelernt hat; die natürliche Folge davon ist, daß er immer absolut hinreißend aussieht. Ihr geheimnisvoller junger Freund, dessen Namen Sie mir übrigens noch gar nicht verraten haben, aber dessen Bild ich wirklich bezaubernd finde, denkt nie. Da bin ich mir völlig sicher. Er ist ein gedankenloses, schönes Wesen, genau richtig für den Winter, wenn es keine Blumen zum Anschauen gibt, oder auch für den Sommer, wenn wir was zur geistigen Erfrischung brauchen. Machen Sie sich nichts vor, Basil: Sie sehen ihm kein bißchen ähnlich.«

»Sie verstehen mich nicht, Harry«, antwortete der Künstler. »Natürlich sehe ich ihm nicht ähnlich. Das weiß ich sehr wohl. Und ich bin sogar froh darüber. Sie zucken die Achseln? Ich sage Ihnen die Wahrheit. Körperlichen und geistigen Vorzügen haftet ein Unheil an, ein Unheil, wie es die ganze Geschichte hindurch die zögernden Schritte von Königen verfolgt. Es tut nicht gut, sich von den Mitmenschen zu unterscheiden. Den Häßlichen und Dummen geht es auf dieser Welt am besten. Sie sitzen behaglich da und sehen sich das Schauspiel mit offenen Mündern an. Sie wissen nichts vom Sieg, aber dafür bleibt ihnen wenigstens die Kenntnis der Niederlage erspart. Sie leben so, wie wir alle leben sollten, ungerührt, gleichgültig und sorglos. Sie richten andere nicht zugrunde und werden ihrerseits nicht zugrunde gerichtet. Ihr Rang und Ihr Reichtum, Harry; mein Verstand, soweit vorhanden – meine Kunst, was immer sie wert sein mag; Dorian Grays gutes Aussehen – wir alle leiden unter dem, was uns die Götter beschert haben, leiden furchtbar darunter.«

»Dorian Gray? Heißt er so?« fragte Lord Henry und ging durchs Atelier auf Basil Hallward zu.

»Ja, so heißt er. Ich hatte an sich nicht vor, es Ihnen zu sagen.«

»Warum?«

»Ach, ich kann's eigentlich gar nicht erklären. Wenn ich jemanden sehr gern habe, behalte ich seinen Namen immer für mich. Es wäre sonst, als gäbe ich einen Teil von ihm preis. Ich habe gelernt, Geheimnisse zu lieben. Sie sind anscheinend das einzige, was das Leben heutzutage noch rätselhaft oder wunderbar machen kann. Das gewöhnlichste Ding wird zu etwas Besonderem, sobald man es verbirgt. Wenn ich die Stadt verlasse, sage ich nie, wohin ich gehe. Sonst hätte ich keinen Spaß mehr daran. Sicher, eine lachhafte Angewohnheit, aber irgendwie kommt dadurch viel Romantik ins Leben. Sie halten mich jetzt wahrscheinlich für schrecklich albern, oder?«

»Ganz und gar nicht«, antwortete Lord Henry, »ganz und gar nicht, mein lieber Basil. Sie scheinen zu vergessen, daß ich verheiratet bin, und der Reiz einer Ehe besteht einzig darin, daß beide Partner zu einem Leben voller Täuschungsmanöver gezwungen sind. Ich weiß nie, wo meine Frau ist, und meine Frau weiß nie, was ich grade tu. Wenn wir uns mal sehen – was hie und da passiert, falls wir zusammen auswärts dinieren oder den Herzog besuchen –, dann erzählen wir uns mit den ernstesten Mienen die absurdesten Geschichten. Meine Frau kann das sehr gut – eigentlich viel besser als ich. Sie bringt ihre Rendezvous nie durcheinander, ich immer. Und wenn sie mir doch mal dahinterkommt, macht sie überhaupt keine Szene. Manchmal wär's mir lieber, sie täte es; aber sie lacht mich bloß aus.«

»Es gefällt mir überhaupt nicht, wie Sie über Ihr Eheleben sprechen, Harry«, sagte Basil Hallward und schlenderte zur Tür, die in den Garten führte. »Ich glaube, in Wirklichkeit sind Sie ein sehr guter Ehemann, nur schämen Sie sich zutiefst Ihrer persönlichen Vorzüge. Sie sind ein außergewöhnlicher Bursche. Sie sagen nie etwas Gutes und tun dabei nie etwas Schlechtes. Ihr Zynismus ist bloß Pose.«

»Natürlichsein ist bloß Pose, und die irritierendste, die ich kenne«, rief Lord Henry lachend; die beiden jungen Männer gingen zusammen hinaus in den Garten und setzten sich auf eine lange Bambusbank, die im Schatten eines hohen Lorbeerstrauchs stand. Das Sonnenlicht strich über die glatten Blätter. Weiße Maßliebchen zitterten im Gras.

Nach einer Weile zog Lord Henry seine Uhr hervor. »Ich muß leider los, Basil«, murmelte er, »aber erst bestehe ich darauf, daß Sie mir die Frage beantworten, die ich Ihnen vorhin gestellt habe.«

»Welche Frage denn?« sagte der Maler, den Blick auf den Boden geheftet.

»Das wissen Sie ganz genau.«

»Ich hab keine Ahnung, Harry.«

»Nun, dann will ich's Ihnen sagen. Sie sollen mir erklären, warum Sie Dorian Grays Bild nicht ausstellen wollen. Ich möchte den wahren Grund wissen.«

»Den hab ich Ihnen schon gesagt.«

»Nein, haben Sie nicht. Sie haben gesagt, es liegt daran, daß Sie zuviel von sich selber hineingelegt haben. Das ist doch wohl kindisch.«

»Harry«, sagte Basil Hallward und sah Lord Henry offen ins Gesicht, »ein Porträt, mit Gefühl gemalt, ist immer ein Porträt des Künstlers, nicht des Porträtierten. Der ist bloß Beiwerk, der Anlaß. Nicht ihn offenbart der Maler auf seiner farbigen Leinwand; er offenbart vielmehr sich selbst. Der Grund, weshalb ich das Bild nicht ausstellen will, ist der, daß ich fürchte, ich habe darin das Geheimnis meiner Seele enthüllt.«

Lord Henry lachte. »Und das wäre?« fragte er.

»Ich will's Ihnen verraten«, sagte Hallward; aber plötzlich trat ein Ausdruck von Verlegenheit in sein Gesicht.

»Ich bin ganz Ohr, Basil«, fuhr sein Gefährte fort und warf ihm einen Blick zu.

»Ach, eigentlich gibt's da nicht sehr viel zu verraten, Harry«, antwortete der Maler; »und ich fürchte, Sie werden es kaum verstehen. Vermutlich werden Sie's nicht einmal glauben.«

Lord Henry lächelte; er beugte sich hinunter, pflückte ein rosablütiges Maßliebchen aus dem Gras und musterte es. »Ich bin ganz sicher, daß ich's verstehen werde«, erwiderte er und betrachtete aufmerksam das goldfarbene, weißbefiederte Scheibchen, »und glauben – glauben kann ich alles, solang es nur vollkommen unglaubhaft ist.«

Der Wind schüttelte ein paar Blüten von den Bäumen, und die schweren Fliederblüten mit ihren gebüschelten Sternen schwangen in der schlaffen Luft hin und her. Neben der Mauer begann ein Grashüpfer zu zirpen; eine lange, schmale Libelle schwebte auf braunen Gazeflügeln wie ein blauer Strich vorüber. Lord Henry hatte das Gefühl, er könne Hallwards Herz pochen hören; er war gespannt darauf, was nun kommen würde.

»Die Geschichte ist schlicht und ergreifend die«, sagte der Maler nach einer Weile. »Vor zwei Monaten ging ich zu einem großen Empfang bei Lady Brandon. Sie wissen ja, wir armen Künstler müssen uns von Zeit zu Zeit in der Öffentlichkeit zeigen, einfach um die Leute daran zu erinnern, daß wir keine Wilden sind. Mit Abendanzug und weißem Binder, haben Sie mir mal gesagt, kann sich jeder, sogar ein Börsenmakler, den Ruf eines zivilisierten Menschen erwerben. Nun, ich war also etwa schon zehn Minuten da und plauderte mit gewaltig aufgeputzten vornehmen Witwen und langweiligen Akademie-Mitgliedern, da wurde mir plötzlich bewußt, daß mich jemand beobachtet. Ich drehte mich halb um und sah zum erstenmal Dorian Gray. Als unsere Blicke sich trafen, spürte ich, wie ich erbleichte. Ein seltsam banges Gefühl überkam mich. Mir war klar, hier stehe ich einer Person gegenüber, deren bloße Erscheinung so faszinierend ist, daß sie, wenn ich es zulasse, mein ganzes Wesen, meine ganze Seele, ja sogar meine Kunst in Beschlag nimmt. Ich wollte keine äußeren Einflüsse in meinem Leben. Sie wissen, Harry, wie unabhängig ich von Natur aus bin. Ich war immer mein eigener Herr; zumindest bis zu dem Zeitpunkt, als ich Dorian Gray kennenlernte. Und dann ... aber ich weiß gar nicht, wie ich's Ihnen erklären soll. Irgendwas schien mir zu sagen, daß ich mich am Rand einer schrecklichen Lebenskrise befinde. Ich hatte das komische Gefühl, mir stehen die außergewöhnlichsten Freuden und zugleich die außergewöhnlichsten Leiden bevor. Ich bekam's mit der Angst und schickte mich an, zu gehen. Nicht das Gewissen hat mich dazu getrieben; es war eine Art Feigheit. Ich rechne es mir nicht grade zur Ehre an, daß ich mich einfach davonmachen wollte.«

»Gewissen und Feigheit sind eigentlich ein und dasselbe, Basil. Gewissen ist bloß der gängige Firmenname. Das ist alles.«

»Das kann ich nicht glauben, Harry, und Sie selber wohl auch nicht. Aber egal, was mein Beweggrund war – vielleicht Stolz, ich war ja schon immer sehr stolz –, jedenfalls hab ich mich zur Tür durchgekämpft. Dort bin ich natürlich über Lady Brandon gestolpert. ›Sie wollen schon wieder fort, Mr. Hallward?‹ kreischte sie. Sie kennen doch ihre merkwürdig schrille Stimme, oder?«

»Ja; sie ist in allem ein Pfau, bis auf die Schönheit«, sagte Lord Henry und zerzupfte mit seinen langen, sehnigen Fingern das Maßliebchen.

»Ich wurde sie einfach nicht mehr los. Fürstlichkeiten, Leute mit Ordenssternen und Hosenbandorden, ältere Damen mit gigantischen Diademen und Habichtsnasen – überall hat sie mich rumgereicht. Sie sprach von mir als von ihrem besten Freund. Ich war ihr vorher erst einmal begegnet, aber sie hatte es sich in den Kopf gesetzt, mich groß rauszustellen. Eins meiner Bilder hat damals wohl viel Furore gemacht, jedenfalls wurde in den Käseblättchen darüber schwadroniert, was ja in unserem Jahrhundert die Grundvoraussetzung für Unsterblichkeit ist. Und dann sah ich plötzlich den jungen Mann vor mir, dessen Erscheinung mich so seltsam aufgewühlt hatte. Dicht an dicht standen wir uns gegenüber, beinah auf Tuchfühlung. Unsere Blicke trafen sich wieder. Es war reiner Leichtsinn, aber ich bat Lady Brandon, mich ihm vorzustellen. Andererseits, vielleicht war's doch kein Leichtsinn. Es war schlicht und ergreifend unvermeidlich. Wir hätten auch ohne Vorstellung miteinander gesprochen. Da bin ich mir sicher. Dorian hat's mir später bestätigt. Auch er meint, daß unser Kennenlernen vom Schicksal bestimmt war.«

»Und wie hat Lady Brandon diesen wundervollen Jüngling vorgestellt?« fragte Lord Henry. »Sie ist ja immer darauf bedacht, ihre Gäste mit einer gerafften Zusammenschau an den Mann zu bringen. Ich weiß noch, wie sie mich mal mit einem gräßlichen, rotgesichtigen, über und über mit Orden und Bändern bedeckten alten Herrn bekannt machte; mit einem Bühnenflüstern, das noch der letzte im Raum gehört haben muß, zischte sie mir die erstaunlichsten Einzelheiten ins Ohr. Ich bin einfach geflüchtet. Ich finde gern selber heraus, mit wem ich's zu tun habe. Lady Brandon behandelt ihre Gäste genau wie ein Auktionator seine Waren. Entweder sie erklärt sie buchstäblich weg, oder sie erzählt einem alles von ihnen, bloß nicht das, was man wissen will.«

»Arme Lady Brandon! Sie sind zu streng mit ihr, Harry!« sagte Hallward leichthin.

»Lieber Freund, sie wollte einen Salon gründen und hat es nur zur Eröffnung einer Gaststätte gebracht. Soll ich sie dafür etwa bewundern? Aber nun erzählen Sie mal, wie hat sie Ihnen Mr. Dorian Gray vorgestellt?«

»Na ja, ungefähr so: ›Reizender Junge – gute arme Mutter und ich vollkommen unzertrennlich. Ganz vergessen, was er so tut – fürchte, er tut gar nichts – ach doch, spielt Klavier – oder ist's Geige, lieber Mr. Gray?‹ Wir mußten beide lachen und wurden sofort Freunde.«

»Lachen ist durchaus kein schlechter Anfang für eine Freundschaft und bei weitem ihr schönster Abschluß«, sagte der junge Lord und pflückte noch ein Maßliebchen.

Hallward schüttelte den Kopf. »Sie kennen sich mit Freundschaft nicht aus, Harry«, murmelte er, »genausowenig wie mit Feindschaft. Sie mögen alle, und das heißt bloß, daß für Sie alle unterschiedslos gleich sind.«

»Jetzt sind Sie aber furchtbar ungerecht!« rief Lord Henry; er schob den Hut zurück und blickte zu den kleinen Wolken empor, die wie schimmernde weiße Seidenfetzen übers Türkisgewölbe des Sommerhimmels trieben. »Ja; furchtbar ungerecht. Ich mache da große Unterschiede. Von meinen Freunden verlange ich gutes Aussehen, von meinen Bekannten guten Charakter und von meinen Feinden einen gut funktionierenden Verstand. Man kann bei der Wahl seiner Feinde nicht umsichtig genug sein. Zu meinen gehört kein einziger Dummkopf. Sie verfügen alle über gewisse intellektuelle Fähigkeiten – drum finden sie auch Gefallen an mir. Klingt das sehr eingebildet? Ein bißchen wahrscheinlich schon.«

»Kann man wohl sagen, Harry. Aber Ihrer Einteilung nach zähl ich ja eigentlich bloß zu den Bekannten.«

»Mein lieber alter Basil, Sie sind für mich viel mehr als ein Bekannter.«

»Und viel weniger als ein Freund. Also vielleicht so was wie ein Bruder?«

»Ach, Brüder! Was soll ich mit Brüdern? Mein älterer will partout nicht sterben, und meine jüngeren haben anscheinend nichts anderes im Sinn.«

»Harry!« rief Hallward und runzelte die Stirn.

»Lieber Freund, ganz so ernst ist das doch gar nicht gemeint. Aber meine Verwandten sind mir nun mal ein Greuel. Vermutlich liegt's daran, daß unsereins es einfach nicht ausstehen kann, wenn andere die gleichen Fehler haben wie wir. Ich habe volles Verständnis für die Wut des englischen Volks auf das, was man dort die Laster der Oberschicht nennt. Die breite Masse meint, daß Trunksucht, Dummheit und Unmoral eigentlich *ihre* Domäne ist und daß jeder von uns, der sich zum Esel macht, in ihrem Revier wildert. Als der arme Southwark seinen Scheidungsprozeß hatte, war ihre Entrüstung geradezu überwältigend. Dabei glaube ich, daß nicht einmal zehn Prozent des Proletariats einen einwandfreien Lebenswandel führen.«

»Ich kann keinem einzigen Ihrer Worte beipflichten, ja, schlimmer noch, Harry – Sie können's wahrscheinlich auch nicht.«

Lord Henry strich sich den braunen Spitzbart und klopfte mit seinem bequasteten Elfenbeinstock auf die Spitze seines Lackstiefels. »Wie englisch Sie sind, Basil! Das ist jetzt schon das zweite Mal, daß Sie so eine Bemerkung machen. Wenn man einem echten Engländer eine Meinung vorträgt – was ja immer eine riskante Sache ist –, dann stellt er sich nicht mal im Traum die Frage, ob diese Meinung richtig oder verkehrt ist. Wichtig ist für ihn bloß die Frage, ob man selbst daran glaubt. Dabei hängt der Wert einer Meinung doch überhaupt nicht davon ab, wie ernsthaft sie geäußert wird. Man könnte sogar sagen, je weniger ernsthaft sie vorgetragen wird, um so gehaltvoller ist sie, denn dann ist sie nicht von Bedürfnissen, Wünschen oder Vorurteilen beeinflußt. Aber ich will mit Ihnen nicht über Politik, Soziologie oder Metaphysik diskutieren. Personen sind mir lieber als Prinzipien, und Personen ohne Prinzipien sind mir am allerliebsten. Erzählen Sie doch noch ein bißchen von Mr. Dorian Gray. Wie oft sehen Sie ihn?«

»Jeden Tag. Ich wäre todunglücklich, wenn's anders wäre. Er ist für mich absolut unentbehrlich.«

»Unglaublich! Ich dachte, Sie interessieren sich einzig und allein für Ihre Kunst.«

»Für mich *ist* er inzwischen meine Kunst«, sagte der Maler ernst.

»Manchmal glaube ich, Harry, es gibt in der Weltgeschichte nur zwei wichtige Epochen. In der einen ist für die Kunst ein neues Ausdrucksmittel entstanden, in der anderen ein neuer Menschentyp. Was für die Venezianer die Entdeckung der Ölmalerei war, das war für die spätgriechische Plastik das Gesicht des Antinoos und wird für mich eines Tages das Gesicht von Dorian Gray sein. Es geht nicht bloß darum, daß ich ihn male, ihn zeichne, ihn skizziere. Das habe ich natürlich längst getan. Aber er ist für mich viel mehr als ein Modell, als jemand, der mir sitzt. Ich will damit nicht sagen, daß ich unzufrieden bin mit dem, was ich bisher von ihm gemacht habe, oder daß seine Schönheit so groß ist, daß die Kunst sie nicht ausdrücken kann. Die Kunst kann alles ausdrücken, und ich bin davon überzeugt, daß die Bilder, die ich seit meiner ersten Begegnung mit Dorian Gray geschaffen habe, gute Bilder sind, die besten meines Lebens. Aber auf irgendeine seltsame Weise – ich weiß nicht, ob Sie mich verstehen – hat mich seine Person zu einer ganz neuen Formensprache, zu einem ganz neuen Stil angeregt. Ich sehe die Dinge anders, ich fasse sie anders auf. Ich kann das Leben jetzt auf eine Weise wiedergeben, die mir früher verborgen war. ›Ein Traum von Form in Zeiten des Denkens‹: wer sagt das? Ich hab's vergessen; aber genau das ist für mich Dorian Gray. Allein schon die äußere Erscheinung des Jungen – auf mich wirkt er nämlich fast noch wie ein Junge, obwohl er in Wirklichkeit über zwanzig ist –, allein schon seine äußere Erscheinung – ah! Sie können vielleicht gar nicht ermessen, was das alles für mich heißt. Ohne es zu wissen, zeigt er mir die Linienführung einer neuen Schule, einer Schule, die die ganze Leidenschaft des romantischen Geistes und die ganze Vollkommenheit des griechischen Geistes in sich vereinigen soll. Die Harmonie von Seele und Körper – wie großartig ist das! Wir in unserem Wahn haben beides voneinander gesondert und uns einen vulgären Realismus und einen hohlen Idealismus zusammengedacht. Harry! Wenn Sie nur wüßten, was Dorian Gray mir bedeutet! Sie erinnern sich doch an die eine Landschaft von mir, für die mir Agnew so eine Riesensumme geboten hat, von der ich mich aber nicht trennen wollte. Sie ist eins meiner besten Bilder. Und warum? Weil damals, als ich sie gemalt habe, Dorian Gray neben mir saß. Irgendeine geheime Kraft strömte von ihm auf mich über, und zum erstenmal in meinem Leben habe ich in der schlichten Waldlandschaft das Wunder gesehen, nach dem ich immer vergeblich gesucht hatte.«

»Basil, das ist ja unglaublich! Ich muß Dorian Gray unbedingt kennenlernen!«

Hallward erhob sich von der Bank und ging im Garten auf und ab. Nach einer Weile kam er wieder zurück. »Harry«, sagte er, »Dorian Gray wirkt auf mich einfach stilbildend. Sie werden vielleicht nichts an ihm finden. Ich finde alles an ihm. Er steckt vor allem dann in meinem Werk, wenn's nicht ihn selber darstellt. Wie gesagt, er regt mich zu einer neuen Malweise an. Ich sehe ihn im Schwung bestimmter Linien, in der Lieblichkeit und Zartheit bestimmter Farben. Das ist alles.«

»Und weshalb wollen Sie dann sein Porträt nicht ausstellen?« fragte Lord Henry.

»Weil darin, ohne daß ich's beabsichtigt hätte, die seltsame Götzenanbetung des Künstlers zum Ausdruck kommt – was ich ihm natürlich nicht gesagt habe. Er hat davon keine Ahnung. Wird sie auch niemals haben. Aber die Öffentlichkeit könnte es merken; und ich habe keine Lust, ihren oberflächlichen, neugierigen Blicken meine Seele zu offenbaren. Mein Herz soll nicht unter ihr Mikroskop. In dem Bild steckt viel zuviel von mir selbst, Harry – viel zuviel von mir selbst!«

»Dichter sind da nicht so skrupulös. Die wissen, wie gut sich Leidenschaft verkaufen läßt. Ein gebrochenes Herz bringt es heutzutage auf viele Auflagen.«

»Drum kann ich sie auch nicht leiden«, rief Hallward. »Ein Künstler sollte Schönes schaffen, aber dabei nichts von sich selber hineinlegen. Wir leben in einer Zeit, wo man die Kunst als eine Art Selbstdarstellung betrachtet. Wir haben den reinen Sinn für Schönheit verloren. Eines Tages werde ich der Welt zeigen, was das heißt; und deshalb wird sie mein Porträt von Dorian Gray nie zu Gesicht bekommen.«

»Ich glaube, da machen Sie einen Fehler, Basil; aber ich will nicht mit Ihnen streiten. Nur Hohlköpfe streiten. Sagen Sie, hat Dorian Gray Sie eigentlich gern?«

Der Maler dachte ein paar Augenblicke nach. »Er mag mich«, antwortete er nach einer Weile; »doch, er mag mich. Natürlich kriegt er auch lauter Schmeicheleien von mir zu hören. Es macht mir eine merkwürdige Freude, ihm etwas zu sagen, wovon ich weiß, daß es mir hinterher leid tut. In der Regel ist er ganz reizend zu mir, wir sitzen im Atelier und unterhalten uns über tausend Dinge. Aber manchmal wiederum ist er furchtbar gedankenlos und findet anscheinend richtig Vergnügen daran, mir weh zu tun. Dann habe ich das Gefühl, Harry, ich habe meine ganze Seele jemandem ausgeliefert, der sie behandelt wie eine Blume, die er sich ins Knopfloch steckt, wie ein Stück Zierat, das seine Eitelkeit kitzelt, wie einen Schnörkel für einen Sommertag.«

»Im Sommer, Basil, können die Tage recht lang sein«, murmelte Lord Henry. »Wahrscheinlich befällt Sie der Überdruß schneller als ihn. Es ist traurig, aber wahr, daß Genie die Schönheit überdauert. Das liegt einfach daran, daß wir uns so viel Mühe geben, uns mit Wissen vollzustopfen. Im nackten Kampf ums Dasein brauchen wir etwas Bleibendes, und deshalb füllen wir uns die Köpfe mit einem Wirrwarr von Fakten, in der albernen Hoffnung, unseren Platz behaupten zu können. Der umfassend informierte Mensch – das ist das moderne Ideal. Und im Gehirn eines umfassend informierten Menschen sieht es zum Fürchten aus. Es gleicht einem Trödelladen voller Abscheulichkeiten und Staub, wo alles über seinem wahren Wert verkauft wird. Jedenfalls glaube ich, daß der Überdruß zuerst Sie befällt. Eines Tages werden Sie Ihren jungen Freund ansehen, und er wird Ihnen ein bißchen verzeichnet vorkommen, oder Sie mögen seine Farbtönung nicht oder sonst irgendwas. Sie werden ihm im innersten Herzen bittere Vorwürfe machen und ernsthaft der Meinung sein, daß er sich Ihnen gegenüber sehr schlecht benommen hat. Und wenn er dann das nächste Mal zu Ihnen kommt, sind Sie ganz kalt und gleichgültig. Sehr schade, denn Sie werden danach ein anderer sein. Was Sie mir da erzählt haben, ist durch und durch eine Romanze, eine Romanze über die Kunst, könnte man sagen, und das Schlimmste an einer Romanze ist, daß man danach so unromantische Gefühle hat.«

»Harry, was reden Sie da! Die Persönlichkeit Dorian Grays wird mich beherrschen, solange ich lebe. Sie können das nicht nachempfinden. Dazu wechseln Sie Ihre Gefühle zu oft.«

»Aber mein lieber Basil, grad deswegen kann ich's ja nachempfinden. Wer treu ist, kennt bloß die banalen Seiten der Liebe; der Treulose dagegen kennt auch ihre Tragödien.« Lord Henry strich an einem eleganten Silberetui ein Zündholz an und begann mit so selbstbewußter und zufriedener Miene eine Zigarette zu rauchen, als hätte er die ganze Welt in einem einzigen Satz zusammengefaßt. Tschilpende Sperlinge raschelten im grün lackierten Efeulaub, und die blauen Wolkenschatten jagten einander wie Schwalben durchs Gras. Wie hübsch war es im Garten! Und wie ergötzlich waren die Gefühle anderer! – Viel ergötzlicher als ihre Gedanken, fand Lord Henry. Das eigene Seelenleben und die Leidenschaften von Freunden – das waren die faszinierenden Dinge des Lebens. Mit heimlichem Vergnügen malte er sich den öden Lunch aus, den er verpaßt hatte, weil er so lange bei Basil Hallward geblieben war. Wäre er zu seiner Tante gegangen, so hätte er dort mit Sicherheit Lord Hoodbody getroffen, und die Konversation hätte sich nur noch um die

Speisung der Armen und um den Bedarf an mustergültigen Wohnheimen gedreht. Jeder Stand hätte die Bedeutung von Tugenden gepredigt, die er selbst nicht zu praktizieren brauchte. Die Reichen hätten sich über den Wert der Sparsamkeit ausgelassen, die Müßiggänger beredt von der Würde der Arbeit gesprochen. Wie herrlich, dem allem entronnen zu sein! Beim Gedanken an seine Tante fiel ihm offenbar etwas ein. Er wandte sich Hallward zu und sagte: »Lieber Freund, jetzt weiß ich's wieder.«

»Was denn, Harry?«

»Wo ich den Namen Dorian Gray schon mal gehört habe.«

»Nämlich?« fragte Hallward mit einem leisen Stirnrunzeln.

»Machen Sie doch nicht so ein böses Gesicht, Basil. Es war bei meiner Tante, bei Lady Agatha. Sie erzählte mir, sie habe einen wundervollen jungen Mann entdeckt, der ihr im East End behilflich sein wolle; sein Name sei Dorian Gray. Ich muß allerdings hinzufügen, daß sie mir sein gutes Aussehen völlig verschwiegen hat. Frauen haben keinen Sinn für gutes Aussehen; zumindest die ehrbaren nicht. Sie sagte, er sei sehr ernst und habe einen schönen Charakter. Ich habe mir sofort ein Wesen mit Brille, schütterem Haar und gräßlichen Sommersprossen vorgestellt, das auf riesigen Füßen einhertappt. Schade, damals wußte ich noch nicht, daß Sie mit ihm befreundet sind.«

»Ich bin heilfroh, daß Sie's nicht wußten, Harry.«

»Weshalb denn?«

»Ich möchte nicht, daß Sie ihn kennenlernen.«

»Sie möchten nicht, daß ich ihn kennenlerne?«

»Ja.«

»Mr. Dorian Gray ist im Atelier, Sir«, sagte der Butler, der in den Garten gekommen war.

»Jetzt *müssen* Sie mir ihn vorstellen!« rief Lord Henry lachend.

Der Maler wandte sich seinem Diener zu, der blinzelnd im Sonnenschein stand. »Bitten Sie Mr. Gray, noch einen Moment zu warten, Parker; ich bin gleich da.« Der Butler verbeugte sich und ging den Gartenweg entlang wieder ins Haus.

Hallward sah Lord Henry an. »Dorian Gray ist mein bester Freund«, sagte er. »Er hat einen schlichten und schönen Charakter. Ihre Tante hat völlig recht, wenn sie das sagt. Verderben Sie ihn mir nicht. Versuchen Sie nicht, ihn zu beeinflussen. Ihr Einfluß wäre nicht gut. Die Welt ist groß, und sie wimmelt von wundervollen Menschen. Nehmen Sie mir nicht den einzigen, dem meine Kunst ihren ganzen Zauber verdankt;

mein Leben als Künstler hängt von ihm ab. Denken Sie daran, Harry, ich vertraue Ihnen.« Der Maler sprach sehr langsam; es war fast, als wänden sich die Worte gegen seinen Willen aus ihm heraus.

»Was für ein Unsinn!« sagte Lord Henry lächelnd; er hakte Hallward unter und zog ihn förmlich ins Haus.

2 Als sie eintraten, sahen sie Dorian Gray. Er saß mit dem Rücken zu ihnen am Klavier und blätterte in einem Notenband mit Schumanns »Waldszenen«. »Die müssen Sie mir unbedingt leihen, Basil«, rief er. »Ich will sie einüben. Sie sind einfach herrlich.«

»Das hängt ganz davon ab, wie Sie mir heute sitzen, Dorian.«

»Ach, ich hab keine Lust mehr zum Sitzen, und ich möchte auch kein lebensgroßes Porträt von mir«, antwortete der Junge und schwenkte trotzig und voller Ungeduld auf dem Klavierhocker herum. Als er Lord Henry erblickte, färbte einen Augenblick lang ein rosiger Hauch seine Wangen; er fuhr hoch. »Entschuldigen Sie, Basil, ich wußte nicht, daß Sie Besuch haben.«

»Das ist Lord Henry Wotton, Dorian, ein alter Freund aus der Oxforder Zeit. Ich hab ihm grade erzählt, wie großartig Sie mir immer sitzen, und jetzt haben Sie alles verdorben.«

»Aber nicht das Vergnügen, Sie kennenzulernen, Mr. Gray«, sagte Lord Henry; er trat heran und streckte die Hand aus. »Meine Tante hat mir schon oft von Ihnen erzählt. Sie sind einer ihrer Lieblinge – und leider wohl auch eins ihrer Opfer.«

»Zur Zeit bin ich bei Lady Agatha ein bißchen untendurch«, antwortete Dorian mit komisch zerknirschtem Blick. »Ich hatte ihr nämlich versprochen, letzten Dienstag mit ihr in einen Klub in Whitechapel zu gehen, hab's aber völlig verschwitzt. Wir hätten dort vierhändig spielen sollen – drei Stücke, glaub ich. Wer weiß, was sie mir jetzt sagen wird. Hab richtig Angst davor, bei ihr vorbeizuschauen.«

»Ach, das werd ich schon wieder einrenken. Meine Tante hat ein ausgesprochenes Faible für Sie. Außerdem ist's doch wohl völlig egal, ob Sie dabei waren oder nicht. Für die Zuhörer hat's wahrscheinlich trotzdem vierhändig geklungen. Wenn Tante Agatha am Klavier sitzt, macht sie genug Lärm für zwei.«

»Wie garstig Sie von ihr sprechen – und für mich ist das auch nicht grad schmeichelhaft«, antwortete Dorian lachend.

Lord Henry sah sich den Jungen an. Ja, mit seinen zart geschwungenen, scharlachroten Lippen, den klaren blauen Augen und dem krausen, goldfarbenen Haar war er tatsächlich wunderschön. Sein Gesicht hatte etwas, das sofort Vertrauen einflößte. Die ganze Unschuld der Jugend lag darin, auch die Reinheit ihrer Leidenschaft. Man hatte den Eindruck, daß er sich von der Welt noch nicht hatte besudeln lassen. Kein Wunder, daß Basil Hallward ihn geradezu anbetete.

»Sie sind zu bezaubernd, um zum Philanthropen zu taugen, Mr. Gray – viel zu bezaubernd.« Lord Henry ließ sich auf den Diwan fallen und öffnete sein Zigarettenetui.

Der Maler hatte unterdessen seine Farben gemischt und sich die Pinsel zurechtgelegt. Er wirkte nervös; als er Lord Henrys letzte Bemerkung hörte, sah er ihn an, zögerte einen Moment und sagte dann: »Harry, ich will das Bild heute noch fertigmalen. Fänden Sie's sehr unhöflich von mir, wenn ich Sie bitte, zu gehen?«

Lord Henry lächelte und warf Dorian Gray einen Blick zu. »Soll ich gehen, Mr. Gray?« fragte er.

»O nein, bitte nicht, Lord Henry. Basil ist scheint's wieder mal schlecht aufgelegt, und dann ist er unausstehlich. Außerdem müssen Sie mir erklären, wieso ich nicht zum Philanthropen tauge.«

»Ich weiß nicht, ob ich Ihnen das wirklich erklären soll, Mr. Gray. Das Thema ist so langweilig, daß sich darüber nur ernsthaft sprechen läßt. Aber selbstverständlich bleibe ich, wenn Sie mich so darum bitten. Macht Ihnen doch nichts aus, Basil, oder? Sie haben mir oft gesagt, es ist Ihnen sogar recht, wenn Ihre Modelle jemanden zum Plaudern haben.«

Hallward biß sich auf die Lippe. »Wenn Dorian es wünscht, dann müssen Sie natürlich bleiben. Dorians Launen sind für jeden Gesetz, außer für ihn selbst.«

Lord Henry nahm seinen Hut und seine Handschuhe. »Sie machen's ja ziemlich dringlich, Basil, aber trotzdem, ich muß leider los. Ich habe noch eine Verabredung im Orleans. Auf Wiedersehn, Mr. Gray. Schauen Sie doch mal nachmittags bei mir vorbei, in der Curzon Street. Um fünf bin ich fast immer zu Haus. Schreiben Sie mir, wann Sie kommen. Es täte mir leid, Sie zu verpassen.«

»Basil«, rief Dorian Gray, »wenn Lord Henry geht, dann geh ich auch. Sie kriegen beim Malen doch nie den Mund auf, und es ist grauenhaft öde, die ganze Zeit auf einem Podest zu stehen und ein freundliches Gesicht machen zu müssen. Bitten Sie ihn, zu bleiben. Ich bestehe darauf.«

»Bleiben Sie, Harry«, sagte Hallward, »Dorian zuliebe – und mir zuliebe«; er betrachtete prüfend sein Bild. »Stimmt, ich bin bei der Arbeit immer ganz stumm und taub; für meine armen Modelle muß das furchtbar langweilig sein. Also bleiben Sie bitte.«

»Und was ist mit meiner Verabredung im Orleans?«

Der Maler lachte. »Ich glaub nicht, daß es da irgendwelche Probleme gibt. Nehmen Sie wieder Platz, Harry. Und jetzt, Dorian, aufs Podest mit Ihnen; halten Sie möglichst still – und achten Sie nicht auf das, was Lord Henry sagt. Er hat einen sehr schlechten Einfluß auf seine Freunde, mit Ausnahme von mir.«

Mit dem Air eines jungen griechischen Märtyrers stieg Dorian Gray aufs Podium und zog kurz einen schiefen Mund in Richtung Lord Henry, zu dem er längst eine gewisse Zuneigung gefaßt hatte. Er war ganz anders als Basil. Die beiden bildeten einen entzückenden Gegensatz. Außerdem hatte er eine wunderschöne Stimme. Nach einer Weile sagte Dorian zu ihm: »Haben Sie wirklich so einen schlechten Einfluß, Lord Henry? So schlecht, wie Basil behauptet?«

»Es gibt keinen guten Einfluß, Mr. Gray. Jeder Einfluß ist unmoralisch – unmoralisch im wissenschaftlichen Sinn.«

»Wieso?«

»Jemanden beeinflussen heißt, ihm eine fremde Seele zu geben. Er hat dann keine eigenen Gedanken mehr und wird nicht mehr von den eigenen Leidenschaften verzehrt. Seine Tugenden sind nicht mehr die seinen. Seine Sünden, wenn es so etwas überhaupt gibt, sind geborgt. Er wird zum Widerklang der Musik eines anderen, zum Darsteller einer Rolle, die gar nicht für ihn geschrieben wurde. Das Leben strebt nach Selbstentfaltung. Uns voll und ganz zu verwirklichen, dazu sind wir da. Heutzutage haben die Menschen Angst vor sich selber. Sie haben die höchste aller Pflichten vergessen, die Pflicht gegenüber sich selbst. Sicher, sie sind wohltätig. Sie speisen die Hungernden und kleiden die Bettler. Aber ihre Seele darbt und ist nackt. Unser Geschlecht hat keinen Mut mehr. Vielleicht haben wir nie welchen besessen. Die Furcht vor der Gesellschaft, also die Grundlage der Moral, die Furcht vor Gott, also das Geheimnis des Glaubens – das sind die beiden Dinge, die uns beherrschen. Trotzdem ...«

»Den Kopf bitte ein bißchen weiter nach rechts, Dorian«, sagte der Maler, der ganz in seine Arbeit vertieft war und nur wahrnahm, daß im Gesicht des Jungen inzwischen ein Ausdruck lag, den er noch nie darin gesehen hatte.

»Trotzdem«, fuhr Lord Henry mit seiner leisen, melodischen Stimme fort und machte dabei jene anmutige, für ihn typische Handbewegung, die ihm schon seinerzeit in Eton eigen gewesen war, »ich glaube, wenn auch nur ein einziger Mensch sein Leben voll und ganz ausleben würde, wenn es ihm gelänge, seinen Gefühlen Form zu geben, seinen Gedanken Ausdruck zu verleihen und seine Träume zu verwirklichen – ich glaube, dann bekäme die Welt einen neuen Antrieb zur Freude; wir würden die Maladien des Mittelalters vergessen und zum hellenischen Ideal zurückkehren – vielleicht zu etwas noch Schönerem, noch Prächtigerem. Aber sogar der Tapferste von uns hat Angst vor sich selber. Die Selbstverstümmelung der Wilden findet ihre traurige Fortsetzung in der Selbstverleugnung, die unser Leben zerrüttet. Wir müssen für unsere Entsagungen büßen. Jeder Trieb, den wir zu unterdrücken versuchen, schwelt in uns weiter und vergiftet uns. Hat der Leib einmal gesündigt, dann ist er mit dieser Sünde fertig, denn jede Tat kommt einer Läuterung gleich. Was bleibt, ist die Erinnerung an einen Genuß oder das Schwelgen in Reue. Eine Versuchung wird man nur los, indem man ihr nachgibt. Wer ihr widersteht, dessen Seele wird krank vor Sehnsucht nach dem, was die Seele sich untersagt, vor Verlangen nach dem, was ihre abscheulichen Gesetze zu etwas Abscheulichem und Gesetzlosem machen. Jemand hat mal gesagt, die großen irdischen Ereignisse spielen sich ausschließlich im Kopf ab. Für große irdische Sünden gilt das gleiche, auch sie spielen sich nur im Kopf ab. Sie, Mr. Gray, in Ihrer rosenroten Jugendfrische, Ihrem rosenzarten Knabenalter, auch Sie kennen schon Leidenschaften, die Ihnen angst machen, Gedanken, die Sie mit Schrecken erfüllen, Tagträume und Nachtträume, die Ihnen die Schamröte in die Wangen treiben, wenn Sie nur daran denken …«

»Halt!« stammelte Dorian Gray, »halt! Sie bringen mich ganz durcheinander. Ich weiß gar nicht, was ich sagen soll. Es gibt eine Antwort darauf, ich kann sie bloß nicht finden. Sagen Sie nichts. Ich muß nachdenken. Oder vielmehr, ich muß versuchen, nicht nachzudenken.«

Fast zehn Minuten lang verharrte der Junge völlig reglos, mit geöffneten Lippen und einem eigenartigen Glanz in den Augen. Er war sich dunkel bewußt, daß da ganz neue Einflüsse in ihm wirkten. Zugleich hatte er das Gefühl, als kämen diese Einflüsse in Wirklichkeit von ihm selbst. Die wenigen Worte, die Basils Freund mit ihm gesprochen hatte – ohne Zweifel ganz beiläufig dahingesagte Worte, mit eigenwilligen Paradoxa durchsetzt –, hatten eine geheime Saite angeschlagen, die bisher nie berührt worden war, die nun aber in sonderbaren Schwingungen in ihm zitterte und vibrierte.

Nur Musik hatte ihn schon derartig aufgewühlt. Musik hatte ihn oft in Unruhe versetzt. Aber Musik war nicht deutlich genug. Sie schuf keine neue Welt, sondern eher ein neues Chaos. Worte! Bloße Worte! Wie furchtbar sie waren! Wie klar und lebendig und grausam! Man vermochte ihnen nicht zu entrinnen. Und doch, welch ein subtiler Zauber in ihnen lag! Sie schienen dem Formlosen eine plastische Form geben zu können und eine eigene Musik zu besitzen, so süß wie die der Viola oder der Laute. Bloße Worte! War irgend etwas deutlicher als Worte?

Ja, in seiner Knabenzeit hatte es manches gegeben, das ihm unverständlich gewesen war. Nun verstand er es. Das Leben erschien ihm plötzlich in glühenden Farben. Ihm war, als sei er durch Feuer gegangen. Warum begriff er dies alles erst jetzt?

Lord Henry beobachtete ihn mit hintergründigem Lächeln. Er kannte den richtigen psychologischen Moment, wo es galt, nichts zu sagen. Er war sehr gespannt. Erstaunt über die jähe Wirkung, die seine Worte hervorgerufen hatten, fiel ihm ein Buch ein, das er mit Sechzehn gelesen hatte, ein Buch, das ihm vieles enthüllt hatte, was ihm bisher unbekannt gewesen war, und er fragte sich, ob Dorian Gray in diesem Augenblick eine ähnliche Erfahrung durchmachte. Er hatte nur einen Pfeil in die Luft geschossen. Hatte er getroffen? Wie faszinierend der Junge war!

Hallward malte unterdessen mit schönem, kühnem Pinselstrich weiter, mit jenem echten Raffinement und vollendeten Feingefühl, das zumindest in der Kunst nur aus innerer Festigkeit entsteht. Er nahm die Stille überhaupt nicht wahr.

»Basil, ich kann nicht mehr stehen«, rief Dorian Gray plötzlich. »Ich muß mich raus in den Garten setzen. Die Luft hier drin ist zum Ersticken.«

»Mein lieber Junge, entschuldigen Sie bitte. Wenn ich male, kann ich an nichts anderes denken. Aber Sie waren noch nie so gut. Sie haben sich kein bißchen bewegt. Und ich hab genau das, was ich wollte – die halb geöffneten Lippen, den Glanz in den Augen. Ich weiß nicht, was Harry zu Ihnen gesagt hat; auf jeden Fall hat er Sie zum wunderschönsten Gesichtsausdruck inspiriert. Wahrscheinlich hat er Ihnen Komplimente gemacht. Sie dürfen ihm kein Wort glauben.«

»Er hat mir ganz bestimmt keine Komplimente gemacht. Vielleicht glaub ich ihm grad deswegen nichts.«

»Sie wissen nur zu gut, daß Sie mir alles glauben«, sagte Lord Henry und betrachtete ihn mit träumerischem, mattem Blick. »Ich geh mit Ihnen raus in den Garten. Es ist grauenhaft heiß im Atelier. Basil, lassen Sie uns doch ein Eisgetränk bringen, irgendwas mit Erdbeeren drin.«

»Natürlich, Harry. Drücken Sie einfach die Klingel; wenn Parker kommt, sag ich ihm Bescheid. Ich muß bloß noch den Hintergrund ausarbeiten, dann komm ich nach. Aber halten Sie Dorian nicht zu lang auf.

Ich war noch nie so gut in Form wie heute. Das Bild wird mein Meisterwerk. Ja, es *ist* schon mein Meisterwerk.«

Lord Henry ging hinaus in den Garten; Dorian Gray hatte das Gesicht in den großen, kühlen Fliederblüten vergraben und schlürfte fieberhaft ihren Duft, als wäre es Wein. Lord Henry trat dicht heran und legte ihm die Hand auf die Schulter. »Recht so«, raunte er. »Nur die Sinne heilen die Seele – so wie nur die Seele die Sinne heilt.«

Der Junge fuhr zusammen und schrak zurück. Er war barhäuptig, das Laub hatte seine widerspenstigen Locken zerwühlt und ihre goldenen Fäden verwirrt. In seinem Blick lag die Bangigkeit eines Menschen, den man ganz plötzlich wachgerüttelt hat. Seine zart gemeißelten Nasenflügel bebten; ein verborgener Nerv zuckte in den scharlachfarbenen Lippen und ließ sie erzittern.

»Ja«, fuhr Lord Henry fort, »das ist eines der großen Geheimnisse des Lebens – die Sinne heilen die Seele, und die Seele heilt die Sinne. Sie sind ein erstaunlicher Mensch. Sie wissen mehr, als Sie meinen, und wissen dabei weniger, als Ihnen lieb ist.«

Dorian Gray runzelte die Stirn und wandte den Kopf zur Seite. Ob er wollte oder nicht, er fand einfach Gefallen an dem hochgewachsenen, eleganten jungen Mann, der nun direkt neben ihm stand. Das malerische olivbraune Gesicht mit den müden Zügen fesselte ihn. Die leise, matte Stimme hatte etwas absolut Faszinierendes. Sogar die kühlen, weißen, blütengleichen Hände übten einen seltsamen Reiz aus. Sie begleiteten die Worte des Mannes wie Musik und schienen eine eigene Sprache zu sprechen. Dennoch fürchtete sich Dorian vor ihm und schämte sich zugleich dafür. Sein wahres Ich – wieso mußte es ihm ausgerechnet ein Fremder enthüllen? Er kannte Basil Hallward nun schon seit Monaten, aber die Freundschaft mit ihm hatte ihn kein bißchen verändert. Plötzlich war jemand in sein Leben getreten, der ihm allem Anschein nach das Geheimnis des Lebens offenbart hatte. Trotzdem, wovor hatte er eigentlich Angst? Er war schließlich kein Schulknabe und auch kein Mädchen. Es war albern, sich zu fürchten.

»Setzen wir uns in den Schatten«, sagte Lord Henry. »Parker hat die Getränke gebracht, und wenn Sie noch länger in dieser Glut bleiben, sind Sie irgendwann ganz verschandelt, und Basil wird Sie nie wieder malen. Sie sollten sich keinen Sonnenbrand holen. Das würde Ihnen nicht gut stehen.«

»Was hat das schon zu bedeuten!« rief Dorian Gray lachend und setzte sich auf die Bank am Ende des Gartens.

»Alles hat das zu bedeuten, Mr. Gray.«

»Wieso?«

»Weil Sie den ganzen Schmelz der Jugend besitzen, und Jugend ist das einzige, was sich wirklich zu besitzen lohnt.«

»Das kann ich nicht glauben, Lord Henry.«

»Nein, noch nicht. Aber eines Tages, wenn Sie alt, runzlig und häßlich sind, wenn Ihre Stirn vor lauter Denken zerfurcht ist und die Leidenschaft Ihre Lippen mit ihrem schaurigen Feuer gebrandmarkt hat, dann werden Sie's glauben, dann wird es Ihnen mit Schrecken bewußt. Heute bezaubern Sie alle Welt, egal wo Sie hingehen. Wird das immer so bleiben? … Sie haben ein wunderschönes Gesicht, Mr. Gray. Runzeln Sie nicht die Stirn. Es stimmt. Und Schönheit ist eine Form von Genie – ja, sie steht höher noch als Genie, weil sie keiner Erklärung bedarf. Sie gehört zu den großen Gegebenheiten der Welt, wie Sonnenschein, Frühling oder das in dunklen Gewässern schimmernde Spiegelbild jener silbernen Muschel, die wir Mond nennen. Schönheit ist unanfechtbar. Sie besitzt ein göttliches Hoheitsrecht. Wer sie innehat, den macht sie zum Fürsten. Sie lächeln? Ach, wenn Sie sie erst mal verloren haben, werden Sie nicht mehr lächeln … Es heißt oft, Schönheit sei bloß Oberfläche. Vielleicht. Aber immerhin ist sie nicht so oberflächlich wie Denken. Für mich ist sie das Wunder aller Wunder. Nur flache Menschen urteilen

nicht nach dem äußeren Schein. Das wahre Geheimnis der Welt ist das Sichtbare, nicht das Unsichtbare ... Ja, Mr. Gray, die Götter haben es gut mit Ihnen gemeint. Aber was die Götter schenken, das nehmen sie rasch wieder weg. Ihnen bleiben bloß ein paar Jahre, um Ihr Leben richtig und vollkommen auskosten zu können. Wenn Ihre Jugend schwindet, schwindet auch Ihre Schönheit, und dann werden Sie plötzlich feststellen, daß die Zeit Ihrer Triumphe vorüber ist, und Sie müssen sich mit billigen Triumphen begnügen, mit Triumphen, die Ihnen die Erinnerung an die Vergangenheit noch bitterer machen als Niederlagen. Mit jedem Monat rücken Sie dem Schrecklichen näher. Die Zeit ist eifersüchtig auf Sie und kämpft gegen Ihre Lilien und Rosen. Sie werden bleich und hohlwangig, Ihr Blick wird stumpf. Sie werden furchtbar leiden ... Ah! Leben Sie Ihre Jugend, solange Sie sie noch haben! Vergeuden Sie nicht Ihre goldenen Tage – hören Sie nicht auf die Langweiler, versuchen Sie nicht, die hoffnungslosen Versager zu bessern, liefern Sie sich nicht der Ignoranz, dem Gewöhnlichen und Vulgären aus. Das sind nämlich die kranken Ziele, die falschen Ideale unserer Zeit. Leben Sie! Leben Sie das herrliche Leben, das in Ihnen steckt! Lassen Sie nichts aus. Suchen Sie immer wieder nach neuen Erlebnissen. Fürchten Sie sich vor nichts ... Ein neuer Hedonismus – das ist es, was unser Jahrhundert braucht. Sie könnten sein sichtbares Symbol sein. Mit Ihrer persönlichen Ausstrahlung könnten Sie alles erreichen. Die Welt würde eine Zeitlang Ihnen gehören ... Als ich Sie kennenlernte, war mir sofort klar, daß Ihnen gar nicht bewußt ist, wer Sie in Wirklichkeit sind, wer Sie in Wirklichkeit sein könnten. So vieles an Ihnen hat mich entzückt, daß ich das Gefühl hatte, ich muß Sie ein bißchen über Sie aufklären. Ich dachte, es wäre doch traurig, wenn Sie sich einfach wegwerfen würden. Denn Ihre Jugend geht schnell vorbei – sehr schnell vorbei. Bergblumen verwelken, aber sie blühen von neuem. Der Goldregen wird im nächsten Juni wieder genauso gelb sein wie heute. In einem Monat wird die Klematis purpurne Sterne tragen, und Jahr für Jahr schimmern diese purpurnen Sterne in der grünen Nacht ihres Laubs. Aber unsere Jugend kehrt niemals zurück. Der Pulsschlag der Lebenslust, den wir mit zwanzig in uns verspüren, wird immer schwerfälliger. Unsere Glieder erschlaffen, unsere Sinne verfaulen. Wir entarten zu abscheulichen Puppen, verfolgt von der Erinnerung an die Leidenschaften, vor denen wir uns zu sehr fürchteten, von der Erinnerung an die köstlichen Versuchungen, denen wir aus Mangel an Mut nicht nachgaben. Jugend! Jugend! Absolut nichts auf der Welt geht über Jugend!«

Staunend und mit großen Augen hörte Dorian Gray zu. Der Fliederzweig fiel ihm aus der Hand und auf den Kies. Eine pelzige Biene flog herbei und summte kurz um den Zweig herum. Dann begann sie über das ovale Rund aus winzigen Sternenblüten zu kriechen. Dorian beobachtete sie mit jenem sonderbaren Interesse für Banalitäten, das wir zu entwickeln versuchen, wenn uns etwas sehr Bedeutsames ängstigt, wenn eine ganz neue Empfindung, für die wir keinen Ausdruck finden, uns aufwühlt oder wenn uns unversehens ein furchtbarer Gedanke bestürmt und in Beschlag nehmen will. Nach einer Weile schwirrte die Biene davon. Dorian sah, wie sie in den gefleckten Trichter einer Tyrischen Winde kroch. Die Blüte schien zu erzittern, dann schwankte sie sanft hin und her.

Plötzlich stand der Maler in der Tür zum Atelier und forderte Lord Henry und Dorian mit hektischen Gebärden auf, wieder ins Haus zu kommen. Die beiden blickten einander an und lächelten.

»Ich warte«, rief Basil Hallward. »Kommt endlich rein. Das Licht ist grad ganz hervorragend; ihr könnt eure Getränke ja mitbringen.«

Die beiden standen auf und schlenderten zusammen den Gehweg entlang. Zwei grün-weiße Schmetterlinge flatterten vorüber, und im Birnbaum in der Ecke des Gartens begann eine Drossel zu singen.

»Sie sind froh, daß Sie mich kennengelernt haben, Mr. Gray«, sagte Lord Henry und sah Dorian an.

»Im Moment schon. Ich frag mich bloß, ob das immer so bleiben wird.«

»Immer! Ein schreckliches Wort. Jedesmal wenn ich es höre, packt mich ein Schauder. Frauen gebrauchen es besonders gern. Sie zerstören jede Romanze, indem sie versuchen, ihr ewige Dauer zu verleihen. Im übrigen hat das Wort keinerlei Bedeutung. Der einzige Unterschied zwischen einer Laune und einer lebenslangen Leidenschaft besteht darin, daß die Laune ein bißchen länger dauert.«

Als sie ins Atelier traten, legte Dorian Gray Lord Henry die Hand auf den Arm. »Dann soll unsre Freundschaft eine Laune sein«, murmelte er; über seine Keckheit errötend, stieg er aufs Podest und nahm wieder seine Pose ein.

Lord Henry warf sich in einen großen Korbsessel und ließ Dorian nicht aus den Augen. Die Pinselstriche auf der Leinwand waren die einzigen Geräusche, welche die Stille unterbrachen, außer wenn Hallward dann und wann ein Stück zurücktrat und seine Arbeit begutachtete. In den schrägen, durch die offene Tür hereinflutenden Sonnenstrahlen tanzte goldener Staub. Über allem hing der üppige Duft der Rosen.

Nach ungefähr einer Viertelstunde hörte Hallward auf zu malen; er sah erst Dorian Gray, dann das Bild lange an und biß dabei stirnrunzelnd in den Stiel eines großen Pinsels. »Fertig«, rief er schließlich; er bückte sich und schrieb mit langen, zinnoberroten Buchstaben seinen Namen in die linke Ecke der Leinwand.

Lord Henry trat heran und betrachtete das Gemälde. Es war in der Tat ein wunderbares Kunstwerk; auch die Ähnlichkeit war wunderbar.

»Lieber Freund, meinen allerherzlichsten Glückwunsch«, sagte Lord Henry. »Es ist das schönste Porträt unsrer Zeit. Mr. Gray, kommen Sie und schauen Sie sich an.«

Der Junge schrak auf, als sei er aus einem Traum erwacht. »Ist es wirklich fertig?« murmelte er und stieg vom Podest.

»Aber ja«, sagte der Maler. »Und Sie haben mir heute großartig gesessen. Ich bin Ihnen zu großem Dank verpflichtet.«

»Das ist einzig und allein mein Verdienst«, warf Lord Henry ein. »Stimmt's, Mr. Gray?«

Dorian gab keine Antwort; lustlos kam er herbei und stellte sich vor sein Bild. Als er es sah, wich er zurück, und seine Wangen röteten sich einen Moment lang vor Freude. Ein Ausdruck von Entzücken trat in seine Augen, als habe er sich zum erstenmal selbst erkannt. Reglos und staunend stand er da; er nahm undeutlich wahr, daß Hallward etwas zu ihm sagte, vermochte aber den Sinn der Worte nicht zu erfassen. Das Bewußtsein seiner Schönheit überkam ihn wie eine Offenbarung. Es war für ihn ein ganz neues Gefühl. Basil Hallwards Komplimente hatte er immer nur für liebenswürdig übertriebene Freundschaftsbekundungen gehalten. Er hatte sie sich angehört, darüber gelacht, sie wieder vergessen. Sie hatten sein Wesen nicht beeinflußt. Dann war Lord Henry erschienen, mit seinem seltsamen Lobgesang auf die Jugend, seiner schaurigen Warnung vor ihrer Kürze. Das hatte ihn aufgewühlt, aber erst jetzt, da er das Abbild seiner Schönheit betrachtete, durchdrang ihn blitzartig die volle Wahrheit dessen, was Lord Henry gesagt hatte. Ja, eines Tages würde sein Gesicht runzlig und welk, sein Auge trübe und farblos, die Anmut seiner Gestalt zerrüttet und verdorben sein. Das Scharlachrot würde aus seinen Lippen weichen, das Gold aus seinem Haar schwinden. Das Leben, das seine Seele formen sollte, würde seinen Körper verunstalten. Er würde häßlich, abstoßend und unansehnlich werden.

Wie ein Messer durchfuhr ihn bei diesem Gedanken ein heftiger Schmerz und brachte jede zarte Fiber in ihm zum Erzittern. Seine Augen wurden dunkel wie Amethyste; ein Tränenschleier umflorte sie. Ihm war, als legte sich ihm eine eisige Hand aufs Herz.

»Gefällt's Ihnen nicht?« rief Hallward schließlich, ein wenig gekränkt durch Dorians Schweigen, dessen Bedeutung er nicht verstand.

»Natürlich gefällt's ihm«, sagte Lord Henry. »Jedem würde es gefallen. Es ist eins der größten Werke der zeitgenössischen Kunst. Ich zahle Ihnen dafür, was Sie wollen. Ich muß es unbedingt haben.«

»Es gehört mir nicht, Harry.«

»Wem denn?«

»Dorian natürlich«, antwortete der Maler.

»So ein Glückspilz.«

»Furchtbar!« murmelte Dorian Gray, den Blick immer noch auf sein Porträt geheftet. »Furchtbar! Ich werde alt und häßlich und widerwärtig. Aber das Bild bleibt immer jung. Es ist nie älter als der heutige Junitag ... Wär's doch nur umgekehrt! Wär's doch nur so, daß *ich* immer jung bleibe und das Bild älter wird! Dafür – dafür würd ich alles geben! Ja, einfach alles würd ich dafür geben! Sogar meine Seele!«

»Ein solcher Handel wäre wohl kaum in Ihrem Sinne, Basil«, rief Lord Henry lachend. »Er würde Ihrem Bild nicht besonders gut bekommen.«

»Ich hätte in der Tat eine Menge dagegen, Harry«, sagte Hallward.

Dorian Gray drehte sich um und sah ihn an. »Das glaub ich gern, Basil. Ihre Kunst ist Ihnen lieber als Ihre Freunde. Für Sie bin ich nicht mehr als eine grüne Bronzefigur. Ja, wahrscheinlich nicht mal das.«

Der Maler machte große Augen. Das war ein ganz anderer Dorian, der da sprach. Was war geschehen? Der Junge wirkte völlig aufgebracht. Sein Gesicht war gerötet, seine Wangen glühten.

»Ja«, fuhr Dorian fort, »ich bedeute Ihnen weniger als Ihr Elfenbein-Hermes oder Ihr silberner Faun. Die werden Ihnen immer gefallen. Und wie lang werd *ich* Ihnen gefallen? Wahrscheinlich bis ich die ersten Falten bekomme. Wer seine Schönheit verliert, egal welcher Art, der verliert alles, das weiß ich jetzt. Ihr Bild hat mir das klargemacht. Lord Henry Wotton hat völlig recht. Jugend ist das einzige, was sich wirklich zu besitzen lohnt. Wenn ich irgendwann merke, daß ich alt werde, dann bringe ich mich um.«

Hallward erbleichte und griff Dorians Hand. »Dorian! Dorian!« rief er, »was reden Sie da! Ich hatte noch nie einen Freund wie Sie und werde auch nie wieder so einen haben. Sie sind doch nicht eifersüchtig auf leblose Gegenstände? – Sie, der Sie schöner sind als jeder Gegenstand auf der Welt!«

»Ich bin eifersüchtig auf alles, dessen Schönheit nicht stirbt. Ich bin eifersüchtig auf das Porträt, das Sie von mir gemalt haben. Warum soll es behalten, was ich verlieren muß? Jeder Augenblick, der verrinnt, nimmt mir etwas weg und gibt etwas dem Bild. Wär's doch nur umgekehrt! Würde doch nur das Bild sich verändern und ich immer so bleiben, wie ich jetzt bin! Warum haben Sie's gemalt? Eines Tages wird es mich verhöhnen – furchtbar verhöhnen!« Heiße Tränen stiegen Dorian in die Augen; er riß seine Hand weg, warf sich auf den Diwan und barg das Gesicht in den Kissen, als wolle er beten.

»Das haben Sie ja schön hingekriegt, Harry«, sagte der Maler verbittert.

Lord Henry zuckte die Schultern. »Es ist der wahre Dorian Gray – das ist alles.«

»Nein.«

»Nein? Und was habe dann *ich* damit zu tun?«

»Ich hab Sie extra gebeten, zu gehen«, murmelte Hallward.

»Sie haben mich auch extra gebeten, zu bleiben«, gab Lord Henry zurück.

»Harry, ich kann mich nicht mit meinen zwei besten Freunden gleichzeitig streiten, aber ihr beide seid schuld, daß mir das beste Werk, das ich jemals geschaffen habe, ein Greuel ist; ich werde es vernichten. Es besteht sowieso bloß aus Leinwand und Farbe. Ich möchte nicht, daß es sich zwischen uns drängt und unsre Beziehung beeinträchtigt.«

Dorian Gray hob den goldenen Kopf vom Kissen und sah mit bleichem Gesicht und verweinten Augen, wie der Maler zu dem hölzernen Maltisch schritt, der vor dem Fenster mit den langen Vorhängen stand. Was wollte er dort? Seine Finger fuhren durch das Gewirr von Blechtuben und trockenen Pinseln und suchten nach etwas. Ja, es war das lange Palettenmesser mit der schmalen, geschmeidigen Stahlklinge. Schließlich hatte er es gefunden. Er wollte die Leinwand aufschlitzen.

Mit einem erstickten Schluchzen sprang der Junge vom Diwan, stürzte hinüber zu Hallward, riß ihm das Messer aus der Hand und schleuderte es in den hintersten Winkel des Ateliers. »Nein, Basil, nein!« rief er. »Das wäre Mord!«

»Freut mich, daß Ihnen mein Werk doch noch gefällt, Dorian«, sagte der Maler kühl, als er sich von seiner Überraschung erholt hatte. »Ich habe schon nicht mehr daran geglaubt.«

»Gefällt? Ich liebe es, Basil. Es ist ein Teil von mir selber. Das spüre ich.«

»Schön; sobald Sie trocken sind, werden Sie gefirnißt und gerahmt und anschließend nach Haus geschickt. Dann können Sie mit sich anstellen, was Sie wollen.« Der Maler durchquerte das Atelier und läutete nach Tee. »Tee ist Ihnen doch recht, Dorian? Und Ihnen auch, Harry? Oder haben Sie was gegen so einfache Genüsse?«

»Ich bin vernarrt in einfache Genüsse«, sagte Lord Henry. »Sie sind die letzte Zuflucht der Komplizierten. Aber ich habe was gegen Szenen, es sei denn, sie spielen sich auf der Bühne ab. Ihr seid mir vielleicht alberne Käuze, ihr zwei! Irgendwer hat den Menschen mal als vernünftiges Tier bezeichnet. Das war die voreiligste Definition, die je in die Welt gesetzt wurde. Der Mensch ist vieles, bloß nicht vernünftig. Ich bin ganz froh, daß er's nicht ist; trotzdem, ich möchte nicht, daß ihr euch wegen dem Bild zankt. Geben Sie's lieber mir, Basil. Der dumme Junge hier will's doch in Wirklichkeit gar nicht haben – und ich will es unbedingt.«

»Wenn Sie's jemand anders geben, Basil, würd ich Ihnen das niemals verzeihen!« rief Dorian Gray; »und den dummen Jungen verbitte ich mir.«

»Das Bild gehört Ihnen, Dorian, das wissen Sie doch. Ich hab's Ihnen schon geschenkt, bevor es überhaupt da war.«

»Und Sie wissen auch, daß Sie grad ein bißchen dumm waren, Mr. Gray, und daß Sie eigentlich gar nichts dagegen haben, wenn man Sie daran erinnert, daß Sie noch sehr jung sind.«

»Heut morgen hätte ich noch eine ganze Menge dagegen gehabt, Lord Henry.«

»Ach, heut morgen! Seitdem ist Ihr Leben weitergegangen.«

Es klopfte an der Tür; der Butler erschien mit einem beladenen Teebrett und stellte es auf einen kleinen japanischen Tisch. Tassen und Untertassen klapperten, ein kannelierter, aus der Zeit Georgs III. stammender Samowar zischte. Ein junger Diener brachte zwei kugelförmige Porzellanschalen. Dorian Gray ging hinüber und schenkte Tee ein. Die beiden Männer schlenderten träge zum Tisch und sahen nach, was sich unter den Deckeln der Schalen befand.

»Gehn wir doch ins Theater heut abend«, sagte Lord Henry. »Irgendwo wird bestimmt was gegeben. Ich bin zwar im White zum Dinner verabredet, aber bloß mit einem alten Freund; dem schick ich einfach ein Telegramm, daß mir nicht wohl ist oder daß ich durch eine nachträgliche Verabredung verhindert bin. Ich finde, das wäre eine recht hübsche Entschuldigung: Sie hätte den Überraschungseffekt der Aufrichtigkeit.«

»Wie lästig, da muß man sich ja extra umziehen«, murmelte Hallward.

»Die Gesellschaftskleidung sieht absolut gräßlich aus, wenn man sie anhat.«

»Ja«, antwortete Lord Henry träumerisch, »die Kleidung des neunzehnten Jahrhunderts ist abscheulich. Sie ist so düster, so bedrückend. Das einzige Farbelement im heutigen Leben ist die Sünde.«

»Sie sollten so etwas nicht vor Dorian sagen, Harry.«

»Vor welchem Dorian? Vor dem, der uns grad Tee einschenkt, oder vor dem auf dem Bild?«

»Vor beiden.«

»Ich würd gern mit ins Theater, Lord Henry«, sagte der Junge.

»Nur zu; Sie kommen doch auch mit, Basil, oder?«

»Lieber nicht. Es geht einfach nicht. Ich hab noch eine Menge zu tun.«

»Tja, dann gehn wir zwei eben allein, Mr. Gray.«

»Mit dem größten Vergnügen.«

Der Maler biß sich auf die Lippe und schritt, die Tasse in der Hand, zu dem Gemälde hinüber. »Ich bleibe beim echten Dorian«, sagte er traurig.

»Ist das der echte Dorian?« rief das Modell des Porträts und schlenderte herbei. »Bin das wirklich ich?«

»Ja; ganz echt und getreu.«

»Wie wunderbar, Basil!«

»Zumindest sind Sie's äußerlich. Immerhin wird sich das Bild niemals verändern«, seufzte Hallward. »Und das ist ja schon etwas.«

»Was für einen Wirbel man um die Treue macht!« rief Lord Henry. »Dabei ist sie selbst in der Liebe bloß ein physiologisches Problem. Sie hat mit dem eigenen Willen gar nichts zu tun. Die Jungen wollen treu sein und sind's nicht, die Alten wollen untreu sein und können's nicht; mehr läßt sich dazu nicht sagen.«

»Gehen Sie heut abend nicht ins Theater, Dorian«, sagte Hallward. »Bleiben Sie zum Dinner bei mir.«

»Ich kann nicht, Basil.«

»Warum nicht?«

»Weil ich Lord Henry Wotton versprochen hab, ihn zu begleiten.«

»Sie werden in seiner Gunst nicht steigen, wenn Sie Ihre Versprechen halten. Er selber bricht seine immer. Ich bitte Sie, bleiben Sie hier.«

Dorian Gray lachte und schüttelte den Kopf.

»Ich flehe Sie an.«

Der Junge zögerte und blickte hinüber zu Lord Henry, der die beiden vom Teetisch aus mit amüsiertem Lächeln beobachtete.

»Ich muß gehn«, antwortete Dorian.

»Na schön«, sagte Hallward; er ging hinüber und stellte seine Tasse auf das Tablett. »Es ist schon ziemlich spät; ihr müßt euch noch umziehen, drum solltet ihr keine Zeit verlieren. Wiedersehn, Harry. Wiedersehn, Dorian. Kommen Sie bald wieder vorbei. Am besten gleich morgen.«

»Natürlich.«

»Aber nicht vergessen!«

»Bestimmt nicht«, rief Dorian.

»Und … Harry!«

»Ja, Basil?«

»Denken Sie dran – ich hab Sie heut morgen im Garten um etwas gebeten!«

»Weiß ich nicht mehr.«

»Ich vertraue Ihnen.«

»Ich kann mir ja nicht mal selber vertrauen«, sagte Lord Henry lachend. »Kommen Sie, Mr. Gray, mein Wagen steht draußen; ich setze Sie dann bei Ihnen ab. Wiedersehn, Basil. Es war ein höchst interessanter Nachmittag.«

Als sich die Tür hinter den beiden schloß, warf sich der Maler auf ein Sofa, und ein schmerzlicher Ausdruck trat in sein Gesicht.

3 Tags darauf schlenderte Lord Henry Wotton um halb eins von der Curzon Street hinüber zum Albany, um seinen Onkel, Lord Fermor, zu besuchen, einen liebenswürdigen, wenn auch etwas rauhbeinigen Junggesellen, den die Außenwelt, weil sie keine Wohltaten von ihm empfing, als selbstsüchtig bezeichnete, der aber andererseits in der vornehmen Gesellschaft als großzügig galt, da er die, die zu seiner Unterhaltung beitrugen, mit Speise und Trank versorgte. Sein Vater war, als Isabella noch jung war und noch niemand an Prim dachte, unser Gesandter in Madrid gewesen, hatte sich jedoch in einem kapriziösen Anflug von Mißmut aus dem diplomatischen Dienst zurückgezogen, weil man ihm nicht den Botschafterposten in Paris offeriert hatte – einen Posten, der ihm nach seiner Meinung mit seiner Herkunft, seiner Trägheit, dem gepflegten Englisch seiner Depeschen und seiner unbändigen Vergnügungssucht durchaus zugestanden hätte. Der Sohn, ehedem Sekretär seines Vaters, hatte ebenso wie sein Vorgesetzter den Dienst quittiert – was man damals für etwas töricht hielt – und sich, nachdem er ein paar Monate später sein Erbe angetreten hatte, dem ernsthaften Studium der großen aristokratischen Kunst des völligen Nichtstuns gewidmet. Er besaß zwei ansehnliche Stadthäuser, zog aber, da mit weniger Aufwand verbunden, das Leben in einer Junggesellenwohnung vor und speiste meistens in seinem Klub. Einige Aufmerksamkeit schenkte er der Leitung seiner Kohlengruben in den Grafschaften Mittelenglands; diesen Zug von Gewerbefleiß entschuldigte er mit dem Hinweis, der einzige Vorteil, den der Besitz von Kohle biete, bestehe darin, daß ein Gentleman es sich dadurch leisten könne, seinen Kamin schicklicherweise mit Holz zu feuern. Politisch war er ein Tory – außer wenn die Tories an der Regierung waren; dann beschimpfte er sie rundweg als eine Bande von Radikalen. Ein Held gegenüber seinem Diener, der ihn tyrannisierte, war er für die meisten seiner Verwandten, die wiederum er tyrannisierte, ein Schrecken. Nur England hätte ihn hervorbringen können; seine stehende Rede war, daß das Land vor die Hunde gehe. Seine Grundsätze waren altmodisch, doch seine Vorurteile hatten einiges für sich.

Als Lord Henry ins Zimmer trat, saß sein Onkel in einem derben Jagdrock, grummelnd und einen Stumpen rauchend, über der *Times*. »Nanu, Harry«, sagte der alte Gentleman, »ich dachte, ihr Dandys steht nie vor zwei auf und laßt euch nicht vor fünf blicken – was treibt dich so früh nach draußen?«

»Reiner Familiensinn, Onkel George, das kannst du mir glauben. Ich brauche etwas von dir.«

»Geld, nehme ich an«, sagte Lord Fermor und verzog das Gesicht. »Na, dann setz dich mal hin und schieß los. Die jungen Leute von heute meinen immer, Geld sei alles.«

»Ja«, murmelte Lord Henry und rückte die Blume in seinem Knopfloch zurecht, »und wenn sie älter werden, dann wissen sie's. Aber mir geht's nicht um Geld. Das brauchen nur die, die ihre Rechnungen bezahlen, Onkel George, und ich bezahl meine nie. Kredit ist das Kapital des zweitgeborenen Sohns, und davon läßt's sich zauberhaft leben. Außerdem habe ich's ohnehin bloß mit den Lieferanten von Dartmoor zu tun; deswegen rückt man mir auch nie auf die Pelle. Was ich brauche, ist eine Information; keine nützliche natürlich; eine unnütze.«

»Tja, ich kann dir erzählen, was in den englischen Blaubüchern steht, Harry; allerdings schreiben die Burschen heutzutage eine Menge Unsinn. Als ich noch im diplomatischen Dienst war, war alles viel besser. Aber wie ich höre, kommt man da neuerdings nur mit einer Prüfung rein. Was soll das? Prüfungen, mein Junge, sind reiner Humbug, von A bis Z. Wenn einer ein Gentleman ist, dann weiß er genug, und wenn er keiner ist, dann hilft ihm sein ganzes Wissen nichts.«

»Mr. Dorian Gray steht nicht in Blaubüchern, Onkel George«, sagte Lord Henry schlaff.

»Mr. Dorian Gray? Wer ist das?« fragte Lord Fermor und runzelte die buschigen weißen Brauen.

»Das will ich ja eben von *dir* wissen, Onkel George. Das heißt, eigentlich weiß ich's schon. Er ist der Enkel des letzten Lord Kelso. Seine Mutter war eine Devereux; Lady Margaret Devereux. Ich hätte gern, daß du mir von ihr erzählst. Wie war sie? Wen hat sie geheiratet? Du hast doch zu deiner Zeit fast jeden gekannt, also wahrscheinlich auch sie. Ich bin nämlich an Mr. Gray momentan sehr interessiert. Ich habe ihn grade erst kennengelernt.«

»Kelsos Enkel!« sagte der alte Gentleman. – »Kelsos Enkel! ... Natürlich ... Ich habe seine Mutter sehr gut gekannt. Ich glaube, ich war bei ihrer Taufe. Sie war ein außergewöhnlich schönes Mädchen, Margaret Devereux; und hat die Männer schier zur Verzweiflung gebracht, weil sie mit einem jungen Habenichts durchgebrannt ist; einem puren Niemand, mein Junge, einem Subalternoffizier in einem Infanterieregiment oder so. Aber ja. Ich erinnere mich, als wär's erst gestern passiert. Der arme Kerl kam bei einem Duell in Spa ums Leben, ein paar Monate nach der Hochzeit. Es gab da ein häßliches Gerücht. Angeblich hat Kelso damals einen nichtsnutzigen Abenteurer engagiert, einen belgischen Strolch, der seinen Schwiegersohn öffentlich beleidigen sollte; Kelso hat ihn dafür bezahlt, mein Junge, er hat ihn dafür bezahlt; und der Filou hat sein Opfer aufgespießt wie eine Taube. Die Sache wurde vertuscht, aber bei Gott, danach mußte Kelso im Klub sein Kotelett eine Zeitlang allein essen. Soviel ich weiß, hat er seine Tochter wieder zu sich geholt, und sie hat daraufhin nie mehr mit ihm gesprochen. Jaja; eine schlimme Geschichte. Auch die junge Frau ist dann gestorben; kein Jahr später ist sie gestorben. Und sie hat also einen Sohn hinterlassen? War mir ganz entfallen. Wie ist der Junge denn? Wenn er seiner Mutter ähnelt, sieht er bestimmt gut aus.«

»Sogar sehr gut«, bestätigte Lord Henry.

»Hoffentlich kommt er in gute Hände«, fuhr der alte Herr fort. »Wenn Kelso richtig an ihm gehandelt hat, dann dürfte ein Haufen Geld auf ihn warten. Auch seine Mutter war ziemlich betucht. Der ganze Selby-Besitz ist an sie gefallen, durch ihren Großvater. Ihr Großvater hat Kelso gehaßt, er hielt ihn für einen gemeinen Hund. War er auch. Er kam mal nach Madrid, als ich noch dort war. Grundgütiger, hab ich mich für ihn geschämt. Die Königin hat mich immer wieder gefragt, wer der englische Adlige sei, der andauernd mit den Kutschern wegen der Fahrpreise herumhändle. Man hat eine richtige Sache daraus gemacht. Einen Monat lang habe ich nicht mehr gewagt, mich bei Hof blicken zu lassen. Hoffentlich ist er mit seinem Enkel besser umgegangen als mit den Droschkenkutschern.«

»Keine Ahnung«, antwortete Lord Henry. »Ich könnte mir allerdings vorstellen, daß es dem Jungen einmal recht gut gehen wird. Er ist noch nicht volljährig. Selby gehört ihm, das weiß ich. Er hat's mir gesagt. Und … seine Mutter war sehr schön?«

»Margaret Devereux war eins der lieblichsten Geschöpfe, die mir jemals begegnet sind, Harry. Weiß der Himmel, was sie zu ihrem Verhalten getrieben hat. Sie hätte jeden heiraten können, den sie wollte. Carlington war verrückt nach ihr. Sicher, sie war romantisch. Wie alle Frauen in ihrer Familie. Die Männer waren ein trauriger Haufen, aber, bei Gott!, die Frauen waren hinreißend. Carlington ist vor ihr auf die Knie gefallen. Hat er mir selber erzählt. Sie hat ihn ausgelacht; dabei waren damals in London sämtliche Mädchen hinter ihm her. Und übrigens, Harry, wo wir grad von unklugen Ehen sprechen, was ist das für ein Humbug, den mir dein Vater da erzählt – Dartmoor will eine Amerikanerin heiraten? Sind ihm die englischen Mädchen nicht gut genug?«

»Es ist jetzt ziemlich in Mode, Amerikanerinnen zu heiraten, Onkel George.«

»Ich würde jederzeit auf Engländerinnen setzen, und zwar gegen jede Konkurrenz, Harry«, sagte Lord Fermor und schlug mit der Faust auf den Tisch.

»Momentan setzt alles auf Amerikanerinnen.«

»Denen fehlt's an Stehvermögen, hab ich mir sagen lassen«, brummte der Onkel.

»Längere Strecken machen sie müde, dafür sind sie bei Jagdrennen hervorragend. Sie nehmen alle Hürden im Flug. Ich glaube nicht, daß Dartmoor eine Chance hat.«

»Wie sieht's mit ihrer Familie aus?« knurrte der alte Gentleman. »Hat sie überhaupt eine?«

Lord Henry schüttelte den Kopf. »Amerikanische Mädchen verstehen ihre Eltern geschickt zu verheimlichen, wie englische Frauen ihre Vergangenheit«, sagte er und erhob sich zum Aufbruch.

»Ihre Familie macht wahrscheinlich in Fleischkonserven, wie?«

»Das hoffe ich, Onkel George, für Dartmoor. In Amerika soll der Handel mit Fleischkonserven das lukrativste Geschäft nach der Politik sein.«

»Ist sie hübsch?«

»Sie tut, als wäre sie schön. Die meisten Amerikanerinnen tun das. Es ist das Geheimnis ihres Charmes.«

»Wieso können diese amerikanischen Weiber nicht einfach in ihrem Land bleiben? Es heißt doch immer, Amerika ist für Frauen ein Paradies.«

»Stimmt. Drum sind sie ja wie Eva so ungeheuer erpicht darauf, es zu verlassen«, sagte Lord Henry. »Wiedersehn, Onkel George. Wenn ich noch länger bleibe, komm ich zu spät zum Lunch. Danke für die Information. Mir liegt immer daran, alles von meinen neuen Freunden zu wissen; mit meinen alten geht's mir genau umgekehrt.«

»Wo findet dein Lunch denn statt?«

»Bei Tante Agatha. Ich habe mich und Mr. Gray eingeladen. Er ist ihr neuester Protegé.«

»Pff! Sag deiner Tante Agatha, sie soll mich nicht mehr mit ihren Wohlfahrtsaktionen behelligen. Ich habe die Nase voll davon. Die gute Frau meint doch wahrhaftig, ich hätte nichts anderes zu tun, als ihre albernen Flausen mit Schecks zu unterstützen.«

»Gut, Onkel George, ich sag's ihr, aber es wird wohl nichts nützen. Die Philanthropen haben jeden Sinn für Humanität verloren. Das ist ihr ganz besonderes Merkmal.«

Der alte Gentleman gab ein zustimmendes Brummen von sich und läutete nach dem Diener. Lord Henry ging durch die niedrige Arkade zur Burlington Street und lenkte dann seine Schritte in Richtung Berkeley Square.

Das also war die Geschichte von Dorian Grays Herkunft. So schlicht sie ihm erzählt worden war, hatte sie ihn doch erregt, weil ihr etwas von einem seltsamen, geradezu modernen Roman anhaftete. Eine schöne Frau setzt für eine wilde Leidenschaft alles aufs Spiel. Ein paar stürmische Wochen des Glücks, jäh beendet durch ein abscheuliches, heimtückisches Verbrechen. Monate stummer Qual, und dann ein in Schmerzen geborenes Kind. Die Mutter vom Tod hingerafft, der Knabe der Einsamkeit überlassen und der Tyrannei eines alten und lieblosen Mannes. Ja; es war ein interessanter Hintergrund. Er gab dem Jüngling Tiefe und machte ihn gleichsam vollkommener. Hinter allem Besonderen steckte etwas Tragisches. Welten mußten kreißen, damit die unscheinbarste Blume erblühen konnte ... Und wie bezaubernd er gestern abend beim Dinner gewesen war, als er ihm mit erschrockenen Augen und vor bangem Entzücken geöffneten Lippen im Klub gegenübersaß, während die roten Kerzenschirme das erwachende Wunder seines Antlitzes noch rosiger färbten. Mit ihm zu sprechen war, als spiele man auf einer erlesenen Violine. Er reagierte auf jeden Strich und jede Regung des Bogens ... Es hatte etwas ungeheuer Fesselndes, jemanden zu beeinflussen. Keine andere Betätigung kam dem gleich. Seine Seele in eine anmutige Form zu gießen und sie einen Augenblick darin verweilen zu lassen; den Widerhall seiner intellektuellen Ideen zu hören, bereichert um den Wohlklang von Leidenschaft und Jugend; seine Stimmung auf einen anderen zu übertragen wie ein zartes Fluidum oder einen fremden Duft: darin lag ein echter Genuß – vielleicht der schönste Genuß, der uns in einer so beschränkten und vulgären Zeit wie der unsrigen noch geblieben ist, einer Zeit, deren Gelüste ausnehmend sinnlich und deren Ziele ausnehmend gewöhnlich sind ... Darüber hinaus war er ein herrlicher Typus, dieser Junge, den er durch einen so seltsamen Zufall in Basils Atelier kennengelernt hatte; zumindest konnte man ihn zu einem herrlichen Typus formen. Grazie war ihm eigen, die makellose Reinheit der Jugend und jene Schönheit, wie sie alte griechische Marmorbildwerke uns bewahrt haben. Alles konnte man aus ihm machen. Einen Titanen oder ein Spielzeug. Welch ein Jammer, daß eine solche Schönheit einmal verblühen sollte! ... Und Basil? Wie interessant er doch war, psychologisch gesehen! Der neue Kunststil, die neue Art, ins Leben zu blicken, beides auf so seltsame Weise angeregt durch die bloße äußere Erscheinung eines, der sich all dessen gar nicht bewußt war; der stumme Geist, der in einer düsteren Waldlandschaft wohnte und ungesehen über die offene Flur wandelte, um sich, dryadengleich und furchtlos, ganz plötzlich zu offenbaren, weil in Basils Seele, die nach diesem Geist gesucht hatte, jene wunderbare Vision erwacht war, der allein sich das Wunderbare zu enthüllen vermag; die bloßen Urbilder und Muster, die gleichsam veredelt wurden und eine Art von symbolischem Wert gewannen, als wären sie wiederum Muster für eine andere, vollkommenere Form, deren Schatten durch diese Muster zu etwas Realem wurde: wie sonderbar das alles war! Parallelen aus der Geschichte fielen ihm ein. War es nicht Platon, dieser Künstler des Denkens, der es als erster analysiert hatte? War es nicht Buonarotti, der es in den bunten Marmor einer Sonettenfolge gemeißelt hatte? Aber in unserem Jahrhundert war es doch sonderbar ... Ja; er würde versuchen, für Dorian Gray das zu sein, was der Junge unwissentlich für den Maler war, der das wundervolle Porträt geschaffen hatte. Er würde danach streben, ihn zu beherrschen – was ihm ja schon halbwegs gelungen war. Er würde sich diese wunderbare Seele zu eigen machen. Es lag etwas Faszinierendes in diesem Sohn der Liebe und des Todes.

Plötzlich blieb er stehen und blickte zu den Häusern empor. Er stellte fest, daß er das Haus seiner Tante längst passiert hatte; lächelnd kehrte er wieder um. Als er die etwas düstere Halle betrat, sagte ihm der Butler, daß man bereits zu Tisch sei. Er reichte einem der Lakaien Hut und Stock und begab sich ins Speisezimmer.

»Spät wie immer, Harry«, rief seine Tante kopfschüttelnd.

Er erfand eine lässige Entschuldigung, nahm den leeren Sitz neben ihr ein und vergewisserte sich mit einem Blick in die Runde, wer alles da war. Dorian, in dessen Wangen sich eine freudige Röte stahl, verneigte sich schüchtern am unteren Ende der Tafel. Lord Henry gegenüber saß die Duchess of Harley – eine Dame von bewundernswert gutem Charakter und guter Laune, sehr beliebt bei allen, die sie kannten, und von jenem ausladenden Körperbau, den zeitgenössische Chronisten bei Frauen, die keine Duchessen sind, als Korpulenz bezeichnen. Ihr rechter Tischnachbar war Sir Thomas Burdon, ein radikaler Parlamentarier, der sich im öffentlichen Leben an seinen Parteichef und im Privatleben an die

Küchenchefs hielt, indem er die weise und wohlbekannte Regel befolgte, wie ein Tory zu speisen und wie ein Liberaler zu denken. Zu ihrer Linken saß Mr. Erskine of Treadley, ein ungemein charmanter und kultivierter alter Gentleman, der allerdings die schlechte Angewohnheit hatte, sehr wortkarg zu sein, da er, wie er Lady Agatha einmal erklärte, schon vor seinem dreißigsten Lebensjahr alles gesagt hatte, was zu sagen war. Lord Henrys eigene Tischnachbarin war Mrs. Vandeleur, eine der ältesten Freundinnen seiner Tante, eine perfekte Heilige unter den Frauen, aber so nachlässig gekleidet, daß sie an ein miserabel gebundenes Gesangbuch erinnerte. Zu seinem Glück hatte sie außerdem Lord Faudel zur Seite, einen höchst intelligenten Durchschnittstyp mittleren Alters, der so kahl war wie eine ministerielle Berichterstattung im Unterhaus; sie führte gerade eine Unterhaltung mit ihm – mit jenem tiefen Ernst, der, wie Lord Henry einmal bemerkte, der einzige unverzeihliche Fehler ist, den alle wahrhaft gute Menschen begehen und von dem sich keiner von ihnen je wieder gänzlich freimachen kann.

»Wir sprechen grad über den armen Dartmoor, Lord Henry«, rief die Duchess und nickte ihm über die Tafel hinweg freundlich zu. »Meinen Sie, er wird diese bezaubernde junge Person wirklich heiraten?«

»Ich glaube, sie hat sich inzwischen entschlossen, um seine Hand anzuhalten, Duchess.«

»Wie furchtbar!« rief Lady Agatha. »Wahrhaftig, man sollte etwas dagegen unternehmen.«

»Ich habe aus sehr zuverlässiger Quelle gehört, daß ihr Vater ein Geschäft für amerikanische Meterware betreibt«, sagte Sir Thomas Burdon mit hochmütiger Miene.

»Mein Onkel dachte mehr an Konservenfleisch, Sir Thomas.«

»Meterware! Was sind denn amerikanische Meterwaren?« fragte die Duchess, das Wort betonend; sie hob verwundert die großen Hände.

»Amerikanische Romane«, antwortete Lord Henry und nahm sich eine Wachtel.

Die Duchess blickte verwirrt.

»Hören Sie gar nicht hin«, flüsterte Lady Agatha. »Er meint nie, was er sagt.«

»Als Amerika entdeckt wurde«, sagte der radikale Parlamentarier und begann ein paar langweilige Fakten aufzuzählen. Wie alle, die ein Thema zu erschöpfen versuchen, erschöpfte er seine Zuhörer. Die Duchess seufzte und machte von ihrem Vorrecht Gebrauch, in die Rede zu fallen. »Ich wünschte bei Gott, es wäre überhaupt nicht entdeckt worden!« rief sie. »Unsre Mädchen haben doch heutzutag keinerlei Chance mehr. Das ist höchst ungerecht.«

»Vielleicht wurde Amerika ja gar nicht entdeckt«, sagte Mr. Erskine. »Ich persönlich würde sagen, man hat es schlicht und ergreifend enttarnt.«

»Oh, andererseits habe ich schon einige Exemplare der Einwohnerschaft zu Gesicht bekommen«, antwortete die Duchess leichthin. »Ich muß bekennen, die meisten von ihnen sind ausnehmend hübsch. Dazu sind sie gut gekleidet. Sie besorgen sich ihre Garderobe ausschließlich in Paris. Ich wünschte, ich könnte mir das ebenfalls leisten.«

»Es heißt, wenn gute Amerikaner sterben, gehen sie nach Paris«, kicherte Sir Thomas, der über einen großen Fundus ausrangierter Narrenkostüme verfügte.

»Tatsächlich! Und wo gehn in dem Fall die schlechten Amerikaner hin?« erkundigte sich die Duchess.

»Nach Amerika«, murmelte Lord Henry.

Sir Thomas runzelte die Stirn. »Ich fürchte, Ihr Neffe hat ein Vorurteil gegen dieses großartige Land«, sagte er zu Lady Agatha. »Ich bin dort schon überall herumgekommen, in Wagen, die mir von den Eisenbahndirektoren zur Verfügung gestellt wurden; man ist in solchen Dingen äußerst zuvorkommend. Ich versichere Ihnen, ein Besuch in diesem Land wirkt ungemein bildend.«

»Aber muß man denn wirklich nach Chicago, wenn man sich bilden will?« fragte Mr. Erskine vorwurfsvoll. »Ich fühle mich einer solchen Reise nicht gewachsen.«

Sir Thomas winkte ab. »Mr. Erskine of Treadley hat die Welt in seinem Bücherregal. Wir Praktiker *sehen* lieber die Dinge, als daß wir darüber lesen. Die Amerikaner sind ein höchst interessantes Volk. Sie sind durch und durch vernünftig. Wahrscheinlich ist das ihre hervorstechendste Eigenschaft. Ja, Mr. Erskine, ein durch und durch vernünftiges Volk. Glauben Sie mir, bei den Amerikanern gibt es keine Unvernunft.«

»Wie gräßlich!« rief Lord Henry. »Nackte Gewalt mag ja noch angehn, aber nackte Vernunft ist ganz und gar unerträglich. Ihre Anwendung hat etwas Unfaires. Sie ist ein Tiefschlag gegen den Geist.«

»Das verstehe ich nicht«, sagte Sir Thomas und wurde ein wenig rot.

»Ich schon, Lord Henry«, murmelte Mr. Erskine lächelnd.

»So ein Paradoxon mag ja recht hübsch sein ...«, erwiderte der Baronet.

»War das ein Paradoxon?« fragte Mr. Erskine. »Ich glaube, nein. Oder vielleicht doch. Jedenfalls, der Weg zur Wahrheit führt über die Paradoxa. Um die Wahrheit auf die Probe zu stellen, muß man sie auf dem Hochseil sehen. Sobald die Wahrheiten zu Akrobaten werden, lassen sie sich beurteilen.«

»Du liebe Güte!« sagte Lady Agatha, »was ihr Männer da wieder zu debattieren habt! Ich weiß überhaupt nicht, wovon ihr redet. Übrigens, Harry, ich bin richtig böse mit dir. Wieso willst du unseren lieben Mr. Dorian Gray davon abbringen, im East End zu spielen? Ich versichere dir, sein Auftritt wäre dort von ganz unschätzbarem Wert. Den Leuten würde es bestimmt sehr gefallen.«

»Für *mich* soll er spielen«, rief Lord Henry lächelnd und sah zum unteren Ende der Tafel, wo sein Blick mit leuchtenden Augen erwidert wurde.

»Aber es gibt doch so viel Elend in Whitechapel«, fuhr Lady Agatha fort.

»Ich habe für alles Verständnis, nur nicht für das Leid«, sagte Lord Henry mit einem Achselzucken. »Da fehlt's mir an jeglichem Mitgefühl. Es ist zu häßlich, zu ekelhaft, zu bedrückend. Die heutige Empfänglichkeit für das Leid hat etwas schrecklich Morbides. Empfänglich sein sollte man für die Buntheit des Lebens, für seine Schönheit und seine Freuden. Je weniger man seine Schattenseiten erwähnt, um so besser.«

»Trotzdem ist das East End ein sehr gewichtiges Problem«, bemerkte Sir Thomas mit ernstem Kopfschütteln.

»Ganz recht«, antwortete der junge Lord. »Es ist das Problem der Sklaverei, und wir versuchen es dadurch zu lösen, daß wir den Sklaven die Zeit vertreiben.«

Der Politiker sah ihn scharf an. »Und wodurch ließe sich das Ihrer Ansicht nach ändern?«

Lord Henry lachte. »Ich habe nicht das Bedürfnis, in England irgend etwas zu ändern, außer dem Wetter«, erwiderte er. »Die philosophische Betrachtung genügt mir vollauf. Aber da das neunzehnte Jahrhundert dank eines zu großen Aufwands an Mitleid nun mal bankrott gegangen ist, würde ich vorschlagen, wir wenden uns an die Wissenschaft; vielleicht weist sie uns den richtigen Weg. Gefühle haben den Vorteil, daß sie uns in die Irre führen; der Vorteil der Wissenschaft besteht darin, daß sie keine Gefühle hat.«

»Aber wir tragen doch eine so schwere Verantwortung«, wandte Mrs. Vandeleur schüchtern ein.

»Eine furchtbar schwere«, ergänzte Lady Agatha.

Lord Henry blickte hinüber zu Mr. Erskine. »Die Menschheit nimmt sich zu ernst. Das ist ihre eigentliche Erbsünde. Hätte der Höhlenmensch schon gewußt, wie man lacht, dann wäre die Weltgeschichte anders verlaufen.«

»Sie nehmen mir wahrhaftig einen Mühlstein vom Herzen«, flötete die Duchess. »Das East End interessiert mich nämlich kein bißchen, und drum hatte ich immer ein ziemlich schlechtes Gewissen, wenn ich Ihre liebe Tante besuchen kam. Jetzt kann ich ihr endlich in die Augen sehen, ohne erröten zu müssen.«

»So ein Erröten wirkt sehr vorteilhaft, Duchess«, bemerkte Lord Henry.

»Nur wenn man jung ist«, antwortete sie. »Wenn eine alte Frau wie ich errötet, ist das ein ganz schlechtes Zeichen. Ah! Lord Henry, ich wünschte, Sie könnten mir verraten, wie man wieder jung wird.«

Er dachte einen Augenblick nach. »Können Sie sich noch an irgendeinen großen Fehler erinnern, den Sie in Ihrer Jugend begangen haben, Duchess?« fragte er und warf ihr über die Tafel hinweg einen Blick zu.

»An viele, fürchte ich«, rief sie.

»Dann begehn Sie sie einfach noch mal«, sagte er ernst. »Wer seine Jugend zurückgewinnen will, braucht bloß seine Jugendsünden zu wiederholen.«

»Eine entzückende Theorie!« jauchzte sie. »Ich muß sie unbedingt in die Tat umsetzen.«

»Eine gefährliche Theorie!« kam es von Sir Thomas' zusammengekniffenen Lippen. Lady Agatha schüttelte den Kopf, konnte sich aber einer gewissen Belustigung nicht erwehren. Mr. Erskine hörte zu.

»Ja«, fuhr Lord Henry fort, »das ist eines der großen Geheimnisse des Lebens. Die meisten sterben heutzutage an einer Art schleichender Vernunft; erst wenn es zu spät ist, erkennen sie, daß man nur eines niemals bereuen darf – seine Fehler.«

Ein Lachen ging um die Tafel.

Er spielte mit diesem Einfall und trieb seinen Mutwillen damit; warf ihn in die Luft und wandelte ihn um; ließ ihn entschlüpfen und fing ihn wieder ein; gab ihm die schillernden Farben der Phantasie und verlieh ihm die Fittiche des Paradoxons. Während er sprach, schwang sich das Lob der Torheit zu einer Philosophie empor, und die Philosophie selbst ward wieder jung und tanzte, bekleidet wohl mit ihrem weinbefleckten Gewand und dem Efeukranz, zur rauschhaften Musik der Lust wie eine Bacchantin über die Hügel des Lebens und verspottete den plumpen

Silen, weil er so nüchtern war. Tatsachen flohen vor ihr wie aufgescheuchte Waldwesen. In dem riesigen Bottich, vor dem der weise Omar sitzt, stampfte sie mit ihren weißen Füßen die Trauben, bis der brodelnde Rebensaft in einer Woge purpurner Blasen an ihren bloßen Gliedern emporschwappte und als roter Schaum über die schräge und triefende schwarze Kufe sickerte. Es war eine außergewöhnliche Improvisation. Lord Henry spürte, daß Dorian Gray ihm an den Lippen hing, und das Bewußtsein, daß sich unter seinen Zuhörern jemand befand, dessen Gemüt er zu fesseln wünschte, schien seinem Witz Schärfe zu verleihen und seiner Imagination Farbe zu geben. Er war brillant, phantasievoll, verantwortungslos. Er lockte seine Zuhörer aus sich heraus, und lachend folgten sie seiner Pfeife. Dorian Gray sah ihn unverwandt an und saß wie gebannt da, während ihm ein ums andere Mal ein Lächeln über die Lippen huschte und sich in seinen immer dunkleren Augen eine tiefe Verwunderung ausbreitete.

Schließlich betrat, angetan mit der Kleidung der Gegenwart, die Realität in Gestalt eines Dieners den Raum, um der Duchess zu melden, daß ihr Wagen warte. Sie rang in komischer Verzweiflung die Hände. »Wie ärgerlich!« rief sie. »Ich muß gehn. Ich muß meinen Mann im Klub abholen und dann mit ihm zu einer albernen Konferenz bei Willis, wo er den Vorsitz führen soll. Wenn ich zu spät komme, wird er bestimmt böse, und mit meinem Hut hier könnte ich eine Szene ganz und gar nicht ertragen. Der Hut ist viel zu empfindlich. Ein grobes Wort, und er wäre hinüber. Nein, ich muß gehn, liebste Agatha. Auf Wiedersehn, Lord Henry; Sie sind einfach hinreißend und so schrecklich demoralisierend. Ich weiß gar nicht, was ich zu Ihren Ansichten sagen soll. Sie müssen unbedingt einmal abends zu uns zum Dinner kommen. Dienstag? Haben Sie Dienstag schon etwas vor?«

»Für Sie würde ich jede andre Verabredung fahrenlassen, Duchess«, sagte Lord Henry mit einer Verbeugung.

»Ah! Sie sind wirklich ein ganz reizender Mensch, und ein ganz schlimmer dazu!« rief sie; »aber vergessen Sie's nicht«; und sie rauschte aus dem Zimmer, gefolgt von Lady Agatha und den übrigen Damen.

Als sich Lord Henry wieder gesetzt hatte, kam Mr. Erskine herüber, nahm neben ihm Platz und legte ihm die Hand auf den Arm.

»Sie reden ja wie ein Buch«, sagte er. »Warum schreiben Sie nicht einmal eins?«

»Ich lese Bücher viel zu gern, als daß ich auch noch Lust hätte, welche zu schreiben, Mr. Erskine. Höchstens vielleicht einen Roman; einen Roman, der so schön wäre wie ein persischer Teppich und genauso lebensfremd. Aber in England gibt es kein literarisches Publikum, außer für Zeitungen, Fibeln und Lexika. Kein Volk auf der Welt hat für die Schönheit der Literatur so wenig Sinn wie die Engländer.«

»Ich fürchte, da haben Sie recht«, antwortete Mr. Erskine. »Auch ich hatte mal literarische Ambitionen, bin aber längst davon abgekommen. Und nun, mein lieber junger Freund, wenn Sie mir diese Anrede gestatten – darf ich Sie wohl fragen, ob das auch wirklich ernstgemeint war, was Sie uns vorhin bei Tisch erzählt haben?«

»Ich weiß gar nicht mehr, was ich gesagt habe«, lächelte Lord Henry. »War's denn sehr schlimm?«

»Sehr schlimm, allerdings. Ja, ich halte Sie für überaus gefährlich, und wenn unsrer guten Duchess etwas zustößt, müssen wir Sie wohl als den Hauptschuldigen ansehen. Dennoch, ich würde mit Ihnen gern einmal über das Leben plaudern. Die Generation, in die ich hineingeboren wurde, war langweilig. Sollten Sie London irgendwann einmal satt haben, kommen Sie nach Treadley; dann können Sie mir bei einem hervorragenden Burgunder, den ich glücklicherweise besitze, Ihre Philosophie des Genusses ausführlich erklären.«

»Mit dem größten Vergnügen. Ein Besuch in Treadley wäre ein besonderer Vorzug. Es verfügt über einen vollendeten Gastgeber und eine vollendete Bibliothek.«

»Mit Ihnen wäre sie komplett«, erwiderte der alte Gentleman mit einer höflichen Verneigung. »Und nun muß ich mich von Ihrer trefflichen Tante verabschieden. Das Athenaeum ruft mich. Um diese Stunde schlafen wir dort nämlich immer.«

»Sie alle, Mr. Erskine?«

»Alle vierzig, in vierzig Klubsesseln. Wir üben für eine englische Akademie der Bildung und Wissenschaft.«

Lord Henry lachte und erhob sich. »Ich gehe noch in den Park«, rief er.

Als er zur Tür hinausschritt, faßte Dorian Gray ihn am Arm. »Ich möchte mit«, murmelte er.

»Ich dachte, Sie haben sich bei Basil Hallward angesagt«, antwortete Lord Henry.

»Ich würde lieber mit Ihnen gehn; ja, ich glaube, ich muß es sogar. Sagen Sie nicht nein. Und versprechen Sie mir, daß Sie die ganze Zeit mit mir reden? Keiner kann so wunderbar reden wie Sie.«

»Ach, ich hab heute schon genug geredet«, sagte Lord Henry lächelnd. »Jetzt will ich nur noch eins, nämlich das Leben anschauen. Sie dürfen gern mitschauen, wenn Sie Lust haben.«

4 Einen Monat später saß Dorian Gray des Nachmittags in einem luxuriösen Sessel in der kleinen Bibliothek von Lord Henrys Haus in Mayfair. Es war ein auf seine Art ganz bezaubernder Raum mit hoher Wandtäfelung aus olivgrün getönter Eiche, mit cremefarbenem Fries und einem Plafond aus erhabener Stuckarbeit; der ziegelrote Filzteppich war mit langgefransten seidenen Perserbrücken übersät. Auf einem winzigen Tisch aus Satinholz stand eine Statuette von Clodion; daneben lag eine Ausgabe der *Cent Nouvelles*, eingebunden von Clovis Eve für Margarete von Valois und betupft mit den goldenen Maßliebchen, die sich jene Königin zum Wahrzeichen erkoren hatte. Ein paar große blaue Porzellanvasen mit Papageientulpen waren auf dem Kaminsims aufgereiht, und durch die kleinen, in Blei gefaßten Fensterscheiben strömte das aprikosenfarbene Licht eines Londoner Sommertages.

Lord Henry war noch nicht da. Er kam grundsätzlich immer zu spät, denn sein Grundsatz hieß: Pünktlichkeit stiehlt einem die Zeit. Der Junge blickte daher schon ziemlich mißmutig drein, als er mit trägen Fingern in einer kunstvoll illustrierten Ausgabe von *Manon Lescaut* blätterte, die er in einem der Bücherregale entdeckt hatte. Das regelmäßige, monotone Ticken der Louis-Quatorze-Uhr ennuyierte ihn. Ein paarmal dachte er daran, wieder zu gehen.

Schließlich hörte er draußen Schritte, und die Tür ging auf. »Sie kommen aber spät, Harry!« murmelte er.

»Ich bin leider nicht Harry, Mr. Gray«, antwortete eine schrille Stimme.

Er drehte sich hastig um und stand auf. »Verzeihung. Ich dachte …«

»Sie dachten, es wäre mein Mann. Es ist bloß seine Frau. Gestatten Sie, daß ich mich vorstelle. Ich kenne Sie ja schon ganz gut von Ihren Fotos her. Ich glaube, mein Mann hat siebzehn Stück davon.«

»Nicht doch, Lady Henry – siebzehn?«

»Na, dann eben achtzehn. Und neulich hab ich Sie abends mit ihm in der Oper gesehen.« Sie lachte beim Sprechen nervös auf und musterte ihn mit ihren ausdruckslosen Vergißmeinnicht-Augen. Sie war eine sonderbare Frau, deren Kleider immer aussahen, als wären sie in einem Anfall von Raserei entworfen und in einem Sturm angelegt worden. Üblicherweise war sie in jemanden verliebt, und da ihre Leidenschaft niemals erwidert wurde, hatte sie sich all ihre Illusionen bewahrt. Sie versuchte malerisch zu wirken, schaffte es aber nur zur Verworrenheit. Sie hieß Victoria und war eine geradezu süchtige Kirchgängerin.

»Das war dann vermutlich im *Lohengrin*, Lady Henry?«

»Ja; im trefflichen *Lohengrin*. Wagners Musik ist mir lieber als jede andere. Sie ist so laut, daß man die ganze Zeit über reden kann, ohne daß andre einen verstehn. Das ist doch ein großer Vorteil; finden Sie nicht, Mr. Gray?«

Wieder brach das nervöse, abgehackte Lachen von ihren schmalen Lippen, und ihre Finger begannen mit einem langen Papiermesser aus Schildpatt zu spielen.

Dorian lächelte und schüttelte den Kopf. »Ich fürchte, nein, Lady Henry. Ich rede nie bei Musik, jedenfalls nicht bei guter Musik. Wenn man allerdings schlechte Musik hört, hat man die Pflicht, sie mit Gesprächen zu übertönen.«

»Ah! Das ist eine von Harrys Ansichten, stimmt's, Mr. Gray? Ich erfahre Harrys Ansichten immer von seinen Freunden. Für mich ist das die einzige Möglichkeit, sie kennenzulernen. Sie dürfen jetzt aber nicht glauben, daß ich für gute Musik nichts übrig habe. Ich bete sie förmlich an, aber ich fürchte mich auch vor ihr. Sie macht mich zu romantisch. Ich war schon gradezu vernarrt in Pianisten – manchmal in zwei auf einmal, wie Harry meint. Ich weiß nicht, was an ihnen so besonders ist. Vielleicht der Umstand, daß sie Ausländer sind. Sind sie doch alle, oder nicht? Sogar die, die in England geboren sind, werden nach einer gewissen Zeit zu Ausländern, hab ich recht? Ist ja auch sehr gescheit von ihnen und ein großes Kompliment für die Kunst. Sie wird dadurch richtig kosmopolitisch, nicht wahr? Sie waren noch nie auf einer meiner Parties, stimmt's, Mr. Gray? Sie müssen unbedingt mal kommen. Ich kann mir Orchideen eigentlich nicht leisten, aber für Ausländer ist mir nichts zu teuer. Sie geben den Räumen so etwas Malerisches. Aber da ist Harry ja! – Harry, ich hab nach dir geschaut, um dich was zu fragen – mir fällt nicht mehr ein, was –, und da finde ich hier Mr. Gray vor. Wir hatten grad ein entzückendes Pläuschchen über Musik. Wir sind darüber ganz einer Meinung. Nein; unsre Meinungen gehn wohl doch ganz auseinander. Trotzdem, Mr. Gray war überaus liebenswürdig. Ich bin sehr froh, daß ich ihn endlich kennengelernt habe.«

»Reizend, meine Liebe, wirklich ganz reizend«, sagte Lord Henry; er zog die dunklen halbmondförmigen Brauen hoch und sah die beiden mit belustigtem Lächeln an. »Tut mir leid, daß ich so spät dran bin, Dorian. Ich habe in der Wardour Street nach einem alten Brokat gesucht und mußte dann stundenlang darum feilschen. Heutzutage kennen die Leute von allem den Preis und von gar nichts den Wert.«

»Ich muß leider gehn«, rief Lady Henry und unterbrach mit ihrem einfältigen, jähen Lachen einen peinlichen Moment der Stille. »Ich bin mit der Duchess zu einer Ausfahrt verabredet. Adieu, Mr. Gray. Adieu, Harry. Ich nehme an, du ißt auswärts? Ich auch. Vielleicht sehen wir uns bei Lady Thornbury.«

»Schon möglich, meine Liebe«, sagte Lord Henry und machte die Tür hinter ihr zu; wie ein Paradiesvogel, der die ganze Nacht über draußen im Regen gewesen war, schwirrte sie aus dem Zimmer und ließ einen zarten Duft nach Jasminblütenwasser zurück. Lord Henry zündete sich eine Zigarette an und warf sich aufs Sofa.

»Heiraten Sie nie eine Frau mit strohblondem Haar, Dorian«, sagte er nach ein paar Zügen.

»Wieso nicht, Harry?«

»Weil strohblonde Frauen so sentimental sind.«

»Ich mag aber sentimentale Menschen.«

»Am besten, Sie heiraten gar nicht, Dorian. Männer heiraten aus Langeweile, Frauen aus Neugier; beide werden enttäuscht.«

»Ich glaub eigentlich nicht, daß ich heiraten werde, Henry. Dazu ist meine Liebe zu groß. Das ist doch einer von Ihren Aphorismen. Ich bin grad dabei, ihn in die Tat umzusetzen – wie alles, was Sie sagen.«

»In wen sind Sie denn verliebt?« fragte Lord Henry nach einer Weile.

»In eine Schauspielerin«, sagte Dorian Gray errötend.

Lord Henry zuckte die Achseln. »Ein ziemlich abgedroschenes Debüt.«

»Wenn Sie sie gesehen hätten, würden Sie das nicht sagen, Harry.«

»Wer ist sie denn?«

»Sie heißt Sibyl Vane.«

»Nie gehört.«

»Da sind Sie nicht der einzige. Aber eines Tages wird man von ihr hören. Sie ist nämlich ein Genie.«

»Mein lieber Junge, keine Frau ist ein Genie. Frauen sind das dekorative Geschlecht. Sie haben partout nichts zu sagen, aber sie sagen es ganz bezaubernd. Frauen verkörpern den Triumph der Materie über den Geist, Männer den Triumph des Geistes über die Moral.«

»Harry, wie können Sie nur!«

»Mein lieber Dorian, es ist die reine Wahrheit. Ich bin grade dabei, die Frauen zu analysieren, drum sollte ich's eigentlich wissen. Das Thema ist gar nicht so abstrus, wie ich dachte. Soweit ich sehe, gibt's letztlich nur zwei Sorten von Frauen, die ungeschminkten und die geschminkten. Die ungeschminkten sind überaus nützlich. Wer als ehrbar gelten will, braucht bloß eine ungeschminkte Frau zum Souper auszuführen. Die geschminkten wiederum sind natürlich sehr reizvoll. Aber sie machen einen Fehler. Sie schminken sich, weil sie möglichst jung aussehn wollen. Unsere Großmütter haben sich geschminkt, weil ihnen daran gelegen war, möglichst brillante Unterhalterinnen zu sein. Rouge und Esprit gingen früher einmal zusammen. Das ist heute aus und vorbei. Sobald es einer Frau gelingt, zehn Jahre jünger als ihre Tochter auszusehn, ist sie vollkommen zufrieden. Und was die Konversation betrifft – in London gibt's nur fünf Frauen, mit denen sich eine Unterhaltung wirklich lohnt, und mit zwei davon kann man sich in anständiger Gesellschaft nicht blicken lassen. Aber nun erzählen Sie mal von Ihrem Genie. Wie lange kennen Sie sie schon?«

»Ah! Harry, Ihre Ansichten sind schaudererregend.«

»Lassen Sie gut sein. Wie lange kennen Sie sie schon?«

»Etwa drei Wochen.«

»Und wo sind Sie ihr über den Weg gelaufen?«

»Ich will's Ihnen erzählen, Harry; Sie dürfen sich aber nicht darüber lustig machen. Immerhin wär's gar nicht passiert, wenn ich Sie nicht kennengelernt hätte. Sie haben mir den glühenden Wunsch eingegeben, alles über das Leben zu wissen. Noch Tage nach unsrer ersten Begegnung war mir, als ob etwas in mir pulsierte. Wenn ich durch den Park schlenderte oder die Piccadilly entlangspazierte, hab ich mir jeden, der an mir vorüberging, angeschaut und mich mit verrückter Neugier gefragt, was er wohl für ein Leben führt. Manche fand ich faszinierend. Andre erfüllten mich mit Entsetzen. Ein köstliches Gift lag in der Luft. Ich lechzte nach Erlebnissen ... Tja, eines Abends um sieben beschloß ich dann, mich auf die Suche nach einem Abenteuer zu machen. Ich hatte das Gefühl, daß unser graues, riesiges London mit seinen Myriaden von Einwohnern, mit seinen erbärmlichen Sündern und erlesenen Sünden, wie Sie's mal nannten, irgend etwas für mich bereithält. Ich stellte mir alles mögliche vor. Allein schon die Gefahr hat mich freudig erregt. Ich hatte noch im Ohr, was Sie an dem wunderschönen Abend, als wir zum erstenmal essen waren, zu mir gesagt haben, daß nämlich die Suche nach Schönheit das wahre Geheimnis des Lebens sei. Ich weiß nicht genau, was ich mir erhoffte, jedenfalls zog ich los, wanderte in Richtung Osten und hatte mich bald darauf in einem Labyrinth von rußigen Straßen und schwarzen, graslosen Plätzen verirrt. Gegen halb neun kam ich an einem skurrilen kleinen Theater mit großen, flackernden Gaslichtern und grellen Plakaten vorbei. Ein häßlicher Jude in der erstaunlichsten Weste, die ich jemals gesehen habe, stand im Eingang und rauchte eine schlechte Zigarre. Er hatte fettige Ringellocken, und mitten auf seinem schmutzigen Hemd blitzte ein riesiger Diamant. »Eine Loge gefällig, Mylord?« sagte er, als er mich sah, und zog mit einer ungeheuer servilen Gebärde den Hut. Irgendwas, Harry, hat mich an ihm belustigt. Er war ein richtiges Monster. Sie lachen mich jetzt bestimmt aus, aber ich bin tatsächlich reingegangen und hab eine ganze Guinee für eine Bühnenloge bezahlt. Mir ist bis heute nicht klar, wieso; trotzdem, hätte ich's nicht getan – mein lieber Harry, hätte ich's nicht getan, dann wär ich um das größte Liebesglück meines Lebens gekommen. Ich sehe, Sie lachen. Wie abscheulich von Ihnen!«

»Ich lache doch gar nicht, Dorian; jedenfalls nicht über Sie. Aber das größte Liebesglück Ihres Lebens, das sollten Sie nicht sagen. Allenfalls das *erste* Liebesglück Ihres Lebens. Sie werden immer geliebt werden, und Sie werden immer in die Liebe verliebt sein. Eine *grande passion* ist das Vorrecht derer, die nichts zu tun haben. Darin haben die müßigen Klassen eines Landes ihren einzigen Zweck. Nur keine Bange. Ihnen stehen noch die exquisitesten Erlebnisse bevor. Das ist bloß der Anfang.«

»Halten Sie mich für so oberflächlich?« rief Dorian Gray zornig.

»Nein; ich halte Sie für sehr tief.«

»Wie meinen Sie das?«

»Mein lieber Junge, die wahrhaft Oberflächlichen lieben nur einmal im Leben. Was sie Treue und Ergebenheit nennen, das nenne ich stumpfe Gewohnheit oder vielmehr Mangel an Vorstellungskraft. Treue ist für das Gefühlsleben das gleiche wie Eintönigkeit für den Geist – einfach ein Eingeständnis von Schwäche. Treue! Eines Tages muß ich sie mal analysieren. Die Leidenschaft für Besitz steckt darin. So manches würden wir über Bord werfen, wäre da nicht die Angst, daß andre es sich dann unter den Nagel reißen. Aber ich will Sie nicht unterbrechen. Erzählen Sie weiter.«

»Na ja, ich befand mich also auf einmal in einer gräßlichen kleinen Privatloge, direkt vor einem schäbigen Vorhang. Ich äugte hinter dem Vorhang vor und sah mir das Theater genauer an. Es war eine billige Schmiere mit lauter Amoretten und Füllhörnern, wie eine drittklassige Hochzeitstorte. Galerie und Parterre waren ziemlich voll, die zwei schmuddligen Parkettreihen dagegen so gut wie leer, und auch im ›ersten Rang‹, wie man das vermutlich nannte, war fast niemand zu sehen.

Frauen gingen mit Orangen und Ingwerbier herum, und der Verzehr von Nüssen war einfach schaudererregend.«

»Also war's wohl genau wie in den glorreichen Tagen des britischen Dramas.«

»Ja, wahrscheinlich, und sehr deprimierend. Ich fragte mich schon, was ich hier soll, da fiel mein Blick auf den Theaterzettel. Was meinen Sie wohl, Harry, welches Stück auf dem Programm stand?«

»Ich nehme an, *Der junge Narr* oder *Stumm, aber unschuldig*. Soviel ich weiß, hatten unsre Altvordern ein ausgesprochenes Faible für solche Stücke. Je länger ich lebe, Dorian, um so klarer wird mir: Was noch gut genug war für unsre Väter, ist nicht mehr gut genug für uns. In der Kunst wie in der Politik *les grandpères ont toujours tort*.«

»Das Stück war gut genug für uns, Harry. Es war *Romeo und Julia*. Ich muß allerdings zugeben, der Gedanke, Shakespeare in so einem elenden Loch sehen zu müssen, hat mich ziemlich empört. Trotzdem, irgendwie war meine Neugier geweckt. Jedenfalls beschloß ich, den ersten Akt abzuwarten. Ein schauderhaftes Orchester spielte auf, geführt von einem jungen Hebräer, der an einem ramponierten Klavier saß und mich damit fast zum Davonlaufen gebracht hätte, aber dann ging endlich der Vorhang auf, und die Vorstellung konnte beginnen. Romeo war ein untersetzter älterer Herr mit geschwärzten Brauen, heiserer Tragödenstimme und einer Figur wie ein Bierfaß. Mercutio war beinah genauso schlimm. Er wurde von einem Schmierenkomödianten gespielt, der eigene Späßchen einstreute und mit dem Parterre auf freundschaftlichstem Fuß stand. Beide Schauspieler waren so grotesk wie das Bühnenbild, und das sah aus, als käme es aus einer ländlichen Schaubude. Aber Julia! Harry, stellen Sie sich ein Mädchen vor, noch nicht ganz siebzehn, mit einem kleinen, blumengleichen Gesicht, einem schmalen griechischen Kopf und dunkelbraunen, geflochtenen Locken; ihre Augen waren veilchenblaue Brunnen der Leidenschaft, ihre Lippen waren wie die Blütenblätter einer Rose. Sie war das lieblichste Wesen, das ich je in meinem Leben gesehen habe. Sie haben mir mal erklärt, daß Pathos Sie unberührt läßt, daß aber Schönheit, reine Schönheit, Ihnen Tränen in die Augen zu treiben vermag. Harry, ich sage Ihnen, ich konnte das Mädchen fast nicht erkennen, ein solcher Tränenschleier legte sich mir vor die Augen. Und ihre Stimme – noch nie hab ich so eine Stimme gehört. Erst war sie sehr leise; es war, als drängen einem ihre tiefen, weichen Töne einzeln ans Ohr. Dann wurde sie ein bißchen lauter und klang wie eine Flöte oder ferne Oboe. In der Gartenszene hatte sie die ganze vibrierende Verzücktheit, wie man sie kurz vor dem Morgengrauen hört, wenn die Nachtigallen zu schlagen beginnen. Später wiederum gab's Momente, wo sie die wilde Leidenschaft einer Viola d'amore hatte. Sie wissen, wie erregend eine Stimme sein kann. Ihre Stimme und die Stimme von Sibyl Vane – beide werde ich niemals vergessen. Wenn ich die Augen zumache, höre ich sie, und jede sagt etwas anderes. Ich weiß nicht, welcher ich folgen soll. Wie könnte ich Sibyl nicht lieben? Harry, ich liebe sie wirklich. Sie ist mein ein und alles. Jeden Abend gehe ich hin, um sie spielen zu sehen. Mal ist sie Rosalinde, mal Imogen. Ich habe sie gesehen, wie sie in einer düsteren italienischen Gruft das Gift von den Lippen ihres Geliebten schlürfte und starb. Ich habe sie durch den Ardenner Wald streifen sehen, als hübscher Jüngling verkleidet, mit Kniehose, Wams und schmuckem Barett. Mal war sie eine Wahnsinnige, die vor einen schuldigen König trat und ihm Raute zu tragen und bittere Kräuter zu kosten gab. Mal war sie eine Unschuldige, der die schwarzen Hände der Eifersucht die gertenschlanke Kehle zudrückten. Ich habe sie in jedem Zeitalter und jedem Kostüm gesehen. Eine gewöhnliche Frau regt die Phantasie nicht an. Sie kommt nicht über ihr Jahrhundert hinaus. Kein Zauber kann ihr eine andre Gestalt geben. Ihr Gemüt ist ebenso leicht erkennbar wie ihre Haube. Man findet sie überall. Sie hat nichts Geheimnisvolles. Morgens fährt sie in den Park, und nachmittags schwatzt sie beim Teekränzchen. Sie hat ein stereotypes Lächeln und feine Manieren. Sie ist ohne weiteres zu durchschauen. Aber eine Schauspielerin! Die ist doch was völlig anderes! Harry! Wieso haben Sie mir nicht gesagt, daß nur eine Schauspielerin es wert ist, daß man sie liebt?«

»Weil ich schon so viele Schauspielerinnen geliebt habe, Dorian.«

»O ja, schauderhafte Geschöpfe mit gefärbten Haaren und geschminkten Gesichtern.«

»Nichts gegen gefärbte Haare und geschminkte Gesichter. Grade darin steckt manchmal ein ganz besonderer Reiz«, sagte Lord Henry.

»Hätt ich Ihnen doch bloß nichts von Sibyl Vane erzählt.«

»Es blieb Ihnen nichts andres übrig, Dorian. Sie werden mir immer alles erzählen.«

»Ja, Harry, das stimmt wohl. Es bleibt mir gar nichts andres übrig, als Ihnen alles zu erzählen. Sie haben einen seltsamen Einfluß auf mich. Sollte ich jemals ein Verbrechen begehen, dann käm ich bestimmt zu Ihnen, um's Ihnen zu beichten. Sie würden mich verstehen.«

»Menschen wie Sie – die eigensinnigen Sonnenstrahlen des Lebens – begehen keine Verbrechen, Dorian. Trotzdem vielen Dank für das Kompliment. Aber nun sagen Sie mir – reichen Sie mir doch mal die Streichhölzer, seien Sie so lieb: danke –, wie weit sind Sie denn mit Sibyl Vane schon gediehen?«

Dorian Gray sprang mit geröteten Wangen und glühenden Augen auf. »Harry! Sibyl Vane ist unantastbar!«

»Nur das Unantastbare lohnt die Berührung, Dorian«, sagte Lord Henry mit einer seltsamen Spur von Pathos in der Stimme. »Warum regen Sie sich denn auf? Vermutlich gehört sie eines Tages sowieso Ihnen. Wer verliebt ist, betrügt am Anfang immer sich selber und am Ende die andern. So was nennt man dann eine Romanze. Ich nehme doch an, Sie kennen die junge Dame schon?«

»Natürlich kenne ich sie. An meinem ersten Abend im Theater kam der abscheuliche alte Jude nach der Vorstellung zu mir in die Loge und bot mir an, mich hinter die Bühne zu führen und mit ihr bekannt zu machen. Ich wurde wütend und erklärte ihm, daß Julia schon seit Hunderten von Jahren tot sei und daß ihr Leichnam in einer Veroneser Marmorgruft ruhe. Er glotzte mich völlig entgeistert an – wahrscheinlich hatte er den Eindruck, ich hätte zuviel Champagner getrunken oder sonst irgendwas.«

»Das wundert mich nicht.«

»Dann wollte er wissen, ob ich für eine Zeitung schreibe. Ich sagte ihm, daß ich nicht einmal eine lese. Daraufhin war er offenbar furchtbar enttäuscht und vertraute mir an, daß sich sämtliche Theaterkritiker gegen ihn verschworen hätten und daß sie allesamt käuflich seien.«

»Da hat er wohl gar nicht so unrecht. Aber andrerseits, so wie die Herren aussehen, können sie eigentlich nicht sehr viel kosten.«

»Tja, er selber fand sie anscheinend doch zu teuer«, lachte Dorian. »Wie auch immer, inzwischen wurden im Theater die Lichter gelöscht, und ich mußte gehen. Er wollte mir noch mit aller Gewalt ein paar Zigarren andrehen. Ich lehnte ab. Am nächsten Abend war ich natürlich wieder da. Kaum hatte er mich gesehen, machte er einen tiefen Diener und versicherte mir, ich sei ein großzügiger Gönner der Kunst. Er war absolut widerwärtig, hatte aber zugleich eine besonders ausgeprägte Vorliebe für Shakespeare. Einmal erzählte er mir nicht ohne Stolz, nur wegen des ›Barden‹, wie er ihn ständig nannte, sei er schon fünfmal bankrott gegangen. Er hielt das anscheinend für eine Auszeichnung.«

»Ist es auch, mein lieber Dorian – und eine große dazu. Die meisten gehen bankrott, weil sie zuviel in die Prosa des Lebens investiert haben. Sich für die Poesie zu ruinieren, ist eine Ehre. Aber wann haben Sie denn nun zum erstenmal mit Miss Sibyl Vane gesprochen?«

»Am dritten Abend. Sie hatte grade die Rosalinde gespielt. Mir blieb gar nichts andres übrig, als zu ihr zu gehen. Ich hatte ihr ein paar Blumen zugeworfen, und sie hatte mich angeschaut, zumindest kam's mir so vor. Der alte Jude ließ einfach nicht locker. Er war offenbar fest entschlossen, mich hinter die Bühne zu führen, drum gab ich schließlich nach. Ist doch komisch, daß ich überhaupt keine Lust hatte, sie kennenzulernen, oder?«

»Nein; eigentlich nicht.«

»Mein lieber Harry, wieso denn nicht?«

»Das erkläre ich Ihnen ein andermal. Jetzt erzählen Sie mir von dem Mädchen.«

»Sibyl? Oh, sie war sehr schüchtern und sehr sanft. Sie hat etwas von einem Kind. Als ich ihr sagte, was ich von ihrem Spiel halte, machte sie ganz große, erstaunte Augen, sie war sich ihrer Fähigkeiten anscheinend gar nicht bewußt. Wir waren wohl beide ziemlich aufgeregt. Der alte Jude stand grinsend in der Tür zum staubigen Künstlerzimmer und bedachte uns mit einer weitschweifigen Ansprache; wir standen nur da und schauten uns an wie zwei Kinder. Der Jude titulierte mich andauernd mit ›Mylord‹; ich mußte Sibyl versichern, daß ich nichts dergleichen bin. Sie sagte bloß: ›Sie sehen eher aus wie ein Prinz. Ich will Sie Märchenprinz nennen.‹«

»Alle Achtung, Dorian; Miss Sibyl weiß, wie man Komplimente macht.«

»Das verstehen Sie falsch, Harry. Für sie war ich einfach eine Person aus einem Theaterstück. Sie weiß nichts vom Leben. Sie wohnt bei ihrer Mutter, einer verblühten, müde gewordenen Frau, die am ersten Abend in irgend so einem magentaroten Morgenrock die Gräfin Capulet spielte und den Eindruck macht, als ob sie schon bessere Tage gesehen hätte.«

»Diese Art Eindruck kenne ich. Ich finde ihn deprimierend«, murmelte Lord Henry und betrachtete seine Ringe.

»Der Jude wollte mir ihre Lebensgeschichte erzählen, aber ich sagte, die sei mir völlig egal.«

»Da hatten Sie ganz recht. Die Tragödien anderer Leute haben immer etwas ungeheuer Armseliges.«

»Sibyl ist das einzige, was mich wirklich interessiert. Was geht mich ihre Herkunft an? Von ihrem kleinen Kopf bis zu den kleinen Füßen ist sie absolut und vollkommen göttlich. Jeden Abend meines Lebens gehe ich hin, um sie spielen zu sehen, und jeden Abend ist sie noch wunderbarer.«

»Dann ist das wohl der Grund, weshalb Sie neuerdings nicht mehr mit mir dinieren. Ich dachte mir schon, daß da irgendeine kuriose Liebesaffäre im Spiel ist. Es trifft also zu; allerdings nicht ganz so, wie ich erwartet habe.«

»Mein lieber Harry, wir sind doch tagtäglich zusammen, beim Lunch oder beim Souper, und ich war auch schon ein paarmal in der Oper mit Ihnen«, sagte Dorian und riß verwundert die blauen Augen auf.

»Sie kommen immer so furchtbar spät.«

»Aber ich *muß* Sibyl einfach spielen sehen«, rief der Junge, »und sei's auch nur einen einzigen Akt. Ich lechze förmlich nach ihrer Anwesenheit; und wenn ich an die herrliche Seele denke, die sich in diesem kleinen Elfenbeinkörper verbirgt, dann packt mich eine ehrfürchtige Scheu.«

»Aber heut abend dinieren Sie doch mit mir, Dorian – ja?«

Der Junge schüttelte den Kopf. »Heut abend ist sie Imogen«, antwortete er, »und morgen abend Julia.«

»Und wann ist sie Sibyl Vane?«

»Nie.«

»Herzlichen Glückwunsch.«

»Wie garstig Sie sind! Sie vereinigt alle großen Heldinnen der Welt in sich. Sie ist mehr als eine Einzelperson. Sie lachen, aber ich sage Ihnen, sie hat Genie. Ich liebe sie, und ich muß sie dazu bringen, daß sie meine Liebe erwidert. Sie, der Sie alle Geheimnisse des Lebens kennen, sagen Sie mir, wie ich Sibyl Vane so betören kann, daß sie mich liebt! Ich möchte Romeo eifersüchtig machen. Ich möchte, daß die toten Liebhaber der Welt unser Gelächter hören und traurig werden. Ich möchte, daß ein Hauch unsrer Leidenschaft ihrem Staub Bewußtsein einflößt und ihre Asche zum Leiden erweckt. Mein Gott, Harry, wie ich Sibyl anbete!« Dorian ging beim Sprechen auf und ab. Hektische rote Flecken glühten auf seinen Wangen. Er war furchtbar erregt.

Lord Henry beobachtete ihn mit einem leisen Gefühl der Genugtuung. Wie anders Dorian nun auf einmal war – ganz anders als der schüchterne, furchtsame Junge, den er in Basil Hallwards Atelier kennengelernt hatte. Seine Natur hatte sich entfaltet wie eine Blume, hatte Blüten aus scharlachroten Flammen getrieben. Seine Seele war aus ihrem geheimen Schlupfwinkel gekrochen, und die Sehnsucht hatte sich ihr als Begleiterin zugesellt.

»Und wie soll's nun weitergehn?« sagte Lord Henry schließlich.

»Ich möchte, daß Sie und Basil irgendwann einmal abends mitkommen, damit Sie sie spielen sehen. Um das Ergebnis mache ich mir überhaupt keine Sorgen. Sie werden ihr Genie ganz bestimmt erkennen. Und dann müssen wir sie aus den Klauen des Juden befreien. Sie ist noch drei

Jahre an ihn gebunden – zumindest noch zwei Jahre und acht Monate, von jetzt an gerechnet. Ich werde ihm natürlich was dafür zahlen müssen. Wenn alles geregelt ist, dann miete ich ein Theater im West End und bringe sie gehörig heraus. Sie wird die Welt genauso verrückt machen wie mich.«

»Das wär doch wohl völlig unmöglich, mein lieber Junge.«

»Doch, das wird sie. In ihr steckt nicht nur Kunst, ein vollendeter künstlerischer Instinkt, sondern auch eine Persönlichkeit; und Sie haben mir oft gesagt, daß Persönlichkeiten, nicht Prinzipien, die Welt bewegen.«

»Na schön, an welchem Abend wollen wir gehen?«

»Mal sehen. Heute ist Dienstag. Sagen wir morgen. Morgen spielt sie die Julia.«

»Gut. Also um acht Uhr im Bristol; ich bringe Basil dann mit.«

»Bitte nicht erst um acht, Harry. Um halb sieben. Wir müssen unbedingt dort sein, bevor der Vorhang aufgeht. Sie müssen sie im ersten Akt sehen, wenn sie Romeo kennenlernt.«

»Um halb sieben! Was für eine Tageszeit! Das ist ja, als wollte man zwischendurch ein Wurstbrot essen oder einen englischen Roman lesen. Nein, um sieben. Ein Gentleman geht niemals vor sieben zu Tisch. Sehen Sie Basil vorher noch mal? Oder soll ich ihm schreiben?«

»Der gute Basil! Ich hab mich schon eine Woche nicht bei ihm blicken lassen. Nicht grade nett von mir, zumal er mir mein Porträt geschickt hat, in einem ganz wundervollen Rahmen, den er eigens dafür entworfen hat; ich bin zwar ein bißchen neidisch auf das Bild, weil es einen ganzen Monat jünger ist als ich, aber ich muß zugeben, daß es mir große Freude macht. Vielleicht sollten Sie ihm doch lieber schreiben. Ich möcht nicht gerne allein zu ihm. Mir gefällt nicht, was er sagt. Andauernd gibt er mir gute Ratschläge.«

Lord Henry lächelte. »Die Menschen verteilen mit Vorliebe das, was sie selber am dringendsten brauchen. Das nenne ich wahre Großzügigkeit.«

»Tja, Basil ist wirklich ein feiner Kerl, aber ein bißchen kommt er mir vor wie ein Spießer. Seitdem ich Sie kenne, Harry, wird mir das immer klarer.«

»Basil, mein lieber Junge, legt alles Schöne, das in ihm steckt, in sein Werk. Die Folge davon ist, daß ihm fürs Leben nur seine Vorurteile, seine Prinzipien und sein gesunder Menschenverstand bleiben. Die einzigen auch persönlich entzückenden Künstler, die ich kenne, sind schlechte Künstler. Gute Künstler existieren ausschließlich in dem, was sie schaffen, und sind daher als Menschen vollkommen uninteressant. Ein großer Dichter, ein wirklich großer Dichter, ist das unpoetischste Geschöpf, das es gibt. Mindere Dichter dagegen sind absolut faszinierend. Je schlimmer ihre Verse sind, um so malerischer sehen sie aus. Allein schon der Umstand, daß einer ein Buch mit zweitrangigen Sonetten veröffentlicht hat, macht ihn ganz und gar unwiderstehlich. Er lebt die Poesie, die er nicht schreiben kann. Die anderen schreiben die Poesie, die sie nicht auszuleben wagen.«

»Ob das auch wirklich stimmt, Harry?« sagte Dorian Gray und träufelte aus einem großen, mit goldener Kappe versehenen Flakon, der auf dem Tisch stand, ein wenig Parfüm auf sein Taschentuch. »Muß es wohl, wenn Sie's sagen. Aber jetzt muß ich gehn. Imogen wartet auf mich. Vergessen Sie nicht, morgen. Wiedersehn.«

Als der Junge das Zimmer verlassen hatte, senkte Lord Henry die schweren Lider und begann nachzudenken. Nur für wenige Menschen hatte er sich wohl jemals so sehr interessiert wie für Dorian Gray, und doch löste die rasende Verehrung des Jungen für jemand anders nicht den leisesten Anflug von Ärger oder Eifersucht bei ihm aus. Sie gefiel ihm sogar. Sie machte den Jungen zu einem noch interessanteren Studienobjekt. Die Methoden der Naturwissenschaft hatten ihn seit jeher gefesselt, aber der herkömmliche Gegenstand dieser Wissenschaft erschien ihm banal und unwichtig. Daher hatte er sich darauf verlegt, zunächst sich selbst und schließlich andere zu vivisezieren. Das menschliche Leben – das war für ihn der einzig würdige Forschungsgegenstand. Damit verglichen war alles übrige völlig belanglos. Freilich, wenn man das Leben in seinem kuriosen Schmelztiegel von Lust und Leid betrachtete, konnte man keine Glasmaske vor dem Gesicht tragen und auch nicht verhindern, daß einem die Schwefeldünste das Gehirn benebelten und den Geist mit monströsen Phantasien und häßlichen Träumen verwirrten. Es gab schleichende Gifte; um ihre Eigenschaften kennenzulernen, mußte man an ihnen erkranken. Es gab seltsame Leiden; um ihre Natur zu verstehen, mußte man sie durchmachen. Aber dennoch, was für ein großer Lohn wurde einem dann zuteil! Wie wunderbar wurde einem die ganze Welt! Die sonderbar strenge Logik der Leidenschaft und das von Gefühlen gefärbte Leben des Geistes zu verfolgen – zu beobachten, wo sie sich trafen und wo sie sich trennten, an welchem Punkt sie übereinstimmten und an welchem Punkt sie sich widersprachen –, das gewährte eine ganz eigene Lust! Was kam es da noch auf den Preis an? Für eine Erkenntnis konnte kein Preis zu hoch sein.

Ihm war bewußt – und bei dem Gedanken trat ein freudiger Schimmer in seine braunen Achataugen –, daß er mit bestimmten wohlklingenden Worten, mit wohlklingend gesprochenen Worten, Dorians Seele dazu vermocht hatte, sich diesem unschuldigen Mädchen zuzuwenden und sich voller Verehrung vor ihr zu verneigen. Der Jüngling war weitgehend seine Schöpfung. Er hatte ihn vorzeitig zur Reife gebracht. Das war nichts Geringes. Gewöhnliche Menschen warteten, bis ihnen das Leben seine Geheimnisse enthüllte, doch den wenigen, den Erwählten, offenbarten sich die Mysterien des Lebens, noch ehe der Schleier gelüftet wurde. Bisweilen geschah das durch den Einfluß der Kunst, namentlich der Literatur, die es ganz unmittelbar mit den Leidenschaften und dem Geist zu tun hatte. Manchmal jedoch trat eine vielschichtige Persönlichkeit an diese Stelle und nahm der Kunst ihre Aufgabe ab – ja, war gleichsam selber ein echtes Kunstwerk, denn auch das Leben bringt vollendete Meisterwerke hervor, ebenso wie die Dichtung, die Bildhauerkunst oder die Malerei.

Ja, der Jüngling war vorzeitig zur Reife gekommen. Er brachte seine Ernte schon während des Frühlings ein. Der Impulsivität und Leidenschaft seiner Jugend zum Trotz begann er bereits, sich seiner bewußt zu werden. Es war ein Genuß, ihn zu beobachten. Mit seinem schönen Gesicht und seiner schönen Seele war er ein Wesen zum Anstaunen. Es war einerlei, wie dies alles endete oder enden mußte. Er glich einer jener anmutigen Gestalten in einem Schauspiel oder Theaterstück, deren Freuden uns ganz abseitig erscheinen, deren Schmerzen jedoch unseren Schönheitssinn anregen und deren Wunden wie rote Rosen sind.

Seele und Leib, Leib und Seele – wie rätselhaft sie doch waren! Die Seele barg Animalisches, der Leib kannte Momente des Spirituellen. Die Sinne konnten sich verfeinern, der Intellekt konnte entarten. Wer vermochte zu sagen, wo der körperliche Trieb aufhörte und der seelische Trieb begann? Wie oberflächlich waren die willkürlichen Definitionen der Schulpsychologen! Und wie schwierig war es zugleich, sich zwischen den Behauptungen der verschiedenen Schulen zurechtzufinden! War die Seele ein Schatten, der in einem sündigen Gehäuse wohnte? Oder steckte der Leib, wie Giordano Bruno dachte, in Wirklichkeit in der Seele? Geist und Materie – ihr Getrenntsein war ebenso rätselhaft wie ihre Einheit.

Er begann sich zu fragen, ob es wohl jemals gelingen würde, die Psychologie zu einer so perfekten Wissenschaft zu machen, daß sich damit auch noch der kleinste Lebenstrieb ergründen ließe. Wie die Dinge lagen, verstanden wir uns selber immerzu falsch und andere nur selten

richtig. Erfahrung stellte keinen moralischen Wertbegriff dar. Sie war lediglich der Name, den die Menschen ihren Irrtümern gaben. Die Sittenlehrer hatten die Erfahrung in der Regel als eine Art Mahnung betrachtet, hatten ihr eine gewisse moralische Wirkung auf die Charakterbildung zugeschrieben, hatten sie als etwas gepriesen, das uns lehre, war wir zu tun, und uns zeige, was wir zu lassen hätten. Doch in der Erfahrung lag keine treibende Kraft. Sie war sowenig eine bewegende Ursache wie das Gewissen. Sie bewies uns eigentlich nur, daß unsere Zukunft genauso aussehen würde wie unsere Vergangenheit und daß wir die einst mit Abscheu begangene Sünde noch viele Male mit Freuden wiederbegehen würden.

Ihm war klar, daß die experimentelle Methode die einzige war, mit der man zu einer wissenschaftlichen Analyse der Leidenschaften gelangen konnte; jedenfalls stellte Dorian Gray einen Forschungsgegenstand dar, der für ihn wie geschaffen war und ergiebige, fruchtbare Ergebnisse versprach. Dorians plötzliche rasende Liebe zu Sibyl Vane war ein psychologisches Phänomen von nicht geringem Interesse. Gewiß war da viel Neugierde im Spiel, Neugierde und die Sehnsucht nach neuen Erfahrungen; dennoch war es keine schlichte, sondern eher eine sehr komplizierte Leidenschaft. Was von den rein sinnlichen Instinkten des Knabenalters darinsteckte, war durch das Zutun der Phantasie umgeformt und in etwas verwandelt worden, was dem Jungen selbst von Sinnlichkeit weit entfernt zu sein schien und eben darum desto gefährlicher war. Die Leidenschaften, über deren Ursprung man sich täuschte, machten einem immer am schwersten zu schaffen. Die schwächsten Antriebe waren die, über deren Wesen man sich im klaren war. Oft war man im Glauben, man experimentiere mit anderen, dabei experimentierte man in Wirklichkeit mit sich selbst.

Während Lord Henry dasaß und diesen Dingen nachhing, klopfte es an der Tür; sein Diener trat ein und erinnerte ihn daran, daß es Zeit sei, sich zum Dinner umzukleiden. Er stand auf und blickte hinaus auf die Straße. Die untergehende Sonne hatte die oberen Fenster des gegenüberliegenden Hauses in scharlachfarbenes Gold getaucht. Die Scheiben glühten wie erhitzte Metallplatten. Der Himmel darüber glich einer verblaßten Rose. Lord Henry dachte an das junge, glutrote Leben seines Freundes und fragte sich, wie dies alles wohl enden würde.

Als er gegen halb ein Uhr nach Hause kam, sah er auf dem Flurtisch ein Telegramm liegen. Er öffnete es und stellte fest, daß es von Dorian Gray war. Der Junge gab ihm darin seine Verlobung mit Sibyl Vane bekannt.

5 »Mutter, Mutter, ich bin ja so glücklich!« flüsterte das Mädchen und vergrub das Gesicht im Schoß der verblühten, müde wirkenden Frau, die, den Rücken dem grell hereindringenden Licht zugewandt, auf dem einzigen Sessel saß, den das ärmliche Wohnzimmer enthielt. »Ich bin ja so glücklich!« sagte das Mädchen noch einmal, »und du sollst auch glücklich sein!«

Mrs. Vane zuckte zusammen und legte ihrer Tochter die mageren, von Wismutschminke weißen Hände auf den Kopf. »Glücklich!« wiederholte sie, »ich bin nur glücklich, Sibyl, wenn ich dich spielen sehe. Du darfst an nichts anderes denken als an deine Rollen. Mr. Isaacs war immer sehr gut zu uns, und außerdem schulden wir ihm noch Geld.«

Das Mädchen sah auf und verzog den Mund. »Geld, Mutter?« rief sie, »was ist schon Geld! Liebe ist mehr als Geld.«

»Mr. Isaacs hat uns einen Vorschuß von fünfzig Pfund gegeben, damit wir unsere Schulden bezahlen und James anständig ausstaffieren können. Das darfst du nicht vergessen, Sibyl. Fünfzig Pfund sind eine große Summe. Mr. Isaacs war äußerst entgegenkommend.«

»Er ist kein Gentleman, Mutter, und ich mag's überhaupt nicht, wie er mit mir spricht«, sagte das Mädchen, stand auf und ging hinüber zum Fenster.

»Ich weiß nicht, wie wir's ohne ihn schaffen sollen«, erwiderte die ältere Frau kläglich.

Sibyl Vane warf den Kopf zurück und lachte. »Wir brauchen ihn nicht mehr, Mutter. Jetzt nimmt der Märchenprinz alles für uns in die Hand.« Sie unterbrach sich. Eine Rose erzitterte in ihrem Blut und färbte ihre Wangen dunkelrot. Rasche Atemzüge teilten die Blütenblätter ihrer Lippen und ließen sie beben. Ein Südwind der Leidenschaft fuhr über sie hin und bewegte die zierlichen Falten ihres Kleides. »Ich liebe ihn«, sagte sie schlicht.

»Dummes Kind! Dummes Kind!« war die papageienhaft hervorgestoßene Antwort. Die Bewegungen der krummen, mit unechten Steinen geschmückten Finger gaben den Worten etwas Groteskes.

Das Mädchen lachte wieder. Die Freude eines singenden Käfigvogels schwang in ihrer Stimme. Ihre Augen griffen die Melodie auf und ließen sie in einem strahlenden Leuchten nachklingen; dann gingen sie einen Moment zu, als wollten sie ihr Geheimnis verbergen. Als sie sich wieder öffneten, war der Schleier des Traumes bereits über sie hinweggehuscht.

Dünnlippige Weisheit redete vom abgewetzten Sessel her auf das Mädchen ein, mahnte zur Besonnenheit, zitierte aus jenem Buch der Feigheit, dessen Autor ein Ruhmredner des gesunden Menschenverstands ist. Sibyl hörte nicht zu. In ihrem Gefängnis der Leidenschaft war sie ganz frei. Ihr Prinz, der Märchenprinz war bei ihr. Sie hatte die Erinnerung beschworen, ihn neu zu erschaffen. Sie hatte ihre Seele ausgesandt, nach ihm zu suchen, und ihre Seele hatte ihn ihr zurückgebracht. Sein Kuß brannte wieder auf ihren Lippen. Ihre Lider waren von seinem Atem ganz warm.

Dann versuchte die Weisheit es anders und sprach von Nachforschen und Herausfinden. Vielleicht sei der junge Mann reich. Wenn ja, so komme eine Heirat durchaus in Betracht. Wellen irdischer Schläue brachen sich an der Ohrmuschel des Mädchens. Die Pfeile der List schossen an Sibyl vorüber. Sie sah, wie sich die dünnen Lippen bewegten, und lächelte.

Plötzlich hatte sie das Bedürfnis, etwas zu sagen. Das beredte Schweigen beunruhigte sie. »Mutter, Mutter«, rief sie, »warum liebt er mich nur so sehr? Ich weiß ja, warum ich ihn liebe. Ich liebe ihn, weil er so ist, wie die Liebe selber sein sollte. Aber was sieht er in *mir*? Ich bin seiner doch gar nicht würdig. Und trotzdem – ich kann nicht sagen, warum –, obwohl ich mich als so tief unter ihm empfinde, komme ich mir nicht minderwertig vor. Ich bin einfach stolz, furchtbar stolz. Mutter, hast du meinen Vater so geliebt, wie ich den Märchenprinz liebe?«

Die ältere Frau erbleichte unter dem dicken Puder, der ihre Wangen bedeckte, und ihre trockenen Lippen zuckten in krampfhaftem Schmerz. Sibyl eilte zu ihr, warf ihr die Arme um den Hals und küßte sie. »Verzeih mir, Mutter, ich weiß, es tut dir weh, über unseren Vater zu sprechen. Aber es tut dir nur weh, weil du ihn so sehr geliebt hast. Schau nicht so traurig. Ich bin heut so glücklich, wie du's vor zwanzig Jahren gewesen bist. Ach, laß mich für immer glücklich sein!«

»Mein Kind, du bist noch viel zu jung, um an Liebe zu denken. Und überhaupt, was weißt du denn von diesem jungen Mann? Du kennst doch nicht einmal seinen Namen. Das Ganze kommt mir äußerst ungelegen, und ich muß schon sagen, jetzt, wo James nach Australien geht und ich den Kopf voll habe mit anderem, da hättest du ruhig mehr Rücksicht zeigen können. Aber wie gesagt, wenn er reich ist …«

»Ach! Mutter, Mutter, laß mich doch glücklich sein!«

Mrs. Vane warf ihr einen Blick zu und schloß sie mit einer jener unechten Bühnengebärden, wie sie Schauspielern so oft zur zweiten Natur werden, in die Arme. In diesem Augenblick öffnete sich die Tür, und ein junger Bursche mit struppigem braunem Haar trat ins Zimmer. Er war von untersetzter Statur und hatte große Hände und Füße, die in ihren Bewegungen ein wenig täppisch wirkten. Er war nicht so fein geartet wie seine Schwester. Man hätte die nahe Verwandtschaft, die zwischen den beiden bestand, kaum für möglich gehalten. Mrs. Vane sah ihn unverwandt an und lächelte noch mehr. Im Geist erhob sie ihren Sohn in den Rang eines Publikums. Sie war davon überzeugt, daß sich ihm ein reizvolles Tableau bot.

»Du könntest ruhig ein paar Küsse für *mich* aufheben, Sibyl«, sagte der Junge mit einem gutmütigen Brummen.

»Ach, du hast es doch gar nicht gern, wenn man dich küßt, Jim«, rief sie. »Du bist ein schrecklicher alter Bär.« Und sie lief durchs Zimmer und umarmte ihn.

James Vane blickte seiner Schwester zärtlich ins Gesicht. »Ich möcht ein bißchen mit dir spazierengehn, Sibyl. Ich glaub nicht, daß ich dieses gräßliche London je wieder zu sehen kriege. Eigentlich hab ich auch gar kein Verlangen danach.«

»Sag nicht so schreckliche Sachen, mein Sohn«, murmelte Mrs. Vane; seufzend nahm sie ein flitterhaftes Bühnenkostüm zur Hand und begann es auszubessern. Sie war ein wenig enttäuscht darüber, daß er sich der Gruppe nicht zugesellt hatte. Es hätte die malerische Wirkung der Szene gesteigert.

»Warum nicht, Mutter? Ich mein's ernst.«

»Du tust mir weh, mein Sohn. Sobald du es in Australien zu etwas gebracht hast, hoffe ich doch, daß du wieder nach Hause kommst. Meines Wissens gibt es in den Kolonien keinerlei gesellschaftliches Leben, jedenfalls keins, was ich als solches bezeichnen würde; sobald du also dein Glück gemacht hast, mußt du zurückkehren und in London deinen Mann stehen.«

»Gesellschaftliches Leben!« brummte der Junge. »Damit hab ich überhaupt nichts im Sinn. Ich möcht bloß etwas Geld verdienen, damit ich dich und Sibyl von diesem Theater wegholen kann. Ich hasse es!«

»Oh, Jim!« lachte Sibyl, »wie garstig von dir! Aber möchtest du wirklich mit mir spazierengehen? Das wäre schön! Ich hatte nämlich schon Angst, du willst dich noch von ein paar Freunden verabschieden – von Tom Hardy, der dir diese scheußliche Pfeife geschenkt hat, oder von Ned

Langton, der sich über dich lustig macht, weil du sie rauchst. Wirklich ganz lieb von dir, daß du deinen letzten Nachmittag mit mir verbringen willst. Wo gehn wir hin? In den Park?«

»Dazu seh ich zu schäbig aus«, antwortete er finster. »Nur feine Leute gehn in den Park.«

»Unsinn, Jim«, flüsterte sie und strich ihm über den Jackenärmel.

Er zögerte einen Moment. »Na schön«, sagte er schließlich, »aber beeil dich mit dem Anziehen.« Sie tanzte zur Tür hinaus. Man hörte sie singen, als sie die Treppe hochlief. Ihre kleinen Füße trippelten oben umher.

Er ging ein paarmal im Zimmer auf und ab. Dann wandte er sich der stummen Gestalt im Sessel zu. »Sind meine Sachen fertig, Mutter?« fragte er.

»Aber ja, James«, erwiderte sie, ohne von ihrer Arbeit aufzuschauen. Seit einigen Monaten fühlte sie sich unbehaglich, sobald sie mit ihrem schroffen, störrischen Sohn alleine war. Wenn ihre Blicke sich trafen, geriet ihr oberflächliches, verborgenes Wesen in Unruhe. Sie fragte sich oft, ob er etwas ahnte. Schließlich wurde ihr das Schweigen – denn er sagte nichts mehr – unerträglich. Sie begann zu lamentieren. Frauen verteidigen sich durch Angriff, und ihr Angriff besteht in einer ganz plötzlichen, unvermuteten Kapitulation. »Ich hoffe, James, die Seefahrerei tut dir gut«, sagte sie. »Denk immer daran, du hast es dir selber so ausgesucht. Du hättest ebensogut in ein Anwaltsbüro eintreten können. Anwälte nehmen einen sehr geachteten Rang ein; auf dem Land dinieren sie oft bei den besten Familien.«

»Ich hasse Büros, und Büroangestellte auch«, erwiderte er. »Aber du hast ganz recht. Ich hab mir mein Leben selber ausgesucht. Ich sag dir nur eins, paß auf Sibyl auf. Gib acht, daß ihr nichts passiert. Du mußt unbedingt auf sie aufpassen, Mutter.«

»Das ist ja nun wirklich unerhört, James. Natürlich paß ich auf Sibyl auf.«

»Soviel ich weiß, kommt jeden Abend ein Gentleman ins Theater und geht nach hinten, um sich mit ihr zu unterhalten. Stimmt das? Was ist damit?«

»Du sprichst über Dinge, von denen du keine Ahnung hast, James. Unser Beruf bringt es mit sich, daß man mit einer Menge sehr erfreulicher Aufmerksamkeiten bedacht wird. Auch ich habe früher mal viele Blumensträuße bekommen – damals, als man von der Schauspielkunst noch etwas verstand. Und Sibyl – ich weiß im Moment nicht, ob ihre Zuneigung ernstgemeint ist oder nicht. Fest steht nur, daß der fragliche junge Mann ein vollendeter Gentleman ist. Er ist mir gegenüber immer überaus höflich. Außerdem macht er einen wohlhabenden Eindruck, und die Blumen, die er schickt, sind wunderschön.«

»Du weißt doch nicht mal, wie er heißt«, sagte der Junge schroff.

»Nein«, antwortete seine Mutter mit gelassener Miene. »Er hat mir seinen wirklichen Namen noch nicht verraten. Ich finde das sehr romantisch von ihm. Wahrscheinlich gehört er dem Adel an.«

James Vane biß sich auf die Lippe. »Paß auf Sibyl auf, Mutter«, rief er; »paß bloß auf sie auf.«

»Du bist wirklich zum Verzweifeln, mein Sohn. Sibyl steht immer unter meiner besonderen Obhut. Wenn dieser Gentleman reich ist, dann spricht doch überhaupt nichts dagegen, daß sie mit ihm eine Verbindung eingeht. Ich bin sicher, er gehört dem Adel an. Seine ganze Erscheinung läßt darauf schließen. Vermutlich wäre er für Sibyl eine glänzende Partie. Die zwei gäben ein reizendes Paar ab. Er sieht wirklich außergewöhnlich gut aus, jedem fällt das auf.«

Der Junge brummte etwas vor sich hin und trommelte mit den derben Fingern auf die Fensterscheibe. Er hatte sich eben umgedreht, um etwas zu sagen, da öffnete sich die Tür, und Sibyl eilte herein.

»Ihr seid ja so ernst, ihr zwei!« rief sie. »Was ist denn los?«

»Nichts«, erwiderte er. »Manchmal muß man halt ernst sein. Wiedersehn, Mutter; um fünf Uhr komm ich zum Abendessen. Bis auf die Hemden ist schon alles gepackt, du brauchst dich also um nichts mehr zu kümmern.«

»Wiedersehn, mein Sohn«, antwortete Mrs. Vane mit einer übertrieben vornehmen Verneigung.

Sie war äußerst verärgert über den Ton, den ihr Sohn ihr gegenüber angeschlagen hatte; in seinem Blick lag etwas, das ihr Angst einflößte.

»Gib mir noch einen Kuß, Mutter«, sagte Sibyl. Ihre blumengleichen Lippen berührten die welke Wange und gaben deren Kühle ein wenig Wärme.

»Mein Kind! Mein Kind!« rief Mrs. Vane und sah zur Decke empor, als halte sie Ausschau nach einer Zuschauergalerie.

»Komm, Sibyl«, sagte der Bruder ungeduldig. Das affektierte Gehabe seiner Mutter war ihm ein Greuel.

Sie traten hinaus in den flimmernden, von Wind durchwehten Sonnenschein und schlenderten durch die eintönige Euston Road. Die Passanten sahen den mürrischen, schwerfälligen Jungen verwundert an, der sich mit seiner groben, schlechtsitzenden Kleidung in Begleitung eines so anmutigen, vornehm wirkenden Mädchens befand. Er glich einem schlichten Gärtner, der mit einer Rose spazierengeht.

Hie und da, wenn er den forschenden Blick eines Fremden erhaschte, runzelte Jim die Stirn. Er hatte jene Abneigung gegen das Angestarrtwerden, die bei Genies erst spät im Leben auftritt und die der Alltagsmensch niemals verliert. Sibyl indessen war sich der Wirkung, die sie hervorrief, überhaupt nicht bewußt. Ihre Liebe zitterte im Lachen auf ihren Lippen. Sie dachte an den Märchenprinzen, und um noch mehr an ihn denken zu können, sprach sie nicht von ihm, sondern plapperte in einem fort über das Schiff, mit dem Jim in See stechen wollte, über das Gold, das er zweifellos finden, über die wunderschöne Erbin, die er aus den Händen von bösen, mit roten Hemden bekleideten Buschräubern befreien werde. Denn er dürfe kein Seemann bleiben, auch kein Frachtaufseher oder sonst etwas dieser Art. O nein. Das Seemannsleben sei schrecklich. Unfaßbar, in einem schaurigen Schiff eingesperrt zu sein, während die kreischenden, krummrückigen Wogen einzudringen versuchten und ein düsterer Sturm die Masten umblase und die Segel zu langen, heulenden Streifen zerfetze. Er müsse in Melbourne von Bord gehen, dem Kapitän höflich Lebewohl sagen und sich sofort auf den Weg zu den Goldfeldern machen. Keine Woche später werde er auf einen großen Klumpen reinen Goldes stoßen – den größten Klumpen, den man jemals gefunden habe – und ihn in einem von sechs berittenen Polizisten bewachten Wagen zur Küste bringen. Dreimal würden die Buschräuber sie überfallen und dabei in einem ungeheuren Gemetzel besiegt werden. Oder nein. Er solle die Goldfelder unbedingt meiden. Das seien schaudererregende Gegenden, wo sich die Männer betränken, einander in Bars erschössen und häßliche Ausdrücke gebrauchten. Er solle lieber ein braver Schafzüchter werden, und wenn er dann eines Abends nach Hause reite, sehe er, wie ein Räuber auf einem Rappen die schöne Erbin entführe, und er nehme die Verfolgung auf und könne die Erbin retten. Natürlich werde sie sich in ihn verlieben, und er in sie, und sie würden heimkehren und in einem riesigen Haus in London leben. Ja, Herrliches stehe ihm bevor. Freilich müsse er immer anständig sein, er dürfe nicht die Geduld verlieren oder sein Geld leichtfertig ausgeben. Sie selber sei zwar nur ein Jahr älter als er, aber sie wisse über das Leben schon weitaus besser Bescheid. Im übrigen müsse er ihr unbedingt mit jeder Post schreiben und jede Nacht vor dem Schlafengehen seine Gebete sprechen. Gott sei sehr gütig und werde über ihn wachen. Auch sie wolle für ihn beten, und in ein paar Jahren werde er reich und glücklich wieder zurückkehren.

Der Junge hörte ihr verdrossen zu und gab keine Antwort. Er war tiefbetrübt darüber, daß er die Heimat verlassen mußte. Aber das war es nicht allein, was ihn so mürrisch und schwermütig machte. So unerfahren er war, spürte er doch sehr deutlich, daß Sibyl sich in Gefahr befand. Dieser junge Dandy, der sie umwarb, konnte es nicht gut mit ihr meinen. Er war ein Gentleman, und dafür haßte er ihn, haßte ihn mit einem sonderbaren Klasseninstinkt, den er sich nicht zu erklären vermochte und der ihn daher nur um so mehr beherrschte. Darüber hinaus kannte er das oberflächliche Wesen und die Eitelkeit seiner Mutter und sah darin eine unendliche Gefahr für Sibyl und Sibyls Glück. Anfangs lieben Kinder ihre Eltern noch; wenn sie älter werden, urteilen sie über sie; manchmal vergeben sie ihnen.

Seine Mutter! Ihm lag etwas auf der Seele, was er sie fragen wollte, etwas, worüber er schon seit vielen Monaten in aller Stille nachgrübelte. Ein zufällig aufgeschnapptes Wort im Theater, eine höhnische, im Flüsterton gesprochene Bemerkung, die ihm eines Abends beim Warten am Bühneneingang zu Ohren gekommen war, hatte eine Reihe furchtbarer Gedanken in ihm ausgelöst. Er erinnerte sich daran, als hätte er damals einen Peitschenstreich übers Gesicht bekommen. Seine Brauen zogen sich zu einer keilförmigen Furche zusammen, und in krampfhaft aufzuckendem Schmerz biß er sich auf die Unterlippe.

»Du hörst mir ja gar nicht zu, Jim«, rief Sibyl, »dabei mach ich grade die herrlichsten Pläne für deine Zukunft. Jetzt sag doch etwas.«

»Was soll ich denn sagen?«

»Ach, daß du ein braver Junge bist und uns nicht vergessen wirst«, erwiderte sie und lächelte ihn an.

Er zuckte die Achseln. »Wahrscheinlich vergißt du mich viel schneller als ich dich, Sibyl.«

Sie errötete. »Was soll das heißen, Jim?« fragte sie.

»Du hast neuerdings einen Freund, hab ich gehört. Wer ist er? Wieso hast du mir nichts von ihm erzählt? Er meint's nicht gut mit dir.«

»Hör auf, Jim!« rief sie. »Du darfst nichts gegen ihn sagen. Ich liebe ihn.«

»Aber du weißt ja nicht einmal, wie er heißt«, gab der Junge zurück. »Wer ist er? Ich hab ein Recht darauf, es zu erfahren.«

»Er heißt Märchenprinz. Gefällt dir der Name nicht? Ach, du Dummerchen! Du solltest ihn nie vergessen. Hättest du den Märchenprinzen schon gesehen, dann würdest du ihn für den wundervollsten Menschen der Welt halten. Eines Tages wirst du ihn kennenlernen – sobald du aus

Australien zurück bist. Er wird dir sehr gefallen. Allen gefällt er, und ich ... ich liebe ihn. Schade, daß du heut abend nicht ins Theater kommen kannst. Er wird bestimmt da sein, und ich spiele die Julia! Ach, und wie ich sie spielen werde! Denk nur, Jim, eine Liebende spielt die Julia! Weiß, daß der Geliebte ihr zuschaut! Spielt, um ihn zu erfreuen! Ich hab Angst, daß ich meine Mitspieler erschrecke, daß ich sie erschrecke oder völlig in Bann schlage. Wer liebt, wächst über sich hinaus. Der schreckliche Mr. Isaacs wird seinen Nichtsnutzen an der Bar das Wort ›Genie‹ zurufen. Bisher hat er mich angepriesen wie eine Glaubenssache; heut abend wird er mich verkünden wie eine Offenbarung. Ich hab das im Gefühl. Und das alles verdanke ich ihm, nur ihm, dem Märchenprinzen, meinem wundervollen Geliebten, meinem anmutigen Gott. Aber gegen ihn bin ich arm. Arm? Was macht das schon! Kriecht die Armut zur Tür herein, kommt die Liebe durchs Fensterlein. Unsere Sprichwörter müssen umgeschrieben werden. Sie sind im Winter entstanden, und jetzt haben wir Sommer; für mich ist's eigentlich Frühling, ein wahrer Blütenreigen am blauen Himmel.«

»Er ist ein Gentleman«, sagte der Junge mürrisch.

»Ein Prinz!« rief sie klangvoll. »Was willst du mehr?«

»Er will dich zur Sklavin machen.«

»Mir graut vor dem Gedanken, frei zu sein.«

»Nimm dich lieber vor ihm in acht.«

»Ihn sehen heißt ihn verehren, ihn kennen heißt ihm vertrauen.«

»Sibyl, er hat dich ja völlig um den Verstand gebracht.«

Sie lachte und nahm ihn am Arm. »Guter alter Jim, du redest, als wärst du schon hundert. Eines Tages wirst auch du dich verlieben. Dann weißt du, wie das ist. Jetzt mach doch nicht so ein Gesicht. Eigentlich solltest du dich darüber freuen, daß ich trotz deiner Abreise so glücklich bin wie noch nie. Das Leben war für uns beide immer hart, furchtbar hart und mühselig. Aber jetzt wird alles anders. Du ziehst hinaus in eine neue Welt, und ich hab meine grade entdeckt. Da sind zwei Stühle; setzen wir uns doch ein bißchen hin und schauen zu, wie die feinen Leute vorüberflanieren.«

Inmitten einer Schar von weiteren Zuschauern nahmen sie Platz. Die Tulpenbeete auf der anderen Straßenseite flammten wie vibrierende Feuerringe. Weißer Blütenstaub, vermutlich von Veilchenwurz, hing als tanzende Wolke in der flirrenden Luft. Die grellbunten Sonnenschirme hüpften auf und ab wie riesige Schmetterlinge.

Sie brachte ihren Bruder dazu, von sich zu reden, von seinen Hoffnungen, seinen Aussichten. Er sprach langsam und nur mit Mühe. Die beiden gaben einander die Worte, wie Spieler sich Spielmarken zuschieben. Sibyl war bedrückt. Sie vermochte ihr Glück nicht mitzuteilen. Ein schwaches, den mürrischen Mund umzuckendes Lächeln war das einzige Echo, das sie empfing. Nach einer Weile verstummte sie. Da erhaschte ihr Blick auf einmal goldene Haare und lachende Lippen; in einem offenen Wagen fuhr, zusammen mit zwei Damen, Dorian Gray vorüber.

Sie sprang auf. »Da ist er!« rief sie.

»Wer?« sagte Jim Vane.

»Der Märchenprinz«, antwortete sie und blickte der Viktoria-Chaise nach.

Er fuhr hoch und faßte sie unsanft am Arm. »Zeig ihn mir. Welcher ist es? Führ ihn mir vor. Ich muß ihn sehn!« rief er; aber in diesem Moment schob sich der Vierspänner des Duke of Berwick dazwischen, und kaum war die Sicht wieder frei, war der Wagen bereits aus dem Park gerauscht.

»Er ist weg«, murmelte Sibyl traurig. »Schade, daß du ihn nicht gesehen hast.«

»Allerdings, denn so wahr es einen Gott im Himmel gibt – wenn er dir jemals was antut, dann bring ich ihn um.«

Sie blickte ihn entsetzt an. Er wiederholte seine Worte. Sie durchschnitten die Luft wie ein Dolch. Ringsum begann man bereits zu gaffen. Eine in der Nähe stehende Dame kicherte.

»Komm, Jim; komm weg hier«, flüsterte Sibyl. Verbissen folgte er ihr durch die Menge. Er war froh, daß er es endlich gesagt hatte.

Als sie die Achilles-Statue erreicht hatten, drehte Sibyl sich um. In ihren Augen lag Mitleid, das sich auf ihren Lippen in Lachen verwandelte. Sie schüttelte den Kopf. »Du bist verrückt, Jim, vollkommen verrückt; ein übellauniger Junge, das ist alles. Wie kannst du bloß so etwas Furchtbares sagen? Du weißt doch gar nicht, was du da redest. Du bist einfach nur eifersüchtig und unleidlich. Ah! Ich wünschte, du würdest dich verlieben. Die Liebe macht die Menschen gut, und was du gesagt hast, war böse.«

»Ich bin sechzehn«, erwiderte er, »und weiß, was ich tu. Mutter ist keine Hilfe für dich. Sie kann nicht auf dich aufpassen. Eigentlich möcht ich jetzt gar nicht mehr nach Australien. Ich hätt gute Lust, die ganze Geschichte fahrenzulassen. Würd ich auch, wenn mein Vertrag nicht schon unterschrieben wär.«

»Oh, sei doch nicht so ernst, Jim. Du bist wie einer von den Helden aus den albernen Melodramen, in denen Mutter immer so gern gespielt hat. Ich möcht mich nicht mit dir zanken. Ich hab ihn gesehen, und ach! Ihn zu sehen ist das vollendete Glück. Wir wollen nicht streiten. Ich weiß doch, du würdest jemandem, den ich liebe, bestimmt nichts zuleide tun.«

»Solang du ihn liebst, wahrscheinlich nicht«, war die mürrische Antwort.

»Ich werde ihn immer lieben!« rief sie.

»Und er?«

»Er mich auch!«

»Wär besser für ihn.«

Sie schrak zurück. Dann lachte sie und legte ihm die Hand auf den Arm. Er war ja noch ein Junge.

Am Marble Arch hielten sie einen Omnibus an, der sie dann unweit ihrer schäbigen Unterkunft in der Euston Road absetzte. Es war nach fünf Uhr, und Sibyl mußte sich vor ihrem Auftritt ein paar Stunden hinlegen. Jim bestand darauf. Er sagte, er wolle sich lieber von ihr verabschieden, ohne daß die Mutter dabei sei. Sie mache bestimmt eine Szene, und Szenen jeder Art seien ihm ein Greuel.

In Sibyls Zimmer nahmen sie Abschied. Eifersucht war im Herzen des Jungen und ein glühender, mörderischer Haß auf den Fremden, der sich, wie ihm schien, einfach zwischen sie gedrängt hatte. Doch als sie ihm die Arme um den Hals warf und ihm mit den Fingern durchs Haar strich, wurde er weich und küßte sie mit echter Zuneigung. Als er schließlich nach unten ging, standen Tränen in seinen Augen.

Seine Mutter wartete bereits auf ihn. Als er ins Zimmer trat, murrte sie über seine Unpünktlichkeit. Er gab keine Antwort, sondern setzte sich an sein dürftiges Mahl. Fliegen umsummten den Tisch und krabbelten über die fleckige Tischdecke. Über dem Rumpeln der Omnibusse und dem Rattern der Droschken hörte er die monotone Stimme, die jede Minute verschlang, die ihm noch blieb.

Nach einer Weile schob er den Teller fort und stützte den Kopf in die Hände. Seiner Meinung nach hatte er ein Recht darauf, es zu erfahren. Wenn es so war, wie er vermutete, hätte es ihm schon lange zuvor gesagt werden müssen. Bleiern vor Angst, ließ seine Mutter ihn nicht aus den Augen. Worte fielen ihr mechanisch von den Lippen. Ein zerschlissenes Spitzentaschentuch knüllte sich in ihren Fingern. Als die Uhr sechs schlug, stand er auf und ging zur Tür. Dann drehte er sich noch einmal um und sah seine Mutter an. Beider Blicke begegneten sich. In ihrem las er eine flehentliche Bitte um Gnade. Er geriet in Wut.

»Mutter, ich muß dich was fragen«, sagte er. Ihr Blick schweifte unsicher im Zimmer umher. Sie gab keine Antwort. »Sag mir die Wahrheit. Ich hab ein Recht darauf, es zu erfahren. Warst du mit meinem Vater verheiratet?«

Sie stieß einen tiefen Seufzer aus. Es war ein Seufzer der Erleichterung. Der schreckliche Moment, der Moment, vor dem sie sich Tag und Nacht seit Wochen und Monaten gefürchtet hatte, war endlich da, und dennoch verspürte sie keine Angst. Ja, in gewisser Hinsicht war sie sogar enttäuscht. Die banale Direktheit der Frage verlangte nach einer direkten Antwort. Der Höhepunkt hätte schrittweise kommen müssen. Das Ganze war zu plump. Es erinnerte sie an eine schlechte Theaterprobe.

»Nein«, erwiderte sie und wunderte sich über die krude Schlichtheit des Lebens.

»Dann war mein Vater also ein Schuft?« rief der Junge und ballte die Fäuste.

Sie schüttelte den Kopf. »Ich wußte, daß er nicht frei war. Wir haben uns sehr geliebt. Wenn er am Leben geblieben wäre, hätte er bestimmt für uns gesorgt. Sag nichts gegen ihn, mein Sohn. Er war dein Vater und ein Gentleman. Ja, er hatte sogar Verbindungen zu den höchsten Kreisen.«

Ein Fluch brach von seinen Lippen. »Mir geht's nicht um mich«, rief er aus, »aber laß Sibyl nicht ... Der, der in sie verliebt ist oder es zumindest behauptet – der ist doch *auch* ein Gentleman, ja? Wahrscheinlich hat er ebenfalls Verbindungen zu den höchsten Kreisen.«

Einen Augenblick lang überkam die Frau ein furchtbares Gefühl der Demütigung. Sie ließ den Kopf sinken. Mit zitternden Händen wischte sie sich die Augen. »Sibyl hat eine Mutter«, murmelte sie; »ich hatte keine.«

Der Junge war gerührt. Er ging zu ihr, bückte sich und gab ihr einen Kuß. »Tut mir leid, wenn ich dir mit der Frage nach meinem Vater weh getan hab«, sagte er, »aber es ging nicht anders. Und jetzt muß ich los. Leb wohl. Vergiß nicht, du hast jetzt bloß noch ein Kind, um das du dich kümmern mußt, und glaub mir, wenn dieser Mann meiner Schwester was antut, dann find ich raus, wer er ist; dann spür ich ihn auf und bring ihn um wie einen Hund. Das schwöre ich.«

Die völlige Überspanntheit der Drohung, die leidenschaftliche Gebärde, mit der sie einherging, die wilde Melodramatik der Worte, das alles sorgte dafür, daß der Frau das Leben wieder lebendiger erschien. Diese Luft war ihr vertraut. Sie atmete freier, und zum erstenmal seit vielen Monaten empfand sie für ihren Sohn aufrichtige Bewunderung. Sie hätte die Szene liebend gerne in diesem gefühligen Stil fortgesetzt, doch er fuhr ihr abrupt dazwischen. Man mußte Koffer hinuntertragen und nach dicken Schals suchen. Der Pensionsknecht eilte geschäftig hin und her. Es gab Verhandlungen mit dem Kutscher. Der Moment ging in kleinlichen Banalitäten unter. Von neuem enttäuscht, winkte sie mit dem zerschlissenen Spitzentaschentuch aus dem Fenster, während ihr Sohn davonfuhr. Sie wußte, eine große Gelegenheit war vertan. Sie tröstete sich damit, daß sie Sibyl erklärte, wie traurig ihr Leben wohl fortan sei, denn sie habe jetzt bloß noch ein Kind, um das sie sich kümmern müsse. Diesen Satz hatte sie sich gemerkt. Er hatte ihr gefallen. Von der Drohung erwähnte sie nichts. Sie war lebendig und voller Dramatik zum Ausdruck gekommen. Eines Tages, dachte sie, würden sie alle darüber lachen.

6 »Ich nehme an, Sie haben die Neuigkeiten schon gehört, Basil?« sagte Lord Henry an jenem Abend, als Hallward in ein kleines Séparée im Bristol geführt wurde, wo man einen Tisch für drei Personen gedeckt hatte.

»Nein, Harry«, antwortete der Künstler, während er dem dienernden Kellner Hut und Mantel reichte. »Worum geht's denn? Doch hoffentlich nicht um Politik? Politik interessiert mich nicht. Im Unterhaus gibt's fast keine einzige Person, die sich wirklich zu malen lohnt; vielen täte allerdings ein bißchen Tünche ganz gut.«

»Dorian Gray trägt sich mit Heiratsabsichten. Er hat sich verlobt«, sagte Lord Henry und faßte ihn dabei ins Auge.

Hallward zuckte zusammen und runzelte dann die Stirn. »Dorian verlobt!« rief er. »Unmöglich!«

»Es ist die reine Wahrheit.«

»Mit wem denn?«

»Mit irgendeiner kleinen Schauspielerin.«

»Das kann ich nicht glauben. Dazu ist Dorian viel zu vernünftig.«

»Dorian ist viel zu gescheit, um nicht hin und wieder was Dummes zu tun, mein lieber Basil.«

»Heiraten ist wohl kaum etwas, was man hin und wieder tut, Harry.«

»Außer in Amerika«, erwiderte Lord Henry schlaff. »Aber ich habe ja nicht gesagt, daß er geheiratet hat. Ich habe gesagt, er trägt sich mit Heiratsabsichten. Das ist doch etwas ganz anderes. Ich entsinne mich deutlich, geheiratet zu haben, aber daß das mit Absicht geschehen ist, daran kann ich mich partout nicht erinnern. Ich glaube eher, nein.«

»Aber denken Sie doch an Dorians Herkunft, an seinen gesellschaftlichen Rang, an seinen Reichtum. Es wäre unklug von ihm, so tief unter seinem Stand zu heiraten.«

»Genau das müssen Sie ihm sagen, wenn Sie ihn dazu bringen wollen, dieses Mädchen zu heiraten. Dann tut er's nämlich erst recht. Wer eine komplette Dummheit begeht, hat immer die edelsten Motive dafür.«

»Hoffentlich ist sie ein anständiges Mädchen, Harry. Ich möchte nicht erleben, daß sich Dorian mit einem Luder zusammentut, das ihm womöglich den Charakter verdirbt und den Verstand zerrüttet.«

»Oh, sie ist mehr als anständig – sie ist schön«, murmelte Lord Henry und nippte an einem Glas Wermut mit Pomeranzenlikör. »Dorian sagt jedenfalls, sie sei schön; und in solchen Dingen irrt er sich eigentlich nur selten. Ihr Porträt von ihm hat seinen Blick für das Äußere seiner Mitmenschen geschärft. Es hatte unter anderem auch diese hervorragende Wirkung. Wir werden das Mädchen heut abend kennenlernen – falls der Junge unsre Verabredung nicht vergißt.«

»Ist das Ihr Ernst?«

»Mein voller Ernst, Basil. Die Vorstellung, jemals noch ernster zu sein als eben jetzt, würde mich unglücklich machen.«

»Aber finden Sie die Sache denn richtig, Harry?« fragte der Maler; er biß sich auf die Lippe und ging im Séparée auf und ab. »Sie können sie doch unmöglich richtig finden. Es ist eine alberne Schwärmerei.«

»Ich finde schon lange nichts mehr richtig oder falsch. Das ist eine absurde Einstellung zum Leben. Wir wurden nicht in die Welt gesetzt, um unsere moralischen Vorurteile zu verbreiten. Was gewöhnliche Menschen sagen, das kümmert mich nicht im geringsten, und was besondere Menschen tun, in das mische ich mich niemals ein. Wenn mich eine Persönlichkeit fasziniert, dann mag sie sich gerieren, wie sie will, sie bereitet mir absolutes Vergnügen. Dorian Gray verliebt sich in ein schönes Mädchen, das die Julia spielt, und macht ihr einen Heiratsantrag. Warum nicht? Würde er Messalina heiraten, wäre er darum nicht weniger interessant. Sie wissen, ich bin kein Verfechter der Ehe. Der wahre Nachteil der Ehe besteht darin, daß sie einen uneigennützig macht. Und uneigennützige Menschen sind farblos. Es mangelt ihnen an Individualität. Andererseits gibt es bestimmte Charaktere, die durch die Ehe vielschichtiger werden. Sie bewahren ihren Egoismus und gewinnen viele weitere Egos hinzu. Sie sind gezwungen, mehr als nur ein Leben zu führen. Sie werden zu höher organisierten Wesen, und ein höher organisiertes Wesen zu sein ist zweifellos das Ziel des menschlichen Daseins. Im übrigen ist jede Erfahrung wertvoll, und was immer man gegen die Ehe vorbringen mag, sie ist ganz gewiß eine Erfahrung. Ich hoffe, Dorian Gray macht dieses Mädchen zu seiner Frau, betet sie sechs Monate lang voller Leidenschaft an und fühlt sich dann urplötzlich zu einer anderen hingezogen. Er wäre ein wundervolles Studienobjekt.«

»Sie meinen kein einziges Wort davon ernst, Harry; und das wissen Sie auch. Wenn Dorian Grays Leben zugrunde ginge, dann würde niemand das mehr bedauern als Sie. Sie sind nämlich viel besser, als Sie andauernd tun.«

Lord Henry lachte. »Daß wir von andern gern eine so hohe Meinung haben, liegt daran, daß wir uns vor uns selber fürchten. Die Basis des

Optimismus ist nackte Angst. Wir halten uns für großmütig, weil wir unserm Nächsten just die Tugenden zuschreiben, die uns womöglich zugute kommen. Wir loben den Bankier, um unser Konto überziehen zu können, und entdecken gute Eigenschaften am Straßenräuber in der Hoffnung, daß er uns nicht an die Taschen geht. Was ich vorhin gesagt habe, ist mein voller Ernst. Für den Optimismus habe ich nur tiefste Verachtung übrig. Und was das zugrunde gegangene Leben betrifft – ein Leben geht erst dann zugrunde, wenn man es daran hindert, sich zu entfalten. Wer einen Charakter verderben will, der braucht ihn lediglich umzuformen. Und diese Heirat – natürlich wäre sie töricht, aber es gibt ja noch andere und interessantere Bande zwischen Mann und Frau. Und die kann ich freilich nur befürworten. Sie haben den Reiz, in Mode zu sein. Aber da kommt Dorian ja. Er hat Ihnen bestimmt mehr zu erzählen als ich.«

»Mein lieber Harry, mein lieber Basil, Sie dürfen mir beide gratulieren!« sagte der Junge; er warf sein Abendcape mit dem satingefütterten Kragen ab und schüttelte seinen Freunden nacheinander die Hand. »Ich war noch nie so glücklich. Sicher, es kommt ein bißchen plötzlich, wie jedes echte Wunder. Aber zugleich habe ich das Gefühl, das ist das einzige, wonach ich mein ganzes Leben gesucht habe.« Er war vor Aufregung und Freude ganz rot und sah ausnehmend hübsch aus.

»Ich hoffe, Sie werden immer sehr glücklich sein, Dorian«, sagte Hallward, »aber daß Sie mir von Ihrer Verlobung nichts mitgeteilt haben, finde ich ganz und gar unverzeihlich. Harry gegenüber waren Sie nicht so verschlossen.«

»Und ich finde es unverzeihlich, daß Sie zu spät zum Dinner kommen«, warf Lord Henry lächelnd ein und legte dem Jungen die Hand auf die Schulter. »So, und jetzt setzen wir uns und probieren mal, was der neue Küchenchef hier zustande bringt; dann erzählen Sie uns, wie alles passiert ist.«

»Da gibt's eigentlich nicht viel zu erzählen«, rief Dorian, während sie an dem kleinen, runden Tisch Platz nahmen. »Es war einfach so. Als ich mich gestern abend von Ihnen verabschiedet hatte, Harry, zog ich mich um, aß in dem kleinen italienischen Restaurant in der Rupert Street, wo Sie mich eingeführt hatten, zu Abend und ging dann um acht Uhr ins Theater. Sibyl spielte die Rosalinde. Das Bühnenbild war natürlich grauenhaft, und der Orlando lächerlich. Aber Sibyl! Sie hätten sie sehen sollen! In ihrer Knabenkleidung war sie absolut hinreißend. Sie trug ein moosgrünes Samtwams mit zimtfarbenen Ärmeln, eine enge braune

Pagenhose mit kreuzweise geschnürten Kniebändern, ein schmuckes kleines Barett mit einer von einem Edelstein gehaltenen Falkenfeder und einen mattrot gefütterten Glockenmantel. Noch nie war sie mir so herrlich erschienen. Sie besaß die ganze zarte Anmut der Tanagra-Statuette, die in Ihrem Atelier steht, Basil. Ihre Haare rankten sich um ihr Gesicht wie dunkle Blätter um eine blasse Rose. Und ihr Spiel – nun, Sie werden sie ja heut abend noch sehen. Sie ist einfach eine geborene Künstlerin. Völlig gebannt saß ich in der schmuddligen Loge. Ich vergaß, daß ich mich in London und im neunzehnten Jahrhundert befand. Ich war mit meiner Liebsten weit weg, in einem Wald, den noch kein Mensch erblickt hatte. Nach der Vorstellung bin ich hinter die Bühne und habe mit ihr gesprochen. Wie wir so beieinander saßen, trat in ihre Augen plötzlich ein Ausdruck, den ich noch nie in ihnen gesehen hatte. Meine Lippen näherten sich den ihren. Wir küßten uns. Ich kann Ihnen gar nicht beschreiben, was ich in diesem Augenblick fühlte. Mir war, als hätte sich mein ganzes Leben zu einem einzigen makellosen Moment rosiger Freude verdichtet. Sie bebte am ganzen Leib und zitterte wie eine weiße Narzisse. Dann warf sie sich auf die Knie und küßte mir die Hände. Eigentlich sollte ich Ihnen das alles gar nicht erzählen, aber ich muß es einfach. Natürlich ist unsre Verlobung ein strenges Geheimnis. Nicht einmal ihre Mutter weiß davon. Ich hab keine Ahnung, was meine Vormünder dazu sagen werden. Lord Radley wird bestimmt toben. Ist mir egal. In knapp einem Jahr bin ich volljährig, und dann kann ich tun, was ich will. Das war doch nichts Unrechtes, Basil, daß ich mir meine Liebe aus der Dichtung geholt und mir meine Frau in Shakespeares Stücken gesucht habe, oder? Lippen, denen Shakespeare das Sprechen beigebracht hat, flüsterten mir ihr Geheimnis ins Ohr. Ich bin von Rosalinde umarmt worden und habe Julia auf den Mund geküßt.«

»Nein, Dorian, ich glaube, das war nichts Unrechtes«, sagte Hallward langsam.

»Haben Sie sie heut schon gesehen?« fragte Lord Henry.

Dorian Gray schüttelte den Kopf. »Ich habe sie im Ardenner Wald verlassen und treffe sie in einem Veroneser Garten wieder.«

Lord Henry nippte versonnen an seinem Champagner. »Wann genau haben Sie denn von Heirat gesprochen, Dorian? Und was hat sie darauf gesagt? Vielleicht wissen Sie's gar nicht mehr.«

»Mein lieber Harry, für mich war das keine geschäftliche Angelegenheit, und ich habe ihr keinen förmlichen Antrag gemacht. Ich habe ihr gesagt, daß ich sie liebe, und sie hat geantwortet, sie sei es nicht wert, meine Frau zu sein. Nicht wert! Dabei bedeutet sie mir mehr als die ganze Welt.«

»Frauen sind wunderbar sachlich«, murmelte Lord Henry, »viel sachlicher als wir. In solchen Situationen vergessen wir oft, von Heirat zu sprechen, und sie erinnern uns dann immer daran.«

Hallward legte ihm die Hand auf den Arm. »Nicht doch, Harry. Jetzt machen Sie Dorian böse. Er ist nicht wie andre Männer. Er würde nie jemandem weh tun. Dazu hat er einen viel zu guten Charakter.«

Lord Henry warf einen Blick über den Tisch. »Nie und nimmer ist Dorian böse mit mir«, erwiderte er. »Ich habe meine Frage aus dem besten Grund gestellt, den es gibt, ja aus dem einzigen Grund, der eine Frage überhaupt rechtfertigt – aus schierer Neugier. Ich bin nun mal der Ansicht, daß es immer die Frauen sind, die einen Heiratsantrag machen, und nicht wir. Außer natürlich im Mittelstand. Aber der Mittelstand ist eben nicht grad auf der Höhe der Zeit.«

Dorian Gray lachte und schüttelte den Kopf. »Sie sind absolut unverbesserlich, Harry; aber mir macht das nichts aus. Man kann Ihnen unmöglich böse sein. Wenn Sie Sibyl Vane kennenlernen, wird Ihnen klar werden, daß der Mann, der ihr etwas antun könnte, ein Tier sein müßte, ein herzloses Tier. Mir will nicht in den Kopf, wie jemand den Wunsch haben kann, das Wesen, das er liebt, mit Schande zu überziehen. Ich liebe Sibyl Vane. Ich würde sie am liebsten auf einen goldenen Sockel stellen und der Welt zuschauen, wie sie der Frau huldigt, die die meine ist. Was ist die Ehe? Ein unwiderrufliches Gelöbnis. Sie machen sich deswegen darüber lustig. Ah! Tun Sie's nicht. Ein solches unwiderrufliches Gelöbnis möchte ich ablegen. Sibyls Vertrauen läßt mich treu sein, ihr Glaube an mich läßt mich gut sein. Wenn ich bei ihr bin, bereue ich alles, was ich von Ihnen gelernt habe. Ich bin dann nicht mehr der, den Sie kennen. Ich bin ein andrer, und allein schon die Berührung von Sibyl Vanes Hand läßt mich Ihre verkehrten, faszinierenden, zersetzenden, wunderbaren Theorien vergessen.«

»Und die wären ...?« fragte Lord Henry und nahm sich ein wenig Salat.

»Nun ja, Ihre Theorien über das Leben, Ihre Theorien über die Liebe, Ihre Theorien über den Genuß. Eigentlich alle Ihre Theorien, Harry.«

»Genuß ist das einzige, worüber sich eine Theorie wirklich lohnt«, erwiderte Lord Henry mit seiner leisen, melodischen Stimme. »Aber ich fürchte, ich habe für meine Theorie kein Urheberrecht. Das liegt bei der Natur, nicht bei mir. Genuß ist der Prüfstein der Natur, ihr Zeichen der

Zustimmung. Wer glücklich ist, der ist immer gut, aber wer gut ist, der ist nicht immer glücklich.«

»Aha! Und was heißt für Sie gut?« rief Basil Hallward.

»Ja«, fragte auch Dorian, lehnte sich zurück und warf Lord Henry über die schweren Trauben der purpurlippigen, mitten auf dem Tisch stehenden Schwertlilien einen Blick zu, »was heißt für Sie gut, Harry?«

»Gut sein heißt, im Einklang zu sein mit sich selbst«, antwortete Lord Henry und berührte mit den blassen, feingliedrigen Fingern den schlanken Stiel seines Glases. »Ein Mißklang entsteht, wenn man gezwungen ist, im Einklang zu sein mit anderen. Das eigene Leben – das ist das einzig Wichtige. Das Leben der Mitmenschen – nun, wer unbedingt ein Tugendbold oder Puritaner sein will, der mag seine moralischen Ansichten darüber verbreiten, aber einen selber geht das alles nichts an. Im übrigen hat der Individualismus wirklich höhere Ziele. Heutzutage besteht Moral darin, daß man dem Zeitgeist frönt. Wenn ein kultivierter Mensch dem Zeitgeist frönt, dann ist das für mich eine Form von krassester Unmoral.«

»Aber wenn man nur für sich selber lebt, Harry«, gab der Maler zu bedenken, »zahlt man dann nicht einen schrecklich hohen Preis dafür?«

»Allerdings, heutzutage wird uns für alles zuviel abverlangt. Ich glaube, die eigentliche Tragödie der Armen ist die, daß sie sich nichts andres leisten können als Selbstverleugnung. Schöne Sünden sind, wie alles Schöne, das Vorrecht der Reichen.«

»Man muß nicht nur mit Geld bezahlen.«

»Womit denn noch?«

»Oh! Zum Beispiel mit Gewissensbissen, mit Leid, mit … nun ja, mit dem Gefühl der Erniedrigung.«

Lord Henry zuckte die Schultern. »Lieber Freund, mittelalterliche Kunst ist etwas Wunderschönes, mittelalterliche Gefühle dagegen sind längst überholt. Sicher, man verwendet sie noch in der Dichtung. Aber in der Dichtung verwendet man schließlich nur das, was im wirklichen Leben keine Verwendung mehr findet. Glauben Sie mir, ein kultivierter Mensch wird einen Genuß niemals bereuen, und ein unkultivierter Mensch weiß nicht einmal, was ein Genuß ist.«

»Ich weiß, was ein Genuß ist«, rief Dorian Gray. »Jemanden anzubeten.«

»Das ist mit Sicherheit besser, als angebetet zu werden«, antwortete Lord Henry und spielte mit ein paar Früchten. »Angebetet zu werden ist überaus lästig. Die Frauen behandeln uns so, wie die Menschheit ihre

Götter behandelt. Sie verehren uns und drängen uns andauernd, etwas für sie zu tun.«

»Ich würde eher sagen, sie bitten uns um das, was sie uns vorher gegeben haben«, murmelte der Junge ernst. »Sie flößen uns Liebe ein. Sie haben das Recht, sie zurückzuverlangen.«

»Das ist absolut wahr, Dorian«, rief Hallward.

»Nichts ist absolut wahr«, sagte Lord Henry.

»Das schon«, fiel ihm Dorian ins Wort. »Sie müssen doch zugeben, Harry, was Frauen den Männern geben, ist nicht mit Gold zu bezahlen.«

»Vermutlich nicht«, seufzte Lord Henry, »drum wollen sie's ja immer in so kleiner Münze zurück. Und eben das ist der Haken dabei. Frauen, hat ein geistreicher Franzose einmal gesagt, beseelen uns mit dem Wunsch, Meisterwerke zu schaffen, und hindern uns beharrlich daran, diesen Wunsch zu verwirklichen.«

»Harry, Sie sind einfach furchtbar! Ich weiß gar nicht, warum ich Sie so sehr mag.«

»Sie werden mich immer mögen, Dorian«, antwortete Lord Henry. »Was halten die Herren von einem Kaffee? – Ober, bringen Sie uns doch bitte Kaffee, französischen Champagner und Zigaretten. Nein: keine Zigaretten; ich habe noch welche. Basil, ich kann nicht dulden, daß Sie Zigarren rauchen. Versuchen Sie's mit einer Zigarette. Die Zigarette ist ein vollendetes Sinnbild für den vollendeten Genuß. Sie schmeckt köstlich und verschafft einem keinerlei Befriedigung. Was will man mehr? Ja, Dorian, Sie werden mich immer gern haben. Ich verkörpere für Sie alle Sünden, die zu begehen Sie nie den Mut hatten.«

»Was für einen Unsinn Sie reden, Harry!« rief der Junge und zündete sich an dem feuerspeienden Silberdrachen, den der Kellner auf den Tisch gestellt hatte, eine Zigarette an. »Gehn wir endlich ins Theater. Wenn Sibyl die Bühne betritt, dann werden Sie ein neues Lebensideal haben. Sie wird für Sie etwas verkörpern, was Sie noch gar nicht kennen.«

»Ich kenne bereits alles«, sagte Lord Henry mit gelangweilter Miene; »für einen frischen Gefühlskitzel bin ich allerdings immer zu haben. Bloß fürchte ich, daß es, zumindest für mich, so etwas nicht gibt. Aber vielleicht schafft es Ihr treffliches Mädchen ja trotzdem, mich zu begeistern. Ich liebe die Schauspielerei. Sie ist viel realer als das Leben. Gehn wir. Dorian, Sie kommen mit mir. Tut mir leid, Basil, aber im Brougham ist nur Platz für zwei. Sie müssen uns in einem Hansom hinterherfahren.«

Sie standen auf, zogen die Mäntel an und schlürften ihren Kaffee im Stehen. Der Maler war schweigsam und in Gedanken versunken. Düsterheit hatte ihn befangen. Diese Heirat war ihm völlig zuwider; zugleich erschien sie ihm besser als manches, was außerdem hätte geschehen können. Ein paar Minuten später gingen die drei nach unten. Wie vereinbart, fuhr Hallward allein; vor sich sah er die blinkenden Lichter des kleinen Brougham. Ein seltsames Gefühl der Verlorenheit überkam ihn. Er ahnte, Dorian Gray würde ihm nie mehr das sein, was er ihm früher gewesen war. Das Leben hatte sich zwischen sie gedrängt ... Sein Blick trübte sich, und er nahm die bevölkerten, leuchtenden Straßen nur noch verschwommen wahr. Als der Wagen vor dem Theater hielt, war ihm, als sei er um Jahre gealtert.

7 Aus irgendeinem Grund gab es an diesem Abend ein volles Haus; der dicke jüdische Direktor, der sie an der Tür empfing, hatte ein schleimiges, bebendes Grinsen aufgesetzt und strahlte über beide Backen. Mit geradezu schwelgerischer Unterwürfigkeit geleitete er sie zu ihrer Loge, sprach dabei lauthals auf sie ein und schwenkte die fetten, mit Edelsteinen geschmückten Hände. Dorian Gray verabscheute ihn mehr denn je. Ihm war, als habe er Miranda gesucht und sei auf Caliban gestoßen. Lord Henry hingegen gefiel er recht gut. Zumindest behauptete er das; er ließ es sich nicht nehmen, ihm die Hand zu schütteln und zu versichern, er sei stolz, einen Mann kennenzulernen, der ein echtes Genie entdeckt habe und wegen eines Dichters bankrott gegangen sei. Hallward vertrieb sich die Zeit damit, daß er die Gesichter im Parterre betrachtete. Die Hitze war furchtbar drückend, und der riesige Gasbrenner flammte wie eine gewaltige Dahlie mit Blütenblättern aus gelbem Feuer. Die Jünglinge auf der Galerie hatten ihre Jacken und Westen abgelegt und sie über die Brüstung gehängt. Sie unterhielten sich quer durch den Zuschauerraum miteinander und teilten ihre Orangen mit ihren jungen, grell aufgeputzten Sitznachbarinnen. Im Parterre lachten ein paar Frauen. Ihre Stimmen waren fürchterlich schrill und mißtönend. Von der Bar drang das Geräusch knallender Korken herüber.

»Was für ein Ort, seine Göttin zu finden!« sagte Lord Henry.

»Ja!« antwortete Dorian Gray. »Hier habe ich sie gefunden, und kein Lebewesen ist so göttlich wie sie. Wenn sie spielt, werden Sie alles vergessen. Diese einfachen, rauhen Menschen mit ihren derben Gesichtern und groben Manieren verändern sich völlig, sobald sie die Bühne betritt. Sie sitzen still da und schauen ihr zu. Sie weinen und lachen, ganz wie sie's will. Sie bringt sie zur Resonanz wie eine Geige. Sie beseelt sie, und man spürt, daß sie vom gleichen Fleisch und Blut sind wie unsereins.«

»Vom gleichen Fleisch und Blut wie unsereins! Also das will ich doch nicht hoffen!« rief Lord Henry und begutachtete die Galeriebesucher eingehend durch sein Opernglas.

»Hören Sie gar nicht hin, Dorian«, sagte der Maler. »Ich verstehe, was Sie meinen, und ich glaube an dieses Mädchen. Ein Mensch, den Sie lieben, muß einfach wunderbar sein, und ein Mädchen, von dem eine solche Wirkung ausgeht, wie Sie sie schildern, muß einfach schön und edel

sein. Seine Zeitgenossen zu beseelen – das ist etwas, was sich wirklich lohnt. Wenn dieses Mädchen einem Menschen, der bisher ohne Seele gelebt hat, eine Seele einhauchen kann, wenn sie in jemandem, dessen Leben gemein und häßlich ist, den Sinn für Schönheit zu wecken vermag, wenn es ihr gelingt, ihm die Selbstsucht zu nehmen und ihm Tränen zu geben für Schmerzen, die nicht seine eignen sind, dann verdient sie wahrhaftig Ihre Hingabe, dann verdient sie die Hingabe der ganzen Welt. Daß Sie sie heiraten wollen, ist völlig in Ordnung. Ich war zuerst andrer Meinung, aber inzwischen kann ich Ihnen nur zustimmen. Die Götter haben Sibyl Vane für Sie geschaffen. Ohne sie wären Sie unvollständig.«

»Danke, Basil«, antwortete Dorian Gray und drückte dem Maler die Hand. »Ich hab gewußt, daß Sie mich verstehen. Harry ist so zynisch, er macht mir richtig angst. Aber jetzt kommt das Orchester. Es ist absolut schauderhaft, aber dafür spielt's auch bloß etwa fünf Minuten. Dann geht der Vorhang auf, und Sie werden das Mädchen sehen, dem ich mein ganzes Leben weihen will, dem ich schon alles geweiht habe, was gut in mir ist.«

Eine Viertelstunde später trat Sibyl Vane unter einem ungeheuren Beifallssturm auf die Bühne. Ja, sie war in der Tat lieblich anzuschauen – eines der lieblichsten Geschöpfe, das Lord Henry jemals gesehen zu haben glaubte. Mit ihrer scheuen Anmut und den erschrockenen Augen hatte sie etwas von einem jungen Reh. Eine zarte Röte, ähnlich dem Widerbild einer Rose in einem silbernen Spiegel, stieg in ihre Wangen, als sie einen Blick auf die begeisterte Zuschauermenge warf. Sie trat ein paar Schritte zurück; ihre Lippen schienen zu beben. Basil Hallward sprang auf und begann zu applaudieren. Reglos und wie im Traum saß Dorian Gray da und starrte sie an. Lord Henry spähte durch sein Glas und murmelte. »Bezaubernd! Bezaubernd!«

Schauplatz war der Saal in Capulets Haus; Romeo war im Pilgergewand gekommen, zusammen mit Mercutio und anderen Freunden. Die Kapelle, so man sie denn als solche bezeichnen konnte, spielte ein paar Takte Musik, und der Tanz begann.

Wie ein Wesen aus einer höheren Welt bewegte sich Sibyl Vane durch die Gruppe der unbeholfenen, schäbig gekleideten Schauspieler. Ihr Körper wiegte sich im Tanz wie eine Pflanze im Wasser. Der Schwung ihrer Kehle glich dem einer weißen Lilie. Ihre Hände schienen aus kühlem Elfenbein gemeißelt zu sein.

Dennoch wirkte sie sonderbar teilnahmslos. Als ihr Blick auf Romeo ruhte, zeigte sie keinerlei Spur von Freude. Das wenige, was sie zu sagen hatte –

»Nein, Pilger, lege nichts der Hand zuschulden
Für ihren sittsam-andachtsvollen Gruß.
Der Heil'gen Rechte darf Berührung dulden,
Und Hand in Hand ist frommer Waller Kuß –«,

wie auch der darauffolgende kurze Dialog, klang ausgesprochen gekünstelt. Die Stimme war vorzüglich, hatte jedoch einen ganz und gar falschen Tonfall. Ihre Färbung stimmte nicht. Sie nahm den Versen jedwedes Leben. Sie ließ die Leidenschaft unecht erscheinen.

Dorian Gray sah dem Mädchen zu und erbleichte. Er war verwirrt und beunruhigt. Keiner seiner Freunde wagte, etwas zu sagen. Sibyl Vane kam ihnen vollkommen unfähig vor. Sie waren furchtbar enttäuscht.

Andererseits wußten sie, die eigentliche Bewährungsprobe einer jeden Julia war die Balkonszene im zweiten Akt. Auf diese Szene warteten sie. Versagte sie dort, so taugte sie wirklich nichts.

Sie sah bezaubernd aus, als sie ins Mondlicht hinaustrat. Das ließ sich nicht leugnen. Doch die Theatralik ihres Spiels war unerträglich und wurde fortwährend schlimmer. Ihre Gebärden wirkten unsinnig gekünstelt. Sie überbetonte alles, was sie zu sagen hatte. Die schöne Passage –

»Du weißt, die Nacht verschleiert mein Gesicht,
Sonst färbte Mädchenröte meine Wangen
Um das, was du vorhin mich sagen hörtest –«

trug sie mit der beflissenen Genauigkeit einer Schülerin vor, die das Rezitieren bei einem zweitklassigen Sprecherzieher gelernt hatte. Als sie sich über den Balkon lehnte und zu den wundervollen Zeilen kam –

»Obwohl ich dein mich freue
Freu' ich mich nicht des Bundes dieser Nacht.
Er ist zu rasch, zu unbedacht, zu plötzlich,
Gleicht allzusehr dem Blitz, der nicht mehr ist.
Noch eh man sagen kann: Es blitzt. – Schlaf süß!
Des Sommers warmer Hauch kann diese Knospe
Der Liebe wohl zur schönen Blum' entfalten,
Bis wir das nächste Mal uns wiedersehn –«,

sprach sie die Worte, als hätten sie keinerlei Bedeutung für sie. Es war nicht etwa Nervosität. Nein, weit entfernt davon, nervös zu sein, wirkte sie vollkommen beherrscht. Es war einfach schlechte Kunst. Sie war ein glatter Reinfall.

Sogar das schlichte, ungebildete Publikum im Parterre und auf der Galerie verlor das Interesse an der Vorstellung. Unruhe kam auf, Gespräche und Pfiffe wurden laut. Der jüdische Direktor, der ganz hinten im ersten Rang stand, fluchte und stampfte mit den Füßen vor Wut. Der einzige Mensch, der ungerührt blieb, war das Mädchen selbst.

Kaum war der zweite Akt vorüber, setzte gewaltiges Zischen ein; Lord Henry erhob sich vom Stuhl und zog den Mantel an. »Sie ist wunderschön, Dorian«, sagte er, »aber sie kann nicht spielen. Gehn wir.«

»Ich will das Stück noch zu Ende sehn«, antwortete der Junge mit rauher, bitterer Stimme. »Tut mir schrecklich leid, daß Sie meinetwegen Ihren Abend vergeudet haben. Ich muß mich bei Ihnen beiden entschuldigen.«

»Mein lieber Dorian«, warf Hallward ein, »wahrscheinlich ist Miss Vane krank. Kommen wir einfach ein andermal wieder.«

»Wär sie doch nur wirklich krank«, erwiderte Dorian. »Sie kommt mir ganz gefühllos und kalt vor. Sie ist völlig verändert. Gestern abend war sie noch eine große Künstlerin. Heute ist sie bloß eine gewöhnliche, mittelmäßige Schauspielerin.«

»So spricht man nicht über jemanden, den man liebt, Dorian. Liebe ist viel schöner als Kunst.«

»Beides ist nur eine Form von Nachahmung«, bemerkte Lord Henry. »Aber jetzt gehn wir endlich. Dorian, Sie dürfen nicht länger hierbleiben. Der Anblick schlechter Schauspielerei ist nicht gut für die Moral. Außerdem, irgendwann werden Sie wohl ohnehin nicht mehr wollen, daß Ihre Frau auf der Bühne steht. Was kümmert Sie's also, ob sie die Julia wie eine Holzpuppe spielt? Sie ist ganz allerliebst, und wenn sie vom Leben genausowenig versteht wie von Schauspielerei, dann wird sie eine herrliche Erfahrung für Sie sein. Es gibt nur zwei Sorten von Menschen, die wirklich faszinierend sind – die eine weiß absolut alles, die andre absolut nichts. Gott im Himmel, mein lieber Junge, nun schauen Sie doch nicht so bekümmert! Das Geheimnis des Jungbleibens besteht darin, daß man keine Gefühle haben darf, die einem nicht gut zu Gesicht stehn. Kommen Sie mit Basil und mir in den Klub. Wir rauchen ein paar Zigaretten und trinken auf die Schönheit von Sibyl Vane. Sie ist schön. Was wollen Sie mehr?«

»Gehn Sie, Harry«, rief der Junge. »Ich möchte allein sein. Basil, Sie müssen gehn. Ah! Merken Sie denn nicht, daß mir das Herz bricht?« Heiße Tränen stiegen Dorian in die Augen. Seine Lippen zitterten; er eilte in den hinteren Teil der Loge, lehnte sich an die Wand und barg das Gesicht in den Händen.

»Gehn wir, Basil«, sagte Lord Henry mit sonderbar sanfter Stimme; die beiden jungen Männer verließen zusammen die Loge.

Ein paar Augenblicke später flackerten die Rampenlichter auf, und der Vorhang hob sich zum dritten Akt. Dorian Gray kehrte an seinen Platz zurück. Er wirkte bleich, stolz und gleichmütig. Das Stück zog sich hin; es schien kein Ende zu nehmen. Die Hälfte der Zuschauer brach auf und stampfte lachend in schweren Stiefeln hinaus. Das Ganze war ein Fiasko. Der letzte Akt wurde vor fast leeren Sitzen gespielt. Der Vorhang fiel unter Gekicher und vereinzeltem Murren.

Sobald alles vorbei war, stürmte Dorian Gray hinter die Bühne ins Künstlerzimmer. Das Mädchen stand da, allein und mit triumphierender Miene. In ihren Augen glomm ein erlesenes Feuer. Ein Strahlen umgab sie. Ihre geöffneten Lippen lächelten über ein ihnen eigenes Geheimnis.

Als er eintrat, sah sie ihn an, und auf ihrem Gesicht malte sich unendliche Freude. »Wie schlecht ich heut abend gespielt habe, Dorian!« rief sie.

»Schauderhaft!« erwiderte er und warf ihr einen erstaunten Blick zu. »Schauderhaft! Es war fürchterlich. Bist du krank? Du kannst dir überhaupt nicht vorstellen, wie es war. Du machst dir keinen Begriff davon, wie ich gelitten habe.«

Das Mädchen lächelte. »Dorian«, antwortete sie mit melodiöser Stimme und zog dabei seinen Namen so in die Länge, als sei er für die roten Blütenblätter ihres Mundes süßer als Honig, »Dorian, grade du hättest das verstehen müssen. Aber jetzt verstehst du's doch, nicht wahr?«

»Was denn verstehn?« fragte er ärgerlich.

»Warum ich heut abend so schlecht war. Warum ich in Zukunft immer schlecht sein werde. Warum ich nie wieder gut spielen kann.«

Er zuckte die Achseln. »Wahrscheinlich bist du krank. Wenn du krank bist, solltest du nicht spielen. Sonst machst du dich lächerlich. Meine Freunde haben sich gelangweilt. Ich auch.«

Sie schien gar nicht zuzuhören. Sie war wie verklärt vor Freude. Ein Glücksrausch hatte sich ihrer bemächtigt.

»Dorian, Dorian«, rief sie, »bevor ich dich kannte, war die Schauspielerei für mich die einzige Wirklichkeit. Nur im Theater habe ich gelebt.

Für mich war dort alles real. Am einen Abend war ich die Rosalinde, am andern die Portia. Beatrices Freude war meine Freude, und Cordelias Schmerzen waren auch meine. Ich habe daran geglaubt. Die einfachen Menschen, die mit mir auf der Bühne standen, erschienen mir wie Götter. Die gemalten Kulissen waren meine Welt. Ich kannte nur Schatten und hielt sie für echt. Dann kamst du – o mein schöner Geliebter! – und hast meine Seele aus dem Gefängnis befreit. Du hast mich gelehrt, was die wahre Wirklichkeit ist. Heut abend ging mir zum erstenmal im meinem Leben die Leere auf, der Trug, die Sinnlosigkeit des eitlen Blendwerks, an dem ich die ganze Zeit mitgewirkt habe. Heut abend wurde mir zum erstenmal klar, daß der Romeo widerlich, alt und geschminkt ist, daß das Mondlicht im Garten künstlich und das Bühnenbild abgeschmackt ist, daß die Worte, die ich zu sprechen hatte, unecht sind, daß es nicht meine Worte sind, jedenfalls nicht die, die ich eigentlich sagen will. Du hast mir etwas Höheres gebracht, etwas, von dem alle Kunst bloß ein Abglanz ist. Durch dich hab ich begriffen, was Liebe in Wirklichkeit ist. Mein Liebster! Mein Liebster! Mein Märchenprinz! Mein Prinz des Lebens! Ich bin die Schatten nun leid. Du bist für mich mehr, als es alle Kunst jemals sein kann. Was gehn mich die Marionetten eines Theaterstücks an? Als ich heut abend die Bühne betrat, wußte ich nicht, wie mir geschah – alles war von mir abgefallen. Erst dachte ich, ich werde ganz wunderbar sein. Dann merkte ich, daß ich überhaupt nichts mehr konnte. Auf einmal dämmerte mir, warum das so war. Es war eine herrliche Erkenntnis für mich. Ich hörte die Leute zischen und mußte lächeln. Was wußten sie schon von einer Liebe wie der zwischen uns? Nimm mich mit, Dorian – nimm mich irgendwohin mit, wo wir zwei ganz allein sein können. Ich hasse die Bühne. Eine Leidenschaft vorzutäuschen, die ich nicht selber empfinde, macht mir nichts aus, aber eine zu spielen, die mich wie ein Feuer verzehrt, das bringe ich einfach nicht fertig. Ach, Dorian, Dorian, verstehst du *jetzt*, worum es geht? Selbst wenn ich eine Liebende tatsächlich spielen könnte, wäre es eine Entweihung für mich. Du hast mir das bewußtgemacht.«

Er ließ sich aufs Sofa fallen und wandte das Gesicht ab. »Du hast meine Liebe getötet«, murmelte er.

Sie blickte ihn verwundert an und lachte. Er schwieg. Sie trat herbei und strich ihm mit den zarten Fingern durchs Haar. Dann kniete sie nieder und drückte seine Hände an ihre Lippen. Er zog die Hände weg; ein Schauer durchrieselte ihn.

Schließlich sprang er auf und ging zur Tür. »Ja«, rief er, »du hast meine

Liebe getötet. Vorher hast du immer meine Phantasie erregt. Jetzt erregst du nicht einmal mehr meine Neugier. Deine Wirkung ist völlig dahin. Ich hab dich geliebt, weil du für mich ein Wunder warst, weil du Genie und Geist hattest, weil die Träume großer Dichter durch dich Wirklichkeit wurden und du den Schatten der Kunst Gestalt und Inhalt verliehen hast. Das alles hast du nun einfach weggeworfen. Du bist oberflächlich und dumm. Mein Gott! Wie verrückt war ich doch, dich zu lieben! Was für ein Narr bin ich gewesen! Du bedeutest mir nichts mehr. Ich will dich nie wiedersehen. Ich will nie wieder an dich denken. Ich will nie wieder deinen Namen aussprechen. Dir ist überhaupt nicht klar, was du früher einmal für mich gewesen bist. Ja, früher einmal ... Ah, ich darf gar nicht daran denken! Wärst du mir doch nie unter die Augen gekommen! Du hast das Liebesglück meines Lebens zerstört. Wie wenig weißt du von Liebe, wenn du sagst, sie schadet deiner Kunst! Ohne deine Kunst bist du nichts. Ich hätte dich zu einer glänzenden, großen Berühmtheit gemacht. Die Welt wäre dir zu Füßen gelegen, und du hättest meinen Namen getragen. Und was bist du jetzt? Eine drittklassige Schauspielerin mit einem hübschen Gesicht.«

Das Mädchen wurde blaß und zitterte. Sie preßte die Hände zusammen; die Stimme schien ihr im Hals steckenzubleiben. »Das ist doch nicht dein Ernst, Dorian?« murmelte sie. »Du spielst bloß Theater.«

»Theaterspielen! Das überlaß ich dir. Du kannst das ja so gut«, antwortete er bitter.

Sie erhob sich von den Knien und kam mit erbarmenswert schmerzvoller Miene zu ihm herüber. Sie legte die Hand auf seinen Arm und blickte ihm in die Augen. Er stieß sie zurück. »Rühr mich nicht an!« rief er.

Ein leises Stöhnen brach aus ihr hervor; sie warf sich ihm zu Füßen und blieb wie eine zertretene Blume liegen. »Dorian, Dorian, verlaß mich nicht!« flüsterte sie. »Es tut mir so leid, daß ich nicht gut gespielt habe. Ich hab die ganze Zeit nur an dich gedacht. Aber ich will mir Mühe geben – ja, ich will mir Mühe geben. Sie traf mich so unvermutet, meine Liebe zu dir. Wahrscheinlich wär sie mir gar nicht bewußt geworden, wenn du mich nicht geküßt hättest – wenn wir uns nicht geküßt hätten. Küß mich noch mal, mein Liebster. Geh nicht fort von mir, ich könnt's nicht ertragen. Mein Bruder ... Nein; nicht doch. Er hat's nicht so gemeint. Es war bloß Spaß ... Aber du, ach! Kannst du mir das von heut abend nicht einfach verzeihen? Ich werde hart an mir arbeiten und versuchen, besser zu sein. Sei nicht grausam zu mir, nur weil ich dich mehr liebe als alles auf der Welt. Es war doch bloß dieses eine Mal, daß ich dir nicht gefallen habe. Aber du hast ja ganz recht, Dorian. Ich hätte wirklich mehr die Künstlerin herauskehren sollen. Es war dumm von mir; trotzdem, ich konnte nicht anders. Oh, verlaß mich nicht, verlaß mich nicht.« Ein leidenschaftlicher Weinkrampf erstickte ihre Stimme. Wie ein weidwundes Tier kauerte sie auf dem Boden; Dorian Gray blickte mit seinen schönen Augen auf sie hinab, und seine feingemeißelten Lippen kräuselten sich in erhabener Verachtung. Die Aufgeregtheit von Menschen, die man nicht mehr liebt, hat stets etwas Lächerliches. Das Verhalten von Sibyl Vane kam ihm sinnlos melodramatisch vor. Ihre Tränen und Schluchzer ennuyierten ihn.

»Ich gehe jetzt«, sagte er schließlich mit ruhiger, klarer Stimme. »Sei mir nicht böse, aber ich kann dich nicht wiedersehen. Du hast mich enttäuscht.«

Sie weinte still vor sich hin und gab keine Antwort, sondern kroch auf ihn zu. Ihre kleinen Hände streckten sich blindlings aus, als suchten sie ihn. Er machte auf dem Absatz kehrt und verließ den Raum. Wenige Augenblicke später trat er aus dem Theater.

Er nahm kaum wahr, wohin er ging. Er wußte noch, daß er durch trübe beleuchtete Straßen geirrt war, vorbei an kahlen, schwarzschattigen Torbogen und finster dräuenden Häusern. Frauen mit heiserer Stimme hatten ihm unter rohem Gelächter nachgerufen. Betrunkene waren fluchend vorübergetorkelt und hatten dabei vor sich hin geschnattert wie schaurige Affen. Er hatte seltsame Kinder auf Türschwellen kauern sehen und in düsteren Innenhöfen Schreie und Verwünschungen gehört.

Die Morgendämmerung brach eben herein, als er sich in der Nähe von Covent Garden befand. Die Dunkelheit wich, und der Himmel, errötet von zarter Glut, wölbte sich zu makellosem Perlmutt. Riesige, mit nikkenden Lilien beladene Karren rumpelten die glitzernde, leere Straße entlang. Die Luft war schwer vom Duft der Blumen, und deren Schönheit schien seinem Schmerz ein wenig Linderung zu verschaffen. Er folgte den Wagen zum Markt und beobachtete, wie die Fuhrleute sie entluden. Ein weißbekittelter Kärrner bot ihm ein paar Kirschen an. Dorian dankte ihm und wunderte sich, daß der Mann kein Geld dafür annehmen wollte; teilnahmslos begann er die Kirschen zu essen. Sie waren zur Mitternachtsstunde gepflückt worden, und die Kälte des Mondes steckte in ihnen. Eine lange Reihe von jungen Burschen, die Körbe mit gestreiften Tulpen und gelben und roten Rosen trugen, zog an ihm vor-

über und schlängelte sich zwischen den riesigen, jadegrünen Gemüsebergen hindurch. Unter dem Laubengang mit den grauen, von der Sonne gebleichten Säulen lungerte eine Gruppe verwahrloster, barhäuptiger Mädchen, die auf das Ende des Marktbetriebs warteten. Andere drängten sich vor den Schwingtüren des Kaffeehauses auf der Piazza. Die schweren Karrengäule scharrten und stampften auf den groben Pflastersteinen und schüttelten ihre Schellen und ihr Geschirr. Einige Fuhrleute lagen schlafend auf einem Stapel Säcke. Tauben mit irisfarbenen Hälsen und rosaroten Füßen trippelten umher und pickten Körner auf.

Kurze Zeit später winkte er eine Kutsche herbei und fuhr nach Hause. Ein paar Augenblicke lang verharrte er noch auf der Eingangsstufe und warf einen Blick auf den stillen Platz mit den schmucklosen, geschlossenen Fensterläden und den grellen Markisen. Der Himmel war inzwischen ein reiner Opal, und die Dächer der Häuser zeichneten sich wie glitzerndes Silber dagegen ab. Aus einem Schornstein gegenüber stieg eine schmale Rauchwolke empor. Sie kräuselte sich, ein violettes Band, durch die perlmuttfarbene Luft.

In der riesigen vergüldeten venezianischen Lampe, die, ein Beutestück aus der Barke eines Dogen, am Plafond der großen, eichengetäfelten Eingangshalle hing, brannten noch immer drei flackernde Gaslichter: umrandet von weißer Glut, wirkten sie wie schmale blaue Blütenblätter aus Feuer. Er drehte sie aus, warf Hut und Cape auf den Tisch und ging durch die Bibliothek zur Tür seines Schlafzimmers, eines ausladenden, achteckigen Raumes im Erdgeschoß, den er in seinem frisch geweckten Gefühl für Luxus just hatte ausschmücken und mit ein paar wundersamen Renaissance-Gobelins behängen lassen, die erst unlängst in einer ungenutzten Dachkammer von Selby Royal entdeckt worden waren. Als er die Türklinke drehte, fiel sein Blick auf das Porträt, das Basil Hallward von ihm gemalt hatte. Wie vor den Kopf geschlagen, fuhr er zurück. Dann trat er mit etwas verwirrter Miene ins Zimmer. Er zog die Knopflochblume aus seinem Rock und schien zu zögern. Schließlich machte er kehrt, ging hinüber zum Bild und sah es sich eingehend an. Im matten, gedämpften Licht, das nur mit Mühe die cremefarbenen Seidenrouleaus durchdrang, kam ihm das Porträt ein wenig verändert vor. Der Gesichtsausdruck wirkte anders. Man hätte meinen mögen, ein Zug von Grausamkeit umspiele den Mund. Es war in der Tat sonderbar.

Er wandte sich um, ging zum Fenster und zog das Rouleau hoch. Der helle Morgen flutete herein und fegte die bizarren Schatten in düstere Zimmerecken, wo sie dann zitternd liegenblieben. Doch der seltsame

Ausdruck, den er im Gesicht auf der Leinwand bemerkt hatte, schien noch immer da zu sein, ja sich sogar verstärkt zu haben. Das flirrende, grelle Sonnenlicht ließ ihn die Furchen der Grausamkeit um den Mund so deutlich erkennen, als schaute er nach einer schrecklichen Tat in den Spiegel.

Er zuckte zusammen, nahm einen ovalen, von elfenbeinernen Amoretten umrahmten Spiegel – eines von Lord Henrys vielen Geschenken – vom Tisch und warf einen hastigen Blick in die geschliffenen Tiefen. Keine derartige Furche verunzierte seine roten Lippen. Was hatte das zu bedeuten?

Er rieb sich die Augen, trat dicht vor das Bild und sah es sich noch einmal eingehend an. Für sich betrachtet, erschien das Porträt unverändert, und doch gab es keinen Zweifel, daß der Gesichtsausdruck ein gänzlich anderer war. Er bildete sich das nicht etwa nur ein. Es war erschreckend klar zu erkennen.

Er ließ sich auf einen Stuhl fallen und begann nachzudenken. Da fiel ihm blitzartig wieder ein, was er am Tag, als das Porträt fertig geworden war, in Basil Hallwards Atelier gesagt hatte. Ja, er konnte sich noch genau daran erinnern. Er hatte einen verrückten Wunsch geäußert: Er wolle für immer jung bleiben, und das Porträt möge statt seiner altern; seine Schönheit solle ihren Glanz nicht verlieren, dafür möge das Gesicht auf der Leinwand die Last seiner Leidenschaften und Sünden tragen; das gemalte Ebenbild solle von den Furchen des Leidens und Nachdenkens gezeichnet werden, er selbst wolle die zarte Blüte und den ganzen Liebreiz seiner just zu Bewußtsein erwachten Jugend zeitlebens behalten. Sein Wunsch hatte sich doch nicht etwa erfüllt? Das konnte nicht sein. Schon der Gedanke daran kam ihm ungeheuerlich vor. Dennoch, hier vor ihm stand das Porträt, mit dem Zug von Grausamkeit um den Mund.

Grausamkeit! War er denn grausam gewesen? Die Schuld lag bei dem Mädchen, nicht bei ihm. Er hatte von ihr als einer großen Künstlerin geträumt, hatte ihr im Glauben an ihre Größe seine Liebe geschenkt. Dann hatte sie ihn enttäuscht. Sie war oberflächlich und seiner nicht würdig. Doch als er sich daran erinnerte, wie sie ihm, schluchzend wie ein kleines Kind, zu Füßen gelegen hatte, überkam ihn ein Gefühl unendlicher Reue. Er erinnerte sich, mit welcher Herzlosigkeit er sie behandelt hatte. Warum war er so? Weshalb war ihm eine solche Seele gegeben? Aber auch er hatte gelitten. In den drei schrecklichen Stunden, die das Stück währte, hatte er Jahrhunderte des Schmerzes durchlebt,

ganze Äonen der Qual. Sein Leid wog das ihre wohl auf. Hatte er sie für ewige Zeiten verletzt, so hatte sie ihn für kurze Zeit gänzlich vernichtet. Im übrigen konnten Frauen Kummer viel besser ertragen als Männer. Sie lebten von ihren Gefühlen. Sie dachten ausschließlich an ihre Gefühle. Wenn sie sich einen Geliebten nahmen, so nur, um jemanden zu haben, dem sie Szenen machen konnten. Lord Henry hatte ihm das gesagt, und Lord Henry kannte sich mit Frauen aus. Was kümmerte ihn Sibyl Vane? Sie bedeutete ihm nichts mehr.

Aber das Bild? Was war davon zu halten? Es barg das Geheimnis seines Lebens und erzählte seine Geschichte. Es hatte ihn gelehrt, seine Schönheit zu lieben. Würde es ihn nun lehren, seine Seele zu hassen? Wäre er je wieder imstande, es anzuschauen?

Nein; es war bloß eine Täuschung seiner verwirrten Sinne. Die schreckliche Nacht, die hinter ihm lag, hatte Schatten zurückgelassen. Mit einemmal war sein Verstand von jener feinen scharlachroten Trübung befallen, die einen in den Wahnsinn zu treiben vermag. Das Bild hatte sich nicht verändert. Es war töricht, so etwas anzunehmen.

Und doch sah es ihn an, das schöne, entstellte Gesicht mit dem grausamen Lächeln. Das helle Haar glänzte im Licht der Morgensonne. Die blauen Augen erwiderten seinen Blick. Auf einmal überkam ihn unendliches Mitleid, nicht mit sich selbst, sondern mit seinem gemalten Ebenbild. Es hatte sich bereits verändert und würde sich weiter verändern. Sein Gold würde zu Grau verkümmern. Seine roten und weißen Rosen würden dahinwelken. Jede Sünde, die er beging, würde den Liebreiz seines Porträts verunzieren und zunichte machen. Aber er würde nicht sündigen. Das Bild, so oder so, würde für ihn die sichtbare Verkörperung seines Gewissens sein. Er würde allen Versuchungen widerstehen. Er würde Lord Henry nicht wiedersehen – würde sich zumindest nicht mehr jene spitzfindigen, zersetzenden Theorien anhören, die damals in Basil Hallwards Garten seine Sehnsucht nach dem Unmöglichen geweckt hatten. Er würde zu Sibyl Vane zurückkehren, ihr Abbitte leisten, sie heiraten und versuchen, sie wieder zu lieben. Ja, es war seine Pflicht, das zu tun. Sie hatte zweifellos mehr gelitten als er. Armes Kind! Er war rücksichtslos und grausam zu ihr gewesen. Die Faszination, die sie einmal auf ihn ausgeübt hatte, würde sich gewiß wieder einstellen. Sie würden glücklich miteinander werden. Sein Leben mit ihr würde schön und rein sein.

Er erhob sich vom Stuhl und schob einen großen Wandschirm vor das Porträt; als er noch einmal einen Blick darauf warf, erschauerte er. »Wie furchtbar!« murmelte er vor sich hin; er ging hinüber zur Glastür und öffnete sie. Dann trat er hinaus ins Gras und atmete tief durch. Die frische Morgenluft schien seine düsteren Leidenschaften zu vertreiben. Er dachte nur noch an Sibyl. Ganz leise klang seine Liebe in ihm wieder auf. Vögel sangen im taufeuchten Garten; es war, als wollten sie den Blumen von Sibyl erzählen.

8 Lange nach Mittag wachte er auf. Sein Diener, der bereits mehrmals auf Zehenspitzen ins Zimmer geschlichen war, um nachzusehen, ob er sich regte, hatte sich verwundert gefragt, warum sein junger Herr zu so später Stunde noch schlief. Als schließlich die Klingel ertönte, kam Victor, ein kleines Tablett aus altem Sévres-Porzellan mit einer Tasse Tee und einem Stapel Briefe in der Hand, leise herein und zog die olivfarbenen, schimmernd blau gefütterten Satinvorhänge zurück, die vor den drei hohen Fenstern hingen.

»Monsieur haben heute morgen gut geschlafen«, sagte er lächelnd.

»Wieviel Uhr ist es, Victor?« fragte Dorian Gray benommen.

»Viertel nach eins, Monsieur.«

Wie spät es schon war! Er setzte sich auf, schlürfte ein wenig Tee und sah die Briefe durch. Einer stammte von Lord Henry und war vormittags von einem Boten gebracht worden. Dorian zögerte einen Augenblick und legte ihn dann beiseite. Lustlos öffnete er die übrigen Briefe. Sie enthielten die übliche Kollektion von Visitenkarten, Einladungen zum Essen, Billetts für Privatvorführungen, Programmen für Wohltätigkeitskonzerte und so fort, mit der junge Herren von Stand während der Saison allmorgendlich überhäuft werden. Eine recht hohe Rechnung für eine Louis-Quinze-Toilettengarnitur war dabei, die er seinen Vormündern bisher nicht zu schicken gewagt hatte, da diese überaus altmodisch waren und nicht einsehen wollten, daß wir in einer Zeit leben, in der das Unnötige das einzige ist, was wir wirklich benötigen; schließlich waren da noch einige sehr verbindlich formulierte Mitteilungen von Geldverleihern aus der Jermyn Street, die sich erboten, ihm jede beliebige Summe zu jeder Zeit und zu den günstigsten Zinssätzen zur Verfügung zu stellen.

Etwa zehn Minuten später stand er auf, warf sich einen kunstvoll gearbeiteten Morgenmantel aus seidenbesticktem Kaschmir über und ging in das mit Onyx gekachelte Badezimmer. Das kühle Wasser erfrischte ihn nach dem langen Schlaf. Er schien alles vergessen zu haben, was er durchgemacht hatte. Ein- oder zweimal überkam ihn das unbestimmte Gefühl, an einer seltsamen Tragödie beteiligt gewesen zu sein, doch das alles hatte etwas von der Unwirklichkeit eines Traums.

Als er sich angekleidet hatte, ging er in die Bibliothek und nahm Platz zu einem leichten französischen Frühstück, das man auf einem kleinen runden Tisch vor dem offenen Fenster für ihn serviert hatte. Es war ein herrlicher Tag. Die warme Luft schien voller würziger Düfte zu sein. Eine Biene flog herein und summte um die mit einem blauen Drachen verzierte Schale, die, mit schwefelgelben Rosen gefüllt, vor ihm stand. Er fühlte sich rundum glücklich.

Plötzlich fiel sein Blick auf den Wandschirm, den er vor das Porträt gerückt hatte; er schrak zusammen.

»Zu kalt für Monsieur?« fragte sein Diener, der ihm gerade ein Omelette servierte. »Soll ich das Fenster schließen?«

Dorian schüttelte den Kopf. »Ich friere nicht«, murmelte er.

Traf es denn wirklich zu? Hatte sich das Gesicht auf dem Bild tatsächlich verwandelt? Oder hatte er sich bloß eingebildet, daß aus dem Ausdruck der Freude ein Ausdruck des Bösen geworden war? Eine bemalte Leinwand konnte sich doch nicht verändern! Das Ganze war absurd. Es taugte allenfalls zu einer Anekdote, die er Basil eines Tages vielleicht erzählen würde. Der Maler würde vermutlich darüber lächeln.

Und doch, wie lebendig seine Erinnerung daran war! Zuerst im dämmrigen Zwielicht und dann in der hellen Morgensonne hatte er den grausamen Zug um die verzerrten Lippen gesehen. Er hatte geradezu Angst davor, daß sein Diener den Raum verließ. Er wußte, wenn er alleine war, würde er das Porträt noch einmal betrachten müssen. Er fürchtete sich vor der Gewißheit. Als der Diener ihm Kaffee und Zigaretten gebracht hatte und sich zum Gehen wandte, verspürte er das heftige Verlangen, ihn zu bitten, er möge bleiben. Kaum ging die Tür hinter Victor zu, rief er ihn zurück. Der Diener verharrte und wartete auf Anweisungen. Dorian blickte ihn einen Moment lang an. »Ich bin für niemanden zu Hause, Victor«, sagte er mit einem Seufzer. Der Diener verneigte sich und zog sich zurück.

Kurz darauf erhob er sich vom Tisch, entzündete eine Zigarette und ließ sich auf eine reich mit Kissen bedeckte Couch fallen, die gegenüber dem Wandschirm stand. Es war ein alter Wandschirm aus vergüldetem spanischem Leder, geprägt und verziert mit einem recht blumigen Louis-Quatorze-Muster. Dorian musterte ihn neugierig und fragte sich, ob wohl schon früher einmal ein Lebensgeheimnis dahinter verborgen gewesen war.

Sollte er ihn überhaupt beiseite schieben? Weshalb ihn nicht einfach stehenlassen? Was nützte es ihm, wenn er es wußte? Traf es zu, so war es entsetzlich. Traf es nicht zu, wozu dann die ganze Unruhe? Aber was, wenn zufällig oder durch eine unglückliche Fügung fremde Augen dahinterspähten und die furchtbare Veränderung entdeckten? Was sollte er machen, wenn Basil Hallward erschien und sich sein Porträt ansehen wollte? Basil würde das mit Sicherheit tun. Nein; die Sache mußte überprüft werden, und zwar sofort. Alles würde leichter zu ertragen sein als dieser schreckliche Zustand der Ungewißheit.

Er stand auf und schloß beide Türen ab. Er wollte wenigstens alleine sein, wenn er die Maske seiner Schande betrachtete. Kurz darauf schob er den Wandschirm beiseite; Auge in Auge stand er sich gegenüber. Es traf tatsächlich zu. Das Bild hatte sich verändert.

Später erinnerte er sich oft, und stets mit nicht geringer Verwunderung, daß er das Porträt zunächst mit geradezu wissenschaftlichem Interesse betrachtete. Daß eine derartige Veränderung eingetreten sein sollte, wollte ihm einfach nicht in den Kopf. Und doch war es eine Tatsache. Bestand etwa eine geheime Beziehung zwischen den chemischen Teilchen, die sich auf der Leinwand zu Form und Farbe fügten, und der Seele, die in ihm war? War es möglich, daß diese Teilchen sichtbar machten, was in seiner Seele vorging – daß sie die Träume der Seele wahr werden ließen? Oder gab es eine andere, noch schrecklichere Ursache? Ihn schauderte, und er hatte Angst; er ging wieder zurück zur Couch, legte sich nieder und starrte das Bild mit eklem Entsetzen an.

Eines freilich, das spürte er, hatte das Ganze bewirkt. Es hatte ihm zu Bewußtsein gebracht, wie ungerecht, wie grausam er Sibyl Vane gegenüber gewesen war. Noch war es nicht zu spät, dies wiedergutzumachen. Noch konnte sie seine Frau sein. Seine wirklichkeitsfremde und selbstsüchtige Liebe würde einer höheren Macht weichen, würde sich in eine edlere Leidenschaft verwandeln, und das Porträt, das Basil Hallward von ihm gemalt hatte, würde ihn durchs Leben geleiten, würde ihm sein, was manchen die Frömmigkeit, anderen das Gewissen und uns allen die Gottesfurcht ist. Es gab Opiate gegen Gewissensbisse, Drogen, die das moralische Empfinden in den Schlaf zu lullen vermochten. Aber dieses Porträt war ein sichtbares Symbol für die Erniedrigung durch die Sünde. Es war ein immerpräsentes Sinnbild für das Verderben, das die Menschen über ihre Seelen brachten.

Es schlug drei Uhr, vier Uhr, und die halbe Stunde ließ ihre beiden Glockenschläge ertönen; Dorian Gray rührte sich nicht. Er versuchte die scharlachfarbenen Fäden des Lebens aufzulesen und ein Muster daraus zu weben; seinen Weg zu finden durchs blutrote Labyrinth der Leidenschaft, in dem er umherirrte. Er wußte nicht, was er tun, was er denken sollte. Schließlich ging er hinüber zum Tisch und schrieb einen leidenschaftlichen Brief an das Mädchen, das er geliebt hatte, bat sie flehentlich um Vergebung und bezichtigte sich des Wahnsinns. Seite um Seite bedeckte er mit stürmischen Worten des Kummers und noch stürmischeren Worten der Qual. Selbstvorwürfen haftet etwas von Luxus an. Wenn wir uns selber rügen, so aus dem Gefühl heraus, daß das Recht dazu ausschließlich *uns* zusteht. Die Beichte, nicht der Priester, verhilft uns zur Absolution. Als Dorian den Brief beendet hatte, war er überzeugt, daß er Vergebung gefunden hatte.

Plötzlich klopfte es an der Tür, und draußen ertönte Lord Henrys Stimme. »Mein lieber Junge, ich muß Sie sprechen. Lassen Sie mich sofort rein. Ich kann nicht dulden, daß Sie sich einfach so einschließen.«

Er gab zunächst keine Antwort, sondern verhielt sich ganz still. Das Klopfen setzte sich fort und wurde lauter. Ja, es war besser, Lord Henry hereinzulassen und ihn aufzuklären über das neue Leben, das er von nun an führen wollte, mit ihm zu streiten, falls ein Streit unumgänglich, mit ihm zu brechen, falls ein Bruch unvermeidbar war. Rasch erhob er sich, schob hastig den Wandschirm vor das Porträt und schloß die Tür auf.

»Das Ganze tut mir entsetzlich leid, Dorian«, sagte Lord Henry beim Eintreten. »Aber Sie dürfen nicht zuviel darüber nachdenken.«

»Sie meinen über Sibyl Vane?« fragte der Junge.

»Ja, natürlich«, erwiderte Lord Henry; er ließ sich auf einen Stuhl sinken und zog bedächtig die gelben Handschuhe aus. »Eine schreckliche Sache, aber andrerseits können Sie ja wohl nichts dafür. Sind Sie denn nach der Vorstellung noch hinter die Bühne und haben mit ihr gesprochen?«

»Ja.«

»Das war mir klar. Haben Sie ihr eine Szene gemacht?«

»Ich war brutal, Harry – absolut brutal. Aber jetzt ist alles wieder in Ordnung. Ich bedaure nicht, was passiert ist. Ich habe mich dadurch selbst besser kennengelernt.«

»Ah, Dorian, ich bin heilfroh, daß Sie's so sehen! Ich hatte schon Angst, Sie sind vollkommen zerknirscht und raufen sich Ihre hübschen Locken.«

»Das hab ich bereits hinter mir«, sagte Dorian und schüttelte lächelnd den Kopf. »Jetzt bin ich rundum glücklich. Vor allem weiß ich jetzt, was Gewissen ist. Es ist nicht das, was Sie gesagt haben. Es ist das Göttlichste, was wir besitzen. Machen Sie sich nie wieder darüber lustig, Harry – jedenfalls nicht in meiner Gegenwart. Ich möchte gut sein. Die Vorstellung, eine böse Seele zu haben, ist mir unerträglich.«

»Eine wundervoll künstlerische Grundlage für moralisches Verhalten, Dorian! Herzlichen Glückwunsch. Und womit wollen Sie anfangen?«

»Damit, daß ich Sibyl Vane heirate.«

»Daß Sie Sibyl Vane heiraten!« rief Lord Henry; er stand auf und blickte den Jungen mit bestürzter Verwunderung an. »Aber mein lieber Dorian …«

»Schon gut, Harry, ich weiß, was Sie sagen wollen. Irgendwas Scheußliches über die Ehe. Sagen Sie's nicht. Kommen Sie mir überhaupt nie wieder mit solchen Sprüchen. Vor zwei Tagen habe ich Sibyl gebeten, mich zu heiraten. Ich werde ihr gegenüber nicht wortbrüchig sein. Sie soll meine Frau werden!«

»Ihre Frau! Dorian! … Haben Sie denn meinen Brief nicht bekommen? Ich habe Ihnen heute morgen geschrieben und die Nachricht durch meinen Diener überbringen lassen.«

»Ihren Brief? O ja, ich erinnere mich. Ich hab ihn noch nicht gelesen, Harry. Ich hatte Angst, daß etwas drinsteht, was mir nicht gefällt. Sie zersetzen das Leben mit Ihren Epigrammen.«

»Dann wissen Sie's also noch nicht?«

»Was meinen Sie?«

Lord Henry ging hinüber zu Dorian, setzte sich neben ihn, ergriff seine Hände und hielt sie fest. »Dorian«, sagte er, »mein Brief – erschrecken Sie nicht – sollte Ihnen mitteilen, daß Sibyl Vane tot ist.«

Ein Schmerzensschrei brach von den Lippen des Jungen; er sprang auf und entriß seine Hände Lord Henrys Griff. »Tot! Sibyl tot! Das ist nicht wahr! Das ist eine gräßliche Lüge! Wie können Sie es wagen, so etwas zu behaupten?«

»Es ist die reine Wahrheit, Dorian«, sagte Lord Henry ernst. »Es steht in allen Morgenzeitungen. In meinem Brief habe ich Sie gebeten, niemanden zu empfangen, bis ich bei Ihnen bin. Man wird mit Sicherheit eine gerichtliche Untersuchung einleiten; Sie dürfen auf keinen Fall mit hineingezogen werden. In Paris bekommt man durch so etwas erst den richtigen Schick. Aber in London stecken die Leute voller Vorurteile. Hier sollte ein Debüt niemals mit einem Skandal einhergehen. Den sollte man sich aufsparen – das macht einen im Alter dann um so interessanter. Ich nehme doch nicht an, daß man in dem Theater weiß, wie Sie heißen? Wenn nein, ist alles in Ordnung. Hat Sie jemand in ihre Garderobe gehen sehen? Das ist ein wichtiger Punkt.«

Ein paar Augenblicke lang gab Dorian keine Antwort. Er war wie betäubt vor Entsetzen. Schließlich stammelte er mit erstickter Stimme: »Harry, haben Sie gerichtliche Untersuchung gesagt? Was meinen Sie damit? Hat Sibyl …? Oh, Harry, ich kann's einfach nicht fassen! Aber machen Sie's kurz. Sagen Sie mir alles, jetzt gleich.«

»Für mich steht fest, daß es kein Unfall war, Dorian, auch wenn man es vor der Öffentlichkeit so darstellen muß. Als sie mit ihrer Mutter gegen halb eins das Theater verließ, sagte sie wohl, sie habe oben etwas vergessen. Man wartete eine Zeitlang auf sie, aber sie kam nicht mehr herunter. Schließlich fand man sie tot auf dem Fußboden ihrer Garderobe. Sie hatte versehentlich etwas geschluckt, irgend so ein Zeug, das man im Theater verwendet. Ich weiß nicht, was es war, bloß daß es entweder Blausäure oder Bleiweiß enthielt. Vermutlich war's Blausäure, denn sie war offenbar auf der Stelle tot.«

»Harry, Harry, das ist ja grauenhaft!« rief der Junge.

»Ja; eine sehr traurige Geschichte, allerdings; aber Sie sollten sich auf keinen Fall mit hineinziehen lassen. Dem *Standard* entnehme ich, daß sie siebzehn war. Ich hätte sie eigentlich für jünger gehalten. Sie wirkte noch überaus kindlich und hatte von Schauspielerei offenbar nur wenig Ahnung. Dorian, Sie dürfen sich die Sache nicht derartig zu Herzen nehmen. Gehn Sie mit mir dinieren, und hinterher schaun wir noch in die Oper rein. Die Patti singt heut abend; alle werden da sein. Kommen Sie einfach mit in die Loge meiner Schwester. Sie hat ein paar schmucke Damen dabei.«

»Ich habe Sibyl Vane also umgebracht«, sagte Dorian Gray halb zu sich selbst, »habe sie umgebracht, grad so, als ob ich ihr mit einem Messer die zarte Kehle aufgeschlitzt hätte. Trotzdem blühen die Rosen nicht weniger schön als sonst. Die Vögel in meinem Garten singen genauso fröhlich wie immer. Und heut abend soll ich mit Ihnen dinieren, dann in die Oper gehn und hinterher wahrscheinlich noch irgendwo zu Nacht essen. Wie merkwürdig dramatisch das Leben doch ist! Hätte ich das alles in einem Buch gelesen, Harry, ich glaube, ich hätte geweint. Aber jetzt, wo's wirklich passiert ist, mir selber passiert ist, kommt es mir irgendwie viel zu phantastisch vor, als daß ich darüber Tränen vergießen könnte. Hier ist der erste leidenschaftliche Liebesbrief, den ich in meinem Leben geschrieben habe. Seltsam, daß mein erster leidenschaftlicher Liebesbrief an ein totes Mädchen gerichtet war. Ob sie wohl etwas fühlen, diese bleichen, stummen Menschen, die wir die Toten nennen? Sibyl! Kann sie etwas fühlen, erkennen oder hören? Ach, Harry, wie sehr habe ich sie einmal geliebt! Mir ist, als wär's schon Jahre her. Sie war mein ein und alles. Dann kam dieser furchtbare Abend – war's wirklich erst gestern? –, wo sie so schlecht gespielt hat und wo mir beinah das

Herz brach. Sie hat mir alles erklärt. Es war ungeheuer ergreifend. Aber es hat mich kein bißchen berührt. Ich hielt sie für oberflächlich. Dann ist auf einmal etwas geschehn, was mir angst machte. Ich kann Ihnen nicht sagen, was, bloß daß es schauderhaft war. Jedenfalls wollte ich wieder zu ihr zurück. Ich spürte, daß ich ihr unrecht getan hatte. Und jetzt ist sie tot. Mein Gott! Mein Gott! Harry, was soll ich nur tun? Sie wissen nicht, in welcher Gefahr ich schwebe; nun gibt es nichts mehr, was mich auf die richtige Bahn bringen kann. Sie hätte es gekonnt. Sie hatte kein Recht, sich umzubringen. Es war selbstsüchtig von ihr.«

»Mein lieber Dorian«, sagte Lord Henry, während er seinem Etui eine Zigarette entnahm und eine Streichholzschachtel aus vergüldetem Messing hervorholte, »für Frauen gibt es nur *eine* Möglichkeit, einen Mann zu bessern – sie langweilen ihn so gründlich, daß er jegliches Interesse am Leben verliert. Wenn Sie dieses Mädchen geheiratet hätten, wären Sie bestimmt unglücklich geworden. Sicher, Sie hätten sie freundlich behandelt. Zu denen, die einem nichts bedeuten, kann man immer freundlich sein. Aber wahrscheinlich hätte sie bald gemerkt, daß sie Ihnen vollkommen gleichgültig ist. Und findet eine Frau so etwas heraus, dann wird sie entweder furchtbar nachlässig oder trägt plötzlich hochelegante Hüte – für die dann freilich der Ehemann einer anderen aufkommen muß. Den gesellschaftlichen Fehltritt, der sehr erniedrigend gewesen wäre und den ich selbstredend nicht gebilligt hätte, lasse ich mal ganz außer acht; aber ich versichere Ihnen, daß die Sache von Grund auf schiefgegangen wäre.«

»Mag sein«, murmelte der Junge; er ging im Zimmer auf und ab und sah erschreckend blaß aus. »Aber ich betrachtete es eben als meine Pflicht. Ich kann doch nichts dafür, daß diese furchtbare Tragödie mich daran hindert, das zu tun, was ich für richtig halte. Ich erinnere mich, Sie haben mir mal gesagt, gute Vorsätze hätten etwas Verhängnisvolles – man fasse sie immer zu spät. Auf meine trifft das unbedingt zu.«

»Gute Vorsätze sind zwecklose Versuche, in die Gesetze der Naturwissenschaft einzugreifen. Sie entspringen der puren Eitelkeit. Ihr Ergebnis ist vollkommen Null. Hin und wieder bewirken sie jenes leere Hochgefühl, für das die Schwachen besonders empfänglich sind. Mehr läßt sich zu ihren Gunsten nicht sagen. Sie sind nichts weiter als Schecks, ausgestellt auf eine Bank, bei der man kein Konto hat.«

»Harry«, rief Dorian Gray, kam herüber und setzte sich neben Lord Henry, »wie kommt's bloß, daß diese Tragödie mir nicht so nahegeht, wie ich gerne möchte? Ich bin doch nicht herzlos. Oder?«

»Sie haben in den letzten zwei Wochen zu viele Dummheiten gemacht, Dorian, als daß Sie eine solche Titulierung verdienen«, erwiderte Lord Henry mit seinem sanften, melancholischen Lächeln.

Der Junge runzelte die Stirn. »Diese Erklärung gefällt mir nicht, Harry«, gab er zurück, »andrerseits freue ich mich, daß Sie mich nicht für herzlos halten. Das bin ich nun wirklich nicht. Ich weiß es. Trotzdem muß ich zugeben, daß mich das, was passiert ist, nicht so berührt, wie es eigentlich sollte. Es kommt mir einfach wie der grandiose Schluß eines grandiosen Theaterstücks vor. Es hat die schaurige Schönheit einer griechischen Tragödie, einer Tragödie, in der ich zwar eine große Rolle gespielt habe, aus der ich aber ganz unversehrt hervorgegangen bin.«

»Ein interessanter Gedanke«, sagte Lord Henry, dem es großes Vergnügen bereitete, mit dem unbewußten Egoismus des Jungen zu spielen, »ein überaus interessanter Gedanke. Die eigentliche Erklärung wäre wohl die: Tragödien, die sich im wirklichen Leben ereignen, haben häufig etwas ganz und gar Unkünstlerisches, sie verletzen uns durch ihre blanke Willkür, ihre grobe Inkonsequenz, ihre absurde Sinnlosigkeit und ihren vollständigen Mangel an Stil. Wir empfinden sie einfach als Barbarei. Sie vermitteln uns den Eindruck von nackter, brutaler Gewalt, und dagegen sträuben wir uns. Manchmal allerdings erleben wir auch eine Tragödie, die künstlerische Elemente von Schönheit enthält. Sind diese Elemente von Schönheit echt, dann spricht das Ganze unseren Sinn für dramatische Wirkungen an. Plötzlich stellen wir fest, daß wir nicht mehr die Akteure, sondern die Zuschauer des Stückes sind. Oder vielmehr beides. Wir sehen uns selber zu, und der Zauber des Schauspiels nimmt uns völlig gefangen. Was ist denn nun tatsächlich passiert? Jemand hat sich aus Liebe zu Ihnen getötet. Ich wünschte, auch ich hätte so etwas schon einmal erlebt. Es hätte mich dazu gebracht, bis an mein seliges Ende in die Liebe verliebt zu sein. Meine bisherigen Verehrerinnen – es waren nicht grade sehr viele, aber immerhin ein paar – haben alle darauf bestanden, weiterzuleben, auch als mein Interesse für sie oder ihres für mich längst erloschen war. Sie sind dick und langweilig geworden, und wenn ich ihnen begegne, schwelgen sie sofort in Erinnerungen. Dieses furchtbare weibliche Gedächtnis! Wirklich grauenhaft! Und was für eine vollendete geistige Trägheit sich darin offenbart! Man sollte das Leben als buntes Ganzes nehmen, aber man sollte sich nie an Einzelheiten erinnern. Einzelheiten sind immer vulgär.«

»Ich muß Mohn in meinem Garten säen«, seufzte Dorian.

»Nicht nötig«, erwiderte sein Gefährte. »Das Leben hält immer Mohn bereit. Natürlich, ab und zu ziehn sich die Dinge auch hin. Ich hatte mal eine geschlagene Saison lang nur Veilchen im Knopfloch, als künstlerisches Zeichen der Trauer um eine Romanze, die partout nicht totzukriegen war. Irgendwann entschlief sie dann allerdings doch. Ich weiß gar nicht mehr, woran sie gestorben ist. Vermutlich daran, daß die Betreffende mir eröffnete, sie wolle die ganze Welt für mich aufgeben. Das ist immer ein furchtbarer Moment. Er macht einem angst vor der Ewigkeit. Kurz und gut – Sie werden's nicht glauben –, als ich vor einer Woche bei Lady Hampshire dinierte, saß ich neben besagter Dame, und sie bestand darauf, die ganze Geschichte noch einmal aufzurollen, in der Vergangenheit zu wühlen und die Zukunft durchzuharken. Ich hatte die Romanze längst in einem Narzissenbeet begraben. Sie zerrte sie wieder hervor und behauptete, ich hätte ihr Leben zerstört. Ich muß freilich dazu bemerken, sie sprach dem Dinner so tüchtig zu, daß ich mich von dieser Behauptung nicht einschüchtern ließ. Trotzdem, welch ein Mangel an Geschmack offenbarte sich da! Die Vergangenheit hat ihren Reiz einzig darin, daß sie vergangen ist. Aber Frauen wissen nie, wann sich der Vorhang gesenkt hat. Sie wollen immer noch einen sechsten Akt; auch wenn man an dem Stück längst nicht mehr interessiert ist, sind sie auf eine Fortsetzung aus. Ginge es nach ihnen, dann hätte jede Komödie einen tragischen Schluß und jede Tragödie endete mit einer Posse. Sie sind bezaubernd gekünstelt, besitzen aber keinerlei Sinn für Kunst. Sie, Dorian, haben da mehr Glück als ich. Ich versichere Ihnen, keine einzige der Frauen, die mir bisher untergekommen sind, hätte wegen mir getan, was Sibyl Vane Ihretwegen getan hat. Normalerweise trösten Frauen sich selbst. Manche entwickeln dabei eine Vorliebe für sentimentale Farben. Trauen Sie nie einer Frau, egal welchen Alters, die sich blaßlila kleidet; und auch keiner über fünfunddreißig, die gerne rosa Bänder trägt. Das bedeutet nämlich immer, daß sie eine Vergangenheit hat. Andere finden großen Trost darin, daß sie plötzlich die guten Seiten ihres Gemahls entdecken. Sie protzen mit ihrem Eheglück, als gehe es um die faszinierendste aller Sünden. Wieder andere trösten sich mit dem Glauben. Seine Geheimnisse haben den Reiz einer Liebelei, wie mir eine Frau einmal sagte; das kann ich durchaus verstehen. Zumal nichts die Eitelkeit so sehr kitzelt, als wenn man erfährt, daß man ein Sünder ist. Das Gewissen macht uns alle zu Egoisten. Ja; es gibt wahrlich Tröstungen genug, auf die eine Frau von heute zurückgreifen kann. Dabei habe ich die wichtigste noch nicht mal erwähnt.«

»Welche denn, Harry?« sagte der Junge teilnahmslos.

»Nun ja, die naheliegendste. Daß sie sich einen neuen Verehrer nimmt – den einer anderen. In der feinen Gesellschaft bekommt sie dadurch wieder den alten Glanz. Aber im Ernst, Dorian, Sibyl Vane war wohl wirklich ganz anders als die Frauen, denen man sonst begegnet. Ich bin froh, in einem Jahrhundert zu leben, wo noch solche Wunder geschehen. Sie lassen uns daran glauben, daß es das, womit wir alle spielen – Romantik, Leidenschaft und Liebe –, auch tatsächlich gibt.«

»Ich war schrecklich grausam zu ihr. Das dürfen Sie nicht vergessen.«

»Ich fürchte, nichts ist Frauen angenehmer als Grausamkeit, nackte Grausamkeit. Sie verfügen über wunderbar primitive Instinkte. Wir haben sie emanzipiert; trotzdem sind sie nach wie vor Sklavinnen, die Ausschau halten nach einem Gebieter. Sie lassen sich liebend gerne beherrschen. Ich bin sicher, Sie waren grandios. Ich habe Sie noch nie wirklich und wahrhaftig wütend erlebt, kann mir aber vorstellen, wie entzückend Sie dabei ausgesehen haben. Im übrigen haben Sie vorgestern etwas zu mir gesagt, was ich zunächst für reine Schwärmerei hielt; inzwischen erkenne ich, daß es absolut richtig war und daß es den Schlüssel zu allem enthält.«

»Was denn, Harry?«

»Sie sagten, Sibyl Vane verkörpere für Sie alle Heldinnen der Liebesdramen – am einen Abend sei sie Desdemona, am andern Ophelia; wenn sie als Julia sterbe, erwache sie als Imogen wieder zum Leben.«

»Jetzt wird sie nie wieder zum Leben erwachen«, murmelte der Junge und vergrub das Gesicht in den Händen.

»Nein, das wird sie nie wieder. Sie hat ihre letzte Rolle gespielt. Aber Sie müssen sich diesen einsamen Tod in der schäbigen Garderobe einfach als kuriosen, düsteren Teil einer Tragödie aus der Zeit Jacobs I. vorstellen, als eine wunderliche Szene von Webster, Ford oder Cyril Tourneur. Das Mädchen hat eigentlich gar nicht gelebt, drum ist sie eigentlich auch gar nicht gestorben. Zumindest für Sie war sie immer ein Traum, ein Geist, der durch Shakespeares Dramen schwebte und sie durch seine Anwesenheit noch herrlicher machte, eine Rohrflöte, durch die Shakespeares Musik noch reicher und freudvoller erklang. In dem Augenblick, in dem sie mit dem wirklichen Leben in Berührung kam, zerstörte sie es und wurde von ihm zerstört, und so ging sie denn aus der Welt. Trauern Sie um Ophelia, wenn Sie wollen. Streuen Sie sich Asche aufs Haupt, weil Cordelia erdrosselt wurde. Klagen Sie den Himmel an, weil die Tochter Brabantios tot ist. Aber verschwenden Sie nicht

Ihre Tränen an Sibyl Vane. Sie gehörte weniger der Wirklichkeit an als die Genannten.«

Eine Weile herrschte Schweigen. Der Abend ließ den Raum immer dunkler werden. Lautlos und auf silbernen Füßen schlichen die Schatten vom Garten herein. Die Farben zogen sich matt aus den Gegenständen zurück.

Schließlich hob Dorian Gray den Blick. »Sie haben mir einiges klargemacht, Harry«, murmelte er mit einem leisen Seufzer der Erleichterung. »Es war alles schon in mir, was Sie gesagt haben, aber irgendwie hatte ich Angst davor und konnte es nicht in Worte fassen. Wie gut Sie mich kennen! Und nun sprechen wir nicht mehr von dem, was passiert ist. Es war eine erstaunliche Erfahrung. Sonst nichts. Ich frage mich, ob das Leben auch weiterhin so Erstaunliches für mich parat hat.«

»Das Leben hat alles für Sie parat, Dorian. Es gibt nichts, was Sie mit Ihrem außergewöhnlich guten Aussehen nicht erreichen können.«

»Aber angenommen, Harry, ich werde irgendwann alt, dürr und runzlig? Was dann?«

»Ah, dann«, sagte Lord Henry und erhob sich zum Aufbruch, »dann, mein lieber Dorian, müssen Sie um Ihre Siege kämpfen. Noch fallen sie Ihnen ja gradezu in den Schoß. Nein, behalten Sie einfach Ihr gutes Aussehen. Wir leben in einer Zeit, wo man zuviel liest, um klug zu sein, und wo man zuviel denkt, um schön zu sein. Wir können auf Sie nicht verzichten. Und jetzt sollten Sie sich lieber anziehn und mit mir in den Klub fahren. Wir sind sowieso schon ziemlich spät dran.«

»Ich glaube, wir treffen uns erst in der Oper, Harry. Ich bin zu müde, um etwas zu essen. Was hat die Loge Ihrer Schwester für eine Nummer?«

»Siebenundzwanzig, soviel ich weiß. Im ersten Rang. Ihr Name steht an der Tür. Das ist aber schade, daß Sie nicht mit mir dinieren wollen.«

»Ich fühle mich einfach zu matt«, sagte Dorian schlaff. »Jedenfalls bin ich Ihnen sehr dankbar für das, was Sie mir gesagt haben. Sie sind wirklich mein bester Freund. Noch nie hat mich jemand so gut verstanden wie Sie.«

»Wir stehn erst am Beginn unserer Freundschaft, Dorian«, erwiderte Lord Henry und schüttelte ihm die Hand. »Adieu. Ich hoffe, wir sehn uns noch vor halb zehn. Nicht vergessen, die Patti singt.«

Als er die Tür hinter sich zumachte, drückte Dorian Gray auf die Klingel; kurz darauf kam Victor mit den Lampen und ließ die Rouleaus herunter.

Dorian wartete ungeduldig darauf, daß sich der Diener wieder entfernte. Der Mann schien sich für alles unendlich viel Zeit zu lassen.

Sobald er gegangen war, stürzte Dorian zum Wandschirm und schob ihn zurück. Nein; das Bild hatte sich nicht weiter verändert. Es hatte die Nachricht von Sibyl Vanes Tod früher empfangen als er selbst. Es wußte von den Begebenheiten des Lebens schon im Moment ihres Geschehens. Der boshafte, grausame Zug, der den feingeschwungenen Mund entstellte, war zweifellos in dem Augenblick aufgetaucht, in dem das Mädchen das Gift genommen hatte, was immer es gewesen sein mochte. Oder kam es dem Bild gar nicht auf die Auswirkungen an? Nahm es nur das zur Kenntnis, was in seiner, Dorians, Seele vorging? Das hätte er zu gerne gewußt, und er hoffte, einmal mit eigenen Augen sehen zu können, wie sich das Bild veränderte; die Vorstellung ließ ihn schaudern.

Arme Sibyl! Welch ein Liebesdrama hatte sich da ereignet! Immer wieder hatte sie auf der Bühne den Tod dargestellt. Dann hatte der Tod selber sie angefaßt und mit sich genommen. Wie hatte sie diese schaurige letzte Szene gespielt? Hatte sie ihn verflucht, als sie starb? Nein; sie war aus Liebe zu ihm gestorben, und die Liebe würde ihm fortan heilig sein. Mit der Aufopferung ihres Lebens hatte sie alles gesühnt. Kein Gedanke mehr an das, was er an dem schrecklichen Abend im Theater ihretwegen durchgemacht hatte. Wenn er künftig an sie dachte, so würde er sie als eine wunderschöne, tragische Gestalt vor sich sehen, entsandt auf die Bühne der Welt, um die erhabene Wahrheit der Liebe zu zeigen. Eine wunderschöne, tragische Gestalt? Tränen traten ihm in die Augen, als er sich an ihr kindliches Aussehen erinnerte, an ihr verspieltes, munteres Wesen und ihre scheue Anmut. Er wischte die Tränen hastig fort und wandte sich wieder dem Bild zu.

Er spürte, es war nun endgültig Zeit, eine Entscheidung zu treffen. Oder war sie bereits gefallen? Ja, das Leben hatte sie für ihn getroffen – das Leben und seine grenzenlose Neugier aufs Leben. Ewige Jugend, ungezügelte Leidenschaft, raffinierte, heimliche Genüsse, wüste Lust und noch wüstere Sünden – das alles sollte er haben. Das Porträt sollte die Last seiner Schmach übernehmen: so war es entschieden.

Ein Gefühl des Schmerzes überkam ihn, als er daran dachte, welche Schändung dem schönen Gesicht auf der Leinwand bevorstand. Einmal hatte er in knäbischer Nachahmung des Narziß die gemalten Lippen, die ihn inzwischen so grausam anlächelten, geküßt oder zumindest getan, als ob er sie küsse. Morgen für Morgen hatte er vor dem Porträt gesessen und seine Schönheit bestaunt – geradezu verliebt in sie, wie ihm manchmal schien. Und nun sollte das Bild sich mit jeder Laune, der er nachgab, verändern? Sollte sich in ein ekelhaftes, scheußliches Ding verwandeln, das man in einem abgesperrten Raum verbergen mußte, weg vom Sonnenschein, der die wogende Pracht seines Haars so oft in noch glänzenderes Gold getaucht hatte? Welch ein Jammer! Welch ein Jammer!

Einen Moment lang dachte er daran, den inständigen Wunsch auszusprechen, daß die schreckliche Beziehung zwischen ihm und dem Bild abreißen möge. Das Porträt hatte sich auf einen Wunsch hin verändert; vielleicht würde ein weiterer Wunsch es daran hindern, sich noch mehr zu verändern. Andererseits, welcher Mensch, der etwas vom Leben wußte, würde sich die Möglichkeit, für immer zu bleiben, entgehen lassen – wie phantastisch diese Möglichkeit auch erschien, wie verhängnisvoll ihre Folgen auch sein mochten? Überhaupt, lag es denn wirklich in seiner Macht? War es tatsächlich ein Wunsch gewesen, der die Wechselbeziehung ausgelöst hatte? Gab es am Ende doch irgendeine ausgefallene, wissenschaftlich erklärbare Ursache dafür? Wenn Gedanken einen lebenden Organismus zu beeinflussen vermochten, konnten sie dann nicht auch Lebloses und Anorganisches beeinflussen? Und umgekehrt, war es nicht sogar möglich, daß sich die Außenwelt, ohne daß wir daran dachten oder es wünschten, dem Rhythmus unserer Launen und Leidenschaften anschmiegte, daß sich die Atome in heimlicher Liebe oder wundersamer Wahlverwandtschaft einander mitteilten? Aber im Grunde war die Ursache unwichtig. Nie wieder würde er mit einem Wunsch irgendeine unheimliche Macht herausfordern. Wenn sich das Bild veränderte, so veränderte es sich eben. Das war alles. Wozu den Dingen überhaupt auf den Grund gehen?

Denn es wäre ja ein wahrer Genuß, sie mitzuverfolgen. Er könnte seiner Seele bis in ihre geheimsten Winkel nachspüren. Das Porträt wäre der reinste Zauberspiegel für ihn. Wie schon seinen Leib, so würde es ihm fortan auch seine Seele zeigen. Und bräche der Winter über das Bild herein, dann befände er sich noch immer an jener Schwelle, wo der Frühling dem Sommer entgegenbebt. Wenn das Blut aus dem gemalten Antlitz wiche und nur eine kreidebleiche Maske mit bleiernen Augen zurückbliebe, so stände er noch immer im Glanz seiner Jugend. Sein Liebreiz würde niemals verblühen. Der Pulsschlag seines Lebens würde niemals ermatten. Wie die Götter der Griechen wäre er ewig stark, behende und fröhlich. Was spielte es da für eine Rolle, was mit dem bunten

Bild auf der Leinwand geschah? Er bliebe auf jeden Fall unversehrt. Das allein zählte.

Lächelnd schob er den Wandschirm wieder vor das Porträt und begab sich ins Schlafzimmer, wo sein Diener bereits auf ihn wartete. Eine Stunde später war er in der Oper, und Lord Henry beugte sich über seinen Sitz.

9

Als er am nächsten Morgen beim Frühstück saß, wurde Basil Hallward hereingeführt.

»Wie gut, daß ich Sie endlich antreffe, Dorian«, sagte der Maler ernst. »Ich war gestern abend schon hier, und da hieß es, Sie sind in der Oper. Mir war natürlich klar, daß das nicht sein konnte. Leider haben Sie mir nicht hinterlassen, wohin Sie tatsächlich gegangen sind. Ich habe einen schrecklichen Abend hinter mir; mir war richtig angst, daß diese Tragödie womöglich eine zweite nach sich zieht. Eigentlich hätten Sie mir ja telegraphieren können, als Sie davon erfuhren. Ich hab's rein zufällig in einer Spätausgabe des *Globe* gelesen, die mir im Klub in die Finger kam. Ich bin dann auf der Stelle hierhergeeilt und war unglücklich, daß ich Sie nicht vorfand. Ich kann Ihnen gar nicht sagen, wie sehr mir die ganze Geschichte ans Herz geht. Ich weiß, was Sie leiden müssen. Aber wo waren Sie denn? Sind Sie bei der Mutter des Mädchens gewesen? Ich hatte mir nämlich kurz überlegt, ob ich Ihnen dorthin nachfahren soll. Die Adresse stand in der Zeitung. Irgendwo in der Euston Road, nicht? Andrerseits wollte ich mich nicht jemandem aufdrängen, dessen Schmerz ich sowieso nicht hätte lindern können. Die arme Frau! Sie muß ja vollkommen außer sich sein! Und noch dazu ihr einziges Kind! Wie hat sie denn darauf reagiert?«

»Mein lieber Basil, woher soll ich das wissen?« murmelte Dorian Gray; er trank aus einem zierlichen, mit Goldperlen geschmückten venezianischen Glaskelch einen Schluck hellgelben Wein und machte ein furchtbar gelangweiltes Gesicht. »Ich war in der Oper. Sie hätten mitkommen sollen. Ich habe Lady Gwendolen kennengelernt, die Schwester von Harry. Wir waren in ihrer Loge. Sie ist überaus charmant; und die Patti hat göttlich gesungen. Sprechen Sie doch nicht von so scheußlichen Dingen. Wenn man über etwas nicht redet, dann ist es auch nicht geschehen. Erst das Wort, sagt Harry, schafft Realität. Nebenbei bemerkt, war sie nicht das einzige Kind dieser Frau. Es existiert noch ein Sohn, ein reizender Bursche, soviel ich weiß. Aber er ist nicht beim Theater. Er ist Seemann oder so etwas. Und jetzt erzählen Sie mir mal von Ihnen und was Sie gerade malen.«

»Sie sind in die Oper gegangen?« sagte Hallward, er sprach sehr langsam, und seine Stimme klang vor Schmerz leicht belegt. »Sie sind in die Oper gegangen, während Sibyl Vane tot in irgendeinem schäbigen Zimmer lag? Sie sprechen mit mir über charmante Frauen und die göttlich singende Patti, noch ehe das Mädchen, das Sie geliebt haben, im Grab ruht? Mann Gottes, bedenken Sie doch, welche Greuel diesem kleinen weißen Leib bevorstehn!«

»Schluß, Basil! Ich will nichts davon hören!« rief Dorian und sprang auf. »Verschonen Sie mich damit. Vorbei ist vorbei. Vergangen ist vergangen.«

»Gestern ist für Sie schon Vergangenheit?«

»Was hat denn die Kürze der Zeit damit zu tun? Nur oberflächliche Menschen brauchen Jahre, um ihre Gefühle loszuwerden. Wer Herr seiner selbst ist, wird mit einem Kummer genauso mühelos fertig, wie er sich ein neues Vergnügen schafft. Ich habe keine Lust, mich meinen Gefühlen zu unterwerfen. Ich möchte sie auskosten, sie genießen und selber über sie bestimmen.«

»Dorian, das ist ja entsetzlich! Irgendwas hat Sie vollständig verändert. Äußerlich sind Sie noch immer der wunderbare Junge, der jeden Tag in mein Atelier kam und mir für sein Porträt gesessen hat. Aber da waren Sie schlicht, natürlich und voller Wärme. Sie waren das unverdorbenste Geschöpf auf der ganzen Welt. Und jetzt – ich weiß nicht, was mit Ihnen passiert ist. Sie reden, als ob Sie kein Herz, kein Mitgefühl hätten. Das kommt alles von Harrys Einfluß. Da bin ich mir ganz sicher.«

Der Junge errötete; er trat ans Fenster und blickte kurz in den grünen, flirrenden, von der Sonne durchfluteten Garten hinaus. »Ich verdanke Harry sehr viel, Basil«, sagte er schließlich, »mehr als Ihnen. Sie haben mich bloß gelehrt, eitel zu sein.«

»Ja, und das muß ich nun büßen, Dorian – oder werd's irgendwann büßen müssen.«

»Ich weiß nicht, was Sie meinen, Basil«, rief der Junge und drehte sich um. »Ich weiß nicht, was Sie wollen. Was wollen Sie?«

»Ich will den Dorian Gray, den ich einmal gemalt habe«, sagte der Künstler traurig.

»Basil«, sagte der Junge, trat auf ihn zu und legte ihm die Hand auf die Schulter, »Sie kommen zu spät. Gestern, als ich erfuhr, daß Sibyl Vane sich das Leben genommen hat …«

»Sich das Leben genommen hat! Allmächtiger! Steht das denn zweifelsfrei fest?« rief Hallward und warf ihm einen entsetzten Blick zu.

»Mein lieber Basil! Sie glauben doch wohl nicht, daß das ein gewöhnlicher Unfall war! Natürlich hat sie sich das Leben genommen.«

Der Ältere barg das Gesicht in den Händen. »Wie furchtbar«, murmelte er; ein Schauder durchrieselte ihn.

»Nein«, sagte Dorian Gray, »daran ist überhaupt nichts furchtbar. Es handelt sich um eine der großen Liebestragödien unserer Zeit. In der Regel führen Schauspieler ein völlig normales Leben. Sie sind gute Ehemänner, treue Ehefrauen oder sonst etwas Langweiliges. Sie wissen schon, was ich meine – gutbürgerliche Tugenden und so weiter. Sibyl war da ganz anders. Sie hat ihre schönste Tragödie *gelebt.* Sie ist immer eine Heldin gewesen. Bei ihrem letzten Auftritt – Sie waren an dem Abend ja da – hat sie schlecht gespielt, weil sie die Liebe inzwischen im wirklichen Leben kennengelernt hatte. Als sie erkannte, daß ihre Liebe dort nicht erwidert wurde, starb sie so, wie wohl auch Julia gestorben war. Sie ging wieder in die Sphäre der Kunst ein. Sie hat etwas von einer Märtyrerin. Ihrem Ende haftet die ganze ergreifende Sinnlosigkeit des Märtyrertods an, seine ganze vergebliche Schönheit. Aber wie schon gesagt, Sie dürfen nicht glauben, daß mir das alles nichts ausgemacht hat. Wären Sie gestern zu einer bestimmten Uhrzeit vorbeigekommen – um halb sechs vielleicht, oder um dreiviertel sechs –, dann hätten Sie mich in Tränen gefunden. Selbst Harry, der hier war – von ihm habe ich's nämlich erfahren –, ahnte nicht, was ich durchstehen mußte. Ich habe unsäglich gelitten. Dann war es vorbei. Ich kann ein Gefühl nicht einfach zurückholen. Niemand kann das, höchstens Menschen mit sentimentaler Veranlagung. Sie sind wirklich furchtbar ungerecht, Basil. Sie kommen hierher, um mich zu trösten. Schön von Ihnen. Sie stellen fest, daß ich bereits getröstet bin, und regen sich darüber auf. Das nennt sich dann Anteilnahme! Es erinnert mich an eine Geschichte, die Harry mir mal erzählt hat: Irgendein Philanthrop arbeitete zwanzig Jahre seines Lebens darauf hin, einen Mißstand zu beheben oder ein ungerechtes Gesetz zu ändern – ich weiß nicht mehr genau, was es war. Irgendwann hatte er schließlich Erfolg – und war maßlos enttäuscht. Er hatte fortan überhaupt nichts mehr zu tun, wäre vor lauter Langeweile beinah gestorben und wurde am Ende zum überzeugten Misanthropen. Im übrigen, mein guter alter Basil, wenn Sie mich wirklich trösten wollen, dann bringen Sie mir lieber bei, wie man ein solches Ereignis vergißt oder wie man es vom rein künstlerischen Standpunkt aus betrachtet. War's nicht Gautier, der von der *consolation des arts* geschrieben hat? Ich weiß noch, ich habe in Ihrem Atelier mal in einem kleinen Pergamentband geblättert, und da bin ich zufällig auf diese herrliche Wendung gestoßen. Andrerseits bin ich natürlich nicht wie jener junge Mann, von dem Sie mir einmal erzählten, als wir zusammen in Marlow waren – jener junge Mann, der behauptete, gelber Satin könne einen über alle Unbilden des

Lebens hinwegtrösten. Ich liebe schöne Dinge, die man anfassen und in die Hand nehmen kann. Alte Brokate, grüne Bronzen, Lackarbeiten, Elfenbeinschnitzereien, eine erlesene Umgebung, Luxus, Pracht, diese Dinge können einem viel geben. Aber die künstlerische Stimmung, die sie erzeugen oder doch zumindest aufkommen lassen, bedeutet mir mehr. Wer sich auf sich selbst konzentriert, sagt Harry, der bleibt von den Leiden der Welt verschont. Sie sind jetzt bestimmt erstaunt, so etwas von mir zu hören. Ihnen ist einfach nicht klar, daß ich mich weiterentwickelt habe. Als Sie mich kennengelernt haben, war ich noch ein Schuljunge. Inzwischen bin ich ein Mann. Ich habe andre Leidenschaften, andre Gedanken, andre Ideen. Ich bin nicht mehr der, der ich war, aber deswegen müssen Sie mich ja nicht weniger mögen. Auch wenn ich jetzt ein anderer bin, müssen Sie immer mein Freund bleiben. Natürlich habe ich Harry sehr gern. Aber ich weiß, Sie sind besser als er. Nicht stärker – dazu haben Sie zuviel Angst vor dem Leben –, aber besser. Wir waren doch einmal so glücklich zusammen! Verlassen Sie mich nicht, Basil, und hadern Sie nicht mit mir. Ich bin, wie ich bin. Mehr kann ich dazu nicht sagen.«

Der Maler fühlte sich eigenartig bewegt. Der Junge war ihm unendlich teuer, seine Persönlichkeit hatte seiner Kunst die große Wende beschert. Er konnte ihm beim besten Willen keine weiteren Vorwürfe machen. Vielleicht war seine Gleichgültigkeit ja auch bloß eine vorübergehende Laune. Es war doch so viel Gutes, so viel Edles in ihm.

»Gut, Dorian«, sagte er schließlich mit traurigem Lächeln, »ich werde dieses schauderhafte Ereignis künftig nie mehr erwähnen. Ich hoffe nur, man hält Ihren Namen aus der Sache raus. Heut nachmittag findet die Leichenschau statt. Hat man Sie vorgeladen?«

Dorian schüttelte den Kopf; beim Wort »Leichenschau« glitt ihm ein Ausdruck von Unmut übers Gesicht. Dingen dieser Art haftete stets so etwas Rohes und Unfeines an. »Mein Name ist dort nicht bekannt«, erwiderte er.

»Aber *sie* hat ihn doch gekannt, oder?«

»Nur meinen Vornamen, und den hat sie für sich behalten, da bin ich mir ganz sicher. Sie erzählte mir mal, die andern wollten andauernd wissen, wer ich bin, und sie sage dann immer, ich sei der Märchenprinz. Das war schön von ihr. Sie müssen Sibyl unbedingt für mich zeichnen, Basil. Ich hätte gern noch ein bißchen mehr von ihr als die Erinnerung an ein paar Küsse und gestammelte Liebesbeteuerungen.«

»Ich werd's versuchen, Dorian, wenn's Ihnen Freude macht. Aber dann müssen Sie mir auch wieder sitzen. Ohne Sie komme ich nicht voran.«

Der Junge schrak zurück. »Ich kann Ihnen nicht mehr sitzen, Basil. Auf gar keinen Fall!« stieß er hervor.

Der Maler sah ihn mit großen Augen an. »Mein lieber Junge, was für ein Unsinn!« rief er. »Soll das heißen, Ihr Porträt von mir gefällt Ihnen nicht? Wo ist es eigentlich? Wieso steht denn der Wandschirm davor? Ich möcht's mir anschauen. Es ist das Beste, was ich jemals geschaffen habe. Nehmen Sie den Wandschirm weg, Dorian. Es ist schlicht skandalös, daß Ihr Diener mein Bild einfach so abdeckt. Ich hatte schon beim Reinkommen das Gefühl, daß es hier anders aussieht als sonst.«

»Mein Diener hat damit nichts zu tun, Basil. Sie glauben doch nicht etwa, daß ich ihm die Einrichtung meines Zimmers überlasse! Nein, ich selber war's. Das Bild hat zuviel Licht abbekommen.«

»Zuviel Licht! Also, mein lieber Junge, ich bitte Sie! Es hängt dort doch wunderbar. Ich möchte es sehen.« Hallward schritt auf die Zimmerecke zu.

Ein Entsetzensschrei brach von Dorian Grays Lippen; hastig trat er zwischen Maler und Wandschirm. »Basil«, sagte er mit kreidebleichem Gesicht, »Sie dürfen das Bild nicht sehen. Ich will es nicht.«

»Ich soll mein eigenes Werk nicht sehen! Das ist doch wohl nicht Ihr Ernst! Und warum nicht?« rief Hallward lachend aus.

»Wenn Sie auch nur versuchen, einen Blick drauf zu werfen, Basil, dann – ich schwöre es – spreche ich mein Leben lang kein Wort mehr mit Ihnen. Ich meine es völlig ernst. Verlangen Sie keine Erklärung von mir, ich kann Ihnen keine geben. Aber denken Sie dran, wenn Sie diesen Wandschirm hier anfassen, ist es zwischen uns aus und vorbei.«

Hallward war wie vom Donner gerührt. Vollständig verblüfft starrte er Dorian an. So hatte er ihn noch nie erlebt. Der Junge war vor Erregung geradezu blaß. Er hatte die Fäuste geballt, und seine Pupillen glommen wie Scheiben aus blauem Feuer. Er bebte am ganzen Leib.

»Dorian!«

»Sagen Sie nichts!«

»Aber was ist denn los? Natürlich schau ich das Bild nicht an, wenn Sie's nicht wollen«, sagte Hallward ein wenig kühl; er machte auf dem Absatz kehrt und ging hinüber zum Fenster. »Trotzdem finde ich's ziemlich absurd, daß ich mein eigenes Werk nicht sehen soll – zumal ich vorhabe, es im Herbst in Paris auszustellen. Wahrscheinlich braucht es vorher noch einen zusätzlichen Firnis, also muß ich's ohnehin irgendwann sehen – warum nicht gleich heute?«

»Ausstellen! Sie wollen es ausstellen?« rief Dorian Gray; eine nie gekannte Angst überkam ihn. Sein Verborgenstes sollte vor aller Augen enthüllt werden? Alle Welt sollte das Geheimnis seines Lebens begaffen dürfen? Unmöglich. Irgend etwas – er wußte nur noch nicht, was – mußte sofort geschehen.

»Ja, Sie haben doch wohl nichts dagegen. Georges Petit trägt nämlich grade meine besten Bilder für eine Sonderausstellung in der Rue de Sèze zusammen; die Vernissage findet in der ersten Oktoberwoche statt. Das Porträt wird nur einen Monat fort sein. So lange können Sie's ja sicher entbehren. Zumal Sie dann wahrscheinlich sowieso nicht in der Stadt sind. Außerdem, wenn Sie's ständig hinter einem Wandschirm verstekken, kann Ihnen eigentlich nicht viel daran liegen.«

Dorian Gray fuhr sich mit der Hand über die Stirn. Sie war mit Schweißperlen bedeckt. Er hatte das Gefühl, daß er in einer furchtbaren Gefahr schwebte. »Vor einem Monat haben Sie mir noch gesagt, Sie wollen es auf keinen Fall ausstellen«, rief er. »Warum jetzt dieser plötzliche Sinneswandel? Ihr, die ihr so auf Konsequenz pocht, habt in Wirklichkeit ebenso viele Launen wie andere auch. Der einzige Unterschied ist, daß eure Launen ziemlich unsinnig sind. Sie haben mir damals hoch und heilig versichert, Sie wollen das Bild um nichts in der Welt irgendwo ausstellen – das können Sie doch nicht vergessen haben! Harry haben Sie genau das gleiche erzählt.« Er hielt plötzlich inne; ein Lichtschimmer trat in seine Augen. Er erinnerte sich, was Lord Henry halb im Ernst, halb im Spaß einmal zu ihm gesagt hatte: »Wenn Sie mal eine außergewöhnliche Viertelstunde erleben wollen, dann bringen Sie Basil dazu, Ihnen zu erklären, warum er Ihr Bild nicht ausstellen möchte. Als er's mir sagte, war das für mich gradezu eine Erleuchtung.« Ja, vielleicht hatte auch Basil ein Geheimnis. Er würde ihn einfach fragen.

»Basil«, begann er, trat dicht an den Maler heran und sah ihm offen ins Gesicht, »jeder von uns hat ein Geheimnis. Sagen Sie mir Ihres, dann verrate ich Ihnen auch meins. Aus welchem Grund haben Sie sich damals dagegen gesträubt, mein Porträt auszustellen?«

Der Maler zuckte unwillkürlich zusammen. »Dorian, wenn ich Ihnen das sage, haben Sie mich wahrscheinlich nicht mehr so gern, und außerdem lachen Sie mich bestimmt aus. Beides wäre mir unerträglich. Sie wollen nicht, daß ich das Bild anschaue – gut, meinetwegen. Ich habe ja immer noch Sie zum Anschauen. Sie wollen nicht, daß die Welt das beste Werk, das ich jemals geschaffen habe, zu sehen bekommt – schön, ich bin's zufrieden. Ihre Freundschaft ist mir mehr wert als Ruhm und Ehre.«

»Nein, Basil, Sie müssen's mir sagen«, beharrte Dorian Gray. »Ich finde, ich habe ein Recht darauf, es zu erfahren.« Seine Angst war inzwischen verflogen; statt dessen empfand er Neugier. Er war entschlossen, Basil Hallwards Geheimnis zu lüften.

»Setzen wir uns, Dorian«, sagte der Maler mit bekümmerter Miene. »Setzen wir uns. Und beantworten Sie mir nur eine einzige Frage: Ist Ihnen an dem Bild irgendwas Seltsames aufgefallen? – Etwas, was Sie vielleicht zunächst gar nicht bemerkt haben, was dann aber plötzlich nicht mehr zu übersehen war?«

»Basil!« rief der Junge, umkrampfte mit zitternden Händen die Armlehnen seines Stuhls und starrte Hallward mit wirrem, entsetztem Blick an.

»Also ja. Sagen Sie nichts. Hören Sie sich erst an, was ich zu sagen habe. Dorian, von dem Augenblick an, als ich Sie kennenlernte, hat Ihre Persönlichkeit mich zutiefst beeinflußt. Sie haben mich beherrscht – meine Seele, meinen Verstand, meine Schaffenskraft. Sie waren für mich immer die sichtbare Verkörperung jenes unsichtbaren Ideals, das uns Künstler im Innern verfolgt wie ein herrlicher Traum. Ich habe Sie angebetet. Ich wurde eifersüchtig auf jeden, mit dem Sie sprachen. Ich wollte Sie ganz für mich haben. Ich war nur glücklich, wenn ich mit Ihnen zusammen war. Auch wenn Sie fort waren – in meiner Kunst waren Sie immer anwesend ... Natürlich habe ich Ihnen nie etwas davon gesagt. Das wäre mir unmöglich gewesen. Wahrscheinlich hätten Sie's gar nicht verstanden. Ich hab's ja selbst kaum verstanden. Ich wußte nur, daß ich die Vollkommenheit von Angesicht zu Angesicht erblickt hatte und daß die Welt für mich wunderbar geworden war – zu wunderbar vielleicht, denn in einer so glühenden Verehrung liegt auch eine Gefahr, die Gefahr, daß sich die Verehrung wieder verflüchtigt oder daß man sie nie mehr loswird. Woche um Woche verging, und ich geriet immer tiefer in Ihren Bann. Dann trat eine neue Entwicklung ein. Davor hatte ich Sie als Paris in schmucker Rüstung gezeichnet und als Adonis mit Jagdrock und blankem Eberspieß. Bekränzt mit üppigen Lotusblüten, hatten Sie am Bug von Hadrians Barke gesessen und den Blick über den grünen, träg dahinströmenden Nil schweifen lassen. Sie hatten sich über den reglosen Teich eines griechischen Hains gebeugt und im stillen Silber des Wassers das Wunder Ihres Gesichtes gesehen. Und alles war genauso, wie Kunst sein sollte, arglos, ideal und entrückt. Eines Tages – eines verhängnisvollen Tages, wie ich manchmal denke – faßte ich den Entschluß, ein ganz besonderes Porträt von Ihnen zu malen, so wie Sie wirklich sind, nicht in der Tracht toter Epochen, sondern in Ihrer eignen Kleidung und in Ihrer eignen Zeit. Ob es nun an der realistischen Malweise lag oder am schieren Wunder Ihrer Persönlichkeit, die sich mir ganz unmittelbar, unverschleiert und ungetrübt darbot, ich kann's nicht sagen. Ich weiß nur, während der Arbeit war mir, als gäbe jeder Farbtupfer und Pinselstrich mein Geheimnis preis. Ich hatte immer größere Angst, andere könnten von meiner Götzenanbetung erfahren. Ich hatte das Gefühl, Dorian, daß ich zuviel gesagt, daß ich zuviel von mir selber hineingelegt habe. Damals beschloß ich, das Bild niemals ausstellen zu lassen. Sie waren ein bißchen verärgert; aber da wußten Sie ja noch nicht, was das alles für mich bedeutete. Harry, mit dem ich darüber gesprochen habe, hat mich ausgelacht. Aber das war mir egal. Als das Porträt fertig war und ich allein davorsaß, spürte ich, daß ich recht hatte ... Tja, ein paar Tage später verließ das Bild mein Atelier, und kaum hatte ich mich von seiner unerträglichen Faszination befreit, fand ich es bloß noch albern, mehr darin erblickt zu haben als Ihre außergewöhnliche Schönheit und mein malerisches Können. Auch jetzt noch halte ich es unbedingt für einen Irrglauben, daß die Leidenschaft, die man beim Schaffen empfindet, im Werk tatsächlich zum Ausdruck kommt. Kunst ist immer abstrakter, als wir meinen. Form und Farbe sagen uns nur etwas über Form und Farbe – mehr nicht. Ich denke oft, daß die Kunst den Künstler viel eher verhehlt, als daß sie ihn offenbart. Als ich nun dieses Angebot aus Paris erhielt, beschloß ich, Ihr Porträt zum Mittelpunkt meiner Ausstellung zu machen. Es wäre mir nie eingefallen, daß Sie das vielleicht gar nicht wollen. Inzwischen sehe ich ein, daß Sie recht haben. Das Bild darf nicht gezeigt werden. Seien Sie jetzt bitte nicht böse mit mir, daß ich Ihnen das alles erzählt habe. Wie ich Harry schon sagte – Sie sind dazu geschaffen, angebetet zu werden.«

Dorian Gray atmete tief durch. Die Farbe kehrte in seine Wangen zurück, und ein Lächeln spielte um seine Lippen. Die Gefahr war vorüber. Vorerst war er in Sicherheit. Zugleich empfand er unendliches Mitleid mit dem Maler, der ihm soeben dieses seltsame Geständnis gemacht hatte, und fragte sich, ob die Persönlichkeit eines Freundes ihn auch selbst einmal so beherrschen würde. Von Lord Henry ging zweifellos ein sehr gefährlicher Zauber aus. Aber mehr eben nicht. Er war zu gescheit und zu zynisch, als daß man ihn wirklich gern haben konnte. Würde es je einen Menschen geben, der ihn zu einer so abgöttischen Verehrung hinzureißen vermochte? War das eines der Dinge, die das Leben noch für ihn bereithielt?

»Ich bin erstaunt, Dorian«, sagte Hallward, »daß Sie das alles im Porträt gesehn haben wollen. Haben Sie's denn wirklich gesehen?«

»Ich habe in der Tat etwas darin gesehn«, antwortete der Junge, »etwas, was mir sehr merkwürdig vorkam.«

»Hm; darf ich mir das Ding wenigstens *jetzt* anschauen?«

Dorian schüttelte den Kopf. »Bitte fragen Sie mich nicht mehr, Basil. Ich kann Sie unmöglich vor dieses Bild treten lassen.«

»Aber doch sicher später einmal?«

»Nie.«

»Tja, vielleicht haben Sie recht. Und nun leben Sie wohl, Dorian. Sie sind bisher der einzige Mensch in meinem Leben, der meine Kunst wirklich beeinflußt hat. Das Gute, was ich geschaffen habe, verdanke ich einzig und allein Ihnen. Ach, Sie ahnen gar nicht, was es mich gekostet hat, Ihnen das alles zu sagen.«

»Mein lieber Basil«, erwiderte Dorian, »was haben Sie mir denn gesagt? Doch bloß, daß Sie das Gefühl haben, Sie hätten mich zu sehr bewundert. Das ist ja nicht grad ein Kompliment.«

»So war's auch nicht gemeint. Es war eine Beichte. Jetzt, wo ich sie abgelegt habe, komme ich mir wie ausgehöhlt vor. Vielleicht sollte man seine Verehrung niemals in Worte fassen.«

»Die Beichte war sehr enttäuschend.«

»Was haben Sie denn erwartet, Dorian? Oder haben Sie etwa noch etwas anderes in dem Porträt gesehen? War da womöglich sonst noch etwas?«

»Nein; sonst gab's nichts zu sehen. Wieso fragen Sie? Aber nun sprechen Sie bitte nicht mehr von Verehrung. Das ist doch Unsinn. Sie und ich, wir sind Freunde, Basil, und das soll auch so bleiben.«

»Sie haben doch Harry«, sagte der Maler traurig.

»O ja, Harry!« rief der Junge und ließ ein perlendes Lachen hören. »Harry verbringt den Tag damit, Untunliches zu sagen, und den Abend damit, Unsagbares zu tun. Genau das Leben, wie ich's gern führen würde. Trotzdem, ich glaube nicht, daß ich zu Harry ginge, wenn ich in einer Notlage wäre. Ich ginge lieber zu Ihnen, Basil.«

»Werden Sie mir dann auch wieder sitzen?«

»Auf gar keinen Fall!«

»Sie vernichten meine Existenz als Künstler, wenn Sie sich derartig verweigern, Dorian. Man trifft nicht zweimal auf sein Ideal. Kaum jemand findet es einmal.«

»Ich kann's Ihnen nicht erklären, Basil, aber ich darf Ihnen nie wieder sitzen. Ein Porträt hat etwas Verhängnisvolles. Es führt ein Eigenleben. Ich komme einfach mal auf einen Tee bei Ihnen vorbei. Das wäre doch auch ganz nett.«

»Für mich nicht so sehr, fürchte ich«, murmelte Hallward bekümmert. »Und nun leben Sie wohl. Schade, daß ich das Bild nicht mehr anschauen darf. Aber das läßt sich anscheinend nicht ändern. Ich kann durchaus nachempfinden, was da in Ihnen vorgeht.«

Als der Maler das Zimmer verlassen hatte, lächelte Dorian Gray vor sich hin. Der arme Basil! Wie wenig wußte er über den wahren Grund! Und wie sonderbar, daß es ihm, Dorian, gelungen war, sein Geheimnis für sich zu behalten und statt dessen, fast durch Zufall, dem Freund ein Geheimnis zu entlocken! Wie vieles war ihm durch diese seltsame Beichte klargeworden! Hallwards absurde Eifersuchtsanfälle, seine verrückte Ergebenheit, seine überschwenglichen Lobeshymnen, seine seltsame Zurückhaltung – all das verstand er nun, und es tat ihm leid. Einer so von Romantik gefärbten Freundschaft haftete offenbar immer etwas Tragisches an.

Seufzend drückte er auf die Klingel. Das Porträt mußte unter allen Umständen versteckt werden. Das Risiko einer Entdeckung durfte er nicht ein zweites Mal eingehen. Es war Wahnsinn gewesen, das Bild auch nur eine Stunde lang in einem Raum zu lassen, zu dem seine Freunde ungehinderten Zutritt hatten.

10 Als der Diener hereinkam, blickte Dorian ihn unverwandt an und fragte sich, ob er schon einmal daran gedacht hatte, hinter den Wandschirm zu spähen. Der Mann stand völlig gleichmütig da und wartete auf Anweisungen. Dorian zündete sich eine Zigarette an, ging hinüber zum Spiegel und schaute hinein. Victors Gesicht war ganz deutlich darin zu sehen. Es glich einer reglosen Maske der Servilität. Von daher war also nichts zu befürchten. Dennoch hielt er es für das beste, auf der Hut zu sein.

Sehr bedächtig wies er den Diener an, die Haushälterin zu ihm zu bitten und anschließend den Rahmenmacher aufzusuchen und ihm auszurichten, er solle sofort zwei seiner Leute schicken. Als Victor sich entfernte, war ihm, als wäre sein Blick in Richtung Wandschirm gewandert. Oder bildete er sich das bloß ein?

Wenig später rauschte Mrs. Leaf im schwarzen Seidenkleid und mit den fingerlosen, altmodischen Zwirnhandschuhen an den runzligen Händen in die Bibliothek. Dorian bat sie um den Schlüssel zum Studierzimmer.

»Zum alten Studierzimmer, Mr. Dorian?« rief sie. »Herrje, das starrt doch vor Staub. Bevor Sie da reingehn, muß ich erst saubermachen und Ordnung schaffen. Im Moment ist das kein passender Ort für Sie, Sir. Wirklich nicht.«

»Ich will nicht, daß Sie den Raum saubermachen, Leaf. Ich will nur den Schlüssel.«

»Aber Sir, wenn Sie da reingehen, kriegen Sie lauter Spinnweben ab. Das Zimmer ist doch schon seit fünf Jahren zu, seit dem Tod Seiner Lordschaft.«

Bei der Erwähnung seines Großvaters zuckte er zusammen. Er hatte keine sehr angenehmen Erinnerungen an ihn. »Tut nichts zur Sache«, antwortete er. »Ich möchte einfach nur hinein – mehr nicht. Geben Sie mir den Schlüssel.«

»Hier bitte, Sir«, sagte die Alte und ging mit zittrigunsicheren Händen ihren Schlüsselbund durch. »Hier bitte, Sir. Gleich hab ich ihn. Aber Sie wollen doch nicht etwa da oben wohnen, Sir – wo Sie's hier so gemütlich haben!«

»Nein, nein«, rief er ärgerlich. »Danke, Leaf. Das wäre alles.«

Sie blieb noch ein paar Augenblicke und ließ sich wortreich über irgendeine belanglose Haushaltsangelegenheit aus. Er seufzte und bedeutete ihr, sie solle die Dinge so regeln, wie sie es für richtig halte. Über das ganze Gesicht strahlend, verließ sie den Raum.

Als sich die Tür schloß, steckte Dorian den Schlüssel in die Tasche und sah sich im Zimmer um. Sein Blick fiel auf eine purpurrote, üppig mit Gold bestickte große Satindecke, ein herrliches Stück venezianischer Handarbeit aus dem siebzehnten Jahrhundert, die sein Großvater in einem Kloster bei Bologna entdeckt hatte. Ja, damit ließe sich das schreckliche Bild wohl einwickeln. Vielleicht hatte die Decke schon öfter als Bahrtuch gedient. Jetzt sollte sie etwas verhüllen, dem eine ganz eigene Art von Verwesung anhaftete, schlimmer noch als die Verwesung des Todes – etwas, was Grauen erzeugen und doch niemals sterben würde. Was der Wurm für den Leichnam war, das würden seine Sünden für das Porträt auf der Leinwand sein. Sie würden seine Schönheit zerstören, seine Anmut zerfressen. Sie würden es besudeln und mit Schande bedecken. Dennoch würde es weiterleben. Es würde immer am Leben bleiben.

Ihn schauderte, und einen Augenblick lang bedauerte er, daß er Basil nicht den wahren Grund genannt hatte, weshalb er das Bild verstecken wollte. Basil hätte ihm geholfen, sich Lord Henrys Einfluß zu widersetzen – und den noch verderblicheren Einflüssen, die seinem eigenen Wesen entsprangen. Die Liebe, die Basil für ihn hegte – denn es war wirklich Liebe –, barg nichts, was nicht edel und geistig gewesen wäre. Es war eine Liebe, wie sie schon Michelangelo, Montaigne, Winckelmann und auch Shakespeare empfunden hatten. Ja, Basil hätte ihn retten können. Doch nun war es zu spät. Die Vergangenheit ließ sich immer tilgen. Reue, Verleugnung und Vergessen vermochten das. Die Zukunft hingegen war unausweichlich. In ihm wohnten Leidenschaften, die ihren furchtbaren Weg nach draußen finden würden, Träume, die dem Schatten ihres Unheils Wirklichkeit geben würden.

Er nahm die purpur-goldene Decke vom Sofa und ging damit hinter den Wandschirm. War das Gesicht auf der Leinwand schlimmer geworden? Es kam ihm unverändert vor; dennoch hatte sich sein Abscheu davor verstärkt. Das goldene Haar, die blauen Augen und rosenroten Lippen – alles war noch da. Nur der Ausdruck hatte sich verändert. Er war schrecklich in seiner Grausamkeit. Verglichen mit dem, was er an Tadel oder Mißbilligung darin sah, waren die Vorwürfe, die Basil ihm wegen Sibyl Vane gemacht hatte, geradezu oberflächlich – oberflächlich und fast belanglos! Seine eigene Seele blickte ihn aus der Leinwand an und lud ihn vor Gericht. Ein schmerzlicher Ausdruck trat in sein Gesicht; er warf die kostbare Decke über das Bild. Im gleichen Moment klopfte es an der Tür. Er kam hinter dem Wandschirm hervor; sein Diener trat ein.

»Die Leute sind da, Monsieur.«

Er hatte das Gefühl, daß er Victor sofort loswerden mußte. Der Diener durfte nicht wissen, wohin das Bild gebracht wurde. Er hatte etwas Verschlagenes an sich, sein Blick war lauernd und tückisch. Dorian setzte sich an den Schreibtisch und kritzelte ein paar Zeilen an Lord Henry mit der Bitte, ihm etwas zu lesen zu schicken; außerdem erinnerte er ihn daran, daß sie sich abends um Viertel nach acht treffen wollten.

»Warten Sie auf Antwort«, sagte er und händigte Victor den Brief aus, »und führen Sie die Männer herein.«

Zwei bis drei Minuten später klopfte es abermals; Mr. Hubbard persönlich, der berühmte Rahmenmacher aus der South Adley Street, trat mit einem etwas derb wirkenden jungen Gehilfen ein. Mr. Hubbard war ein schmächtiger Mann mit rosigem Gesicht und rotem Backenbart, dessen Bewunderung für die Kunst durch den chronischen Geldmangel der meisten Künstler, mit denen er zu tun hatte, beträchtlich gedämpft wurde. In der Regel verließ er nie seinen Laden. Er erwartete, daß die Leute zu ihm kamen. Doch bei Dorian Gray machte er stets eine Ausnahme. Dorian hatte etwas an sich, was jeden bezauberte. Schon ihn zu sehen, war eine Freude.

»Womit kann ich dienen, Mr. Gray?« fragte er und rieb sich dabei die feisten, sommersprossigen Hände. »Dachte, ich tu mir die Ehre an und komme selber vorbei. Ich hab grad einen schönen Rahmen reingekriegt. Hab ihn auf einer Versteigerung ergattert. Altflorentinisch. Stammt aus Fonthill, soviel ich weiß. Trefflich geeignet für ein religiöses Sujet, Mr. Gray.«

»Tut mir leid, daß Sie sich persönlich herbemühen mußten, Mr. Hubbard. Ich schaue gern mal bei Ihnen rein und sehe mir den Rahmen an; im Moment hab ich mit religiöser Kunst allerdings nicht viel im Sinn – heute möchte ich lediglich ein Bild nach oben bringen lassen. Es ist ziemlich schwer, drum wollte ich Sie eigentlich bitten, mir dafür ein paar Ihrer Leute zur Verfügung zu stellen.«

»Überhaupt kein Problem, Mr. Gray. Freut mich, wenn ich Ihnen zu Diensten sein kann. Um welches Kunstwerk geht's denn, Sir?«

»Um das hier«, erwiderte Dorian und rückte den Wandschirm beiseite. »Können Sie's so transportieren, mit der Decke drumrum? Ich möchte nicht, daß es beim Hinauftragen zerkratzt wird.«

»Das schaffen wir schon, Sir«, sagte der Rahmenmacher leutselig und war bereits dabei, mit seinem Gehilfen das Bild von der langen Messingkette zu lösen, an der es hing. »Und wo soll's nun hin, Mr. Gray?«

»Ich zeige Ihnen den Weg, Mr. Hubbard; wenn Sie mir bitte folgen wollen. Oder vielleicht gehen Sie lieber voraus. Der Raum ist leider ganz oben im Haus. Wir nehmen die Vordertreppe, die ist breiter.«

Dorian hielt den Männern die Tür auf; sie schritten hinaus in die Eingangshalle und schickten sich an, die Treppe hinaufzusteigen. Wegen des kunstvoll gearbeiteten Rahmens war das Bild überaus unhandlich, und trotz der servilen Proteste Mr. Hubbards, dem es als aufrechtem Handwerker lebhaft mißfiel, daß ein Gentleman etwas Nützliches tat, packte Dorian hin und wieder mit an, um den beiden zu helfen.

»Ganz schönes Gewicht, Sir«, keuchte der schmächtige Mann, als sie den obersten Treppenabsatz erreicht hatten. Er wischte sich über die glänzende Stirn.

»Ja, es ist leider recht schwer«, murmelte Dorian und schloß die Tür zu dem Raum auf, der das sonderbare Geheimnis seines Lebens fortan bewahren und seine Seele vor den Augen der Menschen verbergen sollte.

Seit über vier Jahren hatte er das Gelaß nicht mehr betreten – ja, eigentlich nicht mehr, seit er als Kind darin gespielt und es anschließend, als Heranwachsender, als Studierstube benutzt hatte. Es handelte sich um ein großes, gutgeschnittenes Zimmer, das der verstorbene Lord Kelso eigens für seinen kleinen Enkel hatte ausbauen lassen, den er wegen seiner außergewöhnlichen Ähnlichkeit mit seiner Mutter und auch aus anderen Gründen immer gehaßt hatte und von sich fernzuhalten bestrebt gewesen war. Der Raum kam Dorian nur wenig verändert vor. Da stand noch der riesige italienische *Cassone* mit den phantasiereich bemalten Paneelen und stumpf gewordenen Goldornamenten, in dem er sich als kleiner Junge so oft versteckt hatte. Da stand noch der Bücherschrank aus Satinholz, gefüllt mit seinen Schulbüchern, die voller Eselsohren waren. An der Wand dahinter hing noch immer der zerschlissene flämische Gobelin, auf dem ein verblaßter König mit seiner verblaßten Königin in einem Garten Schach spielte, während ein paar Falkner vorüberritten, auf deren mit Lederhandschuhen bedeckten Fäusten behaubte Vögel saßen. Wie gut er sich an das alles erinnerte! Als er sich umsah, wurde jeder Augenblick seiner einsamen Kindheit wieder in ihm lebendig. Er entsann sich der makellosen Reinheit seiner Knabenzeit, und es erschien ihm entsetzlich, daß das unselige Porträt ausgerechnet hier versteckt werden sollte. Wie wenig hätte er sich in jenen längst versunkenen Tagen träumen lassen, was seiner noch harrte!

Doch im ganzen Haus war kein anderer Ort vor neugierigen Blicken so sicher wie dieser. Er hatte den Schlüssel, und außer ihm konnte niemand hinein. Mochte das gemalte Gesicht auf der Leinwand unter der purpurroten Hülle doch immer entmenschter, aufgedunsener und schmutziger werden. Was machte das schon? Niemand bekam es mit. Auch er selbst würde es nicht mitbekommen. Weshalb sollte er den schauderhaften Fäulnisprozeß seiner Seele mit ansehen? Er behielt seine Jugend – das genügte. Und im übrigen, war es nicht auch denkbar, daß sein Charakter sich besserte? Die Zukunft mußte ja nicht zwangsläufig so schmachvoll sein. Vielleicht trat eine Liebe in sein Leben, läuterte ihn und bewahrte ihn vor den Sünden, die sich in Geist und Leib ganz offensichtlich schon regten – jenen unbekannten, nie gemalten Sünden, deren Geheimnis ihnen ein besonderes Raffinement und einen besonderen Reiz verlieh. Vielleicht würde der grausame Zug um den scharlachroten, sinnlichen Mund eines Tages verschwunden sein; dann endlich könnte er der Welt Basil Hallwards Meisterwerk zeigen.

Nein, das war unmöglich. Stunde um Stunde, Woche um Woche würde das Ding auf der Leinwand weiteraltern. Es mochte dem Grauen der Sünde entgehen, aber statt dessen harrte seiner das Grauen des Alters. Die Wangen würden hohl oder schlaff werden. Gelbe Krähenfüße würden nach und nach die immer trüberen Augen umranden und sie gräßlich entstellen. Das Haar würde seinen Glanz verlieren, der Mund aufklaffen und nach unten klappen, albern und stumpfsinnig, wie die Münder von Greisen. Irgendwann würde der Hals so verschrumpelt, der Leib so gekrümmt, würden die Hände so kalt und von blauen Adern durchzogen sein, wie er es noch von seinem Großvater her kannte, der ihn als Knaben immer so streng behandelt hatte. Das Bild mußte versteckt werden. Eine andere Möglichkeit gab es nicht.

»Bringen Sie's bitte herein, Mr. Hubbard«, sagte er matt und wandte sich um. »Entschuldigen Sie, daß ich Sie so lange warten ließ. Ich habe grad an etwas anderes gedacht.«

»Ich bin immer froh, wenn ich ein Päuschen einlegen kann«, erwiderte der Rahmenmacher; er rang noch nach Luft. »Wo soll's denn hin, Sir?«

»Ach, irgendwo. Hierher: das genügt. Ich möchte nicht, daß es aufgehängt wird. Stellen Sie's einfach an die Wand. Danke.«

»Darf man sich das Kunstwerk mal anschaun, Sir?«

Dorian fuhr zusammen. »Es wäre wohl nicht sehr interessant für Sie, Mr. Hubbard«, sagte er und warf dem Mann einen lauernden Blick zu. Er würde sich sofort auf ihn stürzen und zu Boden schleudern, falls er es wagen sollte, die prunkvolle Decke wegzunehmen, die das Geheimnis seines Lebens verhüllte. »Ich will Sie nicht weiter bemühen. Vielen Dank, daß Sie so freundlich waren, vorbeizukommen.«

»Keine Ursache, Mr. Gray, keine Ursache. Immer zu Ihren Diensten, Sir.« Mit diesen Worten stapfte Mr. Hubbard die Treppe hinab, gefolgt von seinem Gehilfen, der sich noch einmal umdrehte und Dorian mit einem Ausdruck scheuer Bewunderung im derben, unansehnlichen Gesicht anschaute. Er hatte noch nie einen so wunderschönen Menschen gesehen.

Kaum waren die Schritte der beiden verklungen, sperrte Dorian die Tür ab und steckte den Schlüssel in die Tasche. Nun fühlte er sich sicher. Niemand würde das furchtbare Bild jemals zu Gesicht bekommen. Keine Augen außer den seinen würden seine Schande jemals erblicken.

Wieder in der Bibliothek, stellte er fest, daß es kurz nach fünf und der Tee bereits serviert war. Auf einem kleinen Tisch aus dunklem, wohlriechendem und reich mit Perlmutt inkrustiertem Holz, einem Geschenk von Lady Radley, der Gemahlin seines Vormunds, einer hübschen Frau, die sich ihre Krankheit geradezu zum Beruf gemacht und den vorangegangenen Winter in Kairo verbracht hatte, befand sich eine Nachricht von Lord Henry und außerdem ein gelb broschiertes Buch mit leicht eingerissenem Einband und angeschmutztem Schnitt. Auf dem Teetablett lag die dritte Ausgabe der *St. James's Gazette*. Victor war anscheinend wieder zurückgekehrt. Er fragte sich, ob er den Männern, als sie das Haus verließen, in der Eingangshalle begegnet war und ihnen entlockt hatte, was sie getan hatten. Er würde das Bild sicher vermissen – hatte es zweifellos bereits vermißt, als er den Teetisch deckte. Der Wandschirm war noch nicht zurückgestellt worden, und der leere Platz an der Wand war deutlich zu sehen. Vielleicht ertappte er ihn eines Nachts dabei, wie er die Treppe hinaufschlich und die Tür zu dem Zimmer gewaltsam zu öffnen versuchte. Es war schrecklich, einen Schnüffler im Haus zu haben. Er hatte schon von reichen Männern gehört, die zeitlebens von irgendeinem Dienstboten erpreßt worden waren, der einen Brief gelesen, ein Gespräch mitgehört, eine Karte mit einer Adresse an sich genommen oder unter dem Kissen eine verwelkte Blume oder einen Fetzen zerknitterter Spitze gefunden hatte.

Seufzend goß er sich eine Tasse Tee ein und öffnete die Nachricht. Lord Henry teilte ihm darin lediglich mit, daß er ihm die Abendzeitung und ein Buch schicke, das ihn vielleicht interessiere, und daß er um Viertel nach acht im Klub sein werde. Teilnahmslos schlug er die *St. James's* auf und blätterte sie durch. Auf der fünften Seite fiel ihm eine mit Rotstift markierte Stelle ins Auge. Sie lenkte seinen Blick auf die folgende Notiz.

»TOD EINER SCHAUSPIELERIN: GERICHTLICHE UNTERSUCHUNG. – Eine gerichtliche Untersuchung wurde heute vormittag von Mr. Danby, dem Bezirksleichenbeschauer, in der Bell Tavern, Hoxton Road, anläßlich des Todes von Sibyl Vane durchgeführt, einer jungen Schauspielerin, die zuletzt am Royal Theatre in Holborn engagiert war. Man erkannte auf Tod durch Unglücksfall. Rege Anteilnahme wurde der Mutter der Verblichenen entgegengebracht; die Frau machte während ihrer Aussage und der von Mr. Birrell, der die Verstorbene obduziert hatte, einen sehr mitgenommenen Eindruck.«

Er runzelte die Stirn, riß die Zeitung entzwei, ging im Zimmer auf und ab und warf die Papierfetzen fort. Wie häßlich das alles war! Und wie grauenhaft wirklich die Häßlichkeit alles machte! Er ärgerte sich ein wenig über Lord Henry, weil er ihm den Bericht geschickt hatte. Und es war einfach gedankenlos von ihm, ihn mit Rotstift anzustreichen. Victor könnte ihn gelesen haben. Dazu reichte sein Englisch wohl doch noch aus.

Vielleicht hatte er ihn tatsächlich gelesen und bereits Verdacht geschöpft. Dennoch, was lag schon daran? Was hatte Dorian Gray mit Sibyl Vanes Tod zu schaffen? Er hatte nichts zu befürchten. Dorian Gray hatte sie nicht getötet.

Sein Blick fiel auf das gelbe Buch, das Lord Henry ihm geschickt hatte. Er fragte sich, um was es sich dabei wohl handelte. Er trat zu dem kleinen perlfarbenen Tisch, der ihm immer wie das Werk seltsamer, Silber verarbeitender ägyptischer Bienen erschien, nahm den Band zur Hand, ließ sich in einen Sessel fallen und begann zu blättern. Schon nach wenigen Minuten war er in die Lektüre vertieft. Es war das sonderbarste Buch, das er jemals gelesen hatte. Ihm war, als zögen, in herrlichen Gewändern und zu zarten Flötenklängen, die Sünden der Welt als Pantomime an ihm vorüber. Dinge, von denen er bisher nur dunkel geträumt hatte, wurden auf einmal Wirklichkeit. Dinge, von denen er noch niemals geträumt hatte, nahmen nach und nach Gestalt an.

Es war ein Roman ohne Handlung und mit nur einem einzigen Prota-

gonisten, ja es war eigentlich nichts anderes als eine psychologische Studie über einen jungen Pariser, der sein Leben mit dem Versuch hinbrachte, sich all die Leidenschaften und Denkweisen, die durch die Jahrhunderte hindurch, außer in seinem eigenen, gepflegt worden waren, zu eigen zu machen und die unterschiedlichen Stadien, die der Weltgeist bisher durchlaufen hatte, gleichsam in seiner Person zusammenzufassen, weshalb er – schon ihrer Künstlichkeit wegen – nicht nur jene Entsagungen liebte, welche die Unklugen einst für eine Tugend hielten, sondern auch jene natürlichen Wallungen, die den Klugen noch heute als Sünde gelten. Verfaßt war das Buch in jenem seltsam preziösen Stil, der, lebendig und düster zugleich, voller Argot und Archaismen, voller Fachausdrücke und kunstreicher Umschreibungen, das Werk einiger der vorzüglichsten Künstler der französischen Symbolistenschule auszeichnet. Es enthielt Metaphern, so ungeheuer wie Orchideen und ebenso subtil in den Farben. Das Leben der Sinne wurde mit Begriffen aus der mystischen Philosophie dargestellt. Manchmal wußte man kaum, ob man die geistigen Ekstasen eines mittelalterlichen Heiligen las oder die morbiden Bekenntnisse eines modernen Sünders. Es war ein Buch voller Gift. Es war, als haftete seinen Seiten ein schwerer, sinnverwirrender Duft nach Weihrauch an. Der bloße Rhythmus der Sätze, die raffinierte Monotonie ihrer Musik, voll von komplizierten Refrains und kunstreich wiederholten Motiven, ließen den Jungen beim Lesen der einzelnen Kapitel in eine Art Träumerei verfallen, in einen krankhaften Traum, über dem er gar nicht bemerkte, daß der Tag sich neigte und die Schatten allmählich länger wurden.

Wolkenlos, von einem einsamen Stern durchbohrt, schimmerte der Himmel kupfergrün durch die Fenster. In diesem fahlen Licht las er weiter, bis er nicht mehr lesen konnte. Nachdem ihn sein Diener mehrmals an die vorgerückte Stunde erinnert hatte, erhob er sich schließlich, ging ins Nebenzimmer, legte das Buch auf den kleinen florentinischen Tisch, der immer an seinem Bett stand, und begann sich zum Dinner umzukleiden.

Es war schon fast neun Uhr, als er im Klub eintraf; Lord Henry saß mit überaus gelangweilter Miene alleine im Lesezimmer.

»Tut mir sehr leid, Harry«, rief der Junge, »aber das ist ganz allein Ihre Schuld. Das Buch, das Sie mir geschickt haben, hat mich derartig gefesselt, daß mir darüber völlig entgangen ist, wie die Zeit verstreicht.«

»Ja: Ich habe mir gedacht, daß es Ihnen gefällt«, erwiderte sein Gastgeber und erhob sich vom Stuhl.

»Ich hab nicht gesagt, daß es mir gefällt, Harry. Ich hab gesagt, es hat mich gefesselt. Das ist ein großer Unterschied.«

»Aha, das haben Sie also auch schon bemerkt?« murmelte Lord Henry. Sie gingen in den Speisesaal.

11 Jahrelang kam Dorian Gray vom Einfluß dieses Buches nicht los. Oder vielleicht sollte man besser sagen, er versuchte erst gar nicht, sich davon zu befreien. Er ließ sich aus Paris nicht weniger als neun Luxusausgaben der Erstauflage kommen und sie dann in verschiedenen Farben binden, so daß sie seiner jeweiligen Stimmung und den wechselnden Launen seiner Natur entsprachen, über die er zeitweise fast völlig die Herrschaft verloren zu haben schien. Der Held, jener herrliche junge Pariser, in dem romantische und wissenschaftliche Neigungen so ungewöhnlich miteinander verschmolzen waren, wurde ihm zu einer Art Urbild seiner selbst. Ja, es kam ihm so vor, als enthalte das Buch seine eigene Lebensgeschichte, niedergeschrieben, bevor er sein Leben gelebt hatte.

In *einer* Hinsicht erging es ihm freilich besser als dem fiktiven Romanhelden. Er kannte nie – hatte allerdings auch keinerlei Anlaß dazu – jene etwas groteske Angst vor Spiegeln, blanken Metallflächen und unbewegtem Wasser, die den jungen Pariser so früh im Leben befiel und durch das jähe Dahinwelken seiner Schönheit ausgelöst wurde, die einmal ganz erstaunlich gewesen sein mußte. Mit geradezu grausamer Freude – und vielleicht hatte in fast jeder Freude so gewiß wie in jedem Genuß die Grausamkeit ihren Platz – las er immer wieder den letzten Teil des Buches mit der wahrhaft tragischen, wenn auch ein wenig überspitzten Schilderung des Leids und der Verzweiflung eines Menschen, dem verlorengegangen war, was er an anderen und in der Welt am meisten geschätzt hatte.

Denn ihn selbst würde die wunderbare Schönheit, die Basil Hallward und auch andere schon so sehr fasziniert hatte, wohl niemals verlassen. Selbst diejenigen, die die schlimmsten Gerüchte über ihn gehört hatten – gelegentlich gingen nämlich seltsame Gerüchte über seine Lebensführung in London um und wurden zum Klatsch in den Klubs –, hielten es, wenn sie ihn sahen, nicht für möglich, daß er zu etwas Unehrenhaftem imstande wäre. Er wirkte immer wie jemand, der sich von der Welt nicht hatte besudeln lassen. Männer, die sich in anzüglichen Reden ergingen, verstummten, sobald Dorian Gray den Raum betrat. In der Reinheit seines Antlitzes war etwas, was sie in ihre Schranken verwies. Seine bloße Anwesenheit schien in ihnen die Erinnerung an die Unschuld wachzurufen, die sie befleckt hatten. Sie fragten sich verwundert, wie es einem so anmutigen und bezaubernden Menschen gelungen war, sich den Makel eines ebenso schmutzigen wie sinnlichen Zeitalters vom Leib zu halten.

Wenn er von einem seiner geheimnisvollen, ausgedehnten Ausflüge, die bei denen, die seine Freunde waren oder zu sein vorgaben, zu so seltsamen Vermutungen Anlaß gaben, wieder nach Hause kam, schlich er oft zu dem verschlossenen Zimmer hinauf, öffnete mit dem Schlüssel, den er nun immerzu bei sich trug, die Tür und stellte sich mit einem Spiegel vor das Porträt, das Basil Hallward von ihm gemalt hatte; dann betrachtete er abwechselnd das böse, alternde Gesicht auf der Leinwand und das schöne, junge Antlitz, das ihm aus dem blanken Glas entgegenlachte. Allein schon der krasse Gegensatz steigerte stets aufs neue den Genuß, den er bei diesem Anblick empfand. Immer mehr verliebte er sich in seine eigene Schönheit, immer mehr interessierte er sich für die Verderbtheit seiner eigenen Seele. Mit peinlicher Sorgfalt und manchmal mit ungeheuerlicher und schauriger Wonne betrachtete er die scheußlichen Linien, die die furchige Stirn durchzogen oder sich um den üppigen, sinnlichen Mund ausbreiteten; mitunter fragte er sich, was schrecklicher war: die Spuren der Sünde oder die Spuren des Alters. Er legte die weißen Hände neben die plumpen, aufgedunsenen Hände auf der Leinwand und lächelte. Er hatte für den ungestalten Körper und die erschlaffenden Glieder nur Hohn übrig.

Es gab freilich auch Momente, in denen er, wenn er des Nachts schlaflos in seinem zart duftenden Zimmer oder in der schäbigen Kammer der berüchtigten kleinen Hafenspelunke lag, die er unter falschem Namen und in Verkleidung häufig aufsuchte, über das Verderben nachsann, das er über seine Seele gebracht hatte, erfüllt von einem Mitleid, das ihn desto mehr peinigte, als es reines Selbstmitleid war. Doch solche Momente waren selten. Die Neugier auf das Leben, die Lord Henry damals, als sie im Garten ihres Freundes zusammensaßen, in ihm geweckt hatte, schien mit ihrer Befriedigung nur noch zu wachsen. Je mehr er wußte, um so mehr begehrte er zu wissen. Er hatte einen Heißhunger, der um so gieriger wurde, je mehr er ihn stillte.

Dennoch war er nicht eigentlich unbesonnen, zumindest vernachlässigte er seine gesellschaftlichen Verpflichtungen nicht. Im Winter öffnete er der Welt ein- oder zweimal im Monat und während der Saison jeden Mittwochabend sein prächtiges Haus und ließ seine Gäste von den gefeiertsten Musikern der Zeit mit den Wundern ihrer Kunst verzaubern. Seine kleinen Dinners, bei deren Vorbereitung ihm Lord Henry immer behilflich war, waren ebenso berühmt für die sorgsame Auswahl und

Sitzordnung der Geladenen wie für den erlesenen Geschmack, der sich in der Tischdekoration offenbarte, im raffinierten, symphonischen Arrangement der exotischen Blumen, gestickten Decken und des alten Gold- und Silbergeschirrs. In der Tat gab es viele, zumal unter den sehr jungen Herren, die in Dorian Gray die wahre Verkörperung eines Typus erblickten oder doch zu erblicken glaubten, von dem sie während ihrer Zeit in Eton oder Oxford oft geträumt hatten, eines Typus, der etwas von der echten Kultur des Gelehrten mit dem Charme, der Distinktion und vollendeten Lebensart eines Weltbürgers in sich vereinigte. Für sie zählte er zu der Gemeinschaft jener, von denen Dante schreibt, sie strebten immer danach, »durch die Anbetung des Schönen zur Vollkommenheit zu gelangen«. Wie Gautier war er ein Mensch, für den »die sichtbare Welt existierte«.

Und gewiß war das Leben selbst für ihn die vornehmste, die großartigste aller Künste; die übrigen Künste schienen ihm nur eine Vorstufe dazu zu bilden. Die Mode, durch die im Grunde Unbeständiges, Launenhaftes momentweise allgemeingültig wird, und das Dandytum, das auf seine ganz eigene Weise ein Versuch ist, die uneingeschränkte Modernität der Schönheit zur Geltung zu bringen, hatten natürlich für ihn einen besonderen Reiz. Seine Art, sich zu kleiden, und der persönliche Stil, den er jeweils bevorzugte, übten einen unübersehbaren Einfluß aus auf die jungen Stutzer der Mayfair-Bälle und an den Fenstern der Pall-Mall-Klubs; sie ahmten ihn bei allem, was er tat, nach und waren bestrebt, sich den ungezwungenen Charme seiner anmutigen, von ihm selbst freilich nicht ganz ernstgenommenen Extravaganz zu eigen zu machen.

Denn obschon er den gesellschaftlichen Rang, der ihm mit dem Erreichen der Mündigkeit fast unverzüglich zufiel, nur allzu bereitwillig einnahm, obschon er tatsächlich ein heimliches Vergnügen empfand bei dem Gedanken, er könnte für das zeitgenössische London das werden, was für das kaiserliche Rom Neros einst der Verfasser des *Satyrikon* gewesen war, so verlangte es ihn im tiefsten Inneren doch danach, ein wenig mehr zu sein als ein bloßer *arbiter elegantiarum*, den man zu Rate zog, wenn es um das Tragen von Schmuck, das Binden einer Krawatte oder die richtige Haltung des Spazierstockes ging. Er wollte eine neue Lebensauffassung erarbeiten, die auf einer wohldurchdachten Philosophie und geordneten Prinzipien beruhen und in der Vergeistigung der Sinne ihre höchste Verwirklichung finden sollte.

Der Kult der Sinne ist schon oft und sehr zu Recht geschmäht worden, denn die Menschen schrecken instinktiv vor Gefühlen und Leidenschaften zurück, die stärker zu sein scheinen als sie selbst und von denen sie wissen, daß sie sie mit weniger hoch entwickelten Lebensformen gemein haben. Dorian Gray indessen hatte den Eindruck, daß man die wahre Natur der Sinne noch nie richtig begriffen habe und daß sie nur deshalb wild und animalisch geblieben seien, weil die Welt danach getrachtet habe, sie durch Auszehrung zu unterdrücken oder durch Schmerz abzutöten, statt darauf hinzuwirken, sie zu Elementen einer neuen Geistigkeit zu machen, deren bestimmendes Wesensmerkmal ein vornehmer Instinkt für Schönheit sein sollte. Wenn er den Weg des Menschen durch die Geschichte entlangblickte, so quälte ihn stets ein Gefühl des Verlustes. So vieles war preisgegeben worden! Und zu einem so geringen Zweck! Schier wahnwitzige, vorsätzliche Askesen hatte es schon gegeben, monströse Formen von Selbstkasteiung und Selbstverleugnung, deren Ursprung die Angst war und die mit einer Demütigung endete, unendlich viel schrecklicher als jene eingebildete, der diese Menschen, in ihrer Einfalt, zu entfliehen versucht hatten. Die Natur, in ihrer wunderbaren Ironie, treibt den Anachoreten hinaus, damit er bei den Tieren der Wüste speise, und gesellt dem Einsiedler die Tiere des Feldes bei.

Ja: Es mußte, wie Lord Henry prophezeit hatte, ein neuer Hedonismus entstehen, der das Leben neu gestalten und es vor jenem gestrengen, unersprießlichen Puritanismus retten sollte, der in unseren Tagen eine so sonderbare Wiedergeburt erlebt. Gewiß mußte er auch den Dienst am Geist umfassen; doch durfte er niemals eine Theorie oder Lehre billigen, die den Verzicht auf wie auch immer geartete leidenschaftliche Erfahrung forderte. Ja, sein Ziel sollte die Erfahrung selber sein, nicht die Früchte der Erfahrung, so süß oder bitter sie sein mochten. Weder von sinnentötender Askese noch von vulgärer, abstumpfender Zügellosigkeit durfte ihm etwas anhaften. Vielmehr sollte er dem Menschen beibringen, sich auf die Augenblicke des Lebens zu konzentrieren, das selbst nur ein Augenblick ist.

Nur wenige von uns sind nicht schon manchmal vor Tagesanbruch aufgewacht, entweder nach einer jener traumlosen Nächte, die uns fast in den Tod verliebt machen, oder nach einer jener Nächte voller Grauen und ungestalter Lust, wenn durch die Kammern des Gehirns Phantome geistern, die schauriger sind als die Wirklichkeit selbst und erfüllt von jenem munteren Leben, das in allem Grotesken lauert und der gotischen Kunst ihre dauerhafte Lebendigkeit gibt – denn diese Kunst ist, so möchte man meinen, vor allem die Kunst jener, deren Geist von maladen

Träumen verwirrt wurde. Langsam schieben sich bleiche Finger zwischen den Vorhängen hindurch, sie scheinen zu zittern; phantastische schwarze Gestalten, Schatten kriechen stumm in die Zimmerecken und kauern dort nieder. Draußen vernimmt man das Rascheln der Vögel im Laub, die Geräusche der Menschen auf dem Weg zur Arbeit oder das Ächzen und Stöhnen des Windes, der von den Hügeln herabweht und um das stille Haus streift, als fürchtete er, die Schlafenden zu wecken, und müsse dennoch den Schlaf aus seiner Purpurhöhle hervortreiben. Nach und nach heben sich die Schleier der zarten, dunklen Gaze, nach und nach gewinnt alles seine Form und Farbe zurück, und wir schauen der Dämmerung zu, wie sie die Welt in ihrer alten Gestalt wiedererstehen läßt. Die trüben Spiegel erwachen von neuem zu mimischem Leben. Die flammenlosen Kerzen stehen noch dort, wo wir sie zurückgelassen haben, und neben ihnen liegt das erst halb aufgeschnittene Buch, das wir studiert, die mit Draht verstärkte Blume, die wir auf dem Ball getragen, der Brief, vor dessen Lektüre wir uns gefürchtet oder den wir zu oft gelesen haben. Nichts kommt uns verändert vor. Aus den unwirklichen Schatten der Nacht kehrt das wirkliche Leben zurück, wie wir es kennen. Wir müssen es dort wiederaufnehmen, wo wir es verlassen haben, und uns beschleicht entweder die gräßliche Ahnung, uns weiterhin im ermüdenden Kreislauf stereotyper Gewohnheiten verzehren zu müssen, oder ein wildes Verlangen danach, eines Morgens die Lider zu öffnen und eine Welt erblicken zu können, die während der Dunkelheit zu unserem Wohlgefallen neu erschaffen wurde, eine Welt, in der alles neue Formen und Farben aufweist, verwandelt ist oder andere Geheimnisse birgt, eine Welt, in der die Vergangenheit nur wenig oder gar keinen Platz hat oder zumindest in keiner bewußten Form von Pflicht oder Reue weiterlebt, denn selbst die Erinnerung an die Freude ist voller Bitterkeit, die Erinnerung an den Genuß voller Schmerz.

Die Erschaffung solcher Welten – das hielt Dorian Gray für das wahre Ziel oder eines der wahren Ziele des Lebens; und auf seiner Suche nach Empfindungen, die zugleich neu und köstlich sein und jenes Element des Unbekannten besitzen sollten, das für die Romantik so grundlegend ist, machte er sich nicht selten gewisse Denkarten zu eigen, von denen er zwar wußte, daß sie ihm eigentlich wesensfremd waren, deren subtilen Einflüssen er sich dann aber doch ergab – um sie anschließend, gleichsam als habe er ihre Farbe erkannt und somit seine geistige Neugierde gestillt, mit jener sonderbaren Gleichgültigkeit wieder fallenzulassen, die einem leidenschaftlichen Temperament mitunter anhaftet, ja für dieses, wie manche modernen Psychologen behaupten, oftmals sogar eine Voraussetzung ist.

Einmal ging das Gerücht, er wolle zum katholischen Glauben übertreten; zweifellos hatte der römisch-katholische Ritus schon immer eine große Anziehungskraft auf ihn ausgeübt. Das tägliche Meßopfer, grausiger noch als alle Opfer der Antike, erregte ihn nicht nur durch seine erhabene Verwerfung der Sinnenwelt, sondern auch durch die urwüchsige Schlichtheit seiner Elemente und das ewige Pathos der menschlichen Tragödie, die es zu symbolisieren bestrebt war. Er liebte es, auf dem kalten Marmorboden niederzuknien und den Priester in seinem steifen, geblümten Ornat dabei zu beobachten, wie er langsam und mit weißen Händen den Vorhang des Tabernakels beiseite schob, wenn er die mit Edelsteinen besetzte, wie eine Laterne geformte Monstranz mit jener fahlen Oblate emporhob, von der man bisweilen zu gerne glauben möchte, daß sie tatsächlich der *panis coelestis*, das Brot der Engel ist, oder wenn er, angetan mit den Gewändern der Passion Christi, die Hostie über dem Kelch brach und sich ob seiner Sünden an die Brust schlug. Die qualmenden Weihrauchfäßchen, die die ernsten, in Spitze und Scharlach gekleideten Knaben wie große vergoldete Blumen hin und her schwenkten, übten eine tiefe Faszination auf ihn aus. Beim Hinausgehen pflegte er voller Bewunderung die schwarzen Beichtstühle zu betrachten, und er sehnte sich danach, einmal im düsteren Schatten eines solchen Stuhles zu sitzen und den Männern und Frauen zu lauschen, die hinter dem abgewetzten Gitter flüsternd ihre wahre Lebensgeschichte erzählten.

Niemals jedoch beging er den Fehler, seine geistige Entwicklung durch die förmliche Anerkennung eines Glaubens oder einer Lehre zu hemmen oder ein Wohnhaus mit einer Herberge zu verwechseln, die sich lediglich als Aufenthaltsort für eine Nacht oder ein paar nächtliche Stunden eignet, wo keine Sterne am Himmel stehen und der Mond mit den Wolken kämpft. Die Mystik mit ihrer wunderbaren Macht, uns ganz Alltägliches fremdartig erscheinen zu lassen, und der raffinierte Antinomismus, der offenbar stets mit ihr einhergeht, erregten ihn eine Zeitlang; eine andere Zeitlang neigte er der materialistischen Lehre der deutschen Darwinismus-Bewegung zu und empfand ein sonderbares Vergnügen dabei, die Gedanken und Leidenschaften der Menschen auf irgendeine perlenförmige Gehirnzelle oder irgendeinen weißen Nerv im Körper zurückzuführen, wobei ihn die Vorstellung der unbedingten Abhängigkeit des Geistes von bestimmten physischen Zuständen, krankhaften oder gesunden, normalen oder hinfälligen, geradezu entzückte. Doch wie schon gesagt, keine Theorie des Lebens erschien ihm von irgendwelchem Belang im Vergleich zum Leben selbst. Er war sich zutiefst bewußt, wie unfruchtbar jede intellektuelle Spekulation ist, sobald sie losgelöst vom Handeln und von der Erfahrung stattfindet. Er wußte, die Sinne haben ebenso wie die Seele ihre geistigen Geheimnisse zu offenbaren.

Und so begann er nun Duftstoffe und die Rätsel ihrer Herstellung zu erforschen; er destillierte stark duftende Öle und verbrannte wohlriechende orientalische Gummiharze. Er stellte fest, daß es keine Gemütsregung gab, die nicht ihr Gegenstück im Leben der Sinne hatte, und machte sich daran, ihre wahre Beziehung zu ergründen; er fragte sich, weshalb Weihrauch einen in mystische Stimmung versetzte, weshalb Ambra Leidenschaften weckte, Veilchen Erinnerungen an längst vergangenes Liebesglück wachriefen, Moschus den Verstand verwirrte und Tschampak die Phantasie färbte; immer wieder bemühte er sich, eine regelrechte Psychologie der Duftstoffe auszuarbeiten und die jeweilige Wirkung wohlriechender Wurzeln und duftender, pollenschwerer Blüten einzuordnen, der aromatischen Balsame, der dunklen würzigen Hölzer, der Narde, die Übelkeit erregt, der Hovenia, die wahnsinnig macht, und der Aloe, die angeblich die Schwermut aus der Seele zu vertreiben vermag.

Ein andermal wiederum widmete er sich ausschließlich der Musik und pflegte in einem langen, vergitterten Raum mit einem zinnoberrot-goldenen Plafond und olivgrün lackierten Wänden seltsame Konzerte zu veranstalten, bei denen wilde Zigeuner kleinen Zithern leidenschaftliche Klänge entlockten oder ernste, in gelbe Umhänge gehüllte Tunesier die straff gespannten Saiten riesiger Lauten zupften, während grinsende Neger monoton ihre kupfernen Trommeln schlugen und schmächtige, mit Turbanen bedeckte Inder, die auf scharlachroten Matten kauerten, auf langen Rohr- oder Messingpfeifen spielten und große Kobras und schaurige Hornvipern beschworen oder zu beschwören vorgaben. Die harten Intervalle und schrillen Dissonanzen barbarischer Musik erregten ihn; Schuberts Anmut hingegen, Chopins schöner Schmerz und selbst Beethovens erhabene Harmonien drangen ihm unbeachtet ans Ohr. Aus aller Herren Länder trug er die seltsamsten Instrumente zusammen, die er auftreiben konnte, sei es in den Gräbern ausgestorbener Völker oder bei den wenigen wilden Stämmen, die den Kontakt mit der westlichen Zivilisation überlebt hatten, und er liebte es, sie zur Hand zu nehmen und auszuprobieren. Er besaß die geheimnisumwitterte *Juruparis* der Rio-Negro-Indianer, deren Anblick den Frauen verboten ist und die auch die jungen Männer erst sehen dürfen, wenn sie sich Fasten und Geißelungen ausgesetzt haben, die irdenen Krüge der Peruaner, die wie schrille Vogelschreie klingen, Flöten aus Menschenknochen, wie sie Alfonso de Ovalle in Chile gehört hatte, und die tönenden grünen Jaspissteine, die in der Nähe von Cuzco zu finden sind und einen Ton von einzigartigem Schmelz von sich geben. Er besaß bunte, mit Kieseln gefüllte Kalebassen, die rasselten, wenn man sie schüttelte; den langen *Clarin* der Mexikaner, in den der Spieler nicht bläst, sondern durch den er die Luft einzieht; die schrill klingende *Ture* der Amazonasstämme, die von den tagsüber auf hohen Bäumen sitzenden Wachtposten geblasen wird und noch über drei Meilen hinweg zu hören sein soll; die *Teponaztli*, die zwei schwingende Holzzungen hat und mit Stöcken geschlagen wird, die mit einem aus milchigem Pflanzensaft gewonnenen Harz bestrichen sind; die *Yotl*-Glocken der Azteken, die wie Weintrauben zusammenhängen; und eine gewaltige, mit den Häuten von Riesenschlangen bespannte zylindrische Trommel wie jene, die Bernal Diaz sah, als er mit Cortez den mexikanischen Tempel betrat, und von deren klagendem Klang er uns eine so lebendige Schilderung hinterlassen hat. Die phantastische Beschaffenheit dieser Instrumente faszinierte ihn, und er empfand ein seltsames Vergnügen bei dem Gedanken, daß nicht nur die Natur, sondern auch die Kunst manche Monstren hervorbringt, Gegenstände von garstiger Gestalt und mit schaurigen Stimmen. Doch nach einer Weile wurde er ihrer überdrüssig und saß wieder, allein oder mit Lord Henry, in seiner Opernloge, lauschte hingerissen dem *Tannhäuser* und sah im Vorspiel zu diesem großen Kunstwerk die Tragödie seiner Seele wiedergegeben.

Einmal befaßte er sich mit dem Studium der Edelsteine und erschien auf einem Kostümball als Anne de Joyeuse, Admiral von Frankreich, in einem mit fünfhundertsechzig Perlen besetzten Gewand. Diese Neigung fesselte ihn jahrelang, ja man könnte sagen, sie ließ ihn überhaupt nicht mehr los. Oft brachte er einen ganzen Tag damit zu, die verschiedenen Steine, die er gesammelt hatte, in ihren Kästchen zu ordnen und wieder umzuordnen, wie etwa den olivgrünen Chrysoberyll, der im Lampenlicht rot wird; den Cymophan mit den drahtähnlichen Silberadern; den pistazienfarbenen Peridot; rosenrote und weingelbe Topase; Karfunkel von feurigem Scharlachrot mit flackernden, vierstrahligen Sternen; flammend rote Kaneelsteine, orangerote und violette Spinelle und Amethyste mit ihren changierenden Schichten aus Rubin und Saphir. Er liebte das Rotgold des Sonnensteins, das perlfarbene Weiß des Mondsteins und den gebrochenen Regenbogen des milchigen Opals. Aus Amsterdam besorgte er sich drei außergewöhnlich große und farbenprächtige Smaragde; außerdem besaß er einen Türkis *de la vieille roche*, um den ihn die Kenner beneideten.

Darüber hinaus stieß er auf wundersame Geschichten, die sich um Edelsteine rankten. In Alphonsos *Clericalis Disciplina* war eine Schlange mit Augen aus echtem Hyazinth erwähnt, und in der romantischen Geschichte Alexanders hieß es, der Eroberer von Emathia habe im Jordantal Schlangen gefunden, »denen Bänder aus echten Smaragden am Rükken wuchsen«. Im Gehirn des Drachen stak ein Edelstein, berichtete Philostrat, und »durch das Vorzeigen goldener Lettern und eines scharlachroten Gewands« konnte man das Ungeheuer in einen magischen Schlaf versetzen und anschließend erschlagen. Dem großen Alchimisten Pierre de Boniface zufolge machte der Diamant einen Menschen unsichtbar, und der indische Achat machte ihn beredt. Der Karneol linderte den Zorn, der Hyazinth brachte Schlaf, und der Amethyst verscheuchte die Dünste des Weins. Der Granat trieb Dämonen aus, und der Hydropicus beraubte den Mond seiner Farbe. Der Selenit nahm mit dem Mond zu und ab, und dem Meloceus, der Diebesleute überführt, konnte nur Zickleinblut etwas anhaben. Leonardus Camillus hatte gesehen, wie man dem Hirn einer frisch getöteten Kröte einen weißen Stein entnahm, der als zuverlässiges Antidot gegen Gift galt. Der Bezoar, den man im Herzen eines arabischen Hirsches fand, war ein Wundermittel, das die Pest zu heilen vermochte. Aus den Nestern arabischer Vögel stammten die Aspilate, die laut Demokrit den Träger vor jeder Feuergefahr bewahrten.

Der König von Ceilan ritt anläßlich seiner Krönungsfeier mit einem großen Rubin in der Hand durch seine Stadt. Die Tore des Palastes von Johannes dem Priester bestanden »aus Sarder, in den das Horn der Hornviper eingelegt war, damit kein Mensch Gift in die Stadt trage«. Über dem Giebel befanden sich »zwei güldene Äpfel, in denen zwei Karfunkel staken«, damit das Gold bei Tage und die Karfunkel des Nachts leuchteten. In Lodges wundersamer Romanze *Eine Perle aus Amerika* wurde behauptet, im Gemach der Königin sehe man »die züchtigen Damen der Welt aus ziseliertem Silber, die sich in schönen Spiegeln aus Chrysolithen, Karfunkeln, Saphiren und grünen Smaragden betrachteten«. Marco Polo hatte beobachtet, wie die Bewohner von Zipangu den

Toten rosenfarbene Perlen in den Mund legten. Ein Meeresungeheuer war in die Perle verliebt gewesen, die der Taucher dem König Perozes brachte, und hatte den Dieb getötet und sieben Monde lang den Verlust der Perle betrauert. Als die Hunnen den König dann in den großen Abgrund lockten, warf er sie fort – wie Prokop berichtet –, und sie wurde nie mehr gefunden, obwohl Kaiser Anastasius zehn Zentner Goldstücke dafür aussetzte. Der König von Malabar hatte einem gewissen Venezianer einen Rosenkranz aus dreihundertundvier Perlen gezeigt – eine für jeden Gott, den er anbetete.

Als der Herzog von Valentinois, der Sohn Alexanders VI., Ludwig XII. von Frankreich besuchte, war sein Pferd, Brantôme zufolge, mit Goldblättern beladen und sein Barett mit Doppelreihen von Rubinen geschmückt, die ein großartiges Licht ausstrahlten. Karl von England war in Steigbügeln geritten, die mit vierhunderteinundzwanzig Diamanten besetzt waren. Richard II. besaß einen mit Balasrubinen übersäten Rock, den man auf dreißigtausend Mark schätzte. Hall berichtete, Heinrich VIII. trug auf dem Weg zum Tower vor seiner Krönung »ein Wams aus erhabenem Gold, dessen Brustteil mit Diamanten und anderen kostbaren Steinen verziert war, und um den Hals ein prächtiges Gehenk aus großen roten Spinellen«. Die Günstlinge Jakobs I. trugen in Goldfiligran gefaßte Ohrringe. Eduard II. schenkte Piers Gaveston eine von Hyazinthen geradezu starrende Rüstung aus Rotgold, ein mit Türkisen besetztes Band aus goldenen Rosen und eine Lockenhaube, *parsemé*, mit Perlen. Heinrich II. trug mit Edelsteinen geschmückte Handschuhe, die bis zum Ellbogen reichten, und besaß zur Falkenbeize einen Stulphandschuh, auf den zwölf Rubine und zweiundfünfzig große schimmernde Perlen aufgenäht waren. Der Herzogshut Karls des Kühnen, des letzten burgundischen Herzogs seines Geschlechts, war mit birnenförmigen Perlen behängt und mit Saphiren übersät.

Wie prunkvoll das Leben doch einst gewesen war! Wie großartig in seinem Pomp und Gepränge! Allein schon vom Luxus der Toten zu lesen war wunderbar.

Dann wandte er seine Aufmerksamkeit den Stickereien und Wandteppichen zu, die in den kühlen Behausungen der nordeuropäischen Länder die Fresken ersetzten. Als er sich eingehender mit diesem Thema beschäftigte – und er hatte schon immer die ungewöhnliche Fähigkeit, völlig in dem aufzugehen, womit er sich gerade befaßte –, versetzte ihn der Gedanke an die Zerstörung, die die Zeit über schöne und erlesene Dinge brachte, beinahe in Trauer. Er zumindest war dieser Zerstörung entgangen. Sommer folgte auf Sommer, und die Narzissen blühten und verblühten viele Male, die Nächte des Grauens ließen die Geschichte ihrer Schmach wiederaufleben, er selbst hingegen blieb unverändert. Kein Winter konnte seinem Gesicht etwas anhaben, seine blumenhafte Jugendfrische beflecken. Wie anders verhielt es sich da mit den stofflichen Dingen! Wohin waren sie entschwunden? Wo war das prächtige, von braunen Mädchen zur Freude Athenes gewebte krokusfarbene Gewand, auf dem die Götter mit den Giganten kämpften? Wo das riesige Velarium, das Nero in Rom über das Kolosseum breiten ließ, jenes purpurne Titanensegel, das den Sternenhimmel zeigte und Apollo, der einen von weißen Rossen mit goldenem Zaumzeug gezogenen Streitwagen lenkte? Es verlangte ihn danach, die für den Sonnenpriester gewirkten kunstvollen Tafeltücher zu sehen, auf denen alle Leckereien und Delikatessen prangten, die man sich auf einem Festmahl nur wünschen konnte; das Leichentuch König Chilperichs mit seinen dreihundert goldenen Bienen; die phantastischen Gewänder, die den Unwillen des Bischofs von Pontus erregt hatten und die bevölkert waren mit »Löwen, Panthern, Bären, Hunden, Wäldern, Felsen, Jägern – also mit allem, was ein Maler der Natur abzuschauen vermag«; den Rock, den Karl von Orleans weiland trug, auf dessen Ärmel man die Verse eines mit den Worten »*Madame, je suis tout joyeux*« anhebenden Liedes gestickt hatte, während die Begleitmelodie mit Goldfäden eingewirkt war und jede Note mit ihrem damals viereckigen Kopf aus vier Perlen bestand. Er las von dem Gemach, das man für Johanna von Burgund im Palast zu Reims einrichtete und das drapiert war mit »dreizehnhunderteinundzwanzig gestickten Papageien, die das Wappen des Königs trugen, und fünfhunderteinundsechzig Schmetterlingen, auf deren Flügeln entsprechend das Wappen der Königin prangte, alles in Gold gearbeitet«. Katharina von Medici hatte sich ein Trauerbett aus schwarzem, mit Halbmonden und Sonnen übersätem Samt fertigen lassen. Die Vorhänge waren aus Damast, bedeckt mit Laubkränzen und Blütengirlanden auf goldenem und silbernem Grund und an den Rändern gesäumt mit Perlstickereien, und es stand in einem Raum, dessen Wände mit Silbertuch, verziert mit den aus schwarzem Samt geschnittenen Symbolen der Königin, ausgeschlagen waren. Ludwig XIV. hatte in seinen Gemächern fünfzehn Fuß hohe, mit Gold bestickte Karyatiden. Das Prunkbett Sobieskis, des Königs von Polen, bestand aus Smyrnaer Goldbrokat, auf dem mit Türkisen Koranverse eingestickt waren. Die Pfosten waren aus vergoldetem, herrlich ziseliertem Silber, reich geschmückt mit emaillierten und edelsteinbesetzten Medaillons. Es war ein Beutestück aus dem Türkenlager vor Wien, und unter dem flirrenden Gold seines Baldachins hatte das Banner Mohammeds gestanden.

Ein ganzes Jahr lang suchte er die erlesensten Proben von Geweben und Stickereien zusammenzutragen, die er auftreiben konnte; er erstand feine Musseline aus Delhi, zart durchwirkt mit Palmetten aus Goldfäden und mit irisierenden Käferflügeln bestickt; Gaze aus Dakka, die ihrer Durchsichtigkeit wegen im Osten als »gewebte Luft«, »strömendes Wasser« und »Abendtau« bekannt ist; exotisch gemusterte Stoffe aus Java; kunstvoll gearbeitete gelbe Wandbehänge aus China; Bücher, die in lohfarbenen Satin oder hellblaue Seide gebunden und mit *fleurs de lys*, Vögeln und Bildern verziert waren; *Lacis*-Schleier in ungarischem Stickstich; sizilianische Brokate und steife spanische Samte; georgische Handarbeiten mit vergoldeten Münzen und japanische Foukousas mit ihrem grüngetönten Gold und ihren phantastisch gefiederten Vögeln.

Eine besondere Vorliebe hatte er auch für Kirchengewänder – wie überhaupt für alles, was mit dem Gottesdienst in Zusammenhang stand. In den langen Truhen aus Zedernholz, die die westliche Galerie seines Hauses säumten, bewahrte er viele rare und schöne Gewänder auf, wahrhaftig angemessen der Braut Christi, die Purpur, Edelsteine und feines Leinen tragen muß, um den bleichen, ausgemergelten Leib zu verhüllen, der gezeichnet ist von dem Leiden, nach dem sie verlangt, und gemartert von selbstauferlegter Qual. Er besaß einen herrlichen Chorrock aus karmesinroter Seide und golddurchwirktem Damast, verziert mit einem wiederkehrenden Muster aus güldenen Granatäpfeln, die in stilisierten sechsblättrigen Blüten steckten, die ihrerseits von einem aus winzigen Perlen gearbeiteten Ananasmotiv flankiert waren. Die goldbestickten Borten waren in Felder unterteilt, die Szenen aus dem Leben der Heiligen Jungfrau zeigten; die Krönung der Jungfrau war in bunten Seidenfäden auf der Kapuze dargestellt. Es handelte sich um eine italienische Handarbeit aus dem fünfzehnten Jahrhundert. Ein weiterer Chorrock war aus grünem Samt und mit herzförmig angeordneten Akanthusblättern bestickt, aus denen hochstielige weiße Blüten sprossen; Silberfäden und bunte Kristalle hoben die Einzelheiten hervor. Auf der Spange prangte der Kopf eines Seraphs in erhabenem Goldfiligran. Die Borten waren in einem Diapermuster aus roter und goldener Seide gewoben und übersät mit Medaillons zahlreicher Heiliger und Märtyrer, unter denen sich auch St. Sebastian befand. Darüber hinaus besaß er Meßgewänder aus bernsteinfarbener Seide, aus blauer Seide und Gold-

brokat, aus gelbem Seidendamast und Goldstoff, geschmückt mit Szenen aus der Passion und der Kreuzigung Christi und bestickt mit Löwen, Pfauen und anderen Symbolen; Dalmatiken aus weißem Satin, verziert mit Tulpen, Delphinen und *fleurs de lys*; Altardecken aus karmesinrotem Samt und blauem Leinen; und viele Korporalien, Kelchdecken und Schweißtücher. In den mystischen Verrichtungen, bei denen diese Gegenstände Verwendung fanden, lag etwas, was seine Phantasie beflügelte.

Denn diese Schätze und alles, was er sonst noch in seinem prächtigen Haus angesammelt hatte, sollten ihm zum Vergessen verhelfen, sollten ihm ermöglichen, zumindest zeitweise der Angst zu entrinnen, die ihm bisweilen beinahe unerträglich erschien. Eigenhändig hatte er in dem einsamen, abgesperrten Raum, in dem er sich als Knabe so oft aufgehalten hatte, das furchtbare Porträt aufgehängt, dessen sich verändernde Züge ihm die tatsächliche Schande seines Lebens immer wieder vor Augen führten, und davor hatte er das purpurgoldene Bahrtuch als Vorhang drapiert. Wochenlang mied er das Zimmer; er vergaß das abscheuliche Gemälde und gewann seine Unbekümmertheit zurück, seinen wundervollen Frohsinn und seine leidenschaftliche Hingabe ans Dasein. Dann schlich er sich eines Nachts plötzlich aus dem Haus, suchte gräßliche Absteigen in der Umgebung von Blue Gate Fields auf und blieb dort ein paar Tage, bis es ihn wieder davontrieb. Nach seiner Rückkehr saß er dann oft vor dem Bild und betrachtete es, mal voller Abscheu vor dem Porträt und vor sich selbst, mal auch erfüllt von jenem stolzen Individualismus, der schon den halben Reiz der Sünde ausmacht, und stillvergnügt das verunstaltete Abbild belächelnd, das die Bürde zu tragen hatte, die eigentlich ihm zukam.

Ein paar Jahre später konnte er es nicht mehr ertragen, sich längere Zeit außerhalb Englands aufzuhalten; er gab sowohl die Villa auf, die er sich in Trouville mit Lord Henry geteilt hatte, als auch das weiß ummauerte Haus in Algier, wo sie mehr als einmal den Winter verbracht hatten. Er konnte einfach nicht von dem Bild getrennt sein, das so sehr Teil seines Lebens war; zumal er fürchtete, irgend jemand könnte sich während seiner Abwesenheit Zutritt zu dem Zimmer verschaffen – trotz der komplizierten Riegel, die er an der Tür hatte anbringen lassen.

Ihm war durchaus bewußt, daß das Bild niemandem etwas sagen würde. Gewiß, es wies, bei aller Verderbtheit und Häßlichkeit der Gesichtszüge, noch immer eine gewisse Ähnlichkeit mit ihm auf, doch was ließ sich daraus denn schon entnehmen? Er würde jeden auslachen, der

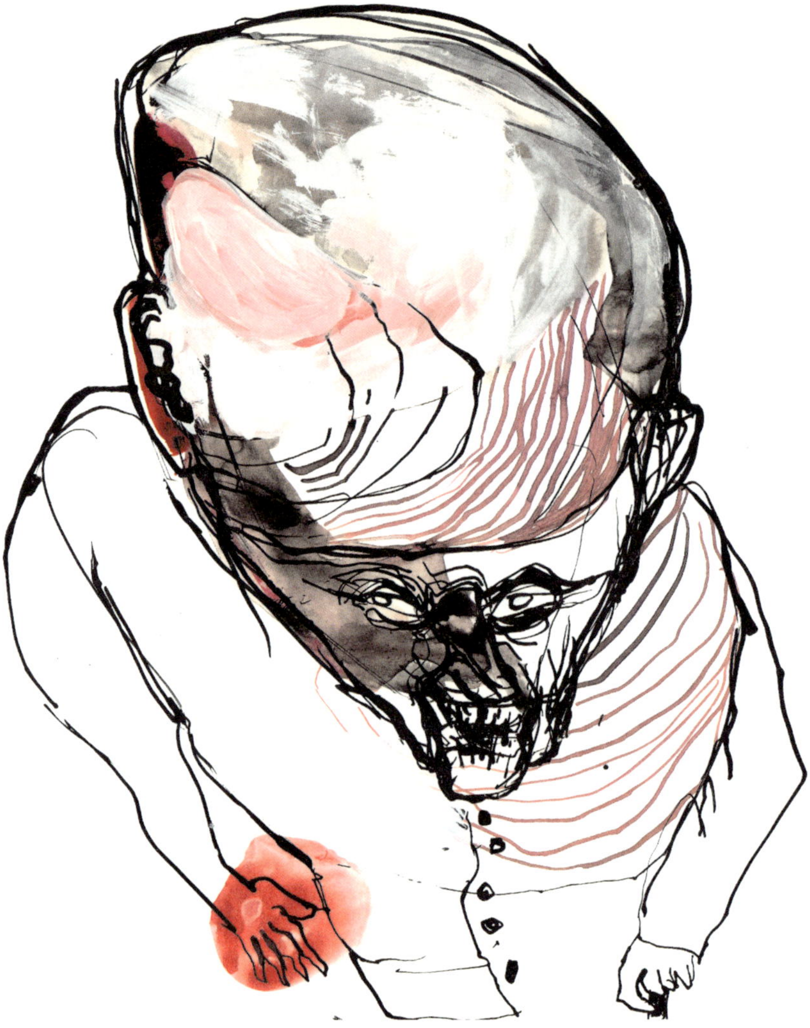

versuchen sollte, ihn deswegen zu verspotten. Er hatte es ja nicht gemalt. Was kümmerte es ihn, wie ekelhaft und schändlich es aussah? Selbst wenn er alles erzählte – wer würde ihm glauben?

Dennoch hatte er Angst. Manchmal, wenn er in seinem großen Haus in Nottingham weilte, elegante junge Standesgenossen – die seinen hauptsächlichen Umgang bildeten – zu Gast hatte und die Grafschaft mit seinem verschwenderisch luxuriösen und aufwendig prunkvollen Lebensstil in Erstaunen versetzte, ließ er seine Gäste plötzlich alleine und eilte in die Stadt zurück, um sich zu vergewissern, daß niemand sich an der Tür zu schaffen gemacht hatte und das Porträt noch da war. Was, wenn es gestohlen würde? Allein schon der Gedanke ließ ihn vor Entsetzen frösteln. Gewiß würde dann die Welt sein Geheimnis erfahren. Womöglich ahnte sie es bereits.

Denn obwohl er viele bezauberte, gab es nicht wenige, die ihm mißtrauten. Um ein Haar hätte man ihm den Zutritt zu einem West-End-Klub verwehrt, zu dessen Mitgliedschaft ihn seine Herkunft und sein gesellschaftlicher Rang durchaus berechtigten; einmal, als ein Freund ihn ins Rauchzimmer des Churchill-Klubs mitbrachte, sollen der Duke of Berwick und ein anderer Gentleman ostentativ aufgestanden und hinausgegangen sein. Seltsame Geschichten waren über ihn im Schwang, als er sein fünfundzwanzigstes Lebensjahr hinter sich hatte. Es ging das Gerücht, man habe ihn in einer schäbigen Spelunke im hintersten Whitechapel gesehen, wo er in eine lautstarke Auseinandersetzung mit ausländischen Seeleuten geraten sei, er verkehre mit Dieben und Falschmünzern und kenne die Geheimnisse ihres Gewerbes. Seine ungewöhnlichen Ausflüge waren allmählich berüchtigt, und wenn er anschließend wieder in der Gesellschaft auftauchte, so steckten die Leute die Köpfe zusammen, gingen mit hämischem Grinsen an ihm vorüber oder musterten ihn mit kalten, forschenden Blicken, als seien sie entschlossen, ihm hinter die Schliche zu kommen.

Von solchen Unverschämtheiten und Brüskierungsversuchen nahm er natürlich keine Notiz; nach Ansicht der meisten waren sein offenes, freundliches Wesen, sein bezauberndes, jungenhaftes Lächeln und die unendliche Anmut der wunderbaren Jugendfrische, die ihn offenbar niemals verlassen wollte, eine hinreichende Antwort auf die – wie sie es nannten – Verleumdungen, die über ihn in Umlauf gesetzt wurden. Zugleich entging ihnen freilich nicht, daß manche, die einmal auf vertrauterem Fuß mit ihm gestanden hatten, ihn nach einer gewissen Zeit zu meiden schienen. Man stellte fest, daß Frauen, die ihn einmal stürmisch

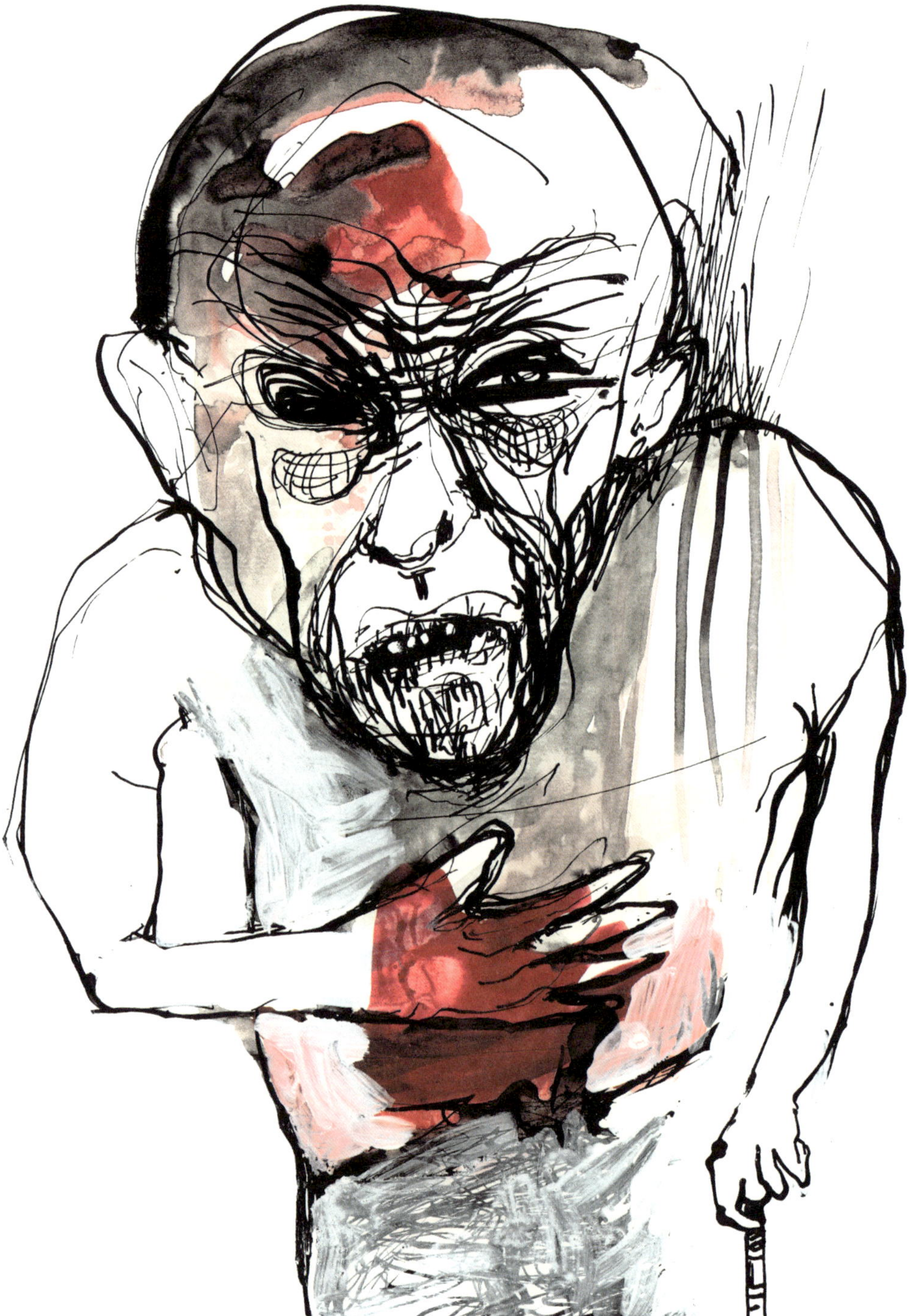

verehrt und seinetwegen allen gesellschaftlichen Geboten getrotzt und der Konvention die Stirn geboten hatten, vor Scham oder Entsetzen erbleichten, sobald Dorian Gray den Raum betrat.

Doch diese geraunten Skandalgeschichten erhöhten in den Augen vieler seinen sonderbaren, gefährlichen Zauber nur noch mehr. Sein großer Reichtum bot ihm eine gewisse Sicherheit. Die Gesellschaft, zumindest die zivilisierte Gesellschaft, zeigt sich nie sehr geneigt, Nachteiliges von jenen zu glauben, die zugleich wohlhabend und faszinierend sind. Sie spürt instinktiv, daß Manieren wichtiger sind als Moral; ihrer Meinung nach ist die größte Ehrbarkeit weit weniger wert als der Besitz eines guten Küchenchefs. Schließlich ist es ein sehr schwacher Trost, wenn man erfährt, daß der Mann, der einem ein schlechtes Essen oder einen miserablen Wein aufgetischt hat, ein untadeliges Privatleben führt. Auch die Kardinaltugenden können halb kalte *Entrées* nicht wieder wettmachen, wie Lord Henry bei einem Gespräch über dieses Thema einmal bemerkt hatte; und für diese Ansicht spricht vermutlich recht viel. Denn die Gesetze der guten Gesellschaft sind die gleichen wie die Gesetze der Kunst oder sollten es doch wenigstens sein. Form ist für sie eine unbedingte Notwendigkeit. Die Würde einer Zeremonie sollte ihr ebensosehr eignen wie deren Unwirklichkeit; sie sollte das Unwahre einer Zauberposse mit dem Esprit und der Schönheit verbinden, die solche Theaterstücke für uns so vergnüglich machen. Ist das Unwahre denn etwas so Schreckliches? Ich glaube nicht. Es bietet uns schlicht eine Möglichkeit, unsere Persönlichkeit zu erweitern.

Dies jedenfalls war Dorian Grays Meinung. Er wunderte sich immer über die oberflächliche Psychologie derjenigen, die das menschliche Ego als etwas Einfaches, Beständiges, Verläßliches und Einheitliches begreifen. Für ihn war der Mensch ein Wesen mit Myriaden von Leben und Myriaden von Empfindungen, ein kompliziertes, vielschichtiges Geschöpf, das wunderliche Vermächtnisse des Denkens und der Leidenschaft in sich trug und dessen Leib bereits von den schaurigen Krankheiten der Toten befallen war. Mit Vorliebe wandelte er durch die düstere, kalte Gemäldegalerie seines Landhauses und betrachtete die diversen Porträts der Menschen, deren Blut in seinen Adern floß. Da war Philip Herbert, den Francis Osborne in seinen *Erinnerungen an die Regierungszeiten Königin Elizabeths und König Jakobs* als einen Mann schilderte, der »seines hübschen Antlitzes wegen, das ihm nicht lange erhalten blieb, vom ganzen Hofe umschmeichelt« wurde. Führte er etwa selbst manchmal das Leben des jungen Herbert? War irgendein seltsamer Bazillus von Körper zu Körper geschlichen, bis er den seinen erreicht hatte? Hatte eine dunkle Ahnung von jener zerstörten Anmut ihn damals in Basil Hallwards Atelier dazu verleitet, ganz unvermittelt und beinahe ohne jeden Anlaß jenen wahnwitzigen Wunsch auszusprechen, der sein Leben derart verändert hatte? Da stand, in goldbesticktem rotem Wams, juwelenbesetztem Waffenrock mit goldgesäumter Halskrause und ebensolchen Manschetten, Sir Anthony Sherard, den silberschwarzen Harnisch zu seinen Füßen. Was war das Vermächtnis dieses Mannes? Hatte der Geliebte der Giovanna von Neapel ihm ein Erbe von Sünde und Schande hinterlassen? Waren seine eigenen Taten nur die Träume, die der Tote nicht zu verwirklichen gewagt hatte? Dort, auf der verblichenen Leinwand, lächelte Lady Elizabeth Devereux mit ihrer Gazehaube, ihrem Perlenmieder und ihren rosafarbenen Schlitzärmeln. In der Rechten hielt sie eine Blume, ihre Linke umfing ein emailliertes Halsband aus weißen und Damaszenerrosen. Auf dem Tisch neben ihr lagen eine Mandoline und ein Apfel. Ihre kleinen spitzen Schuhe waren mit großen grünen Rosetten verziert. Er kannte ihr Leben und die merkwürdigen Geschichten, die man von ihren Liebhabern erzählte. Hatte er etwas von ihrem Wesen in sich? Die ovalen Augen mit den schweren Lidern schienen ihn neugierig anzublicken. Und wie stand es mit George Willoughby mit seinem gepuderten Haar und den seltsamen Schönheitspflästerchen? Wie böse er dreinschaute! Das Gesicht wirkte mürrisch und finster, die sinnlichen Lippen waren geradezu verzerrt vor Verachtung. Zierliche Spitzenmanschetten fielen über die schmalen, gelben, mit Ringen völlig überladenen Hände. Er war ein Stutzer des achtzehnten Jahrhunderts und in seiner Jugend mit Lord Ferrars befreundet gewesen. Und was war mit dem zweiten Lord Beckingham, dem Gefährten des Prinzregenten in dessen stürmischsten Tagen und einem der Trauzeugen bei der heimlichen Vermählung mit Mrs. Fitzherbert? Wie stolz und schön wirkte er mit seinen kastanienfarbenen Locken und seiner kecken Pose! Welche Leidenschaften hatte wohl *er* ihm vererbt? Die Welt hatte ihn für ehrlos gehalten. Er hatte die Orgien in Carlton House veranstaltet. Auf seiner Brust schimmerte der Stern des Hosenbandordens. Neben ihm hing das Porträt seiner Gemahlin, einer blassen, schmallippigen Frau in Schwarz. Auch ihr Blut regte sich in ihm. Wie seltsam das alles doch war! Dann seine Mutter mit dem Lady-Hamilton-Gesicht und den feuchten, vom Wein genetzten Lippen – was er von ihr hatte, wußte er. Er hatte von ihr seine Schönheit und seine Leidenschaft für die Schönheit anderer. Sie lachte ihn an in ihrem losen Bacchantinnengewand; Weinlaub steckte in ihrem Haar. Purpur ergoß sich aus dem Becher in ihrer Hand. Die Fleischtöne des Gemäldes waren verblaßt, doch die Augen waren noch immer wunderschön in ihrer Tiefe und Leuchtkraft. Sie schienen ihm überallhin zu folgen.

Doch nicht nur im Leben, auch in der Literatur hatte man Vorfahren, und da standen einem manche von Typ und Charakter her noch näher, übten zumindest einen Einfluß aus, dessen man sich deutlicher bewußt war. Zuweilen erschien es Dorian Gray, als stelle die Weltgeschichte nichts anderes als die Aufzeichnung seines eigenen Lebens dar, nicht wie er es wirklich und in allen Einzelheiten gelebt, sondern wie seine Phantasie es für ihn erschaffen, wie es sich in seinem Kopf und in seinen Leidenschaften abgespielt hatte. Er hatte das Gefühl, sie alle zu kennen, jene sonderbaren, schrecklichen Gestalten, die einst über die Bühne der Welt gewandelt waren, die der Sünde soviel Zauber und dem Bösen soviel Raffinement verliehen hatten. Ihm war, als sei auf irgendeine geheimnisvolle Weise ihr Leben sein eigenes gewesen.

Dem Helden des wunderbaren Romans, der sein Leben so sehr beeinflußt hatte, war diese seltsame Vorstellung gleichfalls nicht fremd. Im siebten Kapitel erzählt er, wie er, zum Schutz gegen Blitze mit Lorbeer bekränzt, als Tiberius in einem Garten auf Capri saß und die anstößigen Bücher des Elephantis las, während Zwerge und Pfauen um ihn herumstolzierten und der Flötenspieler den Schwenker des Weihrauchfäßchens verhöhnte; wie er als Caligula mit den grün bekittelten Reitknechten in ihren Ställen zechte und mit einem Pferd, das ein juwelenbesetztes Stirnband trug, aus einer Elfenbeinkrippe speiste; wie er als Domitian durch einen von Marmorspiegeln gesäumten Säulengang wandelte und mit gehetztem Blick Ausschau hielt nach dem Widerbild des Dolches, der seine Tage enden sollte, krank vor *Ennui*, jenem furchtbaren *taedium vitae,* das alle befällt, denen das Leben nichts vorenthält; und wie er durch einen klaren Smaragd die roten Fleischbänke des Circus erblickte und sich dann in einer Sänfte aus Perlen und Purpur, gezogen von Maultieren mit silbernen Hufen, durch die Straße der Granatäpfel zu einem Goldenen Haus tragen ließ und dabei die Menschen nach Nero Caesar rufen hörte; und wie er sich als Heliogabal das Gesicht mit Farbe schminkte, bei den Weibern den Spinnrocken drehte und den Mond aus Karthago holte, um ihn in mystischer Hochzeit der Sonne zu vermählen.

Immer wieder las Dorian dieses phantastische Kapitel – und auch die beiden darauffolgenden, in denen wie auf wundersamen Gobelins oder kunstreichen Emailarbeiten die grauenerregenden und schönen Gestalten derjenigen dargestellt waren, die Laster, Blut und Überdruß zu Ungeheuern gemacht oder in den Wahnsinn getrieben hatten: Filippo, der Herzog von Mailand, der seine Gemahlin ermordete und ihre Lippen mit scharlachrotem Gift bestrich, damit ihr Geliebter, wenn er die Verblichene liebkoste, den Tod von ihr schlürfte; Pietro Barbi, der Venezianer, bekannt als Paul der Zweite, der sich in seiner Eitelkeit den Titel Formosus anmaßen wollte und dessen auf zweihunderttausend Florin geschätzte Tiara um den Preis einer furchtbaren Sünde erkauft wurde; Gian Maria Visconti, der Hunde auf lebende Menschen hetzte und dessen gemordeter Leib von einer Hure, die ihn geliebt hatte, mit Rosen bedeckt wurde; der Borgia auf seinem Schimmel, den Brudermörder an seiner Seite und den Mantel besudelt vom Blut Perottos; Pietro Riario, der junge Kardinal-Erzbischof von Florenz, Kind und Günstling von Sixtus IV., dessen Schönheit nur seine Lasterhaftigkeit gleichkam, der Leonora von Aragon in einem mit Nymphen und Zentauren gefüllten Pavillon aus weißer und karmesinroter Seide empfing und der einen Knaben vergoldete, damit er beim Festmahl als Ganymed oder Hylas aufwarten konnte; Ezzelino, dessen Schwermut sich nur durch das Schauspiel des Todes lindern ließ und der eine Leidenschaft für rotes Blut hatte wie andere Menschen für roten Wein – der Sohn des Satans, wie es hieß, und einer, der seinen Vater beim Würfeln um seine Seele betrogen hatte; Giambattista Cibo, der sich aus Hohn den Namen Innozenz zulegte und in dessen schlaffe Venen ein jüdischer Arzt das Blut von drei Jünglingen spritzte; Sigismondo Malatesta, der Geliebte Isottas und Herrscher Riminis, dessen Bildnis als das eines Gottes- und Menschenfeindes in Rom verbrannt wurde, der Polyssena mit einem Mundtuch erdrosselte, Ginevra d'Este in einem Smaragdbecher Gift reichte und um einer schändlichen Leidenschaft willen eine heidnische Kirche für den christlichen Gottesdienst errichtete; Karl VI., der die Frau seines Bruders so rasend verehrte, daß ein Aussätziger ihn vor dem Wahnsinn warnte, und der, als sein Geist krank und wirr geworden war, nur mit sarazenischen Spielkarten besänftigt werden konnte, auf denen Symbole für Liebe, Tod und Wahnsinn zu sehen waren; und – im verzierten Wams, mit juwelenbesetztem Barett und akanthusgleichen Locken – Grifonetto Baglioni, der Astorre samt seiner Braut und Simonetto samt seinem Pagen erschlug und dessen Liebreiz so groß war, daß auch diejenigen, die ihn gehaßt hatten, sich der Tränen nicht erwehren konnten, als er auf der gelben Piazza von Perugia im Sterben lag, und Atlanta, die ihn zuvor verflucht hatte, ihn nunmehr segnete.

Von all diesen Menschen ging eine schaurige Faszination aus. Er sah sie des Nachts, und bei Tag verwirrten sie seine Phantasie. Die Renaissance kannte eigenartige Methoden des Vergiftens – durch einen Helm und eine brennende Fackel, durch einen bestickten Handschuh und einen juwelenbesetzten Fächer, durch eine vergoldete Parfümkugel und eine Bernsteinkette. Dorian Gray war durch ein Buch vergiftet worden. In manchen Augenblicken sah er im Bösen lediglich ein Mittel, seine Vorstellung von Schönheit Wirklichkeit werden zu lassen.

12 Es war, wie er sich später oft erinnerte, am neunten November, am Vorabend seines achtunddreißigsten Geburtstages.

Er ging gegen elf Uhr von einem Dinner bei Lord Henry nach Hause, in einen dicken Pelz gehüllt, denn die Nacht war kalt und neblig. An der Ecke Grosvenor Square und South Adley kam im Nebel ein Mann an ihm vorüber, der sehr schnell ausschritt und den Kragen seines grauen Ulsters hochgeschlagen hatte. Er trug eine Reisetasche in der Hand. Dorian erkannte ihn. Es war Basil Hallward. Eine sonderbare Angst, die er sich nicht erklären konnte, überkam ihn. Er ließ sich nicht anmerken, daß er ihn erkannt hatte, und ging rasch weiter in Richtung seines Hauses.

Doch Hallward hatte ihn bereits gesehen. Dorian hörte, wie er zunächst auf dem Trottoir stehenblieb und ihm dann nacheilte. Kurz darauf legte sich Hallwards Hand auf seinen Arm.

»Dorian! Was für ein außergewöhnlich glücklicher Zufall. Ich habe schon seit neun Uhr in Ihrer Bibliothek auf Sie gewartet. Irgendwann hatte ich Mitleid mit Ihrem müden Diener; als er mich wieder hinausließ, schickte ich ihn einfach zu Bett. Ich fahre mit dem Mitternachtszug nach Paris und wollte Sie vor meiner Abreise unbedingt noch mal sprechen. Ich habe mir fast gedacht, daß Sie das sind oder vielmehr Ihr Pelzmantel, als Sie an mir vorbeigingen. Aber ich war mir nicht ganz sicher. Haben Sie mich denn nicht erkannt?«

»Bei diesem Nebel, mein lieber Basil? Ich kann ja nicht mal den Grosvenor Square richtig erkennen. Irgendwo hier in der Nähe muß wohl mein Haus sein, aber so ganz sicher bin ich mir nicht. Schade, daß Sie verreisen, ich habe Sie ja seit einer Ewigkeit nicht mehr gesehn. Ich nehme doch an, Sie sind bald wieder zurück?«

»Nein, die nächsten sechs Monate bin ich nicht in England. Ich möchte mir in Paris ein Atelier mieten und mich dort einschließen, bis ich ein großes Gemälde fertig habe; ich hab das Bild schon im Kopf. Aber reden wir doch nicht über mich. Hier ist Ihre Haustür. Lassen Sie mich einen Augenblick mit hinein. Ich muß Ihnen was sagen.«

»Mit dem größten Vergnügen. Aber verpassen Sie dann nicht Ihren Zug?« sagte Dorian Gray teilnahmslos; er schritt die Stufen hinauf und öffnete mit seinem Hausschlüssel die Tür.

Das Lampenlicht durchdrang nur mit Mühe den Nebel; Hallward warf einen Blick auf seine Uhr. »Ich habe noch jede Menge Zeit«, antwortete er. »Der Zug geht erst um Viertel nach zwölf, und jetzt haben wir grade elf. Ich war eben unterwegs zum Klub, um nachzuschaun, ob Sie da sind, als ich Sie traf. Ich muß mich nämlich nicht mit irgendwelchem Gepäck aufhalten; die schweren Sachen hab ich vorausgeschickt. Alles andere habe ich in dieser Tasche hier, und von hier aus schaffe ich's leicht in zwanzig Minuten zur Victoria Station.«

Dorian blickte ihn an und lächelte. »So reist ein berühmter Maler! Eine kleine Reisetasche und ein Ulster! Kommen Sie rein, sonst dringt der Nebel noch ins Haus. Und sprechen Sie bloß nicht von ernsten Dingen. Heutzutag ist nichts ernst. Sollte es jedenfalls nicht sein.«

Kopfschüttelnd trat Hallward ein und folgte Dorian in die Bibliothek. Im großen offenen Kamin loderte ein helles Holzfeuer. Die Lampen waren angezündet; auf einem kleinen, mit Intarsien verzierten Tisch stand ein offener holländischer Silberbehälter mit Spirituosen neben einigen Siphons mit Sodawasser und ein paar großen geschliffenen Gläsern.

»Wie Sie sehen, hat Ihr Diener dafür gesorgt, daß ich mich ganz wie zu Haus fühle, Dorian. Er hat mir alles Nötige gebracht, sogar Ihre besten Zigaretten, die mit dem Goldmundstück. Er ist ein sehr gastfreundlicher Mensch. Er gefällt mir viel besser als der Franzose, den Sie früher hatten. Was ist aus dem eigentlich geworden?«

Dorian zuckte die Achseln. »Soviel ich weiß, hat er die Zofe von Lady Radley geheiratet und sie in Paris als englische Schneiderin etabliert. Wie ich höre, ist die *Anglomanie* dort zur Zeit sehr in Mode. Ist doch ziemlich albern von den Franzosen, nicht? Aber eigentlich war er gar kein so schlechter Diener. Ich hab ihn zwar nie richtig gemocht, hatte aber auch keinerlei Anlaß zu Klagen. Man bildet sich oft etwas ein, was völlig absurd ist. Er war mir wirklich sehr ergeben; als er ging, wirkte er recht bekümmert. Noch einen Brandy mit Soda? Oder lieber Rheinwein mit Selters? Ich trinke immer Rheinwein mit Selters. Nebenan ist bestimmt noch welcher.«

»Danke, ich will nichts mehr«, sagte der Maler; er legte Hut und Mantel ab und warf beides auf die Reisetasche, die er in der Ecke abgestellt hatte. »Und jetzt, mein lieber Junge, möchte ich einmal ganz ernsthaft mit Ihnen reden. Schauen Sie nicht so böse. Damit machen Sie's mir nur noch schwerer.«

»Was soll das?« rief Dorian; schmollend ließ er sich aufs Sofa fallen. »Es geht doch hoffentlich nicht um mich. Ich kann mich heut abend gar nicht mehr leiden. Ich wär lieber ein anderer.«

»Doch, es geht um Sie«, erwiderte Hallward mit ernster, tiefer Stimme, »und ich muß es Ihnen sagen. Ich werd Sie höchstens eine halbe Stunde aufhalten.«

Seufzend zündete sich Dorian eine Zigarette an. »Eine halbe Stunde!« murmelte er.

»Das ist doch nicht zuviel verlangt, Dorian; und es geschieht nur zu Ihrem Besten, wenn ich mit Ihnen spreche. Ich finde, Sie sollten erfahren, daß man in London die abscheulichsten Dinge über Sie verbreitet.«

»Ich will nichts davon wissen. Ich liebe Skandalgeschichten über andere Leute, aber wenn sie mich selber betreffen, interessieren sie mich nicht. Dann fehlt ihnen der Reiz des Neuen.«

»Sie müssen Sie aber interessieren, Dorian. Jedem Gentleman ist an seinem guten Ruf gelegen. Sie wollen doch nicht, daß man über Sie redet, als wären Sie elender Abschaum. Natürlich haben Sie Ihre gesellschaftliche Stellung, Ihren Reichtum und so weiter. Aber gesellschaftliche Stellung und Reichtum sind nicht alles. Wohlgemerkt, ich selber schenke diesen Gerüchten keinerlei Glauben. Jedenfalls kann ich sie nicht glauben, wenn ich Sie sehe. Die Sünde ist etwas, was im Gesicht eines Menschen seine Spuren hinterläßt. Sie läßt sich nicht verbergen. Manchmal sprechen die Leute von heimlichen Lastern. Aber so etwas gibt es nicht. Hat ein nichtswürdiger Mensch ein Laster, dann offenbart es sich in den Zügen um seinen Mund, in den erschlafften Augenlidern, ja sogar in der Form seiner Hände. Letztes Jahr kam jemand – ich will seinen Namen nicht nennen, aber Sie kennen ihn – zu mir, um sich von mir porträtieren zu lassen. Ich hatte ihn vorher nie gesehen und bis dahin auch noch nie etwas von ihm gehört, inzwischen allerdings ist mir eine Menge über ihn zu Ohren gekommen. Er bot mir ein gradezu extravagantes Honorar. Irgendwas an der Form seiner Finger gefiel mir nicht. Heute weiß ich, daß ich mit meinen Vermutungen recht hatte. Sein Leben ist furchtbar. Sie dagegen, Dorian, mit Ihrem reinen, heiteren, unschuldigen Gesicht und Ihrer wundervollen, ungetrübten Jugendfrische – von Ihnen kann ich nicht glauben, was man gegen Sie vorbringt. Aber ich sehe Sie eben nur selten, und Sie kommen ja inzwischen auch gar nicht mehr zu mir ins Atelier, und wenn ich nicht bei Ihnen bin und die scheußlichen Dinge höre, die man über Sie tuschelt, weiß ich überhaupt nicht, was ich dazu sagen soll. Wieso, Dorian, verläßt ein Mann wie der Duke of Berwick den Raum, wenn Sie den Klub betreten? Wie kommt es, daß so viele Londoner Gentlemen Sie weder besuchen noch zu sich einladen? Sie waren doch mal mit Lord Staveley befreundet. Ich traf ihn letzte Woche beim Dinner. Im Gespräch fiel zufällig Ihr Name – im Zusammenhang mit den Miniaturen, die Sie als Leihgabe für die Ausstellung in der Dudley-Galerie zur Verfügung gestellt haben. Staveley verzog den Mund und sagte, Sie mögen zwar einen erlesenen Kunstverstand haben, seien aber ein Mann, mit dem ein keusches Mädchen keinen Umgang pflegen dürfe und mit dem keine ehrbare Frau im selben Raum sitzen sollte. Ich erinnerte ihn daran, daß ich mit Ihnen befreundet bin, und fragte ihn, wie er das meine. Er sagte es mir. Er sagte es mir frank und frei vor allen Leuten. Es war grauenhaft! Warum wirkt sich Ihre Freundschaft auf junge Männer so verhängnisvoll aus? Da war dieser arme Kerl von der Garde, der sich das Leben genommen hat. Sie waren eng mit ihm befreundet. Da war Sir Henry Ashton; er mußte England mit besudeltem Namen verlassen. Sie beide waren doch unzertrennlich. Was ist mit Adrian Singleton und seinem entsetzlichen Ende? Was mit dem einzigen Sohn von Lord Kent und seiner Karriere? Ich habe seinen Vater gestern in der St. James's Street getroffen. Er war wie gebrochen vor Scham und Schmerz. Was ist mit dem jungen Duke of Perth? Was für ein Leben führt er jetzt? Welcher Gentleman möchte noch mit ihm verkehren?«

»Halt, Basil. Sie sprechen da über Dinge, von denen Sie überhaupt nichts wissen«, sagte Dorian Gray mit einem Unterton grenzenloser Verachtung; er biß sich auf die Lippen. »Sie fragen mich, wieso Berwick den Raum verläßt, wenn ich hereinkomme. Das tut er deshalb, weil ich über ihn genau Bescheid weiß – und nicht umgekehrt. Bei dem Blut, das in seinen Adern fließt, wie könnte da seine Vergangenheit sauber sein? Sie fragen mich nach Henry Ashton und dem jungen Perth. Habe *ich* dem einen seine Laster, dem anderen seine Ausschweifungen beigebracht? Wenn Kents alberner Sohn sich seine Frau von der Straße holt, ist das vielleicht meine Sache? Wenn Adrian Singleton den Namen seines Freundes auf einen Wechsel schreibt, bin ich sein Aufpasser? Ich weiß, wie in England geklatscht wird. Der Mittelstand verbreitet an geschmacklosen Eßtischen seine moralischen Vorurteile und tuschelt über die sogenannte Lasterhaftigkeit der besseren Kreise, um sich damit den Anschein zu geben, man gehöre der feinen Gesellschaft an und stehe auf du und du mit denen, über die man sich den Mund zerreißt. In diesem Land braucht ein Mann nur vornehm und geistreich zu sein, schon fällt jeder hergelaufene Wicht über ihn her. Was für ein Leben führen denn diese Leute, die sich so moralisch gerieren? Mein lieber Freund, Sie vergessen, daß wir in der Heimat der Heuchler leben.«

»Dorian«, rief Hallward, »darum geht es doch gar nicht. England ist schlimm genug, ich weiß, und die englische Gesellschaft ist durch und durch verdorben. Drum möchte ich ja, daß Sie immer untadelig bleiben. Aber Sie waren nicht untadelig. Es ist nicht mehr als recht und billig, einen Menschen nach der Wirkung zu beurteilen, die er auf seine Freunde ausübt. Ihre scheinen jegliches Gefühl für Ehre, Güte und Reinheit zu verlieren. Sie haben ihnen eine gradezu wahnwitzige Genußsucht eingeflößt. Ihre Freunde sind in den Abgrund gestiegen. Sie haben sie dorthin gebracht. Ja: Sie haben sie dorthin gebracht, und trotzdem können Sie lächeln, wie Sie jetzt lächeln. Und das ist noch nicht mal das Schlimmste. Ich weiß, Sie und Harry sind unzertrennlich. Allein schon deswegen hätten Sie den Namen seiner Schwester nicht zum Gespött machen dürfen.«

»Vorsicht, Basil. Jetzt gehen Sie zu weit.«

»Ich muß es Ihnen sagen, und Sie müssen mir zuhören. Sie werden mir zuhören. Bevor Sie Lady Gwendolen kennengelernt haben, war noch nie auch nur der Schatten eines Skandals auf sie gefallen. Gibt es in London heute noch eine einzige anständige Frau, die mit ihr im Park ausfahren würde? Ja, nicht einmal ihre Kinder dürfen mehr bei ihr leben. Und da gibt es noch andere Gerüchte – Gerüchte, denen zufolge man beobachtet hat, wie Sie sich im Morgengrauen aus üblen Absteigen stahlen und sich verkleidet in die verrufensten Spelunken von London schlichen. Sind diese Gerüchte wahr? Können sie wahr sein? Als es mir erstmals zu Ohren kam, hab ich gelacht. Wenn ich jetzt davon höre, flößt es mir einen Schauder ein. Was ist mit Ihrem Landhaus – was für ein Leben wird dort geführt? Dorian, Sie haben ja keine Ahnung, was man über Sie alles erzählt. Ich sage jetzt nicht, daß ich Ihnen keine Predigt halten will. Ich weiß noch, Harry bemerkte einmal, daß jeder, der sich kurzzeitig in einen Amateurpfarrer verwandelt, immer mit dieser Beteuerung beginnt und schon im nächsten Moment sein Wort bricht. Ich will Ihnen eine Predigt halten. Ich möchte, daß Sie Ihr Leben so führen, daß die Welt Ihnen Achtung entgegenbringen kann. Ich möchte, daß Sie einen unbescholtenen Namen und einen einwandfreien Leumund haben. Ich möchte, daß Sie sich von den scheußlichen Leuten trennen, mit denen Sie Umgang haben. Zucken Sie nicht die Achseln. Seien Sie nicht so gleichgültig. Sie verfügen über einen erstaunlichen Einfluß. Verwenden Sie ihn zum Guten, nicht zum Bösen. Angeblich verderben Sie jeden, mit dem Sie enger vertraut sind, und brauchen ein Haus nur zu betreten, um es in Verruf zu bringen. Ich weiß nicht, ob das stimmt oder nicht. Woher sollte ich es auch wissen? Aber man sagt es Ihnen nach. Ich habe einiges erfahren, was ich eigentlich nicht in Zweifel ziehen kann. Lord Gloucester war einer meiner besten Freunde in Oxford. Er zeigte mir einen Brief, den seine Frau ihm geschrieben hatte, als sie in ihrer Villa in Mentone einsam im Sterben lag. Und in dem furchtbarsten Geständnis, das ich jemals gelesen habe, tauchte Ihr Name auf. Ich sagte ihm, das sei absurd – daß ich Sie durch und durch kenne und daß Sie zu so etwas überhaupt nicht imstande wären. Sie kennen? Ich frage mich, ob ich Sie wirklich kenne. Dazu müßte ich erst Ihre Seele sehen.«

»Meine Seele sehen!« stammelte Dorian Gray; fast weiß vor Angst sprang er vom Sofa auf.

»Ja«, erwiderte Hallward ernst und mit tiefer Sorge in der Stimme, »Ihre Seele sehen. Aber das kann einzig und allein Gott.«

Ein bitteres Hohngelächter brach von den Lippen des Jüngeren. »Sie werden sie mit eignen Augen sehen, noch heute nacht!« rief er und nahm eine Lampe vom Tisch. »Kommen Sie: Es ist das Werk Ihrer eigenen Hände. Schauen Sie sich's nur an! Danach können Sie der Welt ruhig alles davon erzählen. Niemand wird Ihnen glauben. Und wenn man Ihnen trotzdem glaubt, dann würde man mich deshalb nur um so mehr lieben. Ich kenne unsre Zeit besser als Sie, auch wenn Sie sich noch so langatmig darüber auslassen. Nun kommen Sie schon. Sie haben genug von Verderbtheit geschwatzt. Gleich stehen Sie ihr Aug in Aug gegenüber.«

Ein geradezu rasender Hochmut lag in jedem Wort, das er sprach. Jungenhaft trotzig stampfte er mit den Füßen auf. Er empfand ein schauriges Vergnügen bei dem Gedanken, daß jemand sein Geheimnis nun mit ihm teilen sollte und daß der Mann, der das Porträt, den Quell seiner Schande, gemalt hatte, für den Rest seines Lebens mit der gräßlichen Erinnerung an das, was er geschaffen hatte, belastet sein sollte.

»Ja«, fuhr er fort, trat auf den Maler zu und blickte ihm unverwandt in die ernsten Augen. »Ich zeige Ihnen jetzt meine Seele. Sie sollen sehen, was Ihrer Meinung nach einzig und allein Gott sehen kann.«

Hallward prallte zurück. »Das ist Gotteslästerung, Dorian!« rief er. »So etwas dürfen Sie nicht sagen. Es ist entsetzlich und außerdem völlig unsinnig.«

»Meinen Sie?« Dorian begann wieder zu lachen.

»Ich weiß es. Und was ich Ihnen vorhin gesagt habe, war nur zu Ihrem Besten. Ich bin Ihnen doch immer ein treuer Freund gewesen.«

»Nun werden Sie bloß nicht rührselig. Sagen Sie mir endlich, was Sie zu sagen haben.«

Ein schmerzlicher Ausdruck zuckte über das Gesicht des Malers. Hallward hielt einen Augenblick inne; ein wirres Gefühl von Mitleid überkam ihn. Welches Recht hatte er eigentlich, sich in Dorian Grays Leben einzumischen? Hatte er auch nur ein Zehntel von dem getan, dessen man ihn bezichtigte, wie sehr mußte er dann gelitten haben! Schließlich straffte er sich, trat zum Kamin, blieb dort stehen und betrachtete die brennenden Holzscheite mit ihrer rauhreifähnlichen Asche und den pochenden Flammenherzen.

»Ich höre, Basil«, sagte der junge Mann mit harter, klarer Stimme.

Hallward drehte sich um. »Was ich Ihnen zu sagen habe, ist folgendes«, rief er. »Sie sollen mir eine Antwort auf die schrecklichen Vorwürfe geben, die man gegen Sie erhebt. Wenn Sie mir sagen, daß sie von A bis Z falsch sind, dann werde ich Ihnen glauben. Streiten Sie sie ab, Dorian, streiten Sie sie ab! Sehn Sie denn nicht, was ich durchmache? Mein Gott! Sagen Sie mir nicht, daß Sie ein schlechter, verdorbener, nichtswürdiger Mensch sind.«

Dorian Gray lächelte. Ein verächtlicher Zug lag um seine Lippen. »Kommen Sie mit nach oben, Basil«, sagte er ruhig. »Ich führe ein Tagebuch über jeden Tag meines Lebens, und es verläßt niemals den Raum, in dem es geschrieben wird. Kommen Sie mit, dann zeige ich's Ihnen.«

»Na gut, Dorian, wenn Sie wollen, komme ich mit. Meinen Zug habe ich sowieso schon verpaßt. Macht nichts. Ich kann auch morgen noch fahren. Aber verlangen Sie nicht von mir, daß ich heut nacht noch etwas lese. Ich will nur eine klare Antwort auf meine Frage.«

»Die sollen Sie oben bekommen. Hier kann ich sie Ihnen nicht geben. Sie brauchen nicht lange zu lesen.«

13 Er ging aus dem Zimmer und stieg, dicht gefolgt von Basil Hallward, die Stufen hinauf. Die beiden bewegten sich leise voran, wie man es nachts unwillkürlich tut. Die Lampe warf geisterhafte Schatten auf Wand und Treppe. Wind kam auf und ließ ein paar Fenster klappern.

Als sie den obersten Treppenabsatz erreicht hatten, stellte Dorian die Lampe auf den Boden, holte den Schlüssel hervor und drehte ihn im Schloß. »Sie wollen es wirklich wissen, Basil?« fragte er leise.

»Ja.«

»Das freut mich«, erwiderte er lächelnd. Dann fügte er mit etwas rauher Stimme hinzu: »Sie sind der einzige Mensch auf der Welt, der ein Recht darauf hat, alles über mich zu erfahren. Sie haben mehr mit meinem Leben zu tun, als Sie ahnen«; er ergriff die Lampe, öffnete die Tür und trat ein. Ein kalter Luftstrom wehte an ihnen vorbei; das Licht flackerte kurz zu einer dunkelorange gefärbten Flamme empor. Ihn schauderte. »Machen Sie die Tür hinter sich zu«, raunte er und stellte die Lampe auf den Tisch.

Hallward blickte sich mit verwirrter Miene um. Das Zimmer sah aus, als sei es seit Jahren unbewohnt. Ein verblaßter flämischer Gobelin, ein verhängtes Bild, ein alter italienischer *Cassone* und ein fast leerer Bücherschrank – das war offenbar alles, was es außer dem Tisch und einem Stuhl enthielt. Als Dorian Gray eine halb herabgebrannte, auf dem Kaminsims stehende Kerze anzündete, sah Hallward, daß überall Staub lag und der Teppich voller Löcher war. Hinter der Wandtäfelung raschelte eine Maus. Ein feuchter Modergeruch lag in der Luft.

»Sie meinen also, nur Gott kann die Seele sehen, Basil? Ziehn Sie doch mal den Vorhang da weg, dann sehen Sie meine.«

Die Stimme, die das sagte, klang kalt und grausam. »Sie sind verrückt, Dorian, oder Sie spielen Theater«, murmelte Hallward und runzelte die Stirn.

»Sie wollen nicht? Dann muß ich es selber tun«, sagte der junge Mann; er riß den Vorhang von der Stange und warf ihn zu Boden.

Ein Aufschrei des Grauens brach von den Lippen des Malers, als er im trüben Lichtschein das gräßliche Gesicht erblickte, das ihn von der Leinwand her angrinste. In seinem Ausdruck war etwas, was ihn mit Abscheu und Ekel erfüllte. Allmächtiger! Das war ja Dorian Grays Gesicht, das er da vor sich sah! Das Grauenhafte, was immer es sein mochte, hatte die wunderbare Schönheit noch nicht völlig zerstört. Noch lag ein Hauch von Gold im bereits gelichteten Haar, ein Hauch von Scharlachrot auf dem sinnlichen Mund. Die verquollenen Augen hatten noch etwas von der Lieblichkeit ihres Blaus bewahrt, der edle Schwung war noch nicht vollständig aus den zartgeschnittenen Nasenflügeln und dem plastisch geformten Hals gewichen. Ja, es war Dorian. Aber wer hatte das Bild gemalt? Er glaubte seinen eigenen Pinselstrich zu erkennen, und den Rahmen hatte er selbst entworfen. Der Gedanke war ungeheuerlich, zugleich befiel ihn Furcht. Er nahm die brennende Kerze und hielt sie vor das Porträt. In der linken Ecke stand, mit langen, leuchtend zinnoberroten Buchstaben hingesetzt, sein Name.

Es war eine abscheuliche Parodie, eine infame, nichtswürdige Satire. Das hatte er niemals gemalt. Dennoch, es war sein Bild! Er wußte es, und ihm war, als hätte sich sein Blut binnen eines Augenblicks aus Feuer in starres Eis verwandelt. Sein Bild! Was hatte das zu bedeuten? Weshalb hatte es sich verändert? Er wandte sich um und blickte Dorian Gray mit den Augen eines Kranken an. Sein Mund zuckte, seine ausgedörrte Zunge schien außerstande zu sein, irgendwelche Worte zu formen. Er fuhr sich mit der Hand über die Stirn. Sie war feucht von kaltem Schweiß.

Der junge Mann lehnte am Kaminsims und betrachtete ihn mit jener sonderbaren Miene, wie man sie bei Menschen beobachtet, die im Theater völlig gebannt das Spiel eines großen Mimen verfolgen. In seinem Blick lag weder wirklicher Schmerz noch wirkliche Freude. Es war schlicht die Leidenschaft des Zuschauers darin, verbunden vielleicht mit einem Aufflackern von Triumph. Er hatte die Knopflochblume aus seiner Jacke genommen und roch daran oder tat zumindest so.

»Was hat das zu bedeuten?« rief Hallward schließlich. Seine eigene Stimme dröhnte ihm schrill und fremd in den Ohren.

»Als Sie mich vor Jahren, ich war noch ein Junge, kennengelernt haben«, sagte Dorian Gray und zerdrückte dabei die Blume in seiner Hand, »da haben Sie mir geschmeichelt und mich gelehrt, mir auf mein gutes Aussehen etwas einzubilden. Eines Tages machten Sie mich einem Ihrer Freunde bekannt, der mich über das Wunder der Jugend aufklärte, und stellten dann mein Porträt fertig, das mir das Wunder der Schönheit offenbarte. In einem verrückten Augenblick, von dem ich bis heute nicht weiß, ob ich ihn bereuen soll oder nicht, habe ich einen Wunsch ausgesprochen, Sie würden es vielleicht Gebet nennen …«

»Ich erinnere mich! Oh, wie gut ich mich daran erinnere! Nein, das kann nicht sein! Der Raum ist feucht. Die Leinwand ist von Schimmel befallen. Die Farben, die ich benutzt habe, enthielten irgendein schlimmes mineralisches Gift. Ich sage Ihnen, das kann nicht sein.«

»Aha – und was kann nicht sein?« murmelte der junge Mann; er ging hinüber zum Fenster und preßte die Stirn an die kalte, nebelbeschlagene Scheibe.

»Sie haben mir doch mal erzählt, Sie hätten es zerstört.«

»Irrtum. Es hat *mich* zerstört.«

»Ich kann nicht glauben, daß das mein Bild ist.«

»Erkennen Sie denn nicht Ihr Ideal darin?« sagte Dorian bitter.

»Mein Ideal, wie Sie es nennen ...«

»Wie Sie es genannt haben.«

»In ihm war nichts Böses, nichts Schändliches. Sie waren für mich ein Ideal, wie es mir nie wieder begegnen wird. Das hier ist das Gesicht eines Satyrs.«

»Es ist das Gesicht meiner Seele.«

»Mein Gott! Was für ein Scheusal muß ich verehrt haben! Es hat die Augen eines Teufels.«

»Jeder von uns trägt Himmel und Hölle in sich, Basil«, rief Dorian mit einer wilden Geste der Verzweiflung.

Hallward wandte sich wieder dem Porträt zu und schaute es an. »Mein Gott! Wenn das wahr ist«, rief er, »und Sie das hier aus Ihrem Leben gemacht haben, dann müssen Sie ja noch schlimmer sein, als Ihre Gegner glauben!« Er hielt noch einmal die Kerze hoch und betrachtete eingehend die Leinwand. Die Oberfläche wirkte vollkommen unversehrt und noch genau wie damals, als er das Bild aus der Hand gegeben hatte. Offenkundig waren Verderbnis und Grauen von innen gekommen. Irgendeine sonderbare Verlebendigung des Inneren sorgte dafür, daß der Aussatz der Sünde das Ding allmählich zerfraß. Nicht einmal ein verwesender Leichnam in einem feuchten Grab bot einen so schrecklichen Anblick.

Seine Hand zitterte; die Kerze fiel aus dem Halter zu Boden und blieb dort flackernd liegen. Er trat sie aus. Dann ließ er sich auf den wackligen Stuhl fallen, der neben dem Tisch stand, und barg das Gesicht in den Händen.

»Guter Gott, Dorian, was für eine Lektion! Was für eine furchtbare Lektion!« Es kam keine Antwort, aber er konnte den jungen Mann am Fenster schluchzen hören. »Beten Sie, Dorian, beten Sie«, murmelte er. »Wie hieß es doch gleich, was man uns in der Kindheit beigebracht hat?

›Führe uns nicht in Versuchung. Vergib uns unsere Schuld. Erlöse uns von dem Bösen.‹ Lassen Sie uns das zusammen aufsagen. Das Gebet Ihres Stolzes wurde erhört. Das Gebet Ihrer Reue wird genauso erhört werden. Ich habe Sie zu sehr verehrt. Wir sind beide dafür bestraft worden.«

Dorian Gray drehte sich langsam um und sah ihn mit tränenumflorten Augen an. »Es ist zu spät, Basil«, antwortete er stockend.

»Es ist nie zu spät, Dorian. Knien wir nieder und versuchen uns an ein Gebet zu erinnern. Steht nicht irgendwo der Vers: ›Wenn eure Sünden gleich scharlachrot sind, so will ich sie doch schneeweiß machen‹?«

»Diese Worte bedeuten mir heute nichts mehr.«

»Still! Das dürfen Sie nicht sagen. Sie haben in Ihrem Leben genug Böses getan. Mein Gott! Sehen Sie nicht, wie dieses verfluchte Ding uns anglotzt?«

Dorian Gray warf einen Blick auf das Porträt, und plötzlich befiel ihn ein unbezähmbarer Haß auf Basil Hallward, als hätte das Bild auf der Leinwand ihm diesen Haß eingegeben, als wäre er ihm von den grinsenden Lippen eingeflüstert worden. Die rasende Erregung eines gehetzten Tiers überkam ihn, und er verabscheute den Mann, der da am Tisch saß, so sehr, wie er noch nie in seinem Leben etwas verabscheut hatte. Wirr sah er sich um. Auf der bemalten Truhe, die vor ihm stand, blinkte etwas. Sein Blick fiel darauf. Er wußte, was es war. Es war ein Messer, das er ein paar Tage zuvor mit nach oben genommen hatte, um ein Stück Schnur abzuschneiden, und das dann liegengeblieben war. Langsam bewegte er sich, an Hallward vorbei, darauf zu. Kaum war er hinter dem Maler, ergriff er das Messer und drehte sich um. Hallward rührte sich auf dem Stuhl, als wolle er aufstehen. Dorian stürzte sich auf ihn, stieß ihm das Messer in die große Ader hinter dem Ohr, preßte ihm den Kopf auf den Tisch und stach immer wieder zu.

Ein unterdrücktes Stöhnen ertönte, das grausige Gurgeln eines Menschen, der am eigenen Blut erstickt. Dreimal zuckten die ausgestreckten Arme krampfhaft nach oben; die Hände fuchtelten mit grotesk steifen Fingern umher. Noch zweimal stach er zu, aber der Mann rührte sich nicht mehr. Etwas begann auf den Boden zu tropfen. Noch immer den Kopf niederpressend, wartete er einen Augenblick. Dann warf er das Messer auf den Tisch und lauschte.

Außer dem regelmäßigen Tropfen auf den zerschlissenen Teppich war nichts zu hören. Er öffnete die Tür und trat hinaus auf den Treppenabsatz. Im Haus war alles still. Nichts regte sich. Ein paar Sekunden lang beugte er sich übers Geländer und spähte hinunter in den schwarzen, brodelnden Schlund der Dunkelheit. Dann holte er den Schlüssel hervor, kehrte ins Zimmer zurück und schloß sich ein.

Das Wesen hockte noch immer auf dem Stuhl; mit gesenktem Kopf, gekrümmtem Rücken und ausgestreckten, geisterhaften Armen war es über den Tisch hingestreckt. Wären da nicht der schrundige, rote Riß im Nacken und die dunkle Blutlache gewesen, so hätte man meinen können, der Mann schlafe nur.

Wie schnell das alles geschehen war! Dorian fühlte sich seltsam ruhig; er ging zur Glastür hinüber, öffnete sie und trat hinaus auf den Balkon. Der Wind hatte den Nebel fortgeweht; der Himmel glich einem gewaltigen, mit Myriaden von goldenen Augen übersäten Pfauenrad. Er warf einen Blick nach unten und sah einen Polizisten, der gerade seine Runde machte und den langen Lichtkegel seiner Lampe auf die Türen der stillen Häuser richtete. Das karmesinrote Licht einer langsam dahinrollenden Kutsche schimmerte an der Ecke auf und verschwand wieder. Eine Frau mit flatterndem Schal drückte sich torkelnd an den Zaungittern entlang. Ab und zu blieb sie stehen und spähte zurück. Auf einmal begann sie mit heiserer Stimme zu singen. Der Polizist schlenderte herbei und sagte etwas zu ihr. Lachend taumelte sie weiter. Ein scharfer Windstoß fegte über den Platz. Die Gaslaternen flackerten und verfärbten sich blau; die schwarzen, ehernen Zweige der laublosen Bäume schwangen hin und her. Ihn fröstelte; er ging wieder hinein und schloß die Glastür.

Als er die Zimmertür erreicht hatte, drehte er den Schlüssel und öffnete sie. Für den Ermordeten hatte er nicht einmal einen flüchtigen Blick. Er hatte das Gefühl, das Geheimnis der ganzen Sache lag darin, sich die Situation erst gar nicht bewußt zu machen. Der Freund, der das unselige Porträt gemalt hatte, dem er sein ganzes Elend verdankte, war aus seinem Leben verschwunden. Das genügte.

Dann fiel ihm die Lampe ein. Es handelte sich um ein recht ungewöhnliches Stück maurischer Handwerkskunst, gefertigt aus mattem Silber, das mit Arabesken aus brüniertem Stahl eingelegt und mit ungeschliffenen Türkisen besetzt war. Sein Diener würde sie vielleicht vermissen; man würde Fragen stellen. Er zögerte einen Moment; dann machte er kehrt und nahm sie vom Tisch. Es ließ sich nicht vermeiden, daß er dabei einen Blick auf das tote Wesen warf. Wie reglos es war! Wie furchtbar weiß die ausgestreckten Hände wirkten! Es glich einer schaurigen Wachsfigur.

Er schloß die Tür hinter sich ab und schlich leise die Treppe hinunter. Das Holz knarrte, es schien aufzuheulen, als hätte es Schmerzen. Mehrmals blieb er stehen und lauschte. Nein: Alles war still. Es war bloß das Geräusch seiner Schritte.

Als er die Bibliothek betrat, sah er in der Ecke die Reisetasche und den Mantel. Sie mußten versteckt werden. Er schloß einen Geheimschrank in der Wandtäfelung auf, den Schrank, in dem er auch seine seltsamen Verkleidungen aufbewahrte, und legte die Sachen hinein. Irgendwann konnte er sie ja einfach verbrennen. Dann zog er seine Uhr hervor. Es war zwanzig vor zwei.

Er setzte sich und begann nachzudenken. Jedes Jahr – ja, sogar fast jeden Monat, wurden Menschen für das, was er getan hatte, gehenkt. Mordgier hatte in der Luft gelegen. Irgendein roter Stern war der Erde zu nahe gekommen ... Doch was konnte man ihm denn beweisen? Basil Hallward hatte das Haus um elf verlassen. Niemand hatte ihn zurückkommen sehen. Die meisten Dienstboten waren in Selby Royal. Sein Diener war schon zu Bett gegangen ... Paris! Ja. Basil war nach Paris gefahren, und zwar mit dem Mitternachtszug, wie er es vorgehabt hatte. Bei seiner sonderbaren Reserviertheit würde es Monate dauern, ehe irgend jemand Verdacht schöpfte. Monate! Bis dahin konnten die Spuren längst beseitigt sein.

Plötzlich kam ihm ein Gedanke. Er zog seinen Pelzmantel an, setzte den Hut auf und ging in die Eingangshalle. Dann blieb er stehen; er hörte die langsamen, schweren Schritte des Polizisten auf dem Trottoir und sah den Widerschein der aufblitzenden Lampe am Fenster. Mit angehaltenem Atem wartete er.

Ein paar Augenblicke später schob er den Riegel zurück, schlüpfte nach draußen und schloß die Tür ganz vorsichtig hinter sich zu. Dann begann er zu läuten. Nach etwa fünf Minuten erschien, nur halb angekleidet und mit völlig verschlafenem Gesicht, sein Diener.

»Tut mir leid, daß ich Sie wecken mußte, Francis«, sagte Dorian und trat ins Haus, »aber ich habe meinen Schlüssel vergessen. Wie spät ist es?«

»Zehn Minuten nach zwei, Sir«, antwortete der Diener, während er blinzelnd einen Blick auf die Uhr warf.

»Zehn Minuten nach zwei? Das ist ja schon schrecklich spät! Sie müssen mich morgen um neun wecken. Ich habe noch etwas zu erledigen.«

»Sehr wohl, Sir.«

»War heute abend jemand hier?«

»Mr. Hallward, Sir. Er blieb bis elf; dann ist er gegangen, weil er seinen Zug noch erreichen wollte.«

»Oh! Schade, daß ich nicht da war. Hat er etwas hinterlassen?«

»Nein, Sir, nur daß er Ihnen aus Paris schreiben will, falls er Sie im Klub nicht antreffen sollte.«

»Das wäre alles, Francis. Vergessen Sie nicht, mich morgen um neun zu wecken.«

»Sehr wohl, Sir.«

Der Diener schlurfte in seinen Pantoffeln durch den Flur.

Dorian Gray warf Hut und Mantel auf den Tisch und trat in die Bibliothek. Eine Viertelstunde lang ging er auf und ab, biß sich dabei auf die Lippen und dachte nach. Dann nahm er das Blaubuch aus einem der Regale und begann darin zu blättern. »Alan Campbell, 152 Hertford Street, Mayfair.« Ja: Das war der richtige Mann.

14 Am nächsten Morgen kam sein Diener um neun Uhr mit einer Tasse Schokolade auf einem Tablett herein und öffnete die Fensterläden. Dorian schlief noch ganz friedlich, er lag auf der rechten Seite, die Hand unter der Wange. Er wirkte wie ein vom Spielen oder Lernen ermatteter Knabe.

Der Diener mußte ihn zweimal an der Schulter berühren, bis er endlich erwachte; als er die Augen aufschlug, glitt ein leises Lächeln über seine Lippen, als sei er noch in einen herrlichen Traum versunken. Dabei hatte er gar nicht geträumt. Keinerlei Gesichte der Lust oder der Qual hatten seine Nachtruhe gestört. Aber Jugend lächelt auch ohne Grund. Das macht sie besonders reizvoll.

Er drehte sich um, stützte sich auf den Ellenbogen und begann seine Schokolade zu schlürfen. Das Licht der milden Novembersonne strömte ins Zimmer. Der Himmel war klar; eine wohltuende Wärme lag in der Luft. Es war fast wie ein Morgen im Mai.

Nach und nach schlichen die Ereignisse der voraufgegangenen Nacht auf leisen, blutbesudelten Sohlen in sein Gehirn und gewannen dort mit erschreckender Deutlichkeit wieder Gestalt. Die Erinnerung an das, was er durchlitten hatte, ließ ihn zusammenzucken, und einen Augenblick lang kehrte dasselbe seltsame Gefühl von Abscheu vor Basil Hallward zurück, das ihn dazu getrieben hatte, ihn, als er auf dem Stuhl saß, zu töten; vor Erregung wurde ihm ganz kalt. Der Tote saß noch immer dort, und jetzt im hellen Sonnenschein. Wie furchtbar! Solche Greuel waren fürs Dunkel bestimmt, nicht für den Tag.

Er spürte, er würde krank oder verrückt, wenn er darüber nachdachte, was er durchgemacht hatte. Es gab Sünden, deren Reiz eher in der Erinnerung an sie lag als darin, sie zu begehen; sonderbare Triumphe, die mehr den Stolz als die Leidenschaften befriedigten und dem Geist zu einem gesteigerten Lustgefühl verhalfen, größer als alle Lust, die sie den Sinnen verschafften oder jemals verschaffen konnten. Doch diese Sünde gehörte nicht dazu. Sie war etwas, was man aus den Gedanken verbannen, mit Mohn betäuben und ersticken mußte, damit sie nicht einen selber erstickte.

Als die Uhr die halbe Stunde schlug, fuhr er sich mit der Hand über die Stirn, stand hastig auf und kleidete sich mit noch größerer Sorgfalt als sonst an, wobei er der Wahl der Halsbinde und Krawattennadel besonders viel Aufmerksamkeit widmete und seine Ringe mehr als einmal wechselte. Auch fürs Frühstück ließ er sich viel Zeit, kostete von den diversen Gerichten, sprach mit seinem Diener über die neuen Livreen, die er für die Dienerschaft in Selby anfertigen zu lassen gedachte, und sah seine Post durch. Über manche der Briefe mußte er lächeln. Drei waren ihm langweilig. Einen las er mehrere Male, um ihn dann mit leicht verärgerter Miene zu zerreißen. »Dieses furchtbare weibliche Gedächtnis!« wie Lord Henry einmal gesagt hatte.

Als er eine Tasse schwarzen Kaffee getrunken hatte, wischte er sich mit der Serviette bedächtig die Lippen ab und gab seinem Diener das Zeichen zu warten; dann ging er hinüber zum Tisch, nahm Platz und schrieb zwei Briefe. Den einen steckte er in die Tasche, den anderen übergab er dem Diener.

»Bringen Sie den in die Hertford Street 152, Francis; sollte Mr. Campbell nicht in der Stadt sein, besorgen Sie sich seine Adresse.«

Sobald er allein war, zündete er sich eine Zigarette an und begann etwas auf ein Blatt Papier zu zeichnen, zunächst Blumen und architektonische Details, dann Gesichter. Plötzlich fiel ihm auf, daß jedes Gesicht, das er zeichnete, eine sonderbare Ähnlichkeit mit dem Gesicht Basil Hallwards zu haben schien. Er runzelte die Stirn, stand auf, ging hinüber zum Bücherschrank und nahm aufs Geratewohl einen Band heraus. Er hatte beschlossen, erst dann wieder an das Geschehene zu denken, wenn es sich nicht mehr vermeiden ließ.

Er streckte sich auf dem Sofa aus und warf einen Blick auf die Titelseite des Buches. Es handelte sich um Gautiers *Émaux et camées*, die Charpentier-Ausgabe auf Japanpapier mit Radierungen von Jacquemart. Der Einband war aus zitrusgrünem Leder, verziert mit einem vergoldeten Gitterornament und gepunkteten Granatäpfeln. Das Buch war ein Geschenk von Adrian Singleton. Beim Blättern fiel sein Blick auf das Gedicht über die Hand Lacenaires, jene kalte, gelbe Hand »*du supplice encore mal lavée*« mit ihren flaumigen roten Haaren und den »*doigts de faune*«. Er sah kurz auf seine eigenen weißen, schlanken Finger, unwillkürlich von einem leisen Schauder gepackt; dann blätterte er weiter, bis er zu den wunderschönen Versen über Venedig kam:

»Sur une gamme chromatique,
    Le sein de perles ruisselant,
La Vénus de l'Adriatique
    Sort de l'eau son corps rose et blanc.

Les domes, sur l'azur des ondes
Suivant la phrase au pur contour,
S'enflent comme des gorges rondes
Que soulève un soupir d'amour.

L'esquif aborde et me dépose,
Jetant son amarre au pilier,
Devant une façade rose,
Sur le marbre d'un escalier.«

Wie herrlich die Verse waren! Wenn man sie las, so glaubte man auf den grünen Wasserstraßen der rosaroten und perlweißen Stadt dahinzugleiten, in einer schwarzen Gondel mit silbernem Schnabel und wehenden Vorhängen. Allein schon die Zeilen erschienen ihm wie jene geraden, türkisblauen Linien, die sich hinter einem herziehen, wenn man zum Lido hinausfährt. Das jähe Aufblitzen der Farben erinnerte ihn an die schimmernden Vögel mit den opal- und regenbogenfarbenen Hälsen, die den hohen, wabengleich durchbrochenen Campanile umflattern oder mit würdevoller Anmut durch die düsteren, staubbedeckten Arkaden stolzieren. Mit halb geschlossenen Augen zurückgelehnt, sprach er immer wieder vor sich hin:

»Devant une façade rose,
Sur le marbre d'un escalier.«

Ganz Venedig lag in diesen zwei Zeilen. Er dachte an den Herbst, den er dort verbracht, und die wunderbare Liebe, die ihn zu geradezu rasenden, köstlichen Torheiten verleitet hatte. Romantik gab es überall. Doch Venedig hatte sich, wie Oxford, den Hintergrund für Romantik bewahrt, und für den wahren Romantiker war der Hintergrund alles oder doch fast alles. Einen Teil dieser Zeit war auch Basil bei ihm gewesen und hatte sich glühend für Tintoretto begeistert. Der arme Basil! Was für eine schauderhafte Art, zu sterben!

Er seufzte, nahm den Band wieder zur Hand und versuchte zu vergessen. Er las von den Schwalben, die in dem kleinen Café in Smyrna ein und aus fliegen, dem Café, wo die Hadschis sitzen und die Bernsteinperlen an ihren Gebetsschnüren zählen, wo die turbanbedeckten Kaufleute ihre langen, mit Quasten verzierten Pfeifen rauchen und ernste Gespräche führen; er las vom Obelisken auf der Place de la Concorde, der in seinem einsamen, sonnenlosen Exil granitene Tränen weint und sich zurücksehnt nach dem heißen, mit Lotus bedeckten Nil, wo es Sphinxe gibt und rosenrote Ibisse und weiße Geier mit goldenen Krallen und Krokodile mit kleinen Beryllaugen, die durch den grünen, dampfenden Schlamm kriechen; er begann über jene Verse nachzusinnen, die dem von Küssen befleckten Marmor Musik entlocken und von der sonderbaren Statue berichten, die Gautier mit einer tiefen Altstimme vergleicht, von dem »*monstre charmant*«, das im Porphyrsaal des Louvre kauert. Doch nach einer Weile fiel ihm das Buch aus der Hand. Er wurde nervös; plötzlich überkam ihn eine schreckliche Angst. Was, wenn Alan Campbell sich gar nicht in England aufhielt? Es konnten Tage vergehen, bis er zurückkehrte. Vielleicht würde er sich auch weigern, zu kommen. Was sollte er dann tun? Jeder Augenblick war lebenswichtig. Fünf Jahre zuvor waren sie einmal eng befreundet, ja geradezu unzertrennlich gewesen. Dann hatte ihr vertrautes Verhältnis ein jähes Ende gefunden. Trafen sie sich heutzutage in der Gesellschaft, so lächelte nur Dorian Gray; Alan Campbell nie.

Er war ein überaus gescheiter junger Mann, auch wenn er die bildenden Künste nicht wirklich zu würdigen wußte und das bißchen Gefühl für die Schönheit der Poesie, das er besaß, ausschließlich Dorian verdankte. Seine intellektuellen Neigungen galten hauptsächlich der Wissenschaft. In Cambridge hatte er einen Großteil seiner Zeit mit Arbeiten im Laboratorium verbracht und beim naturwissenschaftlichen Examen seines Jahrgangs gut abgeschnitten. Tatsächlich widmete er sich noch immer dem Studium der Chemie und hatte ein eigenes Laboratorium, in dem er sich den ganzen Tag einzuschließen pflegte – sehr zum Leidwesen seiner Mutter, deren Herzenswunsch es war, daß er fürs Parlament kandidierte, und die die vage Vorstellung hatte, ein Chemiker sei ein Mensch, der sich mit Rezepturen befasse. Andererseits war er auch ein ausgezeichneter Musiker und spielte besser Klavier und Geige als die meisten Amateure. Eigentlich war es die Musik gewesen, die ihn und Dorian zusammengeführt hatte – die Musik und jene unergründliche Anziehungskraft, die Dorian anscheinend auszuüben vermochte, wann immer er wollte, oft freilich auch ausübte, ohne sich dessen bewußt zu sein. Sie hatten sich bei Lady Berkshire an jenem Abend kennengelernt, als Rubinstein dort spielte; danach sah man sie immer zusammen in der Oper und überall dort, wo gute Musik geboten wurde. Achtzehn Monate lang blieb ihre enge Freundschaft bestehen. Campbell hielt sich ständig in Selby Royal oder am Grosvenor Square auf. Für ihn, wie für viele andere, war Dorian Gray die Verkörperung all dessen, was das Leben herrlich und faszinierend macht. Ob es zwischen ihnen zu einem Streit gekommen war oder nicht – niemand wußte es. Doch plötzlich fiel auf, daß die beiden kaum noch miteinander sprachen, wenn sie sich begegneten, und daß Campbell jede Gesellschaft, bei der auch Dorian Gray zugegen war, immer schon früh verließ. Zudem hatte er sich verändert – manchmal war er sonderbar schwermütig, schien keine Lust mehr zu haben, Musik zu hören, und wollte auch selbst nicht mehr spielen; forderte man ihn dazu auf, so führte er als Entschuldigung an, die Wissenschaft nehme ihn so sehr in Anspruch, daß ihm keinerlei Zeit zum Üben bleibe. Und das entsprach fraglos der Wahrheit. Jeden Tag schien ihn die Biologie mehr zu fesseln; ein paarmal tauchte sein Name im Zusammenhang mit einigen ungewöhnlichen Experimenten in wissenschaftlichen Zeitschriften auf.

Das also war der Mann, auf den Dorian Gray wartete. Immer wieder warf er einen Blick auf die Uhr. Als die Minuten verstrichen, geriet er in eine furchtbare Erregung. Schließlich erhob er sich und begann im Zimmer auf und ab zu gehen – wie ein schönes, in einen Käfig gesperrtes Tier. Er machte große, gedämpfte Schritte. Seine Hände waren sonderbar kalt.

Die Spannung wurde unerträglich. Die Zeit schien ihm mit bleiernen Füßen dahinzuschleichen, während ungeheure Stürme ihn dem zerklüfteten Rand eines schwarzen Schlunds oder Abgrunds entgegentrieben. Er wußte, was dort auf ihn wartete, ja, er sah es deutlich vor sich; schaudernd preßte er die feuchten Hände gegen die brennenden Lider, als wollte er seinem Gehirn die Sicht rauben und die Augäpfel in ihre Höhlen zurückdrängen. Es war zwecklos. Das Gehirn hatte seine eigene Nahrung, von der es zehrte, und die Phantasie, ins Groteske verzerrt vor Entsetzen, krümmte und wand sich vor Schmerz wie ein lebendiges Wesen, tanzte wie eine scheußliche Marionette auf einem Podest und grinste hinter wechselnden Masken hervor. Dann stand die Zeit urplötzlich still. Ja, dieses blinde, langsam atmende Wesen kroch nicht mehr weiter, und da nun die Zeit tot war, drängten sich schaurige Gedanken flink in den Vordergrund, zerrten die grausige Zukunft aus ihrem Grab und zeigten sie ihm. Er starrte sie an. Ihr entsetzlicher Anblick ließ ihn zu Stein werden.

Schließlich öffnete sich die Tür, und sein Diener trat ein. Dorian warf ihm einen glasigen Blick zu.

»Mr. Campbell, Sir«, sagte der Mann.

Ein erleichterter Seufzer brach von seinen ausgetrockneten Lippen; die Farbe kehrte in seine Wangen zurück.

»Bitten Sie ihn unverzüglich herein, Francis.« Er spürte, daß er wieder er selber war. Der Anfall von Feigheit war vorüber.

Der Diener verbeugte sich und zog sich zurück. Kurz darauf trat Alan Campbell ins Zimmer. Er wirkte sehr ernst und ein wenig blaß; die Blässe wurde durch sein kohlschwarzes Haar und die dunklen Brauen noch betont.

»Alan! Das ist wirklich lieb von dir. Danke, daß du gekommen bist.«

»Ich hatte mir eigentlich vorgenommen, Ihr Haus nie mehr zu betreten, Gray. Aber Sie schreiben, es gehe um Leben und Tod.« Seine Stimme klang streng und kalt. Er sprach langsam und bedächtig. In dem festen, forschenden Blick, den er auf Dorian richtete, lag ein verächtlicher Ausdruck. Er ließ die Hände in den Taschen seines Astrachanmantels und schien die Geste, mit der er begrüßt worden war, gar nicht bemerkt zu haben.

»Ja, es geht um Leben und Tod, Alan, und das für mehr als einen Menschen. Nimm Platz.«

Campbell ließ sich auf einem Stuhl neben dem Tisch nieder; Dorian setzte sich ihm gegenüber. Die Blicke der beiden Männer trafen sich. In Dorians Blick lag unendliches Mitleid. Er wußte, wie furchtbar das war, was er vorhatte.

Nach einem Augenblick gespannten Schweigens beugte er sich vor und sagte sehr ruhig, wobei er die Wirkung seiner Worte im Gesicht des Mannes, nach dem er geschickt hatte, genau beobachtete: »Alan, in einem verschlossenen Raum ganz oben im Haus, einem Raum, zu dem außer mir niemand Zutritt hat, sitzt ein Toter an einem Tisch. Er ist jetzt seit zehn Stunden tot. Bleib ganz ruhig und sieh mich nicht so an. Wer der Mann ist, warum er starb, wie er starb, das alles soll dich nichts angehn. Du sollst bloß …«

»Halt, Gray. Ich will nichts weiter wissen. Ob das, was Sie mir grade erzählt haben, wahr ist oder nicht, kümmert mich nicht. Ich habe nicht die geringste Lust, mich in Ihr Leben hineinziehen zu lassen. Behalten Sie Ihre scheußlichen Geheimnisse für sich. Sie interessieren mich nicht mehr.«

»Alan, sie müssen dich aber interessieren. Dieses eine Geheimnis muß dich einfach interessieren. Tut mir schrecklich leid, Alan. Aber ich bin völlig hilflos. Du bist der einzige, der mich retten kann. Ich bin gezwungen, dich mit hineinzuziehen. Ich habe gar keine andere Wahl. Alan, du bist Wissenschaftler. Du kennst dich in Chemie und Dingen dieser Art aus. Du hast Experimente durchgeführt. Du sollst nichts anderes tun, als den Toten da oben zu beseitigen – so zu beseitigen, daß keine Spur von ihm übrigbleibt. Niemand hat diesen Mann ins Haus kommen sehen. Ja, jeder glaubt, er hält sich zur Zeit in Paris auf. Man wird ihn monatelang nicht vermissen. Sobald man ihn aber doch vermißt, darf hier keine Spur mehr von ihm zu finden sein. Du, Alan, mußt ihn und alles, was zu ihm gehört, in eine Handvoll Staub verwandeln, die ich dann in alle Winde verstreuen kann.«

»Du bist verrückt, Dorian.«

»Ah! Ich warte schon die ganze Zeit darauf, daß du wieder Dorian zu mir sagst.«

»Du bist verrückt, sage ich – verrückt, daß du dir einbildest, ich rühre auch nur einen Finger, um dir zu helfen, verrückt, daß du mir dieses ungeheuerliche Geständnis machst. Ich will nichts mit dieser Sache zu tun haben, egal, worum es sich dabei handelt. Glaubst du etwa, ich setze deinetwegen meinen guten Ruf aufs Spiel? Was geht es mich an, was für eine Teufelei du im Sinn hast?«

»Es war Selbstmord, Alan.«

»Da bin ich aber froh. Und wer hat ihn dazu getrieben? Wahrscheinlich du.«

»Du weigerst dich also?«

»Natürlich weigere ich mich. Ich will absolut nichts damit zu tun haben. Mir ist gleichgültig, welche Schande du auf dich lädst. Du hast sie voll und ganz verdient. Es täte mir nicht leid, dich entehrt, öffentlich entehrt zu sehen. Wie kommst du überhaupt dazu, mich, ausgerechnet mich, in diese Schauergeschichte mit hineinziehen zu wollen? Ich hätte nicht gedacht, daß du dich mit dem menschlichen Charakter so wenig auskennst. Dein Freund Lord Henry Wotton, was immer er dir beigebracht hat, viel über Psychologie war wohl nicht dabei. Nichts wird mich dazu bewegen, auch nur einen Schritt zu tun, um dir zu helfen. Du hast dir den Falschen ausgesucht. Geh zu einem deiner Freunde. Aber laß mich aus dem Spiel.«

»Alan, es war Mord. Ich habe ihn umgebracht. Du hast ja keine Ahnung, was ich seinetwegen durchgemacht habe. Wie mein Leben auch sein mag, er hat mehr dazu beigetragen als der arme Harry – im Guten wie im Bösen. Er hat es vielleicht nicht gewollt, aber es lief aufs gleiche hinaus.«

»Mord! Mein Gott, Dorian, so weit ist es mit dir gekommen? Ich werde dich nicht anzeigen. Das ist nicht meine Aufgabe. Außerdem wirst du sowieso verhaftet, auch ohne mich. Niemand verübt ein Verbrechen, ohne dabei irgendeine Dummheit zu machen. Aber ich will damit nichts zu tun haben.«

»Du wirst damit zu tun haben müssen. Halt, warte einen Augenblick, hör mir zu. Hör mir einfach zu, Alan. Ich bitte dich doch nur darum, daß du ein bestimmtes wissenschaftliches Experiment durchführst. Du gehst in Krankenhäuser und Leichenhallen, und die schaudererregenden Dinge, die du dort tust, berühren dich nicht. Läge dieser Mann in irgendeinem scheußlichen Sezierraum oder stinkenden Labor auf einem Bleitisch mit roten Rillen zum Auffangen des Bluts, dann würdest du ihn schlicht als vortreffliches Forschungsobjekt betrachten. Nicht einmal ein Härchen würde sich dir sträuben. Dir würde gar nicht einfallen, etwas Unrechtes zu tun. Im Gegenteil. Wahrscheinlich wärst du überzeugt, der Menschheit einen Dienst zu erweisen, zur Vergrößerung des Allgemeinwissens beizutragen, deine intellektuelle Neugier zu befriedigen und so weiter. Ich verlange von dir nur etwas, was du schon mehrmals getan hast. Eine Leiche zu beseitigen, ist doch bestimmt viel weniger furchtbar als die Arbeit, die du gewohnt bist. Und bedenke, sie ist der einzige Beweis gegen mich. Wird sie entdeckt, dann bin ich verloren; und wenn du mir nicht hilfst, wird man sie mit Sicherheit entdecken.«

»Ich habe nicht die geringste Lust, dir zu helfen. Vergiß das nicht. Die ganze Geschichte ist mir vollkommen egal. Ich habe nichts damit zu schaffen.«

»Alan, ich flehe dich an. Überleg doch mal, in welcher Lage ich mich befinde. Kurz bevor du gekommen bist, wäre ich vor Angst beinah ohnmächtig geworden. Eines Tages lernst du die Angst vielleicht selber kennen. Nein! Überleg nicht. Betrachte die Sache vom rein wissenschaftlichen Standpunkt aus. Du fragst normalerweise nicht, woher die Leichen stammen, an denen du deine Experimente durchführst. Frag auch jetzt nicht danach. Ich habe dir sowieso schon zuviel erzählt. Trotzdem, ich bitte dich inständig, es zu tun. Wir waren doch mal Freunde, Alan.«

»Komm mir nicht mit den alten Zeiten, Dorian: Sie sind tot.«

»Totes bleibt manchmal noch ein bißchen. Auch der Tote da oben geht so schnell nicht fort. Er sitzt mit gebeugtem Kopf und ausgestreckten Armen am Tisch. Alan! Alan! Wenn du mir nicht hilfst, bin ich erledigt. Man wird mich hängen, Alan! Begreifst du denn nicht? Man wird mich für meine Tat hängen!«

»Es hat keinen Sinn, hier noch länger herumzureden. Ich weigere mich entschieden, irgend etwas in der Sache zu tun. Du bist verrückt, mich darum zu bitten.«

»Du weigerst dich?«

»Ja.«

»Ich flehe dich an, Alan.«

»Es hat keinen Zweck.«

Erneut trat der mitleidige Blick in Dorian Grays Augen. Er streckte die Hand aus, nahm ein Blatt Papier und schrieb etwas darauf. Er las das Geschriebene zweimal durch, faltete das Blatt sorgfältig zusammen und schob es über den Tisch. Dann stand er auf und ging hinüber zum Fenster.

Campbell sah ihn verblüfft an, nahm das Blatt zur Hand, entfaltete es und begann zu lesen. Sein Gesicht wurde gespenstisch bleich; er sank auf den Stuhl zurück. Eine schreckliche Übelkeit überkam ihn. Ihm war, als pochte sich sein Herz in einer leeren Höhle zu Tode.

Nach zwei oder drei Minuten furchtbaren Schweigens wandte sich Dorian um, trat auf ihn zu, stellte sich hinter ihn und legte ihm die Hand auf die Schulter.

»Tut mir sehr leid für dich, Alan«, murmelte er, »aber du läßt mir keine andere Wahl. Ich habe bereits einen Brief geschrieben. Hier ist er. Du siehst die Anschrift. Wenn du mir nicht hilfst, muß ich ihn abschicken. Wenn du mir nicht hilfst, dann *werde* ich ihn abschicken. Du weißt, welche Folgen das hat. Aber du wirst mir helfen. Jetzt kannst du dich nicht mehr weigern. Ich wollte dich schonen. Das wirst du gerechterweise zugeben müssen. Du warst unnachgiebig, grob und beleidigend. Du hast mich behandelt, wie noch kein Mensch mich zu behandeln gewagt hat – kein noch lebender Mensch jedenfalls. Ich habe alles hingenommen. Jetzt bin *ich* es, der die Bedingungen stellt.«

Campbell vergrub das Gesicht in den Händen; ein Schauer durchrieselte ihn.

»Ja, jetzt bin *ich* an der Reihe, Bedingungen zu diktieren, Alan. Du kennst sie. Die Sache ist ganz einfach. Nun reg dich doch nicht gleich so auf. Die Sache muß erledigt werden. Stell dich ihr und erledige sie.«

Ein Stöhnen brach von Campbells Lippen; er zitterte am ganzen Leib. Die tickende Uhr auf dem Kaminsims schien ihm die Zeit in einzelne Atome der Qual zu zerlegen, von denen jedes so grausig war, daß er es schier nicht ertrug. Ihm war, als zöge sich ihm ganz langsam ein eiserner Ring um die Stirn, als wäre die Schande, die ihm drohte, bereits über ihn gekommen. Die Hand auf seiner Schulter wog schwer wie eine Hand aus Blei. Sie war nicht auszuhalten. Sie schien ihn zu zermalmen.

»Also, Alan, du mußt dich jetzt entscheiden.«

»Ich kann's nicht«, sagte Campbell mechanisch, als könnten Worte etwas daran ändern.

»Du mußt. Du hast keine andere Wahl. Was zögerst du noch?«

Campbell hielt einen Augenblick inne. »Gibt es in dem Zimmer da oben Feuer?«

»Ja, einen Gasofen mit Asbest.«

»Dann fahr ich jetzt mal nach Hause und hol ein paar Sachen aus dem Labor.«

»Nein, Alan, du gehst mir hier nicht weg. Schreib auf, was du brauchst; mein Diener nimmt einen Wagen und bringt dir die Sachen her.«

Campbell kritzelte ein paar Zeilen auf einen Zettel, löschte sie ab und adressierte einen Umschlag an seinen Gehilfen. Dorian nahm den Zettel zur Hand und las ihn aufmerksam durch. Dann läutete er und überreichte ihn seinem Diener mit der Aufforderung, so rasch wie möglich wiederzukommen und die Sachen mitzubringen.

Als die Haustür ins Schloß fiel, zuckte Campbell nervös zusammen; er stand auf und ging zum Kaminsims hinüber. Er zitterte, als hätte er Schüttelfrost. Fast zwanzig Minuten lang sprachen die beiden Männer kein Wort. Eine Fliege surrte geräuschvoll im Zimmer umher; das Tikken der Uhr klang wie Hammerschläge.

Als die Turmuhr eins schlug, drehte sich Campbell um, blickte Dorian Gray an und sah, daß in seinen Augen Tränen standen. Irgend etwas in der Makellosigkeit und Schönheit dieses Gesichts versetzte ihn anscheinend in Wut. »Du bist widerwärtig, absolut widerwärtig!« stieß er leise hervor.

»Still, Alan: Du hast mir immerhin das Leben gerettet«, sagte Dorian.

»Dein Leben? Großer Gott! Was ist das denn für ein Leben! Du hast dir ein Laster nach dem anderen geleistet, und jetzt bist du auch noch zum Verbrecher geworden. Wenn ich das nun tue, das tue, wozu du mich zwingst, dann denke ich dabei nicht an dein Leben.«

»Ach, Alan«, murmelte Dorian seufzend, »hättest du doch nur ein Tausendstel des Mitleids für mich, das ich für dich empfinde.« Mit diesen Worten wandte er sich ab und blickte in den Garten hinaus. Campbell gab keine Antwort.

Etwa zehn Minuten später klopfte es; der Diener erschien mit einem großen Mahagonikasten voller Chemikalien, einer langen Rolle Stahl- und Platindraht und zwei recht merkwürdig geformten Eisenzwingen.

»Soll ich die Sachen hierlassen, Sir?« fragte er Campbell.

»Ja«, sagte Dorian. »Und ich fürchte, Francis, ich habe noch einen weiteren Auftrag für Sie. Wie heißt doch gleich der Mann in Richmond, der Selby die Orchideen liefert?«

»Harden, Sir.«

»Ah ja – Harden. Dann fahren Sie bitte unverzüglich nach Richmond; sprechen Sie mit Harden persönlich und richten ihm aus, er möchte doppelt so viele Orchideen schicken, wie ich bestellt habe, und zwar möglichst wenig weiße. Eigentlich will ich überhaupt keine weißen. Der Tag ist schön, Francis, und Richmond ist ein sehr hübscher Ort – es wird Ihnen also nicht allzu verdrießlich werden.«

»Keine Ursache, Sir. Wann soll ich wieder zurück sein?«

Dorian warf Campbell einen Blick zu. »Wie lange brauchst du für dein Experiment, Alan?« fragte er mit ruhiger, gleichmütiger Stimme. Die Anwesenheit eines Dritten machte ihn offenbar besonders mutig.

Campbell runzelte die Stirn und biß sich auf die Lippen. »Ungefähr fünf Stunden«, erwiderte er.

»Dann genügt es, wenn Sie um halb acht zurück sind, Francis. Oder warten Sie: Legen Sie mir doch noch meine Sachen zum Umziehen raus. Sie können den Abend freinehmen. Ich werde nicht zu Hause dinieren und Sie folglich nicht brauchen.«

»Danke, Sir«, sagte der Diener und ging hinaus.

»So, Alan, jetzt dürfen wir keine Zeit mehr verlieren. Der Kasten ist aber schwer! Ich trag ihn für dich. Du nimmst die anderen Sachen.« Dorian sprach rasch und gebieterisch. Campbell fühlte sich geradezu beherrscht von ihm. Die beiden verließen zusammen die Bibliothek.

Am obersten Treppenabsatz angelangt, holte Dorian den Schlüssel hervor und schloß die Tür auf. Dann zögerte er; ein verwirrter Ausdruck trat in seine Augen. Ihn schauderte. »Ich glaube, ich kann da nicht rein, Alan«, murmelte er.

»Ist mir egal. Ich brauche dich dazu nicht«, sagte Campbell kühl.

Dorian machte die Tür ein Stück auf. Dabei fiel sein Blick auf das Gesicht seines Porträts; es grinste ihn höhnisch im Sonnenlicht an. Auf dem Boden davor lag der abgerissene Vorhang. Er erinnerte sich, daß er in der voraufgegangenen Nacht zum erstenmal in seinem Leben vergessen hatte, die verhängnisvolle Leinwand zu verhüllen, und wollte schon ins Zimmer stürzen, da fuhr er schaudernd zurück.

Was war das für ein ekelhafter roter Tau, der feucht und hell auf der einen Hand schimmerte, gerade so, als hätte die Leinwand Blut geschwitzt? Wie grauenhaft! – Grauenhafter noch, so schien es ihm einen Augenblick, als das stumme Wesen, das, wie er wußte, hingestreckt auf dem Tisch lag, das Wesen, dessen bizarr verzerrter Schatten auf dem fleckigen Teppich ihm zeigte, daß es sich nicht von der Stelle gerührt hatte, sondern noch immer so dasaß, wie er es verlassen hatte.

Er holte tief Luft, machte die Tür noch ein wenig weiter auf und trat mit halbgeschlossenen Augen und abgewandtem Gesicht rasch ein, fest entschlossen, nicht einen einzigen Blick auf den Toten zu werfen. Dann bückte er sich, hob die purpurgoldene Decke auf und hängte sie hastig über das Bild.

Aus Angst, sich umdrehen zu müssen, blieb er stehen, die Augen starr auf das verschlungene Stoffmuster vor ihm gerichtet. Er hörte, wie Campbell den schweren Kasten, die Eisenzwingen und übrigen Dinge hereintrug, die er für sein schauriges Werk benötigte. Er fragte sich, ob sich Campbell und Basil Hallward schon einmal begegnet waren, und wenn ja, was sie voneinander gehalten hatten.

»Laß mich jetzt allein«, sagte eine strenge Stimme hinter ihm.

Er wandte sich um, eilte hinaus und bekam dabei gerade noch mit, wie Campbell den Toten auf den Stuhl zurückschob und dann in ein schimmerndes gelbes Gesicht starrte. Als er die Treppe hinabging, hörte er, wie der Schlüssel im Schloß gedreht wurde.

Lange nach sieben kehrte Campbell wieder in die Bibliothek zurück. Er war blaß, aber vollkommen ruhig. »Ich habe getan, was du von mir verlangt hast«, murmelte er. »Und nun leb wohl. Wir wollen uns nie wiedersehen.«

»Du hast mich vor dem Untergang gerettet, Alan. Das werde ich dir nie vergessen«, sagte Dorian nur.

Kaum war Campbell aus dem Haus, ging er nach oben. Im Zimmer roch es grauenvoll nach Salpetersäure. Aber das Wesen, das am Tisch gesessen hatte, war nicht mehr da.

15 Am gleichen Abend, um halb neun, wurde Dorian Gray, überaus elegant gekleidet und mit einem Sträußchen Parmaveilchen im Knopfloch, von dienernden Lakaien in Lady Narboroughs Salon geleitet. Die Stirn pochte ihm vor geradezu rasender Überreiztheit; er war zutiefst aufgewühlt, doch als er sich über die Hand seiner Gastgeberin beugte, war sein Auftreten so unbefangen und anmutig wie immer. Vielleicht stellt sich die wahre innere Ruhe erst ein, wenn man eine Rolle zu spielen hat. Jedenfalls hätte wohl niemand, der Dorian Gray an diesem Abend sah, sich träumen lassen, daß er eine Tragödie hinter sich hatte, die so entsetzlich war wie nur irgendeine Tragödie unserer Zeit. Diese feingliedrigen Hände konnten niemals ein Messer zu einer Greueltat umklammert, diese lächelnden Lippen sich niemals wider Gott und das Gute empört haben. Sogar er selbst konnte nicht umhin, sich über seine Gelassenheit zu wundern, und einen Augenblick lang bereitete ihm das Gefühl, ein Doppelleben zu führen, eine schaurige Wonne.

Es war eine kleine Gesellschaft, ein wenig überhastet zusammengestellt von Lady Narborough, einer sehr geistreichen Frau, der – wie Lord Henry es immer nannte – die Überreste einer wahrhaft denkwürdigen Häßlichkeit anhafteten. Sie hatte sich einem unserer langweiligsten Gesandten als exzellente Gattin erwiesen, und nachdem sie ihren Gemahl in einem von ihr selbst entworfenen Marmormausoleum bestattet und ihre Töchter an wohlhabende, schon etwas ältere Männer verheiratet hatte, ergab sie sich nun den Freuden französischer Literatur, französischer Küche und des französischen *Esprit*, wann immer sich dazu Gelegenheit fand.

Dorian war einer ihrer besonderen Lieblinge; wiederholt hatte sie ihm versichert, sie sei heilfroh, daß sie ihn nicht schon in ihrer Jugendzeit kennengelernt habe. »Ich bin sicher, mein Lieber, ich hätte mich rasend in Sie verliebt«, sagte sie oft, »und für Sie hätte ich bedenkenlos meine Haube über die Mühlen geworfen, wie es bei den Franzosen so schön heißt. Wie gut, daß Sie damals noch gar nicht in Sicht waren. Zudem waren die Hauben seinerzeit so unkleidsam und die Mühlen so sehr damit beschäftigt, den Wind aufzufangen, daß es für mich nicht einmal zu einer kleinen Liebelei reichte. Aber genaugenommen war daran nur Narborough schuld. Er war nämlich furchtbar kurzsichtig, und einen Mann zu betrügen, der überhaupt nichts sieht, macht keinen richtigen Spaß.«

Ihre Gäste seien heute abend recht langweilig. Die Sache sei die, erklärte sie Dorian hinter ihrem sehr schäbigen Fächer, daß eine ihrer verheirateten Töchter ganz überraschend zu Besuch gekommen sei, und, schlimmer noch, doch tatsächlich ihren Mann mitgebracht habe. »Ich finde das höchst unhöflich von ihr, mein Lieber«, flüsterte sie. »Natürlich besuche ich sie jeden Sommer, wenn ich von Bad Homburg zurückkomme, aber eine alte Frau wie ich braucht schließlich ab und zu frische Luft, und außerdem störe ich sie dort nur beim Schlafen. Wenn Sie wüßten, was für eine Existenz die beiden da unten führen. Das reinste, unverfälschteste Landleben. Sie stehen früh auf, weil sie so viel zu tun, und gehen früh zu Bett, weil sie so wenig zum Nachdenken haben. Seit der Zeit Königin Elisabeths hat es in der Gegend keinen Skandal mehr gegeben, und folglich schlafen nach dem Abendessen alle gleich ein. Die beiden sind nicht die richtigen Sitznachbarn für Sie. Sie sitzen neben mir und unterhalten mich ein bißchen.«

Dorian murmelte ein artiges Kompliment und blickte sich im Raum um. Ja; es handelte sich zweifellos um eine langweilige Gesellschaft. Zwei der Anwesenden hatte er noch nie gesehen; die anderen waren Ernest Harrowden, einer der in den Londoner Klubs so häufig anzutreffenden Durchschnittsmänner mittleren Alters, die zwar keine Feinde haben, bei ihren Freunden jedoch alles andere als beliebt sind; Lady Ruxton, eine aufgedonnerte, hakennasige Frau von siebenundvierzig Jahren, die es immerzu darauf anlegte, sich zu kompromittieren, aber so ungewöhnlich reizlos war, daß zu ihrer großen Enttäuschung niemand ihr etwas Schlechtes zutraute; Mrs. Erlynne, ein aufdringliches Nichts mit einem entzückenden Lispeln und venezianischrotem Haar; Lady Alice Chapman, die Tochter der Gastgeberin, ein nachlässig gekleidetes, farbloses Mädchen mit einem jener typisch britischen Gesichter, an die man sich hinterher nicht mehr erinnert, und ihr Gemahl, ein rotwangiger, weißbärtiger Mensch, der, wie so viele seines Standes, der Ansicht war, hemmungslose Fröhlichkeit könne völlige Einfallslosigkeit wettmachen.

Es tat ihm schon leid, daß er gekommen war, da rief Lady Narborough nach einem Blick auf die große, golden bronzierte Uhr, die in protziger Rundung auf dem malvenfarbig drapierten Kaminsims prangte, plötzlich aus: »Wie abscheulich von Henry Wotton, sich derartig zu verspäten! Ich habe ihm heut morgen auf gut Glück eine Einladung zukommen lassen, und er hat mir hoch und heilig versprochen, mich nicht zu enttäuschen.«

Daß Harry kommen sollte, war immerhin ein gewisser Trost, und als die Tür aufging und er seine leise, melodische Stimme vernahm, die irgendeiner unaufrichtigen Entschuldigung ihren Zauber verlieh, war seine Langeweile wie weggeblasen.

Doch bei Tisch brachte er keinen Bissen hinunter. Ein Teller nach dem anderen ging unberührt zurück. Lady Narborough schalt ihn deswegen unentwegt aus, denn das sei »eine Beleidigung für den armen Adolphe, der das Menü eigens für Sie komponiert hat«; Lord Henry, verwundert über seine Schweigsamkeit und Zerstreutheit, warf ihm dann und wann einen Blick zu. Von Zeit zu Zeit schenkte ihm der Butler Champagner nach. Er trank gierig; sein Durst schien immer größer zu werden.

»Dorian«, sagte Lord Henry schließlich, als das *chaud-froid* herumgereicht wurde, »was ist denn heut abend mit Ihnen los? Sie sind ja gar nicht recht bei sich.«

»Wahrscheinlich ist er verliebt«, rief Lady Narborough, »und vor lauter Angst, ich könnte eifersüchtig werden, hat er mir nichts davon gesagt. Aber er hat ja recht. Ich wäre bestimmt eifersüchtig.«

»Liebe Lady Narborough«, murmelte Dorian lächelnd, »ich bin schon seit einer ganzen Woche nicht mehr verliebt – genauer gesagt, nicht mehr, seit Madame de Ferrol die Stadt verlassen hat.«

»Wie könnt ihr Männer euch bloß in diese Frau verlieben!« rief die alte Dame. »Das ist mir wahrhaftig unbegreiflich.«

»Einfach deswegen, weil sie sich noch an Sie erinnern kann, als Sie ein kleines Mädchen waren, Lady Narborough«, sagte Lord Henry. »Sie ist das einzige Bindeglied zwischen uns und Ihren kurzen Röckchen.«

»Sie erinnert sich überhaupt nicht an meine kurzen Röckchen, Lord Henry. Ich dagegen erinnere mich noch sehr gut an sie, in Wien vor dreißig Jahren, und wie *décolletée* sie damals war.«

»Sie ist noch immer *décolletée*«, erwiderte er und nahm sich mit den langen Fingern eine Olive; »und wenn sie eins ihrer hochschicken Kleider trägt, sieht sie aus wie die *édition de luxe* eines schlechten französischen Romans. Sie ist wirklich reizend und steckt voller Überraschungen. Was die Zuneigung zu ihrer Familie betrifft, verfügt sie über erstaunliche Gaben. Kaum war ihr dritter Ehemann gestorben, haben sich ihre Haare urplötzlich in Gold verwandelt.«

»Wie können Sie nur, Harry!« rief Dorian.

»Eine überaus romantische Deutung«, lachte die Gastgeberin. »Aber wieso denn ihr dritter Ehemann, Lord Henry? Heißt das, Ferrol ist schon der vierte?«

»Aber ja, Lady Narborough.«

»Ich glaube Ihnen kein Wort.«

»Nun, dann fragen Sie Mr. Gray. Er ist einer ihrer engsten Freunde.«

»Ist es wahr, Mr. Gray?«

»Zumindest hat sie's mir versichert, Lady Narborough«, sagte Dorian. »Ich habe sie nämlich mal gefragt, ob sie wie Margarete von Navarra die Herzen ihrer Männer einbalsamieren läßt und dann am Gürtel trägt. Was sie verneinte, da sie angeblich gar kein Herz hatten.«

»Vier Ehemänner! Also wahrhaftig, das ist *trop de zèle*.«

»*Trop d'audace*, sage ich immer zu ihr«, erwiderte Dorian.

»Oh! Die Kühnheit dieser Dame schreckt vor nichts zurück, mein Lieber. Und was ist Ferrol für ein Mensch? Ich kenne ihn nicht.«

»Sehr schöne Frauen haben immer Verbrecher zu Ehemännern«, sagte Lord Henry und nippte am Wein.

Lady Narborough versetzte ihm einen Klaps mit dem Fächer. »Lord Henry, es wundert mich überhaupt nicht, daß die Welt Sie für einen ganz bösen Menschen hält.«

»Welche Welt denn?« fragte Lord Henry und zog die Brauen hoch. »Doch wohl nur die nächste Welt. Mit dieser Welt verstehe ich mich nämlich ausgezeichnet.«

»Alle meine Bekannten sagen, Sie sind sehr böse«, rief die alte Dame und schüttelte den Kopf.

Lord Henry machte ein paar Augenblicke lang ein ernstes Gesicht. »Wirklich unerhört«, sagte er schließlich, »wie einem heutzutage hinter dem Rücken etwas nachgesagt wird, was voll und ganz der Wahrheit entspricht.«

»Ist er nicht unverbesserlich?« rief Dorian und beugte sich auf dem Stuhl nach vorne.

»Das will ich doch hoffen«, antwortete die Gastgeberin lachend. »Aber wenn Sie alle für Madame de Ferrol eine so lächerliche Verehrung empfinden, dann muß ich wohl wieder heiraten, wenn ich nicht ganz aus der Mode sein will.«

»Sie werden bestimmt nicht noch einmal heiraten, Lady Narborough«, wandte Lord Henry ein. »Dazu waren Sie viel zu glücklich. Wenn eine Frau sich wiederverheiratet, dann nur deswegen, weil sie ihren ersten Ehemann verabscheut hat. Wenn ein Mann wieder heiratet, dann deswegen, weil er seine erste Ehefrau angebetet hat. Frauen versuchen ihr Glück; Männer setzen das ihre aufs Spiel.«

»Narborough war nicht vollkommen«, rief die alte Dame.

»Wäre er's gewesen, hätten Sie ihn nicht geliebt, meine Verehrteste«, kam die Antwort. »Frauen lieben uns, weil wir Fehler haben. Haben wir genug Fehler, dann verzeihen sie uns alles, sogar unsern Verstand. Ich fürchte, nach dieser Bemerkung werden Sie mich nie wieder zum Dinner einladen, Lady Narborough, aber es ist wirklich wahr.«

»Natürlich ist es wahr, Lord Henry. Wenn wir Frauen euch nicht um eurer Fehler willen liebten, was wäre dann mit euch? Keiner von euch würde jemals heiraten. Ihr wärt eine Horde von unglücklichen Junggesellen. Allerdings würde das auch nicht viel ändern. Heutzutage leben alle Ehemänner wie Junggesellen und alle Junggesellen wie Ehemänner.«

»*Fin de siècle*«, murmelte Lord Henry.

»*Fin du globe*«, antwortete die Gastgeberin.

»Ich wollte, es wäre *fin du globe*«, sagte Dorian seufzend. »Das Leben ist eine große Enttäuschung.«

»Ach, mein Lieber«, rief Lady Narborough und zog ihre Handschuhe an, »Sie wollen mir doch nicht erzählen, daß Sie das Leben schon ganz ausgeschöpft haben. Wenn ein Mann so etwas sagt, dann weiß man, daß das Leben *ihn* ausgeschöpft hat. Lord Henry ist sehr böse, und manchmal wünsche ich mir, ich wäre auch böse gewesen; Sie aber sind dazu geschaffen, gut zu sein – zumindest sehen Sie sehr gut aus. Ich muß unbedingt eine nette Frau für Sie finden. Lord Henry, meinen Sie nicht auch, daß Mr. Gray heiraten sollte?«

»Genau das sage ich ihm auch immer, Lady Narborough«, sagte Lord Henry mit einer Verbeugung.

»Na, dann sehen wir uns einfach mal um, ob wir was Passendes für ihn auftreiben können. Ich werde noch heut nacht sorgfältig den Debrett durchgehn und eine Liste aller in Frage kommenden jungen Damen aufstellen.«

»Mit Altersangabe, Lady Narborough?« erkundigte sich Dorian.

»Selbstverständlich mit Altersangabe; ein bißchen korrigiert vielleicht. Aber wir wollen nichts überstürzen. Es soll schließlich genau das werden, was die *Morning Post* immer eine ›standesgemäße Partie‹ nennt, und ich möchte, daß Sie beide glücklich sind.«

»Welchen Unsinn die Leute doch über glückliche Ehen verbreiten!« rief Lord Henry. »Ein Mann kann mit jeder Frau glücklich sein, solange er sie nicht liebt.«

»Ah! Was sind Sie doch für ein Zyniker!« rief die alte Dame; sie schob ihren Stuhl zurück und nickte Lady Ruxton zu. »Sie müssen bald wieder bei mir dinieren. Sie sind wirklich ganz wunderbar anregend – viel anregender als das Mittel, das Sir Andrew mir immer verschreibt. Sie müssen mir aber sagen, wen Sie beim Dinner dabei haben wollen. Es soll eine erfreuliche Veranstaltung werden.«

»Am liebsten wären mir Männer, die eine Zukunft, und Frauen, die eine Vergangenheit haben«, erwiderte Lord Henry. »Oder meinen Sie, dann würde ein Damenkränzchen daraus?«

»Das steht zu befürchten«, sagte sie lachend; sie erhob sich. »Ich bitte tausendmal um Vergebung, meine liebe Lady Ruxton«, fügte sie hinzu. »Mir ist ganz entgangen, daß Sie Ihre Zigarette noch nicht zu Ende geraucht haben.«

»Keine Ursache, Lady Narborough. Ich rauche ohnehin viel zuviel. Künftig werde ich mich ein wenig einschränken.«

»Bitte nicht, Lady Ruxton«, sagte Lord Henry. »Mäßigung ist etwas Fatales. Genug ist so schlecht wie eine Mahlzeit. Mehr als genug ist so gut wie ein Festschmaus.«

Lady Ruxton warf ihm einen befremdeten Blick zu. »Das müssen Sie mir unbedingt näher erklären; kommen Sie doch nachmittags einmal bei mir vorbei. Hört sich ja ganz nach einer faszinierenden Theorie an«, murmelte sie und rauschte aus dem Zimmer.

»Und jetzt halten Sie sich bloß nicht zu lange mit Ihrer Politik und Ihren Skandalgeschichtchen auf«, rief Lady Narborough von der Tür her. »Sonst kriegen wir uns oben bestimmt in die Haare.«

Die Männer lachten; Mr. Chapman erhob sich feierlich vom unteren Ende der Tafel und begab sich zum Kopfende. Dorian Gray wechselte den Platz und setzte sich neben Lord Henry. Mr. Chapman begann mit lauter Stimme über die Zustände im Unterhaus zu sprechen. Er lachte schallend über seine Widersacher. Das Wort *doktrinär* – ein abscheuliches Wort für das britische Gemüt – tauchte immer wieder zwischen seinen Ausbrüchen auf. Eine alliterierende Vorsilbe diente ihm als rhetorische Verzierung. Er hißte den Union Jack auf den Zinnen des Denkens. Die angeborene Borniertheit der Rasse – gesunden englischen Menschenverstand nannte er sie jovial – wurde als das eigentliche Bollwerk der Gesellschaft beschworen.

Ein Lächeln kräuselte Lord Henrys Lippen; er drehte sich um und sah Dorian an.

»Geht's Ihnen jetzt besser, mein Lieber?« fragte er. »Sie waren beim Dinner offenbar nicht ganz auf der Höhe.«

»Es geht mir sehr gut, Harry. Ich bin bloß müde. Das ist alles.«

»Sie waren bezaubernd gestern abend. Die kleine Duchess betet Sie gradezu an. Sie sagt mir, sie will bald nach Selby fahren.«

»Sie hat versprochen, am Zwanzigsten zu kommen.«

»Wird Monmouth ebenfalls da sein?«

»Aber ja, Harry.«

»Er langweilt mich entsetzlich, beinah genauso, wie er sie langweilt. Sie ist sehr gescheit, zu gescheit für eine Frau. Ihr fehlt der undefinierbare Zauber der Schwäche. Erst die tönernen Füße machen das Gold eines Standbildes kostbar. Sicher, sie hat sehr hübsche Füße, aber sie sind eben nicht aus Ton. Weiße Porzellanfüße, wenn Sie so wollen. Sie sind durchs Feuer gegangen, und was Feuer nicht zerstört, das härtet es. Sie hat da gewisse Erfahrungen.«

»Wie lang ist sie denn schon verheiratet?« fragte Dorian.

»Eine Ewigkeit, sagt sie. Dem Adelskalender nach sind's wohl zehn Jahre, aber zehn Jahre mit Monmouth dürften länger als eine Ewigkeit sein. Wer kommt sonst noch?«

»Oh, die Willoughbys, Lord Rugby mit Ehefrau, unsre Gastgeberin. Geoffrey Clouston – die übliche Besetzung. Ich habe Lord Grotrian eingeladen.«

»Ich mag ihn«, sagte Lord Henry. »Manche haben was gegen ihn, aber ich finde ihn bezaubernd. Daß er sich manchmal ein bißchen zu elegant kleidet, macht er dadurch wieder wett, daß er viel zu gebildet ist. Er ist ein ausgesprochen moderner Mensch.«

»Ich weiß nicht, ob er auch wirklich kommen kann, Harry. Vielleicht muß er seinen Vater nach Monte Carlo begleiten.«

»Ah! Die lieben Verwandten sind doch wahrhaftig eine Plage! Versuchen Sie ihn zu überreden. Übrigens, Dorian – Sie haben sich gestern abend ja ziemlich schnell aus dem Staub gemacht. Sie sind schon vor elf gegangen. Hatten Sie denn noch was vor? Oder sind Sie sofort nach Hause?«

Dorian warf ihm einen kurzen Blick zu und runzelte die Stirn. »Nein, Harry«, sagte er schließlich, »ich bin erst kurz vor drei nach Hause gekommen.«

»Waren Sie noch im Klub?«

»Ja«, antwortete Dorian. Dann biß er sich auf die Lippen. »Das heißt, nein. Ich war nicht im Klub. Ich bin ein bißchen spazierengegangen. Ich hab vergessen, was ich … Wie neugierig Sie sind, Harry! Immer wollen Sie wissen, was man gemacht hat. Ich möchte immer vergessen, was ich gemacht habe. Wenn Sie's genau wissen wollen – ich bin um halb drei nach Hause gekommen. Ich hatte meinen Schlüssel zu Hause liegenlassen; mein Diener mußte mir öffnen. Falls Sie in diesem Punkt eine beweiskräftige Aussage benötigen, können Sie ihn ja fragen.«

Lord Henry zuckte die Achseln. »Lieber Freund, als ob mich das interessierte! Gehn wir doch hinauf in den Salon. Keinen Sherry, danke, Mr. Chapman. Irgendwas ist mit Ihnen passiert, Dorian. Sagen Sie's mir. Sie sind ganz verändert heut abend.«

»Machen Sie sich meinetwegen keine Gedanken, Harry. Ich bin bloß etwas gereizt und schlecht gelaunt. Ich schau morgen oder übermorgen bei Ihnen vorbei. Entschuldigen Sie mich bitte bei Lady Narborough. Ich komme nicht mit nach oben. Ich geh nach Hause. Ich muß nach Hause.«

»Schon gut, Dorian. Ich hoffe doch, wir sehn uns morgen beim Tee. Die Duchess kommt auch.«

»Ich will schaun, daß es sich einrichten läßt, Harry«, sagte Dorian, schon im Hinausgehen. Auf der Fahrt nach Hause spürte er, daß die furchtbare Angst, die er erstickt zu haben glaubte, zurückgekehrt war. Bei Lord Henrys beiläufigen Fragen hatte er einen Augenblick lang die Nerven verloren, und er brauchte seine Nerven noch. Dinge, die ihm gefährlich werden konnten, mußten vernichtet werden. Ihn schauderte. Allein schon die Vorstellung, diese Dinge zu berühren, war ihm ein Greuel.

Dennoch, es mußte getan werden. Das war ihm klar, und als er die Tür seiner Bibliothek abgeschlossen hatte, öffnete er den Geheimschrank, in den er Basil Hallwards Mantel und Reisetasche geworfen hatte. Im Kamin loderte ein mächtiges Feuer. Er legte noch einen Holzscheit nach. Der Gestank der sengenden Kleidung und des brennenden Leders war grauenhaft. Es dauerte eine Dreiviertelstunde, bis er alles verbrannt hatte. Danach fühlte er sich matt und krank; er zündete sich in einer durchbrochenen Kupferpfanne ein paar algerische Räucherkerzchen an und netzte sich Hände und Stirn mit kühlem, nach Moschus duftendem Essig.

Plötzlich fuhr er auf. In seine Augen trat ein sonderbarer Glanz; er nagte nervös an der Unterlippe. Zwischen zwei Fenstern stand ein großer florentinischer Ebenholzschrank, eingelegt mit Elfenbein und blauem Lapislazuli. Er betrachtete ihn, als gingen zugleich Angst und Zauberkraft von ihm aus, als berge er etwas, wonach er sich sehnte und das er doch fast verabscheute. Sein Atem ging immer schneller. Ein geradezu rasendes Verlangen überkam ihn. Er zündete sich eine Zigarette an und warf sie wieder fort. Seine Lider senkten sich, bis die langen Wimpern beinahe seine Wangen berührten. Dennoch ließ er den Schrank nicht aus den Augen. Schließlich erhob er sich von dem Sofa, auf dem er gelegen hatte, ging hinüber, schloß den Schrank auf und berührte eine verborgene Feder. Ein dreieckiges Schubfach glitt langsam hervor. Seine Finger bewegten sich unwillkürlich darauf zu, griffen hinein und schlossen sich um etwas. Es war eine kleine chinesische Dose mit einem schwarzen, goldbestäubten Lacküberzug, kunstvoll gearbeitet, die Seitenflächen mit Wellenlinien verziert; an den Seidenschnüren hingen runde Kristalle und Quasten aus geflochtenen Metallfäden. Er öffnete sie. Sie enthielt eine grüne, wachsartig schimmernde Masse, die einen sonderbar intensiven und nachhaltigen Duft verströmte.

Er zögerte ein paar Augenblicke; in seinem Gesicht lag ein eigenartig unbewegtes Lächeln. Er zitterte, obwohl es im Zimmer furchtbar heiß war; schließlich straffte er sich und warf einen Blick auf die Uhr. Es war zwanzig vor zwölf. Er legte die Dose wieder zurück, schloß die Schranktüren und begab sich ins Schlafzimmer.

Als die Mitternacht ihre bronzenen Schläge durch die Dunkelheit dröhnen ließ, schlich sich Dorian Gray in ganz gewöhnlicher Kleidung und mit einem dicken Schal um den Hals klammheimlich aus dem Haus. In der Bond Street entdeckte er eine Kutsche mit einem guten Pferd. Er hielt sie an und flüsterte dem Kutscher eine Adresse zu.

Der Mann schüttelte den Kopf. »Das ist zu weit für mich«, brummte er.

»Hier haben Sie einen Sovereign«, sagte Dorian. »Wenn Sie schnell fahren, kriegen Sie noch einen.«

»In Ordnung, Sir«, erwiderte der Mann, »in einer Stunde sind Sie da«; er steckte das Fahrgeld ein, wendete sein Pferd und fuhr eilig in Richtung Fluß.

16 Ein kalter Regen setzte ein, und die trüben Straßenlaternen schimmerten geisterhaft im triefenden Nebel. Die Schankstuben schlossen gerade; nur undeutlich zu erkennende Männer- und Frauengestalten standen in verstreuten Gruppen vor den Türen beisammen. Aus einigen der Schenken ertönte grauenvolles Gelächter. In anderen lärmten und grölten Betrunkene.

In der Kutsche zurückgelehnt, den Hut in die Stirn gezogen, beobachtete Dorian Gray mit teilnahmslosem Blick die schmutzige Schmach der großen Stadt; dann und wann murmelte er leise vor sich hin, was Lord Henry am Tag ihrer ersten Begegnung zu ihm gesagt hatte: »Die Sinne heilen die Seele, und die Seele heilt die Sinne.« Ja, das war das ganze Geheimnis. Er hatte es oft erprobt und würde es auch heute wieder erproben. Es gab Opiumhöhlen, wo das Vergessen zu kaufen war, Höhlen des Grauens, wo sich die Erinnerung an alte Sünden durch den Wahnsinn neuer Sünden auslöschen ließ.

Der Mond, einem gelben Schädel gleich, hing tief am Himmel. Hin und wieder streckte eine riesige, unförmige Wolke ihren langen Arm aus und versteckte ihn. Die Gaslaternen wurden spärlicher, die Straßen enger und düsterer. Einmal kam der Kutscher vom Weg ab und mußte eine halbe Meile zurückfahren. Dampf stieg von seinem Pferd auf, wenn es die Pfützen aufspritzen ließ. Die Seitenfenster der Kutsche waren mit flanellgrauen Dunstschleiern bedeckt.

»Die Sinne heilen die Seele, und die Seele heilt die Sinne!« Wie die Worte ihm in den Ohren klangen! Seine Seele war wirklich todkrank. War es wahr, daß die Sinne sie heilen konnten? Unschuldiges Blut war vergossen worden. Wie konnte das gesühnt werden? Ach! Dafür gab es keine Sühne; doch wenn auch Vergebung unmöglich war, Vergessen war immer noch möglich, und er war entschlossen, zu vergessen, das Ganze auszumerzen, es zu zermalmen, wie man die Natter zermalmt, die einen gebissen hat. Und außerdem, woher hatte sich Basil eigentlich das Recht genommen, derartig mit ihm zu sprechen? Wer hatte ihn zum Richter über andere gemacht? Was er gesagt hatte, war grauenhaft und schrecklich, es konnte nicht einfach so hingenommen werden.

Immer weiter rumpelte die Kutsche dahin, doch zugleich schien sie immer langsamer zu werden. Er stieß die Klappe auf und rief dem Kutscher zu, er solle schneller fahren. Der gräßliche Hunger nach Opium

begann an ihm zu nagen. Seine Kehle brannte, und seine feingliedrigen Hände krampften sich nervös zusammen. Wie besessen hieb er mit seinem Stock auf das Pferd ein. Der Kutscher lachte und trieb das Tier mit der Peitsche an. Dorian lachte ebenfalls; der Mann verstummte.

Die Fahrt schien kein Ende zu nehmen, die Straßen wirkten wie das schwarze Netz einer krabbelnden Spinne. Die Eintönigkeit wurde unerträglich, und als der Nebel immer dichter wurde, verspürte Dorian plötzlich Angst.

Dann kamen sie an einsamen Ziegeleien vorbei. Der Nebel lichtete sich ein wenig; Dorian konnte die seltsamen, flaschenförmigen Brennöfen mit ihren orangeroten, fächerartigen Feuerzungen erkennen. Ein Hund bellte, als sie vorüberfuhren, und weitab in der Dunkelheit schrie eine verirrte Möwe. Das Pferd stolperte in einer Furche, brach seitlich aus und fiel in Galopp.

Nach einer Weile verließen sie den Lehmweg und ratterten wieder über grobgepflasterte Straßen. Die meisten Fenster waren dunkel, aber hie und da zeichneten sich hinter den von Lampen erleuchteten Vorhängen bizarre Schatten ab. Er betrachtete sie neugierig. Sie bewegten sich wie ungeheure Marionetten und gestikulierten wie Lebewesen. Sie waren ihm ein Greuel. Eine dumpfe Wut war in seinem Herzen. Als sie um eine Ecke bogen, schrie ihnen eine Frau aus einer offenen Tür etwas nach; zwei Männer liefen dem Wagen fast hundert Meter weit hinterher. Der Kutscher schlug mit der Peitsche auf sie ein.

Man sagt, die Leidenschaft lasse einen im Kreis denken. In der Tat, die zernagten Lippen Dorian Grays formten mit gräßlicher Beharrlichkeit immer wieder jene berückenden, von der Seele und den Sinnen handelnden Worte, bis er in ihnen gleichsam den vollen Ausdruck seiner Stimmung gefunden und durch geistige Billigung Leidenschaften gerechtfertigt hatte, die auch ohne eine solche Rechtfertigung sein Wesen beherrscht hätten. Dieser eine Gedanke kroch durch seine Gehirnzellen; und die wilde Lebensgier, die schlimmste aller Begierden, weckte in jeder zitternden Fiber und Faser neue Kräfte. Die Häßlichkeit, einst ihm zuwider, weil sie den Dingen Wirklichkeit verlieh, wurde ihm nun aus just diesem Grunde teuer. Die Häßlichkeit war die einzige Wirklichkeit. Das grobe Gegröle, die abscheuliche Schenke, die rohe Gewalt eines ungezügelten Lebens, die Niedertracht und Verworfenheit von Dieben und Ausgestoßenen waren in ihrer unmittelbaren Eindringlichkeit lebendiger als alle anmutigen Gestalten der Kunst, alle traumhaften Schatten der Poesie. Sie brauchte er, um vergessen zu können. In drei Tagen würde er frei sein.

An der Einmündung zu einer Gasse brachte der Kutscher den Wagen plötzlich mit einem Ruck zum Stehen. Hinter den niedrigen Dächern und gezackten Schornsteinreihen der Häuser ragten schwarze Schiffsmasten empor. Weiße Nebelschwaden hingen wie gespenstische Segel an den Rahen.

»Irgendwo hier in der Gegend, Sir, stimmt's?« fragte der Mann mit rauher Stimme durch die Klappe.

Dorian zuckte zusammen und sah in die Runde. »Ist gut«, erwiderte er; er stieg hastig aus und gab dem Kutscher das versprochene zusätzliche Fahrgeld; dann ging er raschen Schrittes in Richtung Kai. Hier und da schimmerte eine Laterne am Heck eines riesigen Handelsschiffes. Das Licht zitterte und brach sich in den Pfützen. Ein roter Lichtschein kam von einem auslaufbereiten, gerade Kohle einnehmenden Überseedampfer. Das glitschige Pflaster sah aus wie ein nasser Regenmantel.

Er eilte nach links weiter und warf gelegentlich einen Blick nach hinten, um nachzusehen, ob ihm jemand folgte. Nach etwa sieben oder acht Minuten hatte er ein kleines schäbiges Haus erreicht, das zwischen zwei verwaisten Fabrikgebäuden eingekeilt war. In einem der oberen Fenster stand eine Lampe. Er blieb stehen und gab ein bestimmtes Klopfzeichen.

Wenig später vernahm er Schritte im Flur und hörte, wie die Kette ausgehakt wurde. Leise öffnete sich die Tür; er ging hinein, ohne die vierschrötige, häßliche Gestalt, die sich bei seinem Eintreten in den Schatten drückte, eines Wortes zu würdigen. Am Ende des Flurs hing ein zerschlissener grüner Vorhang, der in dem böigen Wind, der von der Straße mit hereingekommen war, hin und her flatterte. Dorian zog ihn zur Seite und betrat einen langen, niedrigen Raum, der aussah, als sei er einmal ein drittklassiger Ballsaal gewesen. Grell flackernde Gasleuchten, deren Widerschein dumpf und verzerrt in den von Fliegenschmutz getrübten Spiegeln gegenüber zu sehen war, hingen ringsum an den Wänden. Dahinter waren verschmierte Reflektoren aus Wellblech angebracht, die zitternde Lichtscheiben erzeugten. Der Fußboden war mit ockerfarbenem Sägemehl bedeckt, das an manchen Stellen zu Matsch zertreten war und dunkle Flecken von verschüttetem Schnaps aufwies. Ein paar Malaien hockten vor einem kleinen Holzkohleofen, spielten mit Jetons aus Bein und zeigten beim Schwatzen ihre weißen Zähne. In der Ecke lag ein Seemann, den Kopf zwischen den Armen, hingerekelt über einem Tisch, und an der geschmacklos bemalten Theke, die sich über die ganze Seite des Raumes erstreckte, standen zwei abgezehrte

Frauen und machten sich über einen alten Mann lustig, der sich mit angeekelter Miene die Rockärmel abwischte. »Er meint, er hat überall rote Ameisen«, lachte die eine, als Dorian Gray vorüberging. Der Mann warf ihr einen entsetzten Blick zu und begann zu wimmern.

Am hinteren Ende des Raumes befand sich eine kleine Treppe, die zu einer abgedunkelten Kammer führte. Dorian eilte die drei wackligen Stufen hinauf; der schwere Duft von Opium schlug ihm entgegen. Er holte tief Atem; seine Nasenflügel bebten vor Wonne. Als er eintrat, sah ein junger Mann mit glattem gelbem Haar, der sich soeben über eine Lampe beugte und eine lange dünne Pfeife anzündete, zu ihm auf und nickte ihm zögernd zu.

»Du hier, Adrian?« stieß Dorian leise hervor.

»Wo soll ich denn sonst sein?« erwiderte der junge Mann teilnahmslos. »Will ja keiner mehr mit mir sprechen.«

»Ich dachte, du hast England verlassen.«

»Darlington wird nichts unternehmen. Mein Bruder hat den Wechsel dann doch noch bezahlt. George will auch nichts mehr von mir wissen … Na, egal«, fügte er mit einem Seufzer hinzu. »Solang man den Stoff hier hat, braucht man keine Freunde. Ich glaube, ich hab sowieso zu viele Freunde gehabt.«

Dorian zuckte zusammen; er betrachtete die grotesken Gestalten, die in bizarrer Haltung auf den zerlumpten Matratzen lagen. Die verdrehten Gliedmaßen, die aufklaffenden Münder, die vor sich hin starrenden, glanzlosen Augen faszinierten ihn. Er wußte, in welch sonderbaren Himmeln sie litten und welch trübe Höllen sie in die Geheimnisse einer neuen Lust einweihten. Ihnen erging es besser als ihm. Er war ein Gefangener seiner Gedanken. Die Erinnerung zerfraß ihm wie eine schreckliche Krankheit die Seele. Manchmal glaubte er, Basil Hallwards Augen auf sich gerichtet zu sehen. Dennoch spürte er, daß er nicht bleiben konnte. Adrian Singletons Anwesenheit störte ihn. Er wollte irgendwo sein, wo ihn niemand kannte. Er wollte vor sich selber fliehen.

»Ich gehe in die andere Schenke«, sagte er nach einer Weile.

»Auf der Werft?«

»Ja.«

»Das kecke Kätzchen ist bestimmt auch dort. Hier lassen sie sie nämlich nicht mehr rein.«

Dorian zuckte die Achseln. »Ich habe genug von Frauen, die mich lieben. Frauen, die einen hassen, sind viel interessanter. Außerdem ist der Stoff dort besser.«

»Kommt ziemlich aufs gleiche raus.«

»Mir ist er lieber. Komm, trinken wir was. Ich muß irgendwas trinken.«

»Ich möchte nichts«, murmelte der junge Mann.

»Komm trotzdem.«

Adrian Singleton stand müde auf und folgte Dorian an die Bar. Ein indischer Mischling mit einem zerschlissenen Turban und einem schäbigen Ulster begrüßte die beiden mit einem häßlichen Grinsen und stellte eine Flasche Brandy und zwei Gläser vor sie hin. Die Frauen scharwenzelten herbei und begannen zu schnattern. Dorian drehte ihnen den Rücken zu und raunte Adrian Singleton etwas zu.

Ein schiefes Lächeln zog sich wie ein malaiischer Dolch über das Gesicht der einen Frau.

»Wir sind aber sehr stolz heut nacht«, spöttelte sie.

»Sprechen Sie mich um Gottes willen nicht an«, rief Dorian und stampfte mit dem Fuß auf den Boden. »Was wollen Sie? Geld? Hier bitte. Aber sprechen Sie mich nie mehr an.«

Zwei rote Funken glommen einen Moment lang in den verquollenen Augen der Frau auf; dann verflackerten sie, und ihr Blick wurde wieder glasig und teilnahmslos. Sie warf den Kopf zurück und klaubte sich mit gierigen Fingern das Geld von der Theke. Ihre Gefährtin schaute ihr neidisch zu.

»Es hat keinen Sinn«, seufzte Adrian Singleton. »Ich möchte nicht wieder zurück. Wozu auch? Ich fühl mich hier sehr wohl.«

»Du schreibst mir aber, wenn du was brauchst, ja?« sagte Dorian Gray nach einer Weile.

»Vielleicht.«

»Alsdann, gute Nacht.«

»Gute Nacht«, erwiderte der junge Mann; er ging wieder die Stufen hinauf und wischte sich dabei mit einem Taschentuch über den ausgetrockneten Mund.

Mit einem schmerzlichen Ausdruck im Gesicht schritt Dorian zur Tür. Als er den Vorhang zur Seite zog, kam von den geschminkten Lippen der Frau, die sein Geld genommen hatte, ein gräßliches Lachen. »Da geht er hin, der Satansbraten«, gluckste sie mit heiserer Stimme.

»Zum Teufel mit Ihnen!« erwiderte er. »Nennen Sie mich nicht so.«

Sie schnippte mit den Fingern. »Märchenprinz ist dir wohl lieber, was?« schrie sie ihm nach.

Bei diesen Worten sprang der schlaftrunkene Seemann auf und warf einen wirren Blick in die Runde. Das Geräusch der ins Schloß fallenden Tür drang an sein Ohr. Wie von Furien gehetzt, stürzte er nach draußen.

Dorian Gray eilte durch den Nieselregen am Kai entlang. Die Begegnung mit Adrian Singleton hatte ihn seltsam berührt, und er fragte sich, ob die Schuld an der Zerstörung dieses jungen Lebens wirklich ihm anzulasten war, wie Basil Hallward mit so beleidigender Infamie behauptet hatte. Er biß sich auf die Lippen, und ein paar Sekunden lang wurde sein Blick traurig. Andererseits, was ging ihn das eigentlich an? Das Leben war zu kurz, um sich auch noch die Fehler, die andere begangen hatten, aufzubürden. Jeder Mensch lebte sein eigenes Leben und zahlte seinen eigenen Preis dafür, daß er es lebte. Schade war nur, daß man so oft für einen einzigen Fehler bezahlen mußte. Ja, man mußte immer wieder dafür bezahlen. Das Schicksal schloß seine Bücher nie, wenn es mit einem Menschen abrechnete.

Den Psychologen zufolge gibt es Momente, in denen die Leidenschaft für die Sünde oder für das, was man als Sünde bezeichnet, einen Menschen derartig beherrscht, daß jede Körperfiber, jede Gehirnzelle von furchtbaren Trieben erfüllt zu sein scheint. In solchen Momenten verlieren Männer und Frauen ihre Willensfreiheit. Wie Automaten bewegen sie sich auf ihr schreckliches Ende zu. Sie haben keine Wahl mehr; ihr Gewissen ist entweder abgetötet oder lebt, wenn überhaupt, nur noch, um dem Aufruhr seine Faszination und dem Ungehorsam seinen Reiz zu verleihen. Denn alle Sünden sind, wie die Theologen uns zu mahnen nicht müde werden, Sünden des Ungehorsams. Als jener erhabene Geist, jener Morgenstern des Bösen, aus dem Himmel stürzte, da stürzte er als Aufrührer.

Verhärtet, den Sinn auf das Böse gerichtet, mit beflecktem Geist und einer nach Aufruhr hungernden Seele, hastete Dorian Gray weiter und beschleunigte seine Schritte noch; doch als er dann rasch in den düsteren Torweg einschwenkte, der ihm schon oft als Abkürzung zu der verrufenen Schenke gedient hatte, fühlte er sich plötzlich von hinten gepackt, und ehe er dazu kommen konnte, sich zu wehren, wurde er gegen die Mauer geschleudert, und eine Hand legte sich roh um seine Kehle.

Er kämpfte wie ein Wahnsinniger um sein Leben, und mit fürchterlicher Anstrengung gelang es ihm, sich den würgenden Fingern zu entwinden. Eine Sekunde später hörte er das Klicken eines Revolvers; dann sah er den glatten schimmernden Lauf, der genau auf seinen Kopf gerichtet war, und die dunkle Gestalt eines kleinen, untersetzten Mannes, der vor ihm stand.

»Was wollen Sie?« keuchte er.

»Ganz ruhig«, sagte der Mann. »Keine Bewegung, sonst erschieße ich Sie.«

»Sie sind verrückt. Was hab ich Ihnen getan?«

»Sie haben das Leben von Sibyl Vane zerstört«, kam die Antwort, »und Sibyl Vane war meine Schwester. Sie hat sich umgebracht. Ich weiß es. Und Sie sind schuld daran, daß sie tot ist. Ich hab geschworen, daß ich Sie dafür umbringe. Jahrelang hab ich Sie gesucht. Ohne irgendeinen Anhaltspunkt, ohne irgendeine Spur. Die zwei, die Sie hätten beschreiben können, waren schon tot. Ich hab nichts von Ihnen gewußt, bloß den Kosenamen, den sie Ihnen gegeben hat. Heut nacht hab ich ihn zufällig gehört. Machen Sie Ihren Frieden mit Gott, denn noch heut nacht werden Sie sterben.«

Dorian Gray wurde ganz übel vor Angst. »Ich habe sie doch überhaupt nicht gekannt«, stammelte er. »Ich hab noch nie von ihr gehört. Sie sind verrückt.«

»Besser, Sie gestehn Ihre Sünde, denn so sicher wie ich James Vane heiße, so sicher werden Sie sterben.« Es war ein schrecklicher Augenblick. Dorian wußte nicht, was er sagen oder tun sollte. »Auf die Knie!« knurrte der Mann. »Sie haben eine Minute, um Ihren Frieden zu machen – nicht mehr. Mein Schiff läuft heut nacht nach Indien aus, und vorher möcht ich die Sache erledigt haben. Eine Minute. Nicht länger.«

Dorians Arme sanken herab. Vor Entsetzen gelähmt, wußte er nicht, was er tun sollte. Plötzlich blitzte eine verwegene Hoffnung in ihm auf. »Halt«, rief er. »Wie lang ist Ihre Schwester schon tot? Schnell, sagen Sie's mir!«

»Achtzehn Jahre«, erwiderte der Mann. »Wieso fragen Sie? Was spielen die Jahre für eine Rolle?«

»Achtzehn Jahre«, lachte Dorian Gray; in seiner Stimme schwang Triumph. »Achtzehn Jahre! Gehen Sie doch mal mit mir unter die Laterne und schauen Sie sich mein Gesicht an!«

James Vane zögerte einen Moment; er wußte nicht, was er davon zu halten hatte. Dann packte er Dorian Gray und zerrte ihn aus dem Torweg.

So trübe und flackernd das vom Wind gestoßene Licht der Laterne auch war, es reichte doch aus, James Vane den gräßlichen Irrtum, dem er erlegen war, vor Augen zu führen, denn das Gesicht des Mannes, den er hatte töten wollen, besaß die ganze Blüte des Knabenalters, die makellose Reinheit der Jugend. Er mochte etwas über zwanzig Lenze zählen und wirkte kaum älter, wenn überhaupt, als seine Schwester gewesen war, als er sich vor so vielen Jahren von ihr verabschiedet hatte. Offensichtlich war dies nicht der Mann, der ihr Leben zerstört hatte.

James Vane lockerte seinen Griff und taumelte zurück. »Mein Gott! Mein Gott!« rief er, »und ich wollte Sie grade umbringen!«

Dorian Gray atmete tief durch. »Sie standen kurz davor, ein furchtbares Verbrechen zu begehen, guter Mann«, sagte er und warf ihm einen strengen Blick zu. »Lassen Sie sich das eine Warnung sein und nehmen Sie die Rache nicht in die eigene Hand.«

»Verzeihen Sie, Sir«, murmelte James Vane. »Ich hab mich getäuscht. Ich hab vorhin in der verfluchten Spelunke ein Wort aufgeschnappt, und das hat mich auf die falsche Spur gebracht.«

»Gehen Sie lieber nach Hause und stecken die Waffe da weg, sonst kriegen Sie womöglich noch Schwierigkeiten«, sagte Dorian; er machte auf dem Absatz kehrt und ging langsam die Straße hinunter.

James Vane blieb voller Entsetzen auf dem Trottoir stehen. Er zitterte am ganzen Leib. Nach einer Weile schob sich ein schwarzer Schatten, der sich an der triefenden Mauer entlanggeschlichen hatte, ins Laternenlicht und trat mit verstohlenen Schritten auf ihn zu. Er spürte, wie sich ihm eine Hand auf dem Arm legte, und drehte sich ruckartig um. Es war eine der Frauen, die an der Theke getrunken hatten.

»Warum hast du ihn nicht umgebracht?« zischte sie und kam mit dem abgehärmten Gesicht dicht an das seine heran. »Ich wußte genau, daß du ihm nachgehst, wie du aus dem Daly rausgerannt bist. Du Narr! Du hättest ihn umbringen sollen. Er hat massenhaft Geld und ist schlechter, als man nur sein kann.«

»Er ist nicht der, hinter dem ich her bin«, erwiderte er, »und Geld will ich nicht. Ich will bloß das Leben eines bestimmten Mannes. Der Mann, dessen Leben ich will, muß heut an die Vierzig sein. Der da ist ja fast noch ein Junge. Gott sei Dank hab ich nicht sein Blut an meinen Händen.«

Die Frau stieß ein bitteres Lachen aus. »Fast noch ein Junge!« höhnte sie. »Menschenskind, es ist bald achtzehn Jahre her, daß der Märchenprinz mich zu dem gemacht hat, was ich jetzt bin.«

»Du lügst!« rief James Vane.

Sie erhob die Hand zum Himmel. »Bei Gott, ich sage die Wahrheit«, rief sie.

»Bei Gott?«

»Der Blitz soll mich treffen, wenn's nicht stimmt. Er ist der Schlimmste von allen, die sich hier rumtreiben. Es heißt, er hat dem Teufel seine

Seele verkauft für ein hübsches Gesicht. Es ist jetzt fast achtzehn Jahre her, daß ich ihn kennengelernt hab. Er hat sich seitdem nicht groß verändert. Im Gegensatz zu mir«, fügte sie mit einem wehleidigen Grinsen hinzu.

»Und das kannst du beschwören?«

»Das kann ich beschwören«, ertönte ein heiseres Echo aus ihrem schmalen Mund. »Aber verrat mich nicht«, winselte sie; »ich hab Angst vor ihm. Gib mir ein bißchen Geld für mein Nachtquartier.«

Mit einem Fluch riß er sich von ihr los und lief zur Straßenecke, aber Dorian Gray war nicht mehr zu sehen. Als er sich umdrehte, war auch die Frau nicht mehr da.

17 Eine Woche später saß Dorian Gray im Wintergarten von Selby Royal und unterhielt sich mit der hübschen Duchess of Monmouth, die mit ihrem Gemahl, einem verlebt wirkenden Sechziger, zu seinen Gästen zählte. Es war Teestunde; das sanfte Licht der riesigen, spitzenverhängten Lampe, die auf dem Tisch stand, beleuchtete das zarte Porzellan und getriebene Silber des Teeservices, über das die Duchess waltete. Ihre weißen Hände bewegten sich zierlich zwischen den Tassen hin und her, und ihre vollen roten Lippen lächelten über etwas, was Dorian ihr zugeflüstert hatte. Lord Henry lehnte sich auf seinem mit Seide drapierten Korbstuhl zurück und beobachtete die beiden. Auf einem pfirsichfarbenen Diwan saß Lady Narborough und tat, als höre sie dem Duke zu, der gerade den brasilianischen Käfer beschrieb, den er zuletzt seiner Sammlung einverleibt hatte. Drei junge Männer in kunstvoll gearbeiteten Rauchjacken reichten einigen Damen Teegebäck. Die Gesellschaft bestand aus zwölf Personen; für den nächsten Tag wurden noch weitere Gäste erwartet.

»Worum geht's denn bei euch beiden?« sagte Lord Henry; er schlenderte hinüber zum Tisch und stellte seine Tasse ab. »Ich hoffe, Gladys, Dorian hat dir von meinem Plan erzählt, alles umzutaufen. Das ist doch eine reizende Idee.«

»Ich will aber gar nicht umgetauft werden, Harry«, erwiderte die Duchess und blickte mit ihren wunderschönen Augen zu ihm empor. »Ich bin ganz zufrieden mit meinem Namen, und Mr. Gray ist es mit seinem sicherlich auch.«

»Meine liebe Gladys, nicht um alles in der Welt würde ich einen dieser beiden Namen ändern. Sie sind beide vollkommen. Ich dachte da eigentlich vor allem an Blumen. Gestern habe ich mir eine Orchidee fürs Knopfloch geschnitten. Eine herrliche, getüpfelte Blume, eindrucksvoll wie die sieben Todsünden. In einem unüberlegten Augenblick fragte ich einen der Gärtner nach ihrem Namen. Er erklärte mir, es handle sich um ein besonders schönes Exemplar der *Robinsoniana* oder etwas ähnlich Schauderhaftes. Es ist traurig, aber wahr – wir haben die Fähigkeit verloren, den Dingen hübsche Namen zu geben. Namen sind alles. An Taten habe ich nie etwas auszusetzen. Nur an Worten. Das ist auch der Grund, weshalb ich den vulgären Realismus in der Literatur so verabscheue. Wer einen Spaten einen Spaten nennt, sollte zur Strafe mit einem solchen Gerät arbeiten müssen. Das ist das einzige, wozu er taugt.«

»Wie sollen wir denn dich nennen, Harry?« fragte die Duchess.

»Sein Name ist Prinz Paradox«, sagte Dorian.

»Darin erkenne ich ihn sofort wieder«, rief sie.

»Ich will nichts davon hören«, lachte Lord Henry und ließ sich auf einen Stuhl sinken. »Hat man ein Etikett erst mal, wird man es nie wieder los! Ich lehne den Titel ab.«

»Mitglieder eines Königshauses können nicht einfach ihren Titel ablegen«, kam es mahnend von den hübschen Lippen.

»Ich soll also meinen Thron verteidigen?«

»Ja.«

»Ich verkünde die Wahrheiten von morgen.«

»Die Irrtümer von heute sind mir lieber«, entgegnete sie.

»Du entwaffnest mich, Gladys«, rief er, auf das mutwillige Geplänkel eingehend.

»Ich nehme dir nur deinen Schild, Harry: nicht deinen Speer.«

»Ich kämpfe nie gegen die Schönheit«, sagte er mit einem Schwenk seiner Hand.

»Genau das ist dein Fehler, Harry, glaub mir. Du stellst die Schönheit viel zu hoch.«

»Wie kannst du so etwas sagen! Ich gebe zu, ich finde es besser, schön zu sein als gut. Aber andrerseits bin ich auch der erste, der zugibt, daß es besser ist, schön zu sein als häßlich.«

»Häßlichkeit ist also eine der sieben Todsünden?« rief die Duchess. »Was wird dann aus deinem Vergleich mit der Orchidee?«

»Häßlichkeit ist eine der sieben Todtugenden, Gladys. Du als gute Tory solltest sie nicht unterschätzen. Bier, die Bibel und die sieben Todtugenden haben unser England zu dem gemacht, was es ist.«

»Du liebst dein Land also nicht?« fragte sie.

»Ich lebe darin.«

»Damit du's besser kritisieren kannst.«

»Soll ich mich lieber dem anschließen, was Europa von diesem Land sagt?« erkundigte er sich.

»Was sagt man denn von uns?«

»Daß Tartüff nach England ausgewandert ist und dort einen Laden aufgemacht hat.«

»Ist das von dir, Harry?«

»Ich schenke es dir.«

»Ich kann's nicht brauchen. Es ist viel zu wahr.«

»Nur keine Bange. Unsere Landsleute lassen sich von Beschreibungen nach der Natur ohnehin nicht beeindrucken.«

»Sie sind eben praktisch veranlagt.«

»Sie sind eher gerissen als praktisch. Wenn sie ihr Hauptbuch abschließen, rechnen sie die Borniertheit gegen den Reichtum und das Laster gegen die Heuchelei auf.«

»Trotzdem, wir haben schon Großes geleistet.«

»Großes wurde uns aufgebürdet, Gladys.«

»Wir haben die Last getragen.«

»Nur bis zur Börse.«

Sie schüttelte den Kopf. »Ich glaube an unsere Rasse«, rief sie.

»Sie verkörpert das Überleben der Streber.«

»Sie ist entwicklungsfähig.«

»Verfall reizt mich mehr.«

»Und was ist mit der Kunst?« fragte sie.

»Die ist eine Krankheit.«

»Und die Liebe?«

»Eine Sinnestäuschung.«

»Und Religion?«

»Ein beliebter Ersatz für den Glauben.«

»Du bist ein Skeptiker.«

»Aber nein! Skeptizismus ist der Anfang des Glaubens.«

»Was bist du dann?«

»Wer sich definiert, schränkt sich ein.«

»Gib mir wenigstens einen Faden in die Hand.«

»Fäden können reißen. Du würdest dich in diesem Labyrinth verlaufen.«

»Du bringst mich ganz durcheinander. Reden wir von was anderem.«

»Unser Gastgeber wäre ein reizendes Thema. Vor Jahren wurde er Märchenprinz getauft.«

»Ah! Erinnern Sie mich nicht daran«, rief Dorian Gray.

»Unser Gastgeber ist ziemlich abscheulich heut abend«, erwiderte die Duchess errötend. »Er scheint nämlich zu glauben, Monmouth habe mich aus rein wissenschaftlichem Interesse geheiratet, als das erstbeste Exemplar eines modernen Schmetterlings, das er auftreiben konnte.«

»Nun, ich hoffe doch, er spießt Sie nicht mit der Nadel auf, Duchess«, lachte Dorian.

»Oh, das tut schon meine Zofe, Mr. Gray, wenn sie sich über mich ärgert.«

»Und weswegen ärgert sie sich über Sie, Duchess?«

»Wegen ganz banaler Dinge, Mr. Gray, das versichere ich Ihnen. Gewöhnlich deshalb, weil ich um zehn vor neun komme und ihr sage, daß ich um halb neun angekleidet sein muß.«

»Wie unvernünftig von ihr! Sie sollten ihr kündigen.«

»Das bringe ich nicht fertig, Mr. Gray. Sie entwirft nämlich Hüte für mich. Erinnern Sie sich an den Hut, den ich auf Lady Hilstones Gartenfest getragen habe? Sie erinnern sich nicht, aber es ist nett von Ihnen, daß Sie wenigstens so tun. Jedenfalls, diesen Hut hat sie buchstäblich aus dem Nichts gezaubert. Jeder gute Hut kommt aus dem Nichts.«

»Wie jeder gute Ruf auch, Gladys«, warf Lord Henry ein. »Jeder Erfolg, den wir haben, schafft uns einen Feind. Um beliebt zu sein, muß man ein Durchschnittsmensch sein.«

»Nicht bei den Frauen«, sagte die Duchess kopfschüttelnd, »und Frauen regieren die Welt. Ich versichere dir, wir können Durchschnittsmenschen nicht ausstehen. Wir Frauen, hat einmal jemand gesagt, lieben mit den Ohren, just so, wie ihr Männer mit den Augen liebt – wenn ihr überhaupt jemals liebt.«

»Ich glaube, wir tun nie etwas anderes«, murmelte Dorian.

»Ah! Dann haben Sie noch nie richtig geliebt, Mr. Gray«, antwortete die Duchess mit gespieltem Kummer.

»Meine liebe Gladys!« rief Lord Henry. »Wie kannst du so etwas sagen. Romantische Gefühle leben von der Wiederholung, und Wiederholung verwandelt das Begehren in Kunst. Außerdem, jedesmal wenn man liebt, ist es so, als sei es das erste Mal. Die Verschiedenheit des Objekts ändert nichts an der Einmaligkeit der Leidenschaft. Sie wird dadurch nur verstärkt. Wir können in unserm Leben höchstens *ein* großes Erlebnis haben, und das Geheimnis des Lebens besteht darin, daß wir dieses Erlebnis so oft wie möglich wiederholen.«

»Auch wenn es schmerzlich war, Harry?« fragte die Duchess nach einer Weile.

»Grade dann«, erwiderte Lord Henry.

Die Duchess wandte sich Dorian Gray zu und bedachte ihn mit einem neugierigen Blick. »Was sagen denn Sie dazu, Mr. Gray?« wollte sie wissen.

Dorian zögerte einen Moment. Dann warf er den Kopf zurück und lachte. »Ich bin immer der gleichen Meinung wie Harry, Duchess.«

»Auch wenn er unrecht hat?«

»Harry hat nie unrecht, Duchess.«

»Und macht seine Philosophie Sie glücklich?«

»Ich habe das Glück nie gesucht. Wer braucht schon Glück? Ich habe den Genuß gesucht.«

»Und ihn gefunden, Mr. Gray?«

»Oft. Zu oft.«

Die Duchess seufzte. »Ich suche den Frieden«, sagte sie, »und wenn ich mich jetzt nicht umziehe, werde ich keinen finden heut abend.«

»Ich hole Ihnen ein paar Orchideen, Duchess«, rief Dorian; er sprang auf und ging durch den Wintergarten.

»Du flirtest ziemlich schamlos mit ihm«, sagte Lord Henry zu seiner Kusine. »Sieh dich lieber vor. Er ist sehr faszinierend.«

»Wenn er das nicht wäre, gäbe es keinen Kampf.«

»Grieche gegen Griechin, wie?«

»Ich steh auf der Seite der Trojaner. Sie haben für eine Frau gekämpft.«

»Sie wurden besiegt.«

»Es gibt Schlimmeres, als erobert zu werden«, erwiderte sie.

»Du galoppierst mit lockerem Zügel.«

»Tempo gibt Leben«, kam es postwendend zurück.

»Das schreib ich mir heut nacht noch ins Tagebuch.«

»Was denn?«

»Gebranntes Kind liebt das Feuer.«

»Ich bin ja nicht mal angesengt. Meine Flügel sind noch ganz unversehrt.«

»Du benutzt sie zu allem, nur nicht zur Flucht.«

»Der Mut ist von den Männern auf die Frauen übergegangen. Eine ganz neue Erfahrung für uns.«

»Du hast eine Rivalin.«

»Wen?«

Er lachte. »Lady Narborough«, flüsterte er. »Sie betet ihn gradezu an.«

»Du machst mir angst. Die Liebäugelei mit der Antike ist für uns Romantiker verhängnisvoll.«

»Romantiker! Du gehst eher wie ein Wissenschaftler vor.«

»Die Männer haben uns dazu erzogen.«

»Aber sie haben euch nicht interpretiert.«

»Als was würdest du uns Frauen denn bezeichnen?« fragte sie herausfordernd.

»Als Sphinxe ohne Geheimnis.«

Sie blickte ihn lächelnd an. »Wie lange Mr. Gray fortbleibt!« sagte sie. »Gehn wir und helfen wir ihm. Ich habe ihm gar nicht gesagt, welche Farbe mein Abendkleid hat.«

»Ah! Du mußt dein Abendkleid auf seine Blumen abstimmen, Gladys.«

»Das wäre eine vorzeitige Kapitulation.«

»Die romantische Kunst beginnt mit ihrem Höhepunkt.«

»Ich muß mir eine Möglichkeit zum Rückzug offenhalten.«

»Nach Art der Parther?«

»Die fanden Schutz in der Wüste. Das wäre nichts für mich.«

»Frauen steht die Wahl nicht immer frei«, erwiderte er; er hatte den Satz kaum beendet, da war am hinteren Ende des Wintergartens ein Stöhnen zu hören, gefolgt vom dumpfen Aufschlag eines zu Boden Gefallenen. Alle fuhren auf. Die Duchess stand starr vor Schreck. Mit angsterfülltem Blick stürzte Lord Henry zwischen den wehenden Palmen hindurch; Dorian Gray lag mit dem Gesicht nach unten in einer todesähnlichen Ohnmacht auf dem gefliesten Fußboden.

Unverzüglich trug man ihn in den blauen Salon und legte ihn auf eines der Sofas. Kurz darauf kam er wieder zu sich und sah sich benommen um.

»Was ist passiert?« fragte er. »Oh! Ich erinnere mich. Bin ich hier in Sicherheit, Harry?« Er begann zu zittern.

»Mein lieber Dorian«, antwortete Lord Henry, »Sie sind bloß in Ohnmacht gefallen. Das war alles. Wahrscheinlich sind Sie ein bißchen übermüdet. Sie sollten dem Dinner lieber fernbleiben. Ich werde Sie vertreten.«

»Nein, ich komme zum Dinner«, sagte Dorian und rappelte sich hoch. »Ich bin lieber dabei. Ich möchte auf keinen Fall allein sein.«

Er ging in sein Zimmer und zog sich um. Bei Tisch war er geradezu ausgelassen fröhlich, aber von Zeit zu Zeit durchrieselte ihn ein Angstschauer, wenn er daran dachte, daß er, wie ein weißes Taschentuch ans Fenster des Wintergartens gepreßt, das Gesicht von James Vane vor sich gesehen hatte.

18 Tags darauf ging er nicht aus dem Haus, ja, er verbrachte sogar die meiste Zeit in seinem Zimmer, krank vor rasender Todesangst und dennoch dem Leben gegenüber völlig gleichgültig. Das Gefühl, gejagt, in die Falle getrieben, aufgespürt worden zu sein, beherrschte ihn allmählich vollkommen. Bewegte sich der Gobelin nur ein bißchen im Wind, fuhr er zusammen. Die welken Blätter, die an die bleigefaßten Scheiben geweht wurden, kamen ihm wie seine nicht verwirklichten Vorsätze und heftigen Gewissensbisse vor. Wenn er die Augen schloß, so sah er wieder das Gesicht des Seemanns durch die dunstbeschlagenen Scheiben spähen, und es war ihm wieder, als umfaßte das Grauen sein Herz.

Aber vielleicht war es ja nur seine Einbildung gewesen, die die Rache aus der Nacht heraufbeschworen und die gräßlichen Gestalten der Strafe vor ihn hingestellt hatte. Das wirkliche Leben war ein Chaos, die Phantasie hingegen hatte etwas furchtbar Folgerichtiges. Es war die Phantasie, die der Sünde die Reue auf dem Fuß folgen ließ. Es war die Phantasie, die bewirkte, daß jedes Verbrechen seine mißgestaltete Brut gebar. In der alltäglichen Welt der Tatsachen wurden weder die Bösen bestraft noch die Guten belohnt. Erfolg wurde den Starken zuteil, Mißerfolg den Schwachen aufgebürdet. Das war alles. Im übrigen, wäre irgendein Fremder ums Haus geschlichen, so hätten die Dienstboten oder Aufseher ihn bemerkt. Hätte man Fußspuren in den Blumenbeeten entdeckt, so hätten die Gärtner es ihm gemeldet. Ja: Es war reine Einbildung gewesen. Sibyl Vanes Bruder war nicht zurückgekommen, um ihn zu töten. Er war mit seinem Schiff fortgesegelt, und das war irgendwo in der winterlichen See untergegangen. Vor ihm zumindest war er sicher. Schließlich wußte der Mann nicht, wer er war, konnte gar nicht wissen, wer er war. Die Maske der Jugend hatte ihn gerettet.

Und doch, wenn es nur eine Sinnestäuschung gewesen war, wie entsetzlich war dann der Gedanke, daß das Gewissen so grauenhafte Phantome erzeugen, ihnen sichtbare Gestalt verleihen und sie vor seinen Augen in Bewegung setzen konnte! Welch ein Leben wäre ihm beschieden, wenn die Schatten seines Verbrechens ihn Tag und Nacht aus stillen Ecken belauerten, ihn von verborgenen Winkeln aus verspotteten, ihm an der Festtafel ins Ohr wisperten, ihn mit eiskalten Fingern aus dem Schlaf rissen! Als dieser Gedanke ihm durchs Gehirn kroch, erbleichte er vor Entsetzen, und ihm war, als wäre die Luft plötzlich kälter geworden. Oh! In welch einem wüsten Moment des Wahnsinns hatte er seinen Freund getötet! Wie gräßlich war allein die Erinnerung an diese Szene! Er sah wieder alles vor sich. Jede grausige Einzelheit kehrte, schauerlicher denn je, in sein Gedächtnis zurück. Der schwarzen Höhle der Zeit entstieg, schrecklich und in Scharlach gehüllt, das Widerbild seiner Sünde. Als Lord Henry um sechs Uhr das Zimmer betrat, fand er ihn in Tränen; er weinte, als wollte ihm das Herz brechen.

Erst am dritten Tag wagte er sich wieder hinaus. In der klaren, von Kieferduft erfüllten Luft des Wintermorgens lag etwas, was ihm seine Fröhlichkeit und Lebenslust wiederzugeben schien. Doch es waren nicht nur die äußeren Umstände, die den Wandel bewirkt hatten. Seine Natur hatte sich gegen das Übermaß an Angst aufgelehnt, das die Vollkommenheit ihrer Ruhe zu beeinträchtigen oder gar zu zerstören suchte. Bei feingearteten und empfindlichen Gemütern ist das immer der Fall. Ihre starken Leidenschaften kennen nur Biegen oder Brechen. Entweder töten sie den Menschen, oder sie sterben selbst. Oberflächlicher Schmerz und oberflächliche Liebe leben weiter. Sind Liebe und Schmerz wirklich tief, so werden sie von ihrem eigenen Überschwang zugrunde gerichtet. Zudem war er zu der Überzeugung gelangt, daß er das Opfer seiner von Grauen gequälten Phantasie gewesen war, und blickte nun ein wenig mitleidig und mit nicht geringer Verachtung auf seine Ängste zurück.

Nach dem Frühstück ging er mit der Duchess eine Stunde im Garten spazieren und fuhr dann durch den Park, um sich der Jagdgesellschaft anzuschließen. Der Rauhreif lag wie Salz auf dem Gras. Der Himmel glich einer umgestülpten Schale aus blauem Metall. Eine dünne Eisschicht säumte den flachen, mit Schilf bewachsenen See.

Am Rand des Kiefernwaldes entdeckte er Sir Geoffrey Clouston, den Bruder der Duchess, der gerade zwei leere Patronenhülsen aus seiner Flinte stieß. Er sprang vom Wagen und wies den Reitknecht an, mit der Stute wieder nach Hause zu fahren; dann schritt er durch den welken Farn und das rauhe Gestrüpp auf seinen Gast zu.

»War die Jagd erfolgreich, Geoffrey?« erkundigte er sich.

»Nicht besonders, Dorian. Die meisten Vögel haben sich wohl aufs freie Feld verzogen. Wahrscheinlich wird's nach dem Lunch besser, wenn wir in andres Gelände kommen.«

Dorian schlenderte neben ihm her. Die schneidende, würzige Luft, die im Wald schimmernden braunen und roten Lichter, die vereinzelt erschallenden rauhen Rufe der Treiber und das anschließende scharfe Knallen der Gewehre faszinierten ihn und erfüllten ihn mit einem Gefühl herrlicher Freiheit. Er war völlig beherrscht von der Sorglosigkeit des Glücks, von der erhabenen Gleichgültigkeit der Freude.

Plötzlich schoß, etwa zwanzig Meter vor ihnen, aus einem dichten Büschel verdorrten Grases ein Hase hervor; er hatte die schwarzgeränderten Löffel aufgestellt und schnellte auf seinen langen Hinterläufen vorwärts. Er raste auf ein Erlendickicht zu. Sir Geoffrey legte die Flinte an, aber in der anmutigen Bewegung des Tieres war etwas, was Dorian Gray seltsam bezauberte, und er rief rasch: »Nicht schießen, Geoffrey. Lassen Sie ihn am Leben.«

»Was für ein Unsinn, Dorian!« lachte sein Gefährte, und als der Hase ins Dickicht hüpfte, drückte er ab. Zwei Schreie ertönten, der schreckliche Schrei eines weidwunden Hasen und der noch schlimmere Schrei eines Menschen in Todesqual.

»Allmächtiger! Ich habe einen Treiber getroffen!« rief Sir Geoffrey. »Wie kann der Mann nur so blöde sein, mir direkt vor die Flinte zu laufen! Hört auf zu schießen!« brüllte er aus vollem Hals. »Wir haben einen Verletzten.«

Der Oberwildhüter kam mit einem Stock in der Hand angerannt.

»Wo, Sir? Wo ist er?« rief er. Im gleichen Moment hörte das Schießen auf.

»Hier«, erwiderte Sir Geoffrey ärgerlich; er eilte in Richtung Dickicht. »Warum um alles in der Welt halten Sie Ihre Leute nicht zurück? Hat mir die ganze Jagd für heute verdorben.«

Dorian sah den beiden nach, wie sie ins Erlendickicht eindrangen und dabei die biegsamen, schwingenden Zweige beiseite schoben. Wenige Augenblicke später tauchten sie wieder auf und schleiften einen Körper hinter sich her ins Sonnenlicht. Entsetzt wandte er sich ab. Ihm war, als folge ihm das Unheil überallhin. Er hörte Sir Geoffrey fragen, ob der Mann wirklich tot sei, und die bejahende Antwort des Wildhüters. Im Wald schien es auf einmal von Gesichtern zu wimmeln. Myriaden von Füßen trampelten, Stimmen summten leise. Ein großer Fasan mit kupferroter Brust flatterte oben durchs Geäst.

Nach ein paar Augenblicken, die ihm in seiner Verstörung wie endlose Stunden der Qual vorkamen, spürte er, wie sich ihm eine Hand auf die Schulter legte. Er zuckte zusammen und drehte sich um.

»Dorian«, sagte Lord Henry, »ich sage den Leuten mal lieber, daß die Jagd für heute zu Ende ist. Es würde keinen guten Eindruck machen, wenn man sie fortsetzte.«

»Ich wünschte, sie wäre für immer zu Ende, Harry«, erwiderte Dorian bitter. »Die ganze Sache ist einfach abscheulich und grausam. Ist der Mann …?«

Er brachte den Satz nicht vollständig heraus.

»Ich fürchte, ja«, antwortete Lord Henry. »Er hat die volle Ladung in die Brust bekommen. Er war wohl auf der Stelle tot. Kommen Sie, gehn wir nach Hause.«

Seite an Seite schritten sie fast fünfzig Meter auf die Allee zu, ohne ein Wort zu sprechen. Schließlich sah Dorian Lord Henry an und sagte mit einem tiefen Seufzer: »Das ist ein böses Omen, Harry, ein sehr böses Omen.«

»Was denn?« fragte Lord Henry. »Ach so, dieser Unfall, nehme ich an. Lieber Freund, daran läßt sich jetzt nichts mehr ändern. Der Mann war selber schuld. Wieso läuft er auch vor die Flinte? Außerdem geht uns das gar nichts an. Für Geoffrey ist's allerdings ziemlich unangenehm. Auf Treiber pfeffern, so etwas tut man nicht. Sonst meinen die Leute ja, man schieße einfach drauflos. Und das trifft auf Geoffrey bestimmt nicht zu; er ist nämlich ein ausgezeichneter Schütze. Aber es hat keinen Sinn, weiter über die Sache zu reden.«

Dorian schüttelte den Kopf. »Es ist ein böses Omen, Harry. Ich habe das Gefühl, daß einem von uns was Schreckliches zustößt. Wahrscheinlich mir«, fügte er hinzu; er führte sich mit einer gequälten Gebärde die Hand über die Augen.

Der Ältere lachte. »Das einzig Schreckliche auf der Welt ist der *Ennui*, Dorian. Das ist die einzige Sünde, für die es keine Vergebung gibt. Aber wir werden wohl kaum darunter zu leiden haben, es sei denn, diese Burschen schwatzen auch noch beim Dinner über diese Geschichte. Ich muß ihnen sagen, daß dieses Thema tabu zu sein hat. Und was Omen betrifft – so etwas gibt es nicht. Das Schicksal sendet uns keine Vorboten. Dazu ist es zu klug oder zu grausam. Außerdem, was könnte Ihnen schon zustoßen, Dorian? Sie haben alles auf der Welt, was sich ein Mensch nur wünschen kann. Jeder wäre entzückt, wenn er mit Ihnen tauschen könnte.«

»Und ich wäre froh, wenn ich mit einem anderen tauschen könnte, Harry. Lachen Sie nicht so. Ich sage die Wahrheit. Der arme Teufel von Bauer, der grade gestorben ist, hat es besser als ich. Ich habe keine Angst vor dem Tod. Nur sein Herannahen macht mir angst. Mir ist, als schwebten seine riesigen Schwingen ringsum in der bleiernen Luft. Mein Gott! Sehen Sie nicht den Mann dort hinter den Bäumen, der mich beobachtet und mir auflauert?«

Lord Henry spähte in die Richtung, in die die zitternde behandschuhte Hand wies. »Ja«, sagte er lächelnd, »ich sehe den Gärtner, der Ihnen auflauert. Vermutlich will er Sie fragen, welche Blumen Sie heut abend auf dem Tisch haben wollen. Wie lächerlich nervös Sie sind, lieber Freund! Sie müssen unbedingt mal zu meinem Arzt, wenn wir wieder in London sind.«

Dorian stieß einen erleichterten Seufzer aus, als er den Gärtner heranrücken sah. Der Mann tippte an seinen Hut und bedachte Lord Henry mit einem unschlüssigen Blick; dann holte er einen Brief hervor und überreichte ihn seinem Herrn. »Ihre Hoheit haben mir aufgetragen, auf Antwort zu warten«, murmelte er.

Dorian steckte den Brief in die Tasche. »Bestellen Sie Ihrer Hoheit, ich komme selbst«, sagte er kühl. Der Mann machte kehrt und entfernte sich rasch in Richtung Haus.

»Wie gern Frauen doch gefährliche Dinge tun!« lachte Lord Henry. »Es ist eine der Eigenschaften, die ich am meisten an ihnen bewundere. Eine Frau flirtet mit jedem Mann auf der Welt, solange ihr nur jemand zuschaut.«

»Wie gern Sie doch gefährliche Dinge sagen, Harry! Aber in diesem Fall sind Sie völlig im Irrtum. Die Duchess gefällt mir sehr, aber ich liebe sie nicht.«

»Und die Duchess liebt Sie sehr, aber dafür gefallen Sie ihr nicht ganz so gut, also paßt ihr beide hervorragend zusammen.«

»Sie verbreiten Gerüchte, Harry, und Gerüchte haben nie eine solide Grundlage.«

»Die Grundlage eines jeden Gerüchts ist seine unmoralische Standhaftigkeit.«

»Für eine Pointe würden Sie wohl jeden opfern, Harry.«

»Die Leute gehen freiwillig zum Altar«, war die Antwort.

»Ich wünschte, ich könnte lieben«, rief Dorian Gray mit tiefem Pathos in der Stimme. »Aber ich habe anscheinend die Leidenschaft verloren und das Begehren vergessen. Ich konzentriere mich zu sehr auf mich. Ich bin mir selbst zur Last geworden. Ich möchte fliehen, fortlaufen, vergessen. Es war dumm von mir, überhaupt hierherzukommen. Ich glaube, ich sollte Harvey telegraphieren, daß er die Jacht klarmachen läßt. Auf einer Jacht ist man sicher.«

»Sicher vor was, Dorian? Sie stecken doch in irgendwelchen Schwierigkeiten. Warum sagen Sie mir nicht, was los ist? Sie wissen, ich würde Ihnen helfen.«

»Ich kann's Ihnen nicht sagen, Harry«, erwiderte Dorian traurig. »Wahrscheinlich ist alles nur Einbildung. Dieser unglückselige Unfall hat mich völlig durcheinandergebracht. Ich habe so eine schreckliche Ahnung, daß mir etwas Ähnliches zustoßen könnte.«

»Was für ein Unsinn!«

»Hoffentlich haben Sie recht, aber ich werde dieses Gefühl einfach nicht los. Ah! Da ist ja die Duchess – sie sieht aus wie Artemis in einem maßgeschneiderten Kleid. Wie Sie sehen, sind wir wieder zurück, Duchess.«

»Ich habe schon alles gehört, Mr. Gray«, erwiderte sie. »Der arme Geoffrey ist ganz außer sich. Offenbar haben Sie ihn noch gebeten, nicht auf den Hasen zu schießen. Wie merkwürdig!«

»Ja, sehr merkwürdig. Ich weiß gar nicht, weshalb ich ihn darum gebeten habe. Vermutlich aus einer Laune heraus. Es war so ein hübsches kleines Tier. Aber es tut mir leid, daß man Ihnen von dem Mann erzählt hat. Eine gräßliche Geschichte.«

»Eine langweilige Geschichte«, warf Lord Henry ein. »Sie hat nicht den geringsten psychologischen Wert. Wenn Geoffrey es mit Absicht getan hätte – wie interessant wäre er dann! Ich würde zu gerne mal jemand kennenlernen, der einen richtigen Mord begangen hat.«

»Wie abscheulich von dir, Harry!« rief die Duchess. »Nicht wahr, Mr. Gray? Harry, Mr. Gray fühlt sich wieder nicht wohl. Er wird gleich ohnmächtig.«

Dorian hielt sich mühsam aufrecht und lächelte. »Nicht der Rede wert, Duchess«, murmelte er; »meine Nerven sind furchtbar durcheinander. Ich fürchte, ich bin heut morgen zu lang spazierengegangen. Ich hab gar nicht mitbekommen, was Harry gesagt hat. War es sehr schlimm? Sie müssen's mir irgendwann erzählen. Ich glaube, ich muß mich ein bißchen hinlegen. Wenn Sie mich bitte entschuldigen, ja?«

Sie hatten die breite Treppe erreicht, die vom Wintergarten auf die Terrasse hinausführte. Als sich die Glastür hinter Dorian schloß, wandte sich Lord Henry um und betrachtete die Duchess mit schläfrigen Augen. »Liebst du ihn sehr?« fragte er.

Sie antwortete nicht sofort, sondern blickte in die Landschaft. »Ich wäre froh, wenn ich das wüßte«, sagte sie schließlich.

Er schüttelte den Kopf. »Gewißheit ist immer verhängnisvoll. Nur die Ungewißheit reizt uns. Ein Nebelschleier macht alles schön.«

»Da könnte man aber vom Weg abkommen.«

»Alle Wege enden am gleichen Punkt, meine liebe Gladys.«

»Und der wäre?«
»Ernüchterung.«
»Sie war mein Debüt im Leben«, seufzte sie.
»Sie kam gekrönt zu dir.«
»Ich bin der Erdbeerblätter müde.«
»Sie stehen dir aber recht gut.«
»Nur in der Öffentlichkeit.«
»Du würdest sie vermissen«, sagte Lord Henry.
»Ich will mich ja nicht von den Blütenblättern trennen.«
»Monmouth hat Ohren.«
»Alte Leute sind schwerhörig.«
»Ist er denn nie eifersüchtig gewesen?«
»Ich wünschte, ja.«

Er blickte sich um, als halte er Ausschau nach etwas. »Was suchst du?« fragte sie.

»Den Knopf deines Floretts«, erwiderte er. »Du hast ihn verloren.«

Sie lachte. »Ich habe ja noch die Maske.«

»Sie macht deine Augen noch schöner«, war die Antwort.

Sie lachte erneut. Ihre Zähne schimmerten wie weiße Kerne in einer scharlachroten Frucht.

Oben in seinem Zimmer lag Dorian Gray auf einem Sofa; jede Faser seines Körpers bebte vor Entsetzen. Das Leben war ihm mit einemmal zu einer so furchtbaren Last geworden, daß er es nicht mehr ertragen konnte. Der schreckliche Tod des unglücklichen Treibers, im Unterholz erschossen wie ein wildes Tier, war ihm wie ein Vorbote seines eigenen Todes erschienen. Bei der Bemerkung, die Lord Henry in eher beiläufigem, zynischem Scherz gemacht hatte, wäre er beinahe ohnmächtig geworden.

Um fünf Uhr läutete er nach seinem Diener und wies ihn an, seine Sachen für den Nachtexpreß nach London zu packen und den Wagen um halb neun vorfahren zu lassen. Er hatte beschlossen, keine weitere Nacht mehr in Selby Royal zu verbringen. Das Haus stand unter keinem guten Stern; der Tod ging dort am hellichten Tag um. Das Gras des Waldes war mit Blut befleckt.

Dann schrieb er ein paar Zeilen an Lord Henry; er teilte ihm mit, daß er nach London fahre, um seinen Arzt aufzusuchen, und bat ihn, sich während seiner Abwesenheit um seine Gäste zu kümmern. Als er den Brief in den Umschlag steckte, klopfte es an die Tür; sein Diener meldete ihm, der Wildhüter wünsche ihn zu sprechen. Er runzelte die Stirn

und biß sich auf die Lippen. »Schicken Sie ihn herein«, murmelte er nach kurzem Zögern.

Als der Mann eintrat, holte Dorian sein Scheckbuch aus einer Schublade und legte es aufgeschlagen vor sich hin.

»Ich nehme an, Sie kommen wegen des unglückseligen Unfalls von heute morgen, Thornton?« fragte er und nahm eine Feder zur Hand.

»Jawohl, Sir«, antwortete der Wildhüter.

»War der arme Kerl verheiratet? Hatte er für irgendwelche Angehörigen zu sorgen?« erkundigte sich Dorian mit gelangweilter Miene. »Wenn ja, sollen sie keine Not leiden; ich werde ihnen jede Summe zukommen lassen, die Sie für erforderlich halten.«

»Wir wissen nicht, wer er ist, Sir. Eben drum hab ich mir ja erlaubt, zu Ihnen zu kommen.«

»Sie wissen nicht, wer er ist?« sagte Dorian teilnahmslos. »Was soll das heißen? War er denn keiner von Ihren Leuten?«

»Nein, Sir. Hab ihn vorher noch nie gesehn. Ist wohl ein Seemann gewesen, Sir.«

Dorian Gray fiel die Feder aus der Hand; ihm war, als stocke ihm plötzlich das Herz. »Ein Seemann?« rief er. »Haben Sie gesagt, ein Seemann?«

»Jawohl, Sir. Er sieht aus, als ob er mal Seemann gewesen wär; an beiden Armen tätowiert und so.«

»Hat man etwas bei ihm gefunden?« fragte Dorian; er beugte sich vor und sah den Mann mit bangem Blick an. »Etwas, was Aufschluß über seinen Namen gibt?«

»Bißchen Geld, Sir – nicht viel, und einen sechsschüssigen Revolver. Aber keinerlei Name. Der Mann hat einen anständigen Eindruck gemacht, Sir, bloß daß er wohl einer von der rauhen Sorte war. Wahrscheinlich ein Seemann.«

Dorian sprang auf. Eine schreckliche Hoffnung flatterte an ihm vorüber. Er schnappte nach ihr wie ein Wahnsinniger. »Wo ist die Leiche?« rief er. »Schnell! Ich muß sie auf der Stelle sehen.«

»In einem leeren Stall auf der Home Farm, Sir. Die Leute haben so was nicht gern im Haus. Sie sagen, eine Leiche bringt Unglück.«

»Auf der Home Farm! Gehen Sie sofort hin und warten Sie dort auf mich. Sagen Sie einem der Reitknechte, er soll mir mein Pferd bringen. Nein. Lassen Sie. Ich gehe selbst zu den Ställen. Das spart Zeit.«

Keine Viertelstunde später galoppierte Dorian Gray, so rasch er nur konnte, die lange Allee hinab. Die Bäume rauschten wie in einer gespenstischen Prozession an ihm vorüber; wirre Schatten stürzten quer über den Weg. Einmal scheute die Stute vor einem weißen Torpfosten und hätte ihn beinahe abgeworfen. Er zog ihr die Reitpeitsche über den Hals. Das Tier schoß wie ein Pfeil durch die dämmrige Luft. Steine wirbelten unter den Hufen auf.

Schließlich hatte er die Home Farm erreicht. Zwei Männer lungerten im Hof herum. Er sprang aus dem Sattel und warf einem von ihnen die Zügel zu. Im hintersten Stall schimmerte Licht. Irgend etwas schien ihm zu sagen, daß dort die Leiche war; er eilte zur Tür und legte die Hand auf die Klinke.

Dann hielt er einen Augenblick inne; er hatte das Gefühl, daß ihm eine Entdeckung bevorstand, die sein Leben retten oder endgültig zerstören würde. Schließlich stieß er die Tür auf und trat ein.

Auf einem Haufen Sackleinen in der hintersten Ecke lag die Leiche eines Mannes, der mit einem groben Hemd und einer blauen Hose bekleidet war. Sein Gesicht war mit einem gepünktelten Taschentuch bedeckt. Daneben knisterte eine schlichte, in einer Flasche steckende Kerze.

Dorian Gray schauderte. Er spürte, daß er das Taschentuch nicht eigenhändig wegziehen konnte, und rief einen der Knechte herbei.

»Nehmen Sie mal das Ding da weg. Ich will das Gesicht sehen«, sagte er und umklammerte haltsuchend den Türpfosten.

Als der Knecht das Taschentuch entfernt hatte, trat Dorian näher heran. Ein Freudenschrei brach von seinen Lippen. Der Mann, der im Unterholz erschossen worden war, war James Vane.

Ein paar Minuten lang stand er da und betrachtete den Toten. Als er nach Hause ritt, hatte er Tränen in den Augen; er wußte, er war außer Gefahr.

19 »Sie wollen mir doch nicht erzählen, daß Sie auf einmal ein guter Mensch werden wollen«, rief Lord Henry; er tauchte seine weißen Finger in eine rote, mit Rosenwasser gefüllte Kupferschale. »Sie sind doch bereits perfekt. Bitte bleiben Sie so, wie Sie sind.«

Dorian Gray schüttelte den Kopf. »Nein, Harry, ich habe in meinem Leben zu viele furchtbare Dinge getan. Ich habe genug davon. Gestern habe ich meine erste gute Tat vollbracht.«

»Wo waren Sie denn gestern?«

»Auf dem Land, Harry. Ich war ganz allein in einem Gasthof.«

»Mein lieber Junge«, sagte Lord Henry lächelnd, »auf dem Land kann jeder ein guter Mensch sein. Dort gibt es keine Versuchungen. Drum sind die Leute, die nicht in der Stadt leben, ja auch so vollkommen unkultiviert. Kultiviertheit ist nämlich keineswegs leicht zu erwerben. Es gibt nur zwei Möglichkeiten, sie zu erlangen. Entweder man ist gebildet, oder man ist verdorben. Zu beidem hat die Landbevölkerung keine Gelegenheit, deswegen kann sie sich nicht weiterentwickeln.«

»Bildung und Verdorbenheit«, erwiderte Dorian. »Ich habe beides kennengelernt. Heute kommt es mir schrecklich vor, daß das überhaupt zusammengehn kann. Ich habe nämlich ein neues Ideal, Harry. Ich will mich ändern. Ich glaube, ich habe mich bereits geändert.«

»Sie haben mir noch gar nicht erzählt, worin Ihre erste gute Tat bestand. Oder waren es schon mehr als diese eine?« fragte sein Gefährte; er häufte eine kleine, karmesinrote Pyramide aus reifen Erdbeeren auf seinen Teller und ließ aus einem muschelförmigen Löffelsieb weißen Zucker auf sie herabschneien.

»Ihnen kann ich's sagen, Harry. Jemand andrem könnte ich die Geschichte gar nicht erzählen. Ich habe Verzicht geleistet. Das klingt eitel, aber Sie verstehen, was ich damit meine. Sie ist sehr schön und hat eine wunderbare Ähnlichkeit mit Sibyl Vane. Das hat mich wohl auch zuerst zu ihr hingezogen. Sie erinnern sich doch an Sibyl, oder nicht? Wie lange das her zu sein scheint! Nun ja, Hetty gehört natürlich nicht zu unseren Kreisen. Sie ist nur ein Dorfmädchen. Aber ich habe sie wirklich geliebt. Ich bin mir völlig sicher, daß ich sie geliebt habe. Den ganzen herrlichen Mai über, den wir dieses Jahr hatten, bin ich zwei- bis dreimal in der Woche hingefahren, um sie zu sehen. Gestern hat sie in einem kleinen Obstgarten auf mich gewartet. Die Apfelblüten rieselten auf ihr Haar, und sie lachte. Ursprünglich hatten wir vor, uns heute früh im Morgengrauen auf und davon zu machen. Plötzlich beschloß ich, sie zu verlassen, so blumengleich, wie ich sie angetroffen hatte.«

»Ich nehme an, diese neue Empfindung hat Sie in eine gradezu prikkelnde Wonne versetzt, Dorian«, unterbrach ihn Lord Henry. »Aber ich kann die Idylle wohl selber zu Ende erzählen. Sie haben ihr gute Ratschläge gegeben und ihr das Herz gebrochen. Und das war der Beginn Ihrer Bekehrung.«

»Harry, Sie sind abscheulich! So etwas Furchtbares dürfen Sie nicht sagen. Hettys Herz ist nicht gebrochen. Sicher, sie hat geweint und so. Aber dafür hat sie ihre Ehre behalten. Sie kann wie Perdita in ihrem Garten voller Minze und Ringelblumen weiterleben.«

»Und über den treulosen Florizel weinen«, sagte Lord Henry lachend; er lehnte sich auf dem Stuhl zurück. »Mein lieber Dorian, Sie haben ja wahrhaftig die seltsamsten Knabenlaunen. Glauben Sie denn, dieses Mädchen wird nun mit einem Mann aus ihren Kreisen jemals wirklich zufrieden sein? Wahrscheinlich heiratet sie eines Tages einen ungehobelten Fuhrmann oder grinsenden Ackerknecht. Die Tatsache jedenfalls, daß sie Sie kennengelernt und geliebt hat, wird sie dazu bringen, ihren Ehemann zu verachten, und sie wird unglücklich sein. Vom moralischen Standpunkt aus kann ich eigentlich nicht sagen, daß ich von Ihrem großen Verzicht besonders viel halte. Selbst als Anfang ist er doch ziemlich kläglich. Außerdem, woher wollen Sie wissen, daß Hetty in diesem Augenblick nicht von Sternen beschienen und lieblichen Wasserlilien umgeben wie Ophelia in einem Mühlteich treibt?«

»Das ist ja nicht auszuhalten, Harry! Erst machen Sie sich über alles lustig, dann malen Sie die schrecklichsten Tragödien an die Wand. Es tut mir schon leid, daß ich's Ihnen erzählt habe. Mir ist ganz gleichgültig, was Sie dazu sagen. Ich weiß, daß ich richtig gehandelt habe. Arme Hetty! Als ich heut morgen an dem Bauernhof vorübergeritten bin, habe ich ihr weißes Gesicht am Fenster gesehen; es war wie ein Jasminzweig. Sprechen wir nicht mehr davon; und versuchen Sie mir nicht einzureden, daß die erste gute Tat, die ich seit Jahren vollbracht habe, das erste kleine Opfer meines Lebens, in Wirklichkeit so etwas wie eine Sünde ist. Ich möchte ein besserer Mensch sein. Ich werde ein besserer Mensch sein. Aber jetzt erzählen Sie mal von Ihnen. Was gibt's Neues in der Stadt? Ich war schon seit Tagen nicht mehr im Klub.«

»Die Leute reden noch immer über das Verschwinden des armen Basil.«

»Ich hätte eigentlich gedacht, sie wären dieses Thema inzwischen leid«, sagte Dorian mit einem leisen Stirnrunzeln und schenkte sich ein wenig Wein ein.

»Mein lieber Junge, sie reden erst seit sechs Wochen darüber, und die britische Öffentlichkeit ist der geistigen Anstrengung nun einmal nicht gewachsen, sich innerhalb von drei Monaten mit mehr als einem Thema zu beschäftigen. In letzter Zeit hatte sie allerdings sehr großes Glück. Da hatte sie meine Scheidung und den Selbstmord von Alan Campbell. Und jetzt kommt noch das mysteriöse Verschwinden eines Künstlers hinzu. Scotland Yard beharrt unbeirrt auf der Meinung, der Mann im grauen Ulster, der am neunten November mit dem Mitternachtszug nach Paris abgereist ist, sei der arme Basil gewesen; die französische Polizei wiederum behauptet, Basil sei nie in Paris angekommen. In vierzehn Tagen wird man uns wohl erzählen, er sei in San Francisco gesehen worden. Seltsam, jeder Mensch, der verschwindet, wird angeblich in San Francisco gesehen. Es muß eine entzückende Stadt sein; sie besitzt offenbar alle Reize des Jenseits.«

»Was glauben denn Sie, was mit Basil geschehen ist?« fragte Dorian, seinen Burgunder gegen das Licht haltend; er wunderte sich, daß er so ruhig darüber sprechen konnte.

»Ich habe nicht die leiseste Ahnung. Wenn sich Basil verstecken will, ist das nicht meine Sache. Und wenn er tot ist, möchte ich nicht weiter an ihn denken. Der Tod ist das einzige, was mir angst macht. Ich hasse den Tod.«

»Warum?« fragte der Jüngere müde.

»Weil«, sagte Lord Henry und hielt sich das vergüldete Gitter einer offenen Riechdose unter die Nase, »man heutzutage alles überleben kann, nur nicht den Tod. Der Tod und die Vulgarität, das sind im neunzehnten Jahrhundert die einzigen Tatsachen, die sich nicht wegerklären lassen. Nehmen wir den Kaffee doch im Musikzimmer, Dorian. Sie müssen noch ein bißchen Chopin für mich spielen. Der Mann, mit dem meine Frau durchgebrannt ist, hat hervorragend Chopin gespielt. Arme Victoria! Ich hatte sie sehr gern. Das Haus ist recht einsam ohne sie. Sicher, das Eheleben ist eine reine Gewohnheit, eine schlechte Gewohnheit. Aber Gewohnheiten aufgeben zu müssen, ist immer bedauerlich, selbst wenn es die schlechtesten sind. Dann ist es vielleicht sogar am bedauerlichsten. Immerhin stellen sie einen wesentlichen Bestandteil unsrer Persönlichkeit dar.«

Dorian schwieg; er erhob sich vom Tisch, ging nach nebenan, setzte sich ans Klavier und ließ seine Hände über die weißen und schwarzen Elfenbeintasten gleiten. Als der Kaffee serviert wurde, unterbrach er sein Spiel, blickte zu Lord Henry hinüber und sagte: »Harry, ist Ihnen je der Gedanke gekommen, Basil könnte ermordet worden sein?«

Lord Henry gähnte. »Basil war sehr beliebt, außerdem trug er eine Waterbury-Uhr. Weshalb sollte ihn jemand ermorden? Um Feinde zu haben, dazu war er nicht geistreich genug. Natürlich, er hatte ein wunderbares Genie zum Malen. Aber man kann malen wie Velázquez und dennoch ein überaus langweiliger Mensch sein. Basil war in der Tat ein ziemlich langweiliger Mensch. Er hat nur ein einziges Mal mein Interesse geweckt, und das war, als er mir vor Jahren erzählte, daß er Sie gradezu rasend anbete und daß Sie das beherrschende Motiv seiner Kunst seien.«

»Ich hatte Basil sehr gern«, sagte Dorian mit einem traurigen Unterton in der Stimme. »Aber heißt es nicht wirklich, er sei ermordet worden?«

»Ach, ein paar Zeitungen behaupten das. Ich halte es für ganz und gar unwahrscheinlich. Ich weiß, es gibt ein paar schlimme Viertel in Paris, aber dort ist Basil bestimmt nicht hingegangen, dazu war er einfach nicht der Typ. Er war nicht neugierig. Das war sein Hauptfehler.«

»Was würden Sie sagen, Harry, wenn ich Ihnen erzähle, daß ich Basil ermordet habe?« fragte der Jüngere. Er sah Lord Henry aufmerksam an.

»Lieber Freund, ich würde sagen, Sie geben sich da als etwas aus, was gar nicht zu Ihnen paßt. Ein Verbrechen ist immer vulgär, just so wie Vulgarität immer ein Verbrechen ist. Es liegt einfach nicht in Ihrer Natur, Dorian, einen Mord zu begehen. Es tut mir leid, wenn ich damit Ihre Eitelkeit verletze, aber ich versichere Ihnen, es ist wahr. Das Verbrechen ist ausschließlich Sache der Unterschicht. Ich mache ihr daraus nicht den geringsten Vorwurf. Vermutlich bietet ihr das Verbrechen das, was uns die Kunst bietet, nämlich schlicht die Möglichkeit, sich außergewöhnliche Gefühlsregungen zu verschaffen.«

»Die Möglichkeit, sich Gefühlsregungen zu verschaffen? Glauben Sie denn, jemand, der irgendwann einen Mord verübt hat, würde das gleiche Verbrechen noch einmal begehen? Das ist doch wohl nicht Ihr Ernst.«

»Oh! Alles wird zum Vergnügen, man muß es nur oft genug tun«, rief Lord Henry lachend. »Das ist eines der wichtigsten Geheimnisse des Lebens. Dennoch, einen Mord zu begehen, halte ich unbedingt für einen Fehler. Man sollte nie etwas tun, worüber man nach dem Dinner nicht plaudern kann. Aber lassen wir den armen Basil. Ich wünschte, ich könnte glauben, daß er ein so romantisches Ende gefunden hat, wie Sie's andeuten; aber ich kann's einfach nicht. Wahrscheinlich ist er aus einem Omnibus in die Seine gefallen, und der Schaffner hat den Skandal vertuscht. Ja: So könnte ich mir sein Ende durchaus vorstellen. Ich sehe ihn direkt vor mir, wie er rücklings im dunkelgrünen Wasser liegt, während die schweren Kähne über ihn hingleiten und lange Wasserpflanzen sich in seinem Haar verfangen. Wissen Sie, ich glaube eigentlich nicht, daß er noch viel Gutes zustande gebracht hätte. In den letzten zehn Jahren ist's mit seiner Malerei doch ziemlich bergab gegangen.«

Dorian stieß einen Seufzer aus; Lord Henry schlenderte durch den Raum und begann einem wundersamen javanischen Papagei den Kopf zu kraulen, einem großen, graugefiederten Vogel mit rosarotem Schopf und Schwanz, der auf einem Bambusstab balancierte. Als seine spitzen Finger das Tier berührten, senkte es die schuppigen, verrunzelten weißen Lider über die glasähnlichen schwarzen Augen und begann sich hin und her zu wiegen.

»Ja«, fuhr er fort, wandte sich dabei um und zog ein Taschentuch hervor, »mit seiner Malerei ist's ziemlich bergab gegangen. Irgendwie hatte sie etwas verloren. Sie hatte ihr Ideal verloren. Als es mit der großen Freundschaft zwischen Ihnen und ihm aus war, war es mit ihm auch als großer Maler aus. Was hat euch denn auseinandergebracht? Ich nehme an, er hat Sie gelangweilt. Wenn ja, hat er Ihnen das nie verziehen. Das haben langweilige Menschen so an sich. Übrigens, was ist eigentlich aus dem wundervollen Porträt geworden, das er damals von Ihnen gemalt hat? Ich glaube, ich habe es, seitdem er's fertig hatte, überhaupt nicht mehr zu Gesicht gekriegt. Ah ja! Jetzt fällt's mir wieder ein – Sie haben mir vor Jahren mal erzählt, Sie hätten es nach Selby geschickt und es sei unterwegs verlorengegangen oder gestohlen worden. Sie haben es nie zurückbekommen? Wie schade! Es war wirklich ein Meisterwerk. Ich kann mich noch erinnern, daß ich es kaufen wollte. Inzwischen wäre ich froh, ich hätte's getan. Es stammte aus Basils bester Schaffensperiode. Danach war sein Werk jene seltsame Mischung aus schlechter Malerei und guten Absichten, die einem seit jeher das Recht gibt, sich als repräsentativer britischer Künstler bezeichnen zu lassen. Haben Sie denn eine Suchmeldung veröffentlicht? Das hätten Sie tun sollen.«

»Ich weiß es nicht mehr«, sagte Dorian. »Wahrscheinlich ja. Aber im Grunde hab ich das Bild nie richtig gemocht. Es tut mir leid, daß ich dafür Modell gesessen habe. Die Erinnerung an das Porträt ist mir ein Greuel. Wieso sprechen Sie überhaupt davon? Es hat mich immer an jene sonderbaren Zeilen aus einem Theaterstück denken lassen – *Hamlet*, glaub ich – wie lauten sie doch gleich?

›Gleich dem Gram im Bilde,
Ein Antlitz ohne Herz.‹

Ja: so war es.«

Lord Henry lachte. »Wenn ein Mensch das Leben künstlerisch auffaßt, ist sein Gehirn sein Herz«, erwiderte er und ließ sich in einen Sessel sinken.

Dorian Gray schüttelte den Kopf und schlug auf dem Klavier ein paar leise Akkorde an. »›Gleich dem Gram im Bilde‹«, wiederholte er, »›ein Antlitz ohne Herz.‹«

Der Ältere lehnte sich zurück und blickte ihn mit halbgeschlossenen Augen an. »Übrigens, Dorian«, sagte er nach einer Weile, »›was hülfe es dem Menschen, so er die ganze Welt gewönne, und nähme doch‹ – wie heißt es so schön? – ›Schaden an seiner Seele?‹«

Die Musik endete jäh mit einem Mißklang; Dorian Gray fuhr auf und starrte seinen Freund an. »Wieso fragen Sie mich das, Harry?«

»Lieber Freund«, erwiderte Lord Henry und zog überrascht die Brauen hoch, »ich habe Sie das gefragt, weil ich dachte, Sie hätten vielleicht eine Antwort darauf. Das ist alles. Letzten Sonntag bin ich durch den Park gegangen; in der Nähe von Marble Arch stand eine kleine Gruppe ärmlich aussehender Leute, die irgendeinem gewöhnlichen Straßenprediger lauschten. Im Vorübergehen bekam ich mit, wie der Mann seinen Zuhörern genau diese Frage entgegenschrie. Es machte einen hochdramatischen Eindruck auf mich. London ist sehr reich an solchen kuriosen Begebenheiten. Ein regnerischer Sonntag, ein schnurriger Christ im Wettermantel, ein Kreis ungesund bleicher Gesichter unter dem undichten Dach tropfender Regenschirme und dazu ein wunderbarer Satz, von hysterischen Lippen schrill in die Luft geschleudert – das alles war auf seine Weise wirklich sehr gut, gradezu eine Eingebung. Ich habe mir überlegt, ob ich dem Propheten sage, daß nicht der Mensch, wohl aber die Kunst eine Seele hat. Ich fürchte allerdings, er hätte mich nicht verstanden.«

»Nicht doch, Harry. Die Seele ist eine furchtbare Wirklichkeit. Man kann sie kaufen und verkaufen oder sie gegen etwas tauschen. Man kann sie vergiften oder vervollkommnen. In jedem von uns ist eine Seele. Ich weiß es.«

»Sind Sie sich dessen völlig sicher, Dorian?«

»Völlig sicher.«

»Ah! Dann täuschen Sie sich ganz bestimmt. Dinge, deren man sich absolut sicher ist, sind niemals wahr. Das ist das Verhängnis des Glaubens und die Lehre der Liebe. Wie ernst Sie sind! Seien Sie doch nicht so feierlich. Was haben Sie oder ich mit den abergläubischen Vorstellungen unserer Zeit zu tun? Nein: Wir glauben nicht mehr an die Seele. Spielen Sie mir etwas vor. Spielen Sie ein Nocturne, Dorian, und während Sie spielen, erzählen Sie mir leise, wie Sie sich Ihre Jugend bewahrt haben. Sie müssen irgendein Geheimnis haben. Ich bin nur zehn Jahre älter als Sie, und ich habe schon lauter Runzeln und bin verwelkt und vergilbt. Sie sind wirklich ein Wunder, Dorian. Noch nie haben Sie so bezaubernd ausgesehn wie heute abend. Sie erinnern mich an den Tag, als ich Ihnen zum ersten Male begegnet bin. Sie waren ziemlich keck, sehr schüch-

tern und ganz und gar wunderbar. Natürlich, Sie haben sich seitdem verändert, aber nicht in Ihrem Aussehen. Ich würde Ihr Geheimnis zu gern erfahren. Um meine Jugend zurückzugewinnen, würde ich alles tun – außer Gymnastik treiben, früh aufstehen oder ein ehrbarer Mensch werden. Jugend! Nichts kommt ihr gleich. Es ist absurd, von der Unwissenheit der Jugend zu reden. Die einzigen Leute, deren Ansichten ich mir heute mit einigem Respekt anhöre, sind Leute, die viel jünger sind als ich. Es ist, als hätten sie mir etwas voraus. Das Leben hat ihnen sein letztes Wunder offenbart. Und was die Alten betrifft – denen widerspreche ich immer, und zwar aus Prinzip. Fragt man sie nach ihrer Meinung zu irgend etwas, was sich gestern ereignet hat, dann geben sie feierlich Ansichten zum besten, wie sie um 1820 im Schwang waren, als man noch steife Kragen trug, alles glaubte und absolut gar nichts wußte. Wie lieblich das ist, was Sie da spielen! Ich frage mich, ob Chopin es auf Mallorca geschrieben hat, während das Meer rings um die Villa weinte und die salzige Gischt gegen die Fenster spritzte. Es ist wunderbar romantisch. Was für ein Segen, daß uns wenigstens eine Kunst geblieben ist, die nicht nur von der Nachahmung lebt! Hören Sie nicht auf. Ich brauche Musik heute abend. Mir ist, als wären Sie der junge Apoll und ich Marsyas, der Ihnen lauscht. Ich habe Kummer, Dorian, Kummer, von dem selbst Sie keine Ahnung haben. Die Tragödie des Alters ist nicht, daß man alt ist, sondern daß man noch jung ist. Manchmal wundere ich mich über meine Aufrichtigkeit. Ach, Dorian, wie glücklich Sie sind! Was für ein herrliches Leben haben Sie doch geführt! Sie haben alles in tiefen Zügen genossen. Sie haben die Trauben an Ihrem Gaumen zerdrückt. Alles stand Ihnen offen. Und für Sie war es nie mehr als der Klang von Musik. Es hat Sie nicht verdorben. Sie sind noch immer derselbe.«

»Ich bin nicht mehr derselbe, Harry.«

»Doch: Sie sind noch derselbe. Ich frage mich, wie Ihr Leben weiterverlaufen wird. Verderben Sie's nicht durch Entsagung. Im Moment sind Sie ein vollkommener Mensch. Machen Sie sich nicht unvollkommen. Sie sind absolut makellos. Sie brauchen gar nicht den Kopf zu schütteln. Sie wissen, daß Sie es sind. Außerdem, Dorian, lassen Sie sich nicht täuschen – das Leben wird nicht von Wille oder Absicht gelenkt. Das Leben ist eine Frage der Nerven und Fasern, der langsam aufgebauten Zellen, in denen sich das Denken verbirgt und die Leidenschaft träumt. Sie mögen sich sicher wähnen und für stark halten. Aber eine zufällige Farbtönung in einem Zimmer oder am Morgenhimmel, ein bestimmter

Duft, den Sie einmal geliebt haben und der zärtliche Erinnerungen mit sich trägt, eine Zeile aus einem vergessenen Gedicht, auf die Sie unverhofft gestoßen sind, eine Kadenz aus einem Musikstück, das Sie lange nicht mehr gespielt haben – ich sage Ihnen, Dorian, von solchen Dingen hängt unser ganzes Leben ab. Browning schreibt darüber irgendwo; aber nur unsre eigenen Sinne beschwören sie herauf. Es gibt Augenblicke, da streicht der Duft von *lilas blanc* plötzlich über mich hin, und dann muß ich den seltsamsten Monat meines Lebens noch einmal durchleben. Ich wollte, ich könnte mit Ihnen tauschen, Dorian. Die Welt hat sich über uns beide empört, aber zugleich lag sie Ihnen immer zu Füßen. Sie wird Ihnen immer zu Füßen liegen. Sie verkörpern genau das, was unsere Zeit sucht und was sie gefunden zu haben fürchtet. Wie gut, daß Sie niemals etwas geschaffen haben, daß Sie nie eine Statue gemeißelt, ein Bild gemalt oder irgend etwas außerhalb Ihrer selbst hervorgebracht haben! Ihre Kunst war das Leben. Sie haben sich selbst in Musik gesetzt. Ihre Tage sind Ihre Sonette.«

Dorian erhob sich vom Klavier und fuhr sich mit der Hand durchs Haar. »Ja, das Leben war herrlich«, murmelte er, »aber ich werde es so nicht weiterführen, Harry. Und Sie dürfen mir nicht solche überspannten Dinge sagen. Sie wissen durchaus nicht alles von mir. Wenn Sie's wüßten, ich glaube, dann würden selbst Sie sich von mir abwenden. Sie lachen. Lachen Sie nicht.«

»Warum spielen Sie denn nicht weiter, Dorian? Setzen Sie sich wieder hin und spielen Sie noch mal das Nocturne für mich. Sehen Sie sich diesen großen honigfarbenen Mond an, wie er in der Dunkelheit hängt. Er wartet darauf, daß Sie ihn verzaubern; wenn Sie spielen, kommt er der Erde näher. Sie wollen nicht? Dann gehen wir eben in den Klub. Es war ein erfreulicher Abend, und wir müssen ihn erfreulich beschließen. Im White ist jemand, der Sie unbedingt kennenlernen will – der junge Lord Poole, Bournemouths ältester Sohn. Er kopiert bereits Ihre Krawatten und hat mich gebeten, ihn Ihnen vorzustellen. Er ist wirklich ganz reizend und erinnert mich ein bißchen an Sie.«

»Das will ich nicht hoffen«, sagte Dorian mit traurigem Blick. »Aber ich bin zu müde heut abend, Harry. Ich gehe nicht mehr in den Klub. Es ist schon fast elf, und ich möchte früh zu Bett.«

»Nun bleiben Sie doch. Sie haben noch nie so gut gespielt wie heut abend. Ihr Anschlag hatte etwas gradezu Wunderbares. Er war ausdrucksvoller als je zuvor.«

»Das liegt daran, daß ich mir vorgenommen habe, ein guter Mensch zu werden«, erwiderte Dorian lächelnd. »Ich bin jetzt schon ein bißchen anders.«

»Für mich werden Sie nie anders sein, Dorian«, sagte Lord Henry. »Sie und ich, wir sind und bleiben immer Freunde.«

»Und trotzdem haben Sie mich einmal mit einem Buch vergiftet. Das dürfte ich Ihnen eigentlich gar nicht verzeihen. Harry, versprechen Sie mir, daß Sie dieses Buch nie wieder jemandem ausleihen. Es bringt Unheil.«

»Mein lieber Junge, jetzt fangen Sie doch tatsächlich an zu moralisieren. Nicht lange, und Sie gehen wie ein Bekehrter und Erweckungsprediger umher und warnen die Leute vor den Sünden, deren Sie überdrüssig geworden sind. Dazu sind Sie doch ein viel zu entzückender Mensch. Außerdem ist es zwecklos. Sie und ich, wir sind, was wir sind, und werden sein, was wir sein werden. Und was das Buch betrifft – von einem Buch vergiftet zu werden, so etwas gibt es nicht. Die Kunst hat keinen Einfluß auf unser Handeln. Sie löscht das Bedürfnis danach aus. Sie ist herrlich unfruchtbar. Bücher, die die Welt unmoralisch nennt, sind Bücher, die der Welt ihre eigene Schande vor Augen halten. Das ist alles. Aber wir wollen nicht über Literatur diskutieren. Kommen Sie doch morgen bei mir vorbei. Ich werde um elf ausreiten. Wir könnten zusammen ausreiten, und hinterher nehme ich Sie zum Lunch bei Lady Branksome mit. Sie ist eine bezaubernde Frau und möchte Sie wegen einiger Gobelins, die sie zu kaufen gedenkt, um Rat fragen. Also seien Sie bitte so freundlich. Oder sollen wir den Lunch lieber bei unsrer kleinen Duchess nehmen? Sie sagt, sie kriegt Sie gar nicht mehr zu Gesicht. Vielleicht haben Sie ja schon genug von Gladys? Ich hab's mir beinah gedacht. Ihre gewetzte Zunge kann einem regelrecht auf die Nerven gehen. Jedenfalls kommen Sie einfach um elf vorbei.«

»Muß das wirklich sein, Harry?«

»Aber ja. Im Park ist es zur Zeit wunderhübsch. Ich glaube, seit dem Jahr, als ich Sie kennengelernt habe, hat es dort keinen solchen Flieder mehr gegeben.«

»Na schön. Um elf bin ich da«, sagte Dorian. »Gute Nacht, Harry.« An der Tür zögerte er einen Augenblick, als hätte er noch etwas zu sagen. Dann seufzte er und ging hinaus.

20 Es war eine liebliche Nacht, so warm, daß er den Rock über den Arm warf und nicht einmal den Seidenschal umlegte. Als er, eine Zigarette rauchend, nach Hause schlenderte, kamen zwei junge Männer im Abendanzug an ihm vorüber. Er hörte, wie der eine dem anderen zuflüsterte: »Das ist Dorian Gray.« Er erinnerte sich, wie erfreut er früher gewesen war, wenn man auf ihn aufmerksam machte oder ihn anstarrte oder über ihn sprach. Inzwischen war er es leid, seinen Namen zu hören. Der Reiz des kleinen Dorfes, in dem er sich in der letzten Zeit so oft aufgehalten hatte, bestand zu einem großen Teil darin, daß dort niemand wußte, wer er war. Er hatte dem Mädchen, das er zur Liebe verleitet hatte, häufig erzählt, er sei arm, und sie hatte ihm geglaubt. Einmal hatte er ihr gesagt, er sei böse, und sie hatte ihn ausgelacht und geantwortet, böse Menschen seien immer sehr alt und sehr häßlich. Was für ein Lachen sie hatte! – Es glich dem Gesang einer Drossel. Und wie hübsch sie gewesen war in ihren Baumwollkleidern und mit ihren großen Hüten! Sie wußte nichts, besaß aber all das, was er verloren hatte.

Zu Hause angekommen, stellte er fest, daß sein Diener noch auf war und auf ihn gewartet hatte. Er schickte ihn zu Bett, warf sich auf das Sofa in der Bibliothek und begann über einige der Dinge nachzudenken, die Lord Henry zu ihm gesagt hatte.

War es wirklich wahr, daß man sich niemals ändern konnte? Er verspürte eine heftige Sehnsucht nach der unbefleckten Reinheit seiner Knabenjahre – seinem rosenzarten Knabenalter, wie Lord Henry es einmal genannt hatte. Er wußte, daß er sich besudelt, seinen Geist mit Verderbtheit erfüllt und seine Phantasie das Grauen gelehrt hatte; daß er auf andere einen schlechten Einfluß ausgeübt und dabei eine gräßliche Freude empfunden hatte; und daß er von all den Leben, die das seine gekreuzt hatten, gerade die schönsten und verheißungsvollsten in Schande gebracht hatte. War das denn gar nicht wiedergutzumachen? Gab es für ihn keine Hoffnung mehr?

Ach! In welch einem ungeheuerlichen Moment des Hochmuts und der Leidenschaft hatte er den inbrünstigen Wunsch geäußert, daß das Porträt die Bürde seiner Tage tragen und ihm selbst der ungetrübte Glanz ewiger Jugend erhalten bleiben möge! Sein ganzes Scheitern ging darauf zurück. Es wäre besser für ihn gewesen, wenn jeder Sünde in seinem Leben ihre sichere, rasche Strafe gefolgt wäre. In der Bestrafung lag

Läuterung. Nicht »Vergib uns unsere Schuld«, sondern »Züchtige uns für unsere Missetaten« sollte es eigentlich lauten, wenn ein Mensch zu einem allgerechten Gott betete.

Der kunstvoll geschnitzte Spiegel, den Lord Henry ihm vor nun schon so vielen Jahren geschenkt hatte, stand auf dem Tisch, und die weißgliedrigen Amoretten, die ihn umrahmten, lachten wie eh und je. Er nahm ihn in die Hand, wie damals in jener Schreckensnacht, als er zum erstenmal die Veränderung an dem verhängnisvollen Porträt bemerkt hatte, und blickte mit wirrem, von Tränen getrübtem Blick in den blanken Schild. Einst hatte ihm jemand, der ihn schrecklich geliebt hatte, einen wahnwitzigen Brief geschrieben, der mit dem Ausdruck abgöttischer Verehrung endete: »Die Welt ist verwandelt, weil Sie aus Elfenbein und Gold geschaffen sind. Der Schwung Ihrer Lippen schreibt die Geschichte neu.« Diese Sätze fielen ihm ein, und er sprach sie immer wieder vor sich hin. Dann packte ihn Abscheu vor seiner eigenen Schönheit; er warf den Spiegel zu Boden und zertrat ihn mit dem Absatz in silberne Splitter. Seine Schönheit hatte ihn zugrunde gerichtet, seine Schönheit und die Jugend, die er sich so inbrünstig herbeigewünscht hatte. Ohne diese beiden Dinge wäre sein Leben vielleicht makellos geblieben. Seine Schönheit war ihm nur eine Maske, seine Jugend nur Blendwerk gewesen. Was war denn die Jugend im besten Fall? Eine noch grüne, eine unreife Zeit, eine Zeit oberflächlicher Stimmungen und ungesunder Gedanken. Warum hatte er ihr Gewand getragen? Die Jugend hatte ihn verdorben.

Es war besser, nicht an die Vergangenheit zu denken. Sie war durch nichts mehr zu ändern. An sich selbst und an seine Zukunft mußte er denken. James Vane lag unauffindbar in einem namenlosen Grab auf dem Friedhof von Selby. Alan Campbell hatte sich eines Nachts in seinem Laboratorium erschossen, das Geheimnis jedoch nicht verraten, dessen Mitwisserschaft er ihm aufgezwungen hatte. Die momentane Aufregung über Basil Hallwards Verschwinden würde sich bald wieder legen. Sie ließ bereits nach. Von da drohte ihm keine Gefahr. Es war eigentlich auch gar nicht der Tod Basil Hallwards, was ihm am meisten zu schaffen machte. Es war der lebendige Tod seiner eigenen Seele, was ihn bedrückte. Basil hatte das Porträt gemalt, das sein Leben zerstört hatte. Das konnte er ihm nicht verzeihen. Das Porträt war an allem schuld. Basil hatte Dinge zu ihm gesagt, die unerträglich gewesen waren und die er dennoch geduldig ertragen hatte. Bei dem Mord hatte es sich einfach um die Wahnsinnstat eines Augenblicks gehandelt. Und was

Alan Campbell betraf, so war der Selbstmord dessen eigene Entscheidung gewesen. Er hatte ihn aus freien Stücken gewählt. Ihn ging das nichts an.

Ein neues Leben! Das war es, was er brauchte. Das war es, worauf er wartete. Eigentlich hatte es bereits begonnen. Zumindest hatte er ein unschuldiges Geschöpf verschont. Nie wieder würde er die Unschuld in Versuchung führen. Er würde ein guter Mensch sein.

Als er an Hetty Merton dachte, fragte er sich plötzlich, ob sich das Porträt in dem abgesperrten Zimmer verändert hatte. Es war doch wohl nicht mehr ganz so abscheulich, wie es bisher gewesen war? Vielleicht vermochte er, wenn sein Leben rein würde, die Spuren böser Leidenschaft allesamt aus dem Gesicht zu verbannen. Vielleicht waren die Spuren des Bösen auch schon gänzlich verschwunden. Er würde nach oben gehen und nachsehen.

Er nahm die Lampe vom Tisch und schlich die Treppe hinauf. Als er die Tür aufschloß, huschte ein freudiges Lächeln über sein sonderbar jung wirkendes Gesicht und verweilte einen Augenblick lang um seine Lippen. Ja, er wollte ein guter Mensch sein, und das gräßliche Ding, das er versteckt hatte, würde ihn nie wieder schrecken. Ihm war, als wäre die Last schon jetzt von ihm genommen.

Ruhig trat er ein, schloß wie immer die Tür hinter sich ab und zog den purpurnen Vorhang vom Bild. Ein Schrei des Schmerzes und der Entrüstung brach aus ihm hervor. Er konnte keinerlei Veränderung entdecken, außer daß in den Augen ein verschlagener Ausdruck war und um die Mundpartie die geschwungene Furche des Heuchlers. Das Bild war noch immer abstoßend – womöglich abstoßender als zuvor –, und der scharlachrote Tau, der die Hand befleckte, wirkte noch heller, erinnerte noch mehr an frisch vergossenes Blut. Er begann zu zittern. War es denn schiere Eitelkeit gewesen, die ihn zu seiner einzigen guten Tat bewogen hatte? Oder das Verlangen nach einer neuen Empfindung, wie Lord Henry mit spöttischem Lächeln angedeutet hatte? Oder jene unwiderstehliche Neigung, in eine Rolle zu schlüpfen, die uns manchmal Dinge tun läßt, die edler sind als wir selbst? Oder vielleicht das alles zusammen? Und warum war der rote Fleck nun auf einmal größer geworden? Er schien sich wie eine furchtbare Krankheit auf den runzligen Fingern ausgebreitet zu haben. Blut war auf den gemalten Füßen, als wäre es herabgetropft – Blut auch auf der Hand, die das Messer gar nicht gehalten hatte. Ein Geständnis ablegen? Hieß das, daß er ein Geständnis ablegen sollte? Sich freiwillig stellen und zum Tode verurteilt werden?

Er lachte. Der Gedanke kam ihm ungeheuerlich vor. Im übrigen, selbst wenn er ein Geständnis ablegte – wer würde ihm denn schon glauben? Es gab ja nirgendwo eine Spur von dem Ermordeten. Alles, was ihm gehört hatte, war vernichtet worden. Er selbst hatte verbrannt, was noch unten gewesen war. Man würde ihn schlicht für verrückt erklären. Man würde ihn einsperren, wenn er auf seiner Geschichte beharrte ... Dennoch, es war einfach seine Pflicht, ein Geständnis abzulegen, die öffentliche Schande hinzunehmen und öffentlich zu sühnen. Es gab einen Gott, der von den Menschen verlangte, ihre Sünden vor Ihm und der Welt zu bekennen. Ganz gleich, was er tat, nichts konnte ihn reinwaschen, bevor er nicht seine Sünde bekannt hatte. Seine Sünde? Er zuckte die Achseln. Der Tod Basil Hallwards kam ihm eher belanglos vor. Er dachte an Hetty Merton. Es war doch eigentlich ein ungerechter Spiegel, dieser Spiegel seiner Seele, in den er da blickte. Eitelkeit? Neugier? Heuchelei? Hatte in seinem Verzicht nicht mehr gelegen als das? Doch, es hatte noch mehr darin gelegen. Zumindest glaubte er das. Aber wer konnte das so genau wissen? ... Nein. Es hatte doch nicht noch mehr darin gelegen. Aus Eitelkeit hatte er auf sie verzichtet. Voller Heuchelei hatte er die Maske der Güte getragen. Aus Neugier hatte er sich in Selbstverleugnung geübt. Das wurde ihm nun klar.

Aber dieser Mord – sollte er ihn sein ganzes Leben lang verfolgen? Sollte er immer die Last seiner Vergangenheit tragen müssen? Sollte er wirklich ein Geständnis ablegen? Niemals. Es gab nur ein einziges Beweisstück gegen ihn. Das Bild selbst – das war der Beweis. Er würde es vernichten. Warum hatte er es überhaupt so lange behalten? Einst hatte es ihm Freude bereitet, zu beobachten, wie es sich veränderte und alterte. Zuletzt hatte er diese Freude nicht mehr verspürt. Das Porträt hatte ihn nachts nicht schlafen lassen. War er außer Haus gewesen, so hatte ihn das Grauen gepackt bei der Vorstellung, fremde Augen könnten es sehen. Es hatte Schwermut über seine Leidenschaften gebracht. Allein schon der Gedanke daran hatte ihm viele genußreiche Momente verdorben. Es war für ihn wie das Gewissen gewesen. Ja, es war sein Gewissen gewesen. Er würde es vernichten.

Er blickte sich um; da sah er das Messer, das Basil Hallward erstochen hatte. Er hatte es immer wieder gesäubert, bis kein Fleckchen mehr darauf zu erkennen war. Es war blank und glitzerte. Wie es den Maler getötet hatte, so würde es auch dessen Werk töten und alles, was damit zusammenhing. Es würde die Vergangenheit töten, und war diese erst tot, so würde er endlich frei sein. Es würde dieses unheimliche Seelenleben töten, und ohne dessen gräßliche Mahnungen würde er endlich Frieden finden. Er ergriff das Messer und erstach damit das Porträt.

Ein Schrei ertönte, ein Krachen. Der Schrei war so entsetzlich in seiner Todesqual, daß die Dienstboten aus dem Schlaf aufschraken und aus ihren Zimmern schlichen. Zwei Herren, die unten gerade über den Platz spazierten, blieben stehen und blickten zu dem großen Haus empor. Dann gingen sie weiter, bis sie auf einen Polizisten trafen, und kehrten mit ihm zurück. Der Mann läutete ein paarmal; nichts rührte sich. Bis auf einen Lichtschein in einem der oberen Fenster war das Haus vollkommen dunkel. Nach einer Weile zog sich der Polizist wieder zurück, stellte sich in einen angrenzenden Säulengang und wartete.

»Wem gehört denn das Haus, Constable?« fragte der ältere der beiden Herren.

»Mr. Dorian Gray, Sir«, antwortete der Polizist.

Die zwei Herren blickten einander an, rümpften die Nase und gingen weiter. Einer der beiden war Sir Henry Ashtons Onkel.

Drinnen, im Dienstbotentrakt des Hauses, unterhielten sich leise flüsternd die halbangekleideten Domestiken. Die alte Mrs. Leaf rang weinend die Hände. Francis war bleich wie der Tod.

Etwa eine Viertelstunde später holte er den Kutscher und einen der Lakaien und schlich mit ihnen nach oben. Die Männer klopften; nichts rührte sich. Sie riefen. Alles war still. Nach ein paar erfolglosen Versuchen, die Tür gewaltsam zu öffnen, kletterten sie schließlich aufs Dach und ließen sich von dort auf den Balkon fallen. Die Glastür bereitete keine Mühe; ihre Riegel waren schon alt.

Als sie ins Zimmer kamen, sahen sie an der Wand ein wundervolles Porträt ihres Herrn, so wie sie ihn zuletzt gesehen hatten, im vollen Glanz seiner herrlichen Jugend und Schönheit. Auf dem Boden lag ein Toter im Abendanzug; in seinem Herzen steckte ein Messer. Sein Gesicht war welk, runzlig und abstoßend. Erst als sie die Ringe genauer in Augenschein nahmen, erkannten sie, wer es war.

Anhang

Nachwort Die Urfassung von *The Picture of Dorian Gray* erschien (in Fortsetzungen) im Juni 1890 in ›Lippincott's Monthly Magazine‹, die erweiterte und endgültige Fassung (in Buchform) im April 1891 bei Ward, Lock & Co. in London. Die vorliegende Neuübersetzung folgt der erstmals 1966 bei Collins in London und Glasgow erschienenen, von J. B. Foreman herausgegebenen Gesamtausgabe der Werke von Oscar Wilde. Offensichtliche Druckfehler dieser Ausgabe wurden bei der Übersetzung stillschweigend korrigiert. Kleinere Abweichungen vom Wortlaut des Originals ergaben sich nur dort, wo für bestimmte Begriffe keine deutsche Entsprechung vorliegt: So wurde z. B. aus den diversen *Hansoms*, *Broughams* etc. meistens ein schlichter »Wagen« – sofern die Beschaffenheit des Gefährts für den Textzusammenhang belanglos ist. Unübersetzt blieben Begriffe wie *Constable*, Hausnamen wie *Bell Tavern* und dergleichen mehr – all dies findet sich (gesetzt, es dient dem Textverständnis) in den Anmerkungen erläutert. Shakespeare-Zitate folgen der für den deutschsprachigen Leser des 19. Jahrhunderts kanonischen Schlegel-Tieck-Übersetzung. Das Tempus der wörtlichen Rede wurde den Gepflogenheiten im Deutschen behutsam angeglichen. Die drei Hauptgestalten – Dorian Gray, Lord Henry Wotton, Basil Hallward – siezen sich; das schafft die für den Bonmotkitzel notwendige Distanz. Ansonsten galt für die Übersetzung lediglich *ein* Prinzip – das der Lesbarkeit. Richard Ellmann, Oscar Wildes letzter großer Lebensbeschreiber, bemerkt in seiner Biographie, daß Wildes »Genius noch durch die Übersetzungen leuchtet«. Daß dies Leuchten (das im Deutschen bisher nur zu oft ein schwaches Glimmen war) zu einem vollen Strahlen gerät, war eines der Ziele der vorliegenden Neuübersetzung.

Hans Wolf

Anmerkungen

1. Kapitel

Üppiger Rosenduft erfüllte das Atelier …: Vorlage dazu war wohl das Atelier des Malers und Illustrators Charles Ricketts (1866–1931), der mehrere Werke Wildes illustrierte.

Basil Hallward: Dem Wilde-Biographen Hesketh Pearson zufolge verdankt der Maler seinen Namen dem Umstand, daß Wilde 1884 einmal einem Maler namens Basil Ward Modell saß; nach Fertigstellung des Bildes soll Ward bemerkt haben: »Wie herrlich wäre es, wenn Sie so blieben, wie Sie sind, und statt dessen das Porträt alt und welk würde!« Eine andere Version verzeichnet der englische Dichter Ernest Christopher Dowson (1867–1900); ihm zufolge behauptete Wilde auf einem Empfang im Oktober 1890, das Urbild von Basil Hallward sei Charles Ricketts.

Grosvenor Gallery: Londoner Kunstgalerie, die sich seinerzeit vorwiegend der Ausstellung präraffaelitischer Malerei widmete.

Royal Academy: Die »Sommerausstellung« der Londoner Royal Academy of Arts findet seit 1769 regelmäßig von Mai bis Mitte August statt. Ausgestellt werden Werke lebender Künstler (Gemälde, Skulpturen, architektonische Entwürfe usw.), deren Arbeiten nicht älter als zehn Jahre sein dürfen.

Gewissen und Feigheit sind eigentlich ein und dasselbe …: Anspielung auf Shakespeares *Richard III.* (V, iv, 310): »Gewissen ist ein Wort für Feige nur.«

Antinoos: Schöner Jüngling aus Claudiopolis in Bithynien, Liebling und Reisegefährte des Kaisers Hadrian; starb freiwillig unweit Besa im Nil – aus Schwermut oder, einem Aberglauben folgend, um durch seinen Opfertod das Leben des Kaisers zu verlängern.

Agnew: Sir William Agnew (1825–1910), einer der berühmtesten Kunsthändler der Zeit.

East End: Londoner Stadtbezirk östlich des Towers und der Tower Bridge mit überwiegend armer Bevölkerung. Kontrastreicher Gegenpol zum »reichen« West End, wo (im vornehmen Stadtteil Mayfair) auch Lord Henry Wotton lebt.

2. Kapitel

Whitechapel: Stadtbezirk im Londoner Osten.

Daß er sich von der Welt noch nicht hatte besudeln lassen …: Anspielung auf den Brief des Jakobus, I, 27: »Ein reiner und unbefleckter Gottesdienst […] ist der: […] sich von der Welt unbefleckt behalten.«

Eine Versuchung wird man nur los, indem man ihr nachgibt: Anspielung auf eine Passage in Balzacs *Le père Goriot* (*Vater Goriot*): »Mich quälen böse Gedanken.« – »Welcher Art? Gedanken sind heilbar.« – »Auf welche Weise?« – »Man erliegt ihnen.«

Er hatte nur einen Pfeil in die Luft geschossen: Zitat aus Henry Wadsworth Longfellows (1807–1882) Gedicht *The Arrow and the Song* (*Der Pfeil und das Lied*).

Hedonismus: (Von griech. ἡδονή, »Genuß«, »Lust«, »Vergnügen«); von dem Philosophen Aristippos begründete ethische Lehre, daß Lust bzw. Vergnügen der oberste Wert und das einzige Ziel menschlichen Strebens sei, und daß gut sei, was Lust bereite.

Aus der Zeit Georgs III.: George III. (1738–1820), König von England (1760–1820).

White: Londoner Klub im Stadtbezirk St. James.

3. Kapitel

Albany: Unweit des Piccadilly Circus gelegenes Mietshaus, das einst Lord Byron und Macauly zu seinen Bewohnern zählte.

Isabella: Isabella II. (1830–1904), Königin von Spanien, deren Regierungszeit von heftigen Parteikämpfen und wiederholten Aufständen geprägt war. Wurde 1868 gestürzt und verzichtete zugunsten ihres Sohnes Alfons XII. auf den Thron.

Prim: Juan Prim y Prats, Graf von Reus, Marqués de los Castillejos (1814–1870), span. General und Staatsmann. Führte 1868 den Sturz von Königin Isabella II. herbei. Kam durch ein Attentat ums Leben.

Das Kapital des zweitgeborenen Sohns: Gemäß dem Erstgeburtsrecht erbte der älteste Sohn den gesamten (Land-)Besitz.

Dartmoor: Lord Henrys älterer Bruder.

Was in den englischen Blaubüchern steht: In England die dem Parlament von der Regierung vorgelegten Bücher (Blue Books), in denen die diplomatischen Verhandlungen, Noten, Berichte, insbesondere aber die Korrespondenzen zwischen dem Außenministerium und den Vertretern des englischen Kabinetts im Ausland über einen bestimmten Gegenstand abgedruckt sind; benannt nach ihren blauen Umschlägen.

Dryadengleich: Dryaden, Baumnymphen der griech. Mythologie.

Buonarotti: Michelangelo Buonarotti (1475–1564). Seine *Rime* (*Gedichte*) geben seine Verfallenheit an schöne weibliche und männliche Gesichter wieder.

Bacchantin: Dienerin des römischen Weingottes Bacchus.

Silen: In der griech. Sage Begleiter des Dionysos (Bacchus), ein dickleibiger, glatzköpfiger Alter, den man mit Blumenketten fesselte und so zum Weissagen zwang.

Omar: Gemeint ist Omar Chaijam (1048–1131), pers. Mathematiker, Astronom und Dichter, in dessen Versen hedonistische, pessimistische, skeptizistische und mystische Gedanken nebeneinanderstehen.

Willis: Willis's Rooms, elegantes Restaurant im Londoner Stadtbezirk St. James.

Athenaeum: Athenaeum Club, 107 Pall Mall, London. Laut London-Baedeker von 1898 der »Klub der Gelehrten; 1200 Mitglieder. (Fremde von Distinktion können für die Dauer ihres Londoner Aufenthalts zu Ehrenmitgliedern des Klubs ernannt werden.)«

4. Kapitel

Clodion: Eigtl. Claude Michel (1738–1814), berühmter frz. Bildhauer.

Cent Nouvelles: Les Cent Nouvelles Nouvelles (*Die hundert neuen Novellen*): Sammlung von Novellen verschiedener Verfasser, entstanden zwischen 1456 und 1467, erschienen 1486. Derb komische, lebenssprühende Erzählungen in der Tradition Boccaccios.

Clovis Eve: Hofbuchbinder der frz. Könige Heinrich III. u. IV., außerdem Verleger und Buchdrucker.

Margarete von Valois: Genannt »La Reine Margot« (1553–1615), Tochter Heinrichs II. und Katharinas von Medici. Heiratete 1672 den späteren König Heinrich IV.; ihre Hochzeit war der Auftakt zur Bartholomäusnacht. Die Ehe wurde 1599 geschieden.

Manon Lescaut: Histoire du Chevalier des Grieux et de Manon Lescaut (Geschichte des Chevalier des Grieux und der Manon Lescaut): Roman von Antoine-François Prévost d'Exiles, erschienen 1731. Geschichte eines jungen Mannes, der sein Leben für eine Kurtisane ruiniert.

Eine ganze Guinee: Fein geprägte engl. Münze im Sollwert von 21 Shilling. Nach heutigem DM-Wert etwa 130 DM.

Grande passion: Große Leidenschaft.

Les grand-pères ont toujours tort: »Die Großväter haben immer unrecht.«

Rosalinde: In Shakespeares *Wie es euch gefällt* die Tochter des von seinem Bruder vertriebenen und mit seinen Getreuen im Ardenner Wald Zuflucht suchenden Herzogs.

Imogen: In Shakespeares *Cymbeline* die schöne Tochter Cymbelines, des Königs von Britannien, aus erster Ehe.

Wie sie […] das Gift von den Lippen ihres Geliebten schlürfte und starb: Vgl. Shakespeare, *Romeo und Julia*, V, III, 161 f.: »Was ist das hier? Ein Becher, festgeklemmt / In meines Trauten Hand? – Gift, seh' ich, war / Sein Ende vor der Zeit. […] Ich will / Dir deine Lippen küssen. Ach, vielleicht / Hängt noch ein wenig Gift daran und läßt mich / An einer Labung sterben.«

Als hübscher Jüngling verkleidet: In solcher Gewandung durchstreift Rosalinde auf der Suche nach ihrem Vater den Ardenner Wald.

Eine Wahnsinnige, die vor einen schuldigen König trat und ihm Raute zu tragen und bittere Kräuter zu kosten gab: Vgl. Shakespeare, *Hamlet*, IV, v, 179 f.: »Da ist Fenchel für Euch und Aklei – da ist Raute für Euch, und hier ist welche für mich […] Ihr könnt Eure Raute mit einem Abzeichen tragen.«

Die schwarzen Hände der Eifersucht: Anspielung auf Othello, der die unschuldige Desdemona im letzten Akt von Shakespeares *Othello* erwürgt.

Gräfin Capulet: Mutter Julias in Shakespeares *Romeo und Julia*.

Giordano Bruno: Italienischer Philosoph (1548–1600). Entwarf, die kopernikanische Lehre ausgestaltend, ein Weltbild, wonach das Universum unendlich und von der göttlichen Weltseele durchwaltet sei. Die Einzeldinge gründeten in der Weltvernunft; in ihnen spiegele sich die Einheit des Universums wider. Weil er der kopernikanischen Lehre nicht abschwor, starb Giordano Bruno auf dem Scheiterhaufen der Inquisition.

5. Kapitel

Tableau: Wirkungsvoll arrangiertes Bühnenbild.
Viktoria-Chaise: Auch »Mylord« genannt; ein- bzw. zweispänniger, vierrädriger Luxuswagen mit einem unter dem Kutschbock verborgenen Notsitz für drei Personen.
Achilles-Statue: Zu Ehren Wellingtons im Londoner Hyde Park errichtetes Kolossal-Standbild. Von Sir Richard Westmacott (1775–1856) aus zwölf in Spanien, Frankreich und bei Waterloo erbeuteten französischen Kanonen gegossen und einem der Rossebänder auf dem römischen Monte Cavallo nachgebildet.
Marble Arch: Triumphbogen im Hyde Park, in der Art des römischen Konstantinbogens.

6. Kapitel

Bristol: Hotel unweit des Piccadilly Circus. Laut London-Baedeker von 1898 »vornehmes Haus, ähnlich wie Albemarle«.
Messalina: Valeria M. (um 25–48), dritte Frau des römischen Kaisers Claudius. Erregte Anstoß durch ihren zügellosen Lebenswandel und ihre Grausamkeit; Anlaß zu ihrer Beseitigung gab die ohne Wissen des Claudius geschlossene Ehe mit Gajus Silius.
Orlando: In Shakespeares *Wie es euch gefällt* Sohn des Freiherrn Roland de Boys. Liebt und bekommt Rosalinde.
Tanagra-Statuette: Aus Tanagra in Böotien stammende Figuren aus bemaltem Ton, v. a. Mädchenstatuetten, die als Grabbeigaben dienten.
Brougham: Vierrädrige Kutsche; benannt nach dem engl. Staatsmann Henry Brougham (1779–1868).
Hansom: Einspännige, zweirädrige Kutsche mit Verdeck und Kutschbock hinter den Sitzen; benannt nach dem engl. Erfinder J. A. Hansom (1803–1882).

7. Kapitel

Als habe er Miranda gesucht und sei auf Caliban gestoßen: Miranda und Caliban sind Gestalten aus Shakespeares Komödie *Der Sturm*. Die etwa 15jährige Miranda ist die schöne Tochter Prosperos. Caliban ist der mißgestaltete Sohn der Hexe Sycorax und Feind Prosperos, dessen Knecht er sein muß. Er ist der einzige Bewohner der Insel, auf die es Prospero und Miranda verschlägt.
Schauplatz war der Saal in Capulets Haus: Die Vorstellung begann offenbar erst mit der fünften Szene des 1. Akts.
Nein, Pilger […] frommer Waller Kuß: Shakespeare, *Romeo und Julia*, I, v, 101–104.
Du weißt […] mich sagen hörtest: Ebda., II, ii, 85–87.
Obwohl ich dein […] uns wiedersehn: Ebda., II, ii, 116–122.

Portia: In Shakespeares *Kaufmann von Venedig* die schöne blonde, blauäugige Tochter jenes verstorbenen Vaters, der sich angemaßt hat, der Tochter einen Mann nach seinem Geschmack vorzuschreiben.

Beatrices Freude [...] Cordelias Schmerzen: Beatrice ist die Nichte Leonatos in Shakespeares *Viel Lärmen um nichts*, eine schöne Verächterin aller Männer. Cordelia ist die jüngste Tochter Lears in Shakespeares *König Lear*, verheiratet mit dem König von Frankreich. Sie wird von ihrem Vater verstoßen und am Ende zu seiner Retterin.

8. Kapitel

Sèvres-Porzellan: Porzellan der 1738 in Vincennes gegründeten, seit 1756 nach Sèvres verlegten, 1759 königlichen Manufaktur; künstlerische Blüte 1750–1850.

Jermyn Street: Kleine Straße unweit des Piccadilly Circus mit vielen Pfandleihen.

Die Patti singt heut abend: Adelina Patti (1843–1919), eine der gefeiertsten Opernsängerinnen des 19. Jh.

Webster, Ford oder Cyril Tourneur: John Webster (um 1580 bis um 1625), John Ford (1586 bis um 1655), Cyril Tourneur (um 1575–1626) – berühmte Dramatiker der engl. Renaissance.

Tochter Brabantios: Desdemona in Shakespeares *Othello*.

9. Kapitel

Gautier, der von der ›consolation des arts‹ geschrieben hat: Théophile Gautier (1811–1872), franz. Dichter, Romancier, Kunstkritiker und einer der Begründer der L'art-pour-l'art-Bewegung. Im Vorwort zu seinem *Albertus* schrieb er: »L'art est ce qui console le mieux de vivre« (»Die Kunst tröstet am ehesten über das Leben hinweg«).

Marlow: Stadt an der Themse in der engl. Grafschaft Buckinghamshire; bekannt für ihre Segelregatta.

10. Kapitel

Montaigne, Winckelmann: Michel Eyquem de Montaigne (1533–1592), franz. Schriftsteller und Philosoph. Seine *Essais* sind das bedeutendste Erzeugnis des franz. Späthumanismus. – Johann Joachim Winckelmann (1717–1768), Begründer der neueren Archäologie; durch seine ästhetische Kunstbetrachtung wurde die Blickrichtung von der röm. auf die griech. Antike gelegt, deren Wesen er als »edle Einfalt und stille Größe« bezeichnete.

Mr. Hubbard: Kurz vor Drucklegung des *Dorian Gray* bei Ward, Lock & Co. ließ Wilde in allerletzter Minute eine Korrektur anbringen: Im Buch gebe es einen Bilderrahmer namens »Ashton«. Das könne nicht angehen. »Ashton – so heißen nur Gentlemen. Und ich habe diesen Namen einem Krämer gegeben! Der Mann muß umbenannt werden in Hubbard. Ja, Hubbard riecht geradezu nach Krämer.«

Fonthill: Geburtsort von William Beckford (1759–1844), einem engl. Schriftsteller und Sonderling, in dessen franz. geschriebenem, von ihm selbst ins Englische übersetztem Roman *Vathek* es um die Möglichkeit des Auslebens menschlicher Begierden geht.

Cassone: (ital.) reich verzierte Truhe, die man in der ital. Renaissance für die Aussteuer zur Hochzeit verschenkte.

Ein gelb broschiertes Buch: Laut Wildes Biographen Richard Ellmann bekannte Wilde bei seinem späteren Gerichtsprozeß, daß er dabei zumindest teilweise den Roman *A Rebours* (*Gegen den Strich*) des flämischen Schriftstellers Joris-Karl Huysmans (1848–1907) im Sinn gehabt habe. Der Held dieses Buches, Des Esseintes, ist Dandy und Gelehrter; seine Gelüste und Genüsse sind von einem Raffinement ohnegleichen – die damaligen Rezensenten bezeichneten den Roman einhellig als Leitfaden der Décadence.

St. James's Gazette: Berühmte Londoner Tageszeitung.

11. Kapitel

Dante schreibt, sie strebten immer danach, »durch die Anbetung des Schönen zur Vollkommenheit zu gelangen«: Das Zitat stammt nicht von Dante. Es findet sich in Walter Paters (1839–1894) Roman *Marius the Epicurean* (*Marius der Epikureer*).

Wie Gautier […] für den ›die sichtbare Welt existierte‹: Die Brüder Edmond (1822–1896) und Jules (1830–1870) de Goncourt trugen diesen Ausspruch Gautiers unter dem 1. Mai 1857 in ihre Tagebücher ein.

Verfasser des ›Satyrikon‹ […] ein bloßer arbiter elegantiarum: Gajus [Titus?] Petronius, gen. Petronius Arbiter († 66 n. Chr.), röm. Schriftsteller. Autor des freizügigen *Satiricon*, einer Mischung von Prosa und Versen. Erfreute sich seiner Lasterhaftigkeit und seines Geschmacks wegen der höchsten Gunst Neros und spielte an dessen Hof die Rolle eines *arbiter elegantiae*, eines Sachverständigen in Fragen des Lebensstils.

Anachoreten: (griech.) »Zurückgezogene«; in der Einsamkeit lebende christl. Asketen.

Antinomismus: Allg. die Bestreitung und/oder Verwerfung des (Moral-)Gesetzes. Im besonderen Strömung innerhalb des Christentums, die das mosaische Gesetz ablehnt und die göttliche Gnade sowie die Glaubensfreiheit betont.

Materialistische Lehre der deutschen Darwinismus-Bewegung: Die Bewegung wurde angeführt von dem Zoologen Ernst Haeckel (1834–1919), der die Theorie Darwins zum Aufbau seiner generellen Morphologie als eines »natürlichen Systems« unter konsequenter Einbeziehung des Menschen benutzte.

Alfonso de Ovalle: (1601–1651), chilenischer Jesuit, der in Peru als Missionar auftrat.

Bernal Díaz […] mit Cortez: Bernal Díaz del Castillo (* zw. 1492 und 1500, † zw. 1560 und 1582). Nahm als Vertrauter von Hernán Cortez (1485–1547) an dessen Eroberung Mexikos teil, worüber er einen Bericht niederlegte: *Historia veradera de la conquista de la Nueva Espa e* (*Wahrhafte Geschichte der Eroberung Neuspaniens*).

Anne de Joyeuse, Admiral von Frankreich: Anne Herzog von Joyeuse (1561–1587), Gouverneur der Normandie, war einer der Günstlinge des franz. Königs Heinrich III. Kam im Kampf gegen die Hugenotten ums Leben.

Einmal befaßte er sich mit dem Studium der Edelsteine ...: Die Informationen dazu holte sich Wilde aus den Broschüren des South Kensington Museums; dort fand er zudem Einschlägiges über Musikinstrumente, Edelsteine, Stickereien, Spitzen und Textilwaren.

De la vieille roche: (franz.) »Vom alten Stein«.

Alphonsos Clericalis Disciplina: Petrus Alfonsi (* nach 1050), urspr. Moses Sephardi, konvertierte 1106 zum katholischen Glauben. Sein Hauptwerk, die *Disciplina clericalis* (*Unterweisung für Kleriker*), gilt als die älteste Novellensammlung des lateinischen Mittelalters.

Emathia: (griech.) »Küstenebene«; Landschaft im alten Makedonien, Ursitz des makedonischen Königtums.

Philostrat: Name von vier griech. Rhetorikern und Sophisten. Hier vermutlich Flavius Philostratos (um 170–250 n. Chr.).

Pierre de Boniface: Gest. 1323; hinterließ eine Handschrift über den Wert und die Bedeutung von Edelsteinen.

Leonardus Camillus: Verfasser des 1502 erschienenen, Cesare Borgia gewidmeten *Miroir des pierres* (*Spiegel der Edelsteine*).

Bezoar: (pers. »bâd-sahr«, »Gegengift«). Laut Meyers Konversationslexikon von 1905 »Konkretionen verschiedener Art und ähnliche Gebilde, die ehedem als unfehlbare Mittel gegen alle Übel benutzt wurden [...] findet sich in den Gedärmen der wilden Ziege [...] und mehrerer Antilopenarten«.

Demokrit: Griech. Philosoph (470 bis um 380 v. Chr.). Begründer der Atomistik und Vorläufer des Materialismus.

Johannes der Priester: Der Legende zufolge christl. Fürst eines Reiches im östlichen Asien im 12. Jh., auch »Indorum rex« genannt.

Sarder: Rötlicher bzw. fleischfarbener Achat. Galt als Antidot gegen die schädlichen Wirkungen des Onyx.

In Lodges wundersamer Romanze ›Eine Perle aus Amerika‹: Thomas Lodge (um 1558–1625), engl. Schriftsteller. Mit seiner Prosaromanze *Rosalynde. Euphues' Golden Legacie: Found after His Death in His Cell at Silexedra* (*Rosalinde. Euphues' goldnes Vermächtnis: nach seinem Tod in seiner Zelle zu Silexedra gefunden*) lieferte er Shakespeare die Vorlage zu dessen Komödie *Wie es euch gefällt.* Auf einer Reise nach Südamerika verfaßte er die hier erwähnte Romanze *A Margarite of America.*

Marco Polo: (1254–1324), bedeutendster Asienreisender des Mittelalters.

Zipangu: Erstmals von Marco Polo erwähntes Inselreich im westlichen Pazifik. Entspricht dem heutigen Japan.

König Perozes: Angehöriger der pers. Dynastie der Sassaniden. Regierte von 459 bis 484 n. Chr.

Prokop: Prokopius von Caesarea (um 500 bis nach 562), byzantin. Geschichtsschreiber.

Kaiser Anastasius: Byzantin. Kaiser (491–518).

Malabar: SW-Küste Indiens zw. Goa und Kap Comorin.

Als der Herzog von Valentinois, der Sohn Alexanders VI., Ludwig XII. von Frankreich besuchte: Cesare Borgia (1475–1507), Sohn des Papstes Alexander VI. (1431 od. 1432–1503), gab 1498 die geistl. Laufbahn auf und wurde von Ludwig XII., dem König von Frankreich, mit dem Herzogtum Valentinois belehnt.

Brantôme: Pierre de Bourdeille, Seigneur de Brantôme (um 1540–1614), franz. Schriftsteller. Seine 1665/66 veröffentlichten Memoiren liefern ein farbiges Bild der zeitgenöss. franz. Gesellschaft.

Karl von England [...] Richard II. [...] Heinrich VIII. [...] Jakob I. [...] Eduard II. [...] Heinrich II.: Engl. Könige mit folg. Regierungszeiten: Karl I. (1625–1649); Richard II. (1377–1399); Heinrich VIII. (1509–1547); Jakob I. (1603–1625); Eduard II. (1307–1327); Heinrich II. (1154–1189).

Hall: Edward Hall (1498–1547), engl. Geschichtsschreiber, auf den Shakespeare für seine Königsdramen zurückgriff.

Piers Gaveston: Sohn eines Ritters aus der Gascogne. Günstling des engl. Königs Eduard II. Wurde, da man ihm seinen großen Einfluß auf den König neidete, 1312 enthauptet.

Parsemé: (franz.) »übersät«.

Karl der Kühne: Graf von Charolais (1433–1477). Durch die Heirat seiner Tochter mit Maximilian I. fiel der Großteil der burgund. Länder an Habsburg.

Das prächtige, von braunen Mädchen zur Freude Athenes gewebte krokusfarbene Gewand: Ein aus Olivenholz gefertigtes Standbild der Göttin wurde im alten Athen jährlich mit einem neuen Gewand bekleidet.

Velarium: (von lat. »velum«, »Segel«); meist horizontal ausgespannte Leinwand, die zur Dämpfung des Lichtes dient. In unbedeckten Räumen (bei Abhaltung von öff. Schauspielen, Festen, auch in den Straßen südlicher Städte) dient das Velarium als Schutz gegen die Sonne.

Sonnenpriester: Vermutlich Elagabalus bzw. Heliogabalus (204–222). Seit 217 Priester des syrischen Sonnengottes Elagabal, den er 219 in Rom als römischer Kaiser Marcus Aurelius Antoninus zur Reichsgottheit erhob.

König Chilperichs: Frankenkönig (539–584).

Karl von Orleans: Charles d'Orléans (1394–1465), Sohn des Herzogs Louis d'Orléans und der Mailänder Herzogstochter Valentine Visconti. Franz. Dichter; bedeutender Vertreter der höfischen Literatur.

Madame, je suis tout joyeux: (franz.) »Madame, ich bin ganz hochgemut.«

Katharina von Medici: (1519–1589), Gattin des späteren franz. Königs Heinrich II. Übernahm nach dessen Tod und dem ihres ältesten Sohnes die Regentschaft für ihren noch minderjährigen zweiten Sohn, den nachmaligen König Karl IX. Veranlaßte 1572 das Blutbad in der Bartholomäusnacht.

Ludwig XIV.: (1638–1715), König von Frankreich seit 1643. Bis 1661 unter der Regentschaft der Königinmutter.

Karyatiden: Im antiken Griechenland Bauplastiken in Form einer Frauengestalt im langen Gewand, die auf Haupt oder emporgehaltenen Armen das Gebälk trägt.

Sobieski, König von Polen: Johann III. Sobieski (1629–1696), König von Polen. Schloß im April 1683 ein Bündnis mit Österreich und befreite Wien in der Schlacht am Kahlenberg (1683) von der türkischen Belagerung.

Palmetten: Dem Blatt der Palme ähnliche fächerförmige Ornamente, die im antiken Griechenland häufig Verwendung fanden.

Fleurs de lys: (franz.) Lilien, Wappenbild franz. Könige.

Lacis-Schleier: Schleier aus netzförmigem Gewebe.

Foukousas: Gestickte Seidenstoffe.

Diapermuster: Rautenförmiges Damastmuster.

St. Sebastian: Röm. Märtyrer (gest. im 3. oder 4. Jh.). Der Legende zufolge erst von Pfeilen durchbohrt, dann mit Keulen erschlagen. Patron der Jäger, Schützen, Steinmetzen und der Homosexuellen.

Dalmatiken: Bis zu den Knien reichende Gewänder aus Seide oder Halbseide, die zur liturgischen Kleidung von Diakonen und Bischöfen zählen.

Korporalien: In der kath. Kirche Tücher als Unterlage für Hostie und Kelch während der Messe.

Blue Gate Fields: Berüchtigtes Viertel im östlichen Londoner Stadtbezirk Limehouse.

Trouville: Stadt im franz. Depart. Calvados.

Francis Osborne: (um 1589 bis um 1659) Engl. Geschichtsschreiber. Verfaßte die 1658 erschienenen *Historical Memories on the Reigns of Queen Elizabeth and King James* (*Historische Erinnerungen an die Regierungszeiten von Königin Elisabeth und König Jakob*).

Giovanna von Neapel: Johanna II. (1371–1435), seit 1414 Königin von Neapel. War berüchtigt für ihre zügellose Lebensweise.

Prinzregenten [...] bei der heimlichen Vermählung mit Mrs. Fitzherbert: Der Prince of Wales und spätere (seit 1820) König Georg IV. (1762–1830) knüpfte 1785 ein Liebesverhältnis mit Mary Anne Fitzherbert (1756–1837) an und ging mit ihr im Ausland eine Ehe ein, die, ohne königl. Genehmigung geschlossen, dem Hausgesetz von 1772 zufolge ungültig war und überdies, da Mrs. Fitzherbert Katholikin war, der Erbfolgeordnung Wilhelms III. zuwiderlief. Nach Georgs Vermählung mit Karoline von Braunschweig (1795) wurde die Verbindung gelöst.

Lady-Hamilton-Gesicht: Lady Emma Hamilton, geb. Lyon (um 1765–1815). Gefeierte Schönheit; seit 1791 verh. mit dem brit. Gesandten in Neapel, Altertumsforscher und Sammler Sir William H. (1730–1803). Seit 1798 Geliebte Lord Nelsons.

Tiberius: Tiberius Julius Caesar [eigtl. Tiberius Claudius Nero] (42 v. Chr. bis 37 n. Chr.), röm. Kaiser (seit 14 n. Chr.).

Elephantis: Im 2. bis 1. Jh. v. Chr. geborener griech. Autor erotischer Schriften.

Caligula: (lat. »Stiefelchen« [die er als Kind trug]), Gajus Julius Caesar Germanicus (12–41), röm. Kaiser (seit 37). Seinem Pferd Incitatus (Heißsporn) gab er laut Suetons *Caesarenleben* »außer einem Stall aus Marmor nebst elfenbeinerner Krippe, purpurnen Decken und mit Edelsteinen besetzten Halsbändern [...] noch einen eigenen Palast mit Dienerschaft und Hausrat, um die in seinem Namen eingeladenen Gäste mit ganz besonderer Pracht empfangen zu können. Es heißt sogar, er habe vorgehabt, es zum Konsul zu machen.«

Domitian: Titus Flavius Domitianus (51–96), röm. Kaiser (seit 81). Sueton schreibt in *Cäsarenleben* von ihm: »Von dem letzten Jahr und Tag seines Lebens hatte er schon lange eine Vorahnung, selbst von der Stunde und Art seines Todes. [...] Je mehr nun die Zeit der gefürchteten Gefahr herankam, desto ängstlicher wurde der Kaiser von Tag zu Tag. Er ließ die Wände der Hallen, in denen er spazierenzugehen pflegte, mit Spiegelsteinen bekleiden, um darin alles, was hinter seinem Rücken vorging, sich spiegeln zu sehen.«

taedium vitae: (lat.) »Lebensüberdruß«.

Sich [...] zu einem Goldenen Haus tragen ließ und dabei die Menschen nach Nero Caesar rufen hörte: Nero Claudius Drusus Germanicus Caesar [eigtl. Lucius Domitius Ahenobarbus] (37–68), röm. Kaiser (seit 54). Suetons *Cäsarenleben* zufolge »verlängerte er [den Kaiserpalast] vom Palatium bis zu den Esquilien und nannte den Verbindungsbau zuerst das ›Durchgangshaus‹, später nach dem Wiederaufbau infolge des Brandes das ›Goldene Haus‹«.

Filippo, der Herzog von Mailand: Filippo Maria Visconti (1391–1447) ließ seine erste Gemahlin wegen Ehebruchs hinrichten. Nach der Ermordung seines Bruders Giovanni Maria übernahm er die Herrschaft über das Herzogtum Mailand.

Pietro Barbi, der Venezianer, bekannt als Paul der Zweite, der sich [...] den Titel Formosus anmaßen wollte und dessen auf zweihunderttausend Florin geschätzte Tiara um den Preis einer furchtbaren Sünde erkauft wurde: Pietro Barbo (1417–1471), röm. Papst (seit 1464). Ferdinand Gregorovius schildert ihn in der *Geschichte der Stadt Rom im Mittelalter*: »Eitel auf seine Schönheit, zeigte er sich als Kardinal gern beim Kirchendienst mit theatralischem Gepränge, froh, die Augen aller auf sich zu ziehen. [...] Nach seiner Wahl wollte er sich Formosus nennen; die Kardinäle beanstandeten diesen eiteln Namen. [...] Mit krankhafter Eitelkeit brachte er Edelsteine zusammen, seine Papstkrone zu schmücken. Man schätzte dieselbe auf 200 000 Goldgulden. Als später der Kaiser nach Rom kam und Paul ihm die Apostelhäupter im Lateran zeigte, verglich er einen Smaragd ihres Schmuckes mit einem Edelstein an seinem Finger, um zu sehen, welcher der schönere sei.«

Gian Maria Visconti: Bruder des o. a. Filippo Maria Visconti; wurde 1412 von Verschwörern ermordet.

Der Borgia auf seinem Schimmel, den Brudermörder an seiner Seite und den Mantel besudelt vom Blut Perottos: Der 17jährige Cesare Borgia (vgl. oben) wurde beschuldigt, seinen Bruder ermordet zu haben.

Pietro Riario: (1445–1474), Franziskanermönch; angebl. Neffe, vermutl. Sohn des nachmaligen Papstes Sixtus IV., der ihn 1471 zum Kardinal ernannte und ihm das Erzbistum Florenz verlieh.

Sixtus IV.: Francesco della Rovere (1414–1484), röm. Papst (seit 1471). Während seiner Amtszeit entstand die Sixtinische Kapelle.

Leonora von Aragon: Tochter des Königs von Neapel. Als sie, so Gregorovius in der

Geschichte der Stadt Rom im Mittelalter, »nach Rom kam, um sich zu ihrem Gemahle Herkules nach Ferrara zu begeben«, überstiegen die »Feste, welche ihr [Pietro Riario] gab, [...] an wahnsinniger Verschwendung alles, was bisher in dieser Weise erlebt worden war«.

Ganymed: In der griech. Mythologie der schöne Mundschenk des Zeus.

Hylas: In der griech. Mythologie Liebling des Herakles; wurde auf der Argonautenfahrt an der Propontis beim Wasserholen von den Quellnymphen wegen seiner Schönheit geraubt.

Ezzelino: Ezzelino III. da Romano (1194–1259), Ghibellinenführer. Stadtherr v. Verona, Vicenza, Padua und Treviso. Wegen seiner Grausamkeit allgemein gehaßt.

Giambattista Cibo, der sich aus Hohn den Namen Innozenz zulegte: (1432–1492), leistete als Papst Innozenz (lat. »der Unschuldige«) VIII. (seit 1484) durch die »Hexenbulle« einen verhängnisvollen Beitrag zur Hexenverfolgung.

Sigismondo Malatesta: (1417–1468), Herrscher von Rimini. Berühmt als Söldnerführer und Gönner der Künste und Wissenschaften, war er laut Meyers Konversationslexikon von 1907 zugleich »ein Mann von zügelloser Sinnlichkeit und Gewalttätigkeit«. Er war »ein Tyrann im vollen Sinn des Worts, frevelhaft, schön, tapfer, beredt, in humanistischen Studien bewandert und Atheist« (Gregorovius, a. a. O.).

Karl VI.: (1368–1422), gen. Karl der Geliebte bzw. der Wahnsinnige; König von Frankreich (seit 1380). Verfiel 1392 dem Wahnsinn.

Grifonetto Baglioni: Mitglied der berüchtigten Baglione-Sippe, die im 14. Jh. als Söldnerfamilie und Wortführer der größten politischen Partei Perugias zu großem Einfluß gelangte und im 15. Jh. die Stadt beherrschte.

12. Kapitel

Ulster: Loser zweireihiger Herrenmantel mit Rückengürtel und breitem Revers.

Dudley-Galerie: 1850 von Lord Dudley gegründete Gemäldegalerie am Piccadilly Circus.

13. Kapitel

»Wenn eure Sünden gleich scharlachrot sind, so will ich sie doch schneeweiß machen«: Vgl. Jesaja, I, 18: »Wenn eure Sünde gleich blutrot ist, soll sie doch schneeweiß werden.«

14. Kapitel

Émaux et camées: (*Emaillen und Kameen*), Gedichtsammlung von Théophile Gautier (vgl. oben), ersch. 1852.

Lacenaires [...] kalte, gelbe Hand »du supplice encore mal lavée«: Pierre-François

Lacenaire, Journalist, Dichter und Meuchelmörder, wurde 1836 guillotiniert. Seine Hand war »von der Hinrichtung noch nicht richtig gesäubert«.

Doigts de faune: »Faunsfinger«.

Sur une gamme chromatique […] Sur le marbre d'un escalier.: »Auf einer chromatischen Tonleiter, / Die Brust voller träufender Perlen, / Hebt die adriatische Venus / Ihren rosenweißen Leib aus dem Meer. // Die Kuppeln, auf dem Azur der Wellen / Die Phrase in reiner Kontur weiterführend, / Schwellen wie die runden Brüste, / Die ein Liebesseufzer höht. // Die Gondel legt an und setzt mich ab, / Wirft das Haltetau um einen Pfeiler, / Vor einer rosenroten Fassade / Über der marmornen Treppe.« Die Verse entstammen Gautiers Gedicht *Sur les lagunes* (*Über den Lagunen*).

Tintoretto: Eigtl. Iacopo Robusti (1518–1594), gen. »Tintoretto« (»Färberlein«). Ital. Maler.

Er las von den Schwalben […] ernste Gespräche führen: In Gautiers Gedicht *Ce que disent les hirondelles* (*Was die Schwalben sagen*).

Er las vom Obelisken […] durch den grünen, dampfenden Schlamm kriechen: In Gautiers Gedicht *Nostalgies d'Obélisques – L'Obélisque de Paris* (*Heimweh der Obelisken – Der Obelisk von Paris*). Es handelt sich um den von Ramses II. in Theben errichteten Obelisken, den Mehmed Ali 1831 den Franzosen schenkte und der dann auf der Pariser Place de la Concorde aufgestellt wurde.

Monstre charmant: »Bezauberndes Ungeheuer«; in Gautiers Gedicht *Contralto* (*Kontraalt*): »Est-ce un jeune homme? est-ce une femme? / Une déesse, ou bien un dieu?« (»Ist es ein junger Mann? Ist es eine Frau? / Eine Göttin, oder gar wohl ein Gott?«)

Rubinstein: Anton Grigorjewitsch Rubins(ch)tein (1829–1894), russ. Pianist, Komponist und Dirigent. Gefeierter Klaviervirtuose; leitete 1862–67 und 1887–90 das Petersburger Konservatorium.

15. Kapitel

Hätte ich bedenkenlos meine Haube über die Mühlen geworfen: »Jeter son bonnet pardessus les moulins« in der übertragenen Bedeutung »sich über alles hinwegsetzen«.

Königin Elisabeth: Elisabeth I. (1558–1603).

Chaud-froid: Warm zubereitete Fleisch-, Geflügel- od. Wildspeise, die dann kalt mit Sauce oder Gelee versehen wird.

Décolletée: Einen tiefen Ausschnitt tragend.

Édition de luxe: Luxusausgabe.

Margarete von Navarra: Marguerite d'Angoulême (1492–1549), Schwester des franz. Königs Franz I.; zunächst verh. mit Herzog Karl IV. von Alençon, nach dessen Tod mit Heinrich von Albret, König von Navarra.

Trop de zèle: Gar zu eifrig.

Trop d'audace: Gar zu kühn.

Fin de siècle: Ende des Jahrhunderts.

Fin du globe: Ende der Welt.

Debrett: Burke and Debrett – Herausgeber des engl. Adelsverzeichnisses.

Erst die tönernen Füße machen das Gold eines Standbildes kostbar: Anspielung auf das Buch Daniel (2, 31 f.): »Du König sahest, und siehe, ein groß und hoch und sehr glänzend Bild stund vor dir, das war schrecklich anzusehen. / Desselben Bildes Haupt war von feinem Golde, seine Brust und Arme waren von Silber, sein Bauch und Lenden waren von Erz, / seine Schenkel waren Eisen, seine Füße waren einesteils Eisen und einesteils Thon …«

Sovereign: Engl. Goldmünze. Nach heutigem DM-Wert etwa 120 DM.

17. Kapitel

Wer einen Spaten einen Spaten nennt: »To call a spade a spade«, eine idiomatische Wendung, heißt eigtl. »das Kind beim Namen nennen«, »kein Blatt vor den Mund nehmen« usw. Doch hier mußte das Bild erhalten bleiben.

Tartüff: Hauptfigur aus der Komödie *Le Tartuffe ou l'Imposteur* (*Der Tartuffe oder Der Heuchler*) des franz. Dichters Jean-Baptiste Molière (1622–1673). Inbegriff des Heuchlers.

Parther: Iran. Stamm sö des Kasp. Meeres; seit Kyros II. zum Perserreich gehörig. Die Berührung mit Rom führte zu zahlreichen »Partherkriegen«; von Tiberius und Trajan dann endgültig besiegt.

18. Kapitel

Ennui: (franz.) Langeweile.

Ich bin der Erdbeerblätter müde: Erdbeerblätter schmücken den Reif der engl. Herzogskrone.

19. Kapitel

Wie Perdita […] über den treulosen Florizel weinen: Gestalten aus Shakespeares *Wintermärchen*. Perdita, Tochter des sizilischen Königs Leontes, wird als Säugling ausgesetzt und wächst bei böhmischen Schäfern auf; sie verliebt sich in Florizel, den Sohn des böhmischen Königs.

Waterbury-Uhr: Taschenuhr, benannt nach der Stadt Waterbury im US-Bundesstaat Connecticut, die für die Fabrikation billiger Uhren bekannt war.

Velázquez: Diego Rodrigo de Silva y Velázquez (um 1599–1660), Hofmaler des span. Königs.

»Gleich dem Gram im Bilde, / Ein Antlitz ohne Herz«: Shakespeare, *Hamlet*, IV, vii, 108–109.

Was hülfe es […] Schaden an seiner Seele: Matthäus, 16, 26.

Marsyas: Satyr der griech. Mythologie. Nachdem Athene die von ihr erfundene Flöte weggeworfen hat (da das Blasen ihr das Gesicht entstellte), findet Marsyas das Instrument und fordert den Kithara spielenden Apollon zum musikalischen Wettkampf. Der Gott besiegt den Vermessenen, hängt ihn an einem Baum auf und zieht ihm bei lebendigem Leib die Haut ab.

Browning: Robert Browning (1812–1889), engl. Dichter, hegt ähnliche Gedanken in seinem »dramatischen Monolog« *Bishop Blougram's Apology* (*Bischof Blougrams Apologie*).

Lilas blanc: (franz.) Weißer Flieder.